WARRIORS
貓戰士 外傳之XVI
松鼠飛的希望
Squirrelflight's Hope

艾琳・杭特(Erin Hunter) 著
吳湘湄 譯

晨星出版

特別感謝凱特・卡里

錢鼠鬚：棕色與奶油黃相間的公貓。

煤心：灰色的母虎斑貓。

花落：玳瑁與白色相間的母貓，帶有花瓣形狀的白斑。

藤池：深藍色眼睛、銀白相間的母虎斑貓。

鷹翼：薑黃色母貓。

露鼻：灰白相間的公貓。
所指導的見習生，竹掌：深灰色母貓。

暴雲：灰色的公虎斑貓。

冬青叢：黑色母貓。
所指導的見習生，翻掌：公虎斑貓。

蕨歌：黃色的公虎斑貓。

葉蔭：玳瑁色母貓。

點毛：帶斑點虎斑母貓。

雲雀歌：黑色公貓。

蜂蜜毛：帶黃斑的白色母貓。

火花皮：橘色虎斑母貓。

嫩枝杈：綠眼睛的灰色母貓。

鰭躍：棕色公貓。

拍齒：金色的公虎斑貓。

飛鬚：帶條紋的灰色母虎斑貓。

殼毛：玳瑁色公貓。

梅石：黑色與薑黃色相間的母貓。

各族成員

雷族 *Thunderclan*

族長　**棘星**：琥珀色眼睛、深棕色的公虎斑貓。

副手　**松鼠飛**：綠色眼睛、有一隻白色腳爪的深薑黃色母貓。

巫醫　**葉池**：琥珀色眼睛、有白色腳爪和胸毛的淺棕色虎斑母貓。

松鴉羽：藍眼睛、失明的灰色公虎斑貓。

赤楊心：琥珀色眼睛、深薑黃色的公貓。

戰士　（公貓，以及沒有年幼子女的母貓）

刺爪：金褐色的公虎斑貓。

白翅：綠眼睛的白色母貓。

樺落：淡褐色的公虎斑貓。

莓鼻：奶黃色公貓，尾巴斷了一截。

鼠鬚：灰白相間的公貓。

罌粟霜：淺玳瑁與白色相間的母貓。

獅焰：琥珀色眼睛、金色的公虎斑貓。

玫瑰瓣：深奶油黃色的母貓。
所指導的見習生，鬃掌：淺灰色母貓。

莖葉：橘白相間的公貓。

百合心：藍眼睛、嬌小、帶白斑的深色母虎斑貓。

蜂紋：帶黑條紋、毛色極淺的灰色公貓。

櫻桃落：薑黃色母貓。

風族 *windclan*

族長　**兔星**：棕色與白色相間的公貓。

副手　**鴉羽**：深灰色公貓。

巫醫　**隼翔**：灰毛帶白色雜毛、像是披了紅隼羽毛的公貓。

戰士　（公貓，以及沒有年幼子女的母貓）

夜雲：黑色母貓。

斑翅：帶雜毛的棕色母貓。

葉尾：琥珀色眼睛的深色公虎斑貓。

燼足：有兩隻深色腳爪的灰色公貓。

煙霧雲：灰色母貓。

風皮：琥珀色眼睛、黑色的公貓。

伏足：薑黃色公貓。

雲雀翅：淡褐色的母虎斑貓。

莎草鬚：淺褐色的母虎斑貓。

微足：胸口有星形白毛的黑色公貓。

燕麥爪：淡褐色的公虎斑貓。

呼鬚：深灰色公貓。

石楠尾：藍眼睛、淺棕色的母虎斑貓。

蕨紋：灰色的母虎斑貓。

貓后　（懷孕或照顧幼貓的母貓）

羽皮：灰色的母虎斑貓。

長老　（退休的戰士或退位的貓后）

鬚鼻：淺棕色公貓。

貓后　（懷孕或正在照顧幼貓的母貓）

黛西：來自馬場的奶油黃色長毛貓。

栗紋：深棕色母貓（生了金色的公虎斑貓——小月桂；褐色母貓——小香桃）。

長老　（退休的戰士和退位的貓后）

灰紋：灰色的長毛公貓。

蜜妮：藍色眼睛的條紋灰虎斑母貓。

蕨毛：金褐色的公虎斑貓。

雲尾：藍眼睛的白色長毛公貓。

亮心：帶薑黃斑的白色母貓。

蟻毛：帶棕色與黑色斑點的公貓。

熾焰：白色與薑黃色相間的公貓。

肉桂尾：白色腳爪、棕色的母虎斑貓。

花莖：銀色母貓。

蛇牙：蜂蜜色的母虎斑貓。
所指導的見習生，陽掌：棕白相間虎斑母貓。

板岩毛：毛髮滑順的灰色公貓。

松果足：灰白相間的公貓。

蕨葉鬚：灰色的母虎斑貓。

鷗撲：白色母貓。

長老　（退休的戰士或退位的貓后）

橡毛：嬌小的棕色公貓。

鼠疤：背上有條長疤的暗棕色公貓。

影族 *shadowclan*

族長　虎星：深棕色的公虎斑貓。

副手　苜蓿足：灰色的母虎斑貓。

巫醫　水塘光：帶白斑的棕色公貓。
所指導的見習生，影掌：灰色的公虎斑貓。

戰士　（公貓，以及沒有年幼子女的母貓）

褐皮：綠眼睛、玳瑁色的母貓。

鴿翅：綠眼睛、淺灰色的母貓。

爆發石：棕色的公虎斑貓。

石翅：白色公貓。
所指導的見習生，光掌：暗棕色虎斑母貓。

焦毛：耳朵有撕裂傷的深灰色公貓。
所指導的見習生，亞麻掌：棕色的公虎斑貓。

麻雀尾：魁梧、棕色的公虎斑貓。

雪鳥：綠眼睛、純白色的母貓。
所指導的見習生，撲掌：灰色母貓。

蓍草葉：黃眼睛、薑黃色的母貓。
所指導的見習生，尖塔掌：黑白相間公貓。

莓心：黑白相間的母貓。

草心：淺褐色的母虎斑貓。
所指導的見習生，穴掌：黑色公貓。

螺紋皮：灰白相間的公貓。
所指導的見習生，跳掌：母花斑貓。

鶴鶉羽：耳朵黑如鴉羽的白色公貓。

鴿足：灰白相間的母貓。

流蘇鬚：帶棕斑的白色母貓。

礫石鼻：棕褐色公貓。

陽光皮：薑黃色母貓。

貓后　（懷孕或照顧幼貓的母貓）

蘆葦爪：嬌小、淺色的母虎斑貓。（生了紅棕色公貓——小鳶；玳瑁色母貓——小龜）。

紫羅蘭光：黃眼睛、黑白相間的母貓（生了黃色公貓——小根；黑白相間的母貓——小針）。

長老　（退休的戰士或退位的貓后）

鹿蕨：失聰的淺褐色母貓。

天族 *skyclan*

族長　**葉星**：琥珀色眼睛、棕色與奶油黃相間的母虎斑貓。

副手　**鷹翅**：黃眼睛、深灰色的公貓。

巫醫　**斑願**：身上帶斑點的淺褐色母虎斑貓。

躁片：黑白相間的公貓。

調解者　**樹**：琥珀色眼睛的黃色公貓。

戰士　（公貓，以及沒有年幼子女的母貓）

雀皮：深棕色的公虎斑貓。

馬蓋先：黑白相間的公貓。

露躍：健壯的灰色公貓。

梅子柳：深灰色母貓。

鼠尾草鼻：淺灰色公貓。

哈利溪：灰色公貓。

花心：薑黃色與白色相間的母貓。

沙鼻：矮胖、腿是薑黃色的淺褐色公貓。

兔跳：棕色公貓。

薄荷皮：藍眼睛、灰色的母虎斑貓。

蕁水花：淺褐色公貓。

微雲：嬌小的白色母貓。

貝拉葉：綠眼睛、淡橘色的母貓

灰白天：黑白相間的母貓。

花蜜歌：棕色母貓。

風心：棕色與白色相間的母貓。

兔光：白色公貓。

金雀花爪：灰色耳朵的白色公貓。

長老　（退休的戰士或退位的貓后）

苔皮：玳瑁色與白色相間的母貓。

河族 *Shadowclan*

族長　**霧星**：藍眼睛、灰色的母貓。

副手　**蘆葦鬚**：黑色公貓。

巫醫　**蛾翅**：帶斑點的金色母貓。
柳光：灰色的母虎斑貓。

戰士　（公貓，以及沒有年幼子女的母貓）
暮毛：棕色的母虎斑貓。
鯉尾：深灰色與白色相間的母貓。
錦葵鼻：淺棕色的公虎斑貓。
捲羽：淡褐色母貓。
豆莢光：灰白相間的公貓。
閃皮：銀色母貓。
蜥蜴尾：淺褐色公貓。
黑文皮：黑白相間的母貓。
噴嚏雲：灰白相間的公貓。
蕨皮：玳瑁色母貓。
松鴉爪：灰色公貓。
鴞鼻：棕色的公虎斑貓。
冰翅：藍眼睛、白色的母貓。
夜天：藍眼睛、深灰色的母貓。
溫柔皮：灰色母貓。
斑紋叢：灰白相間的公貓。

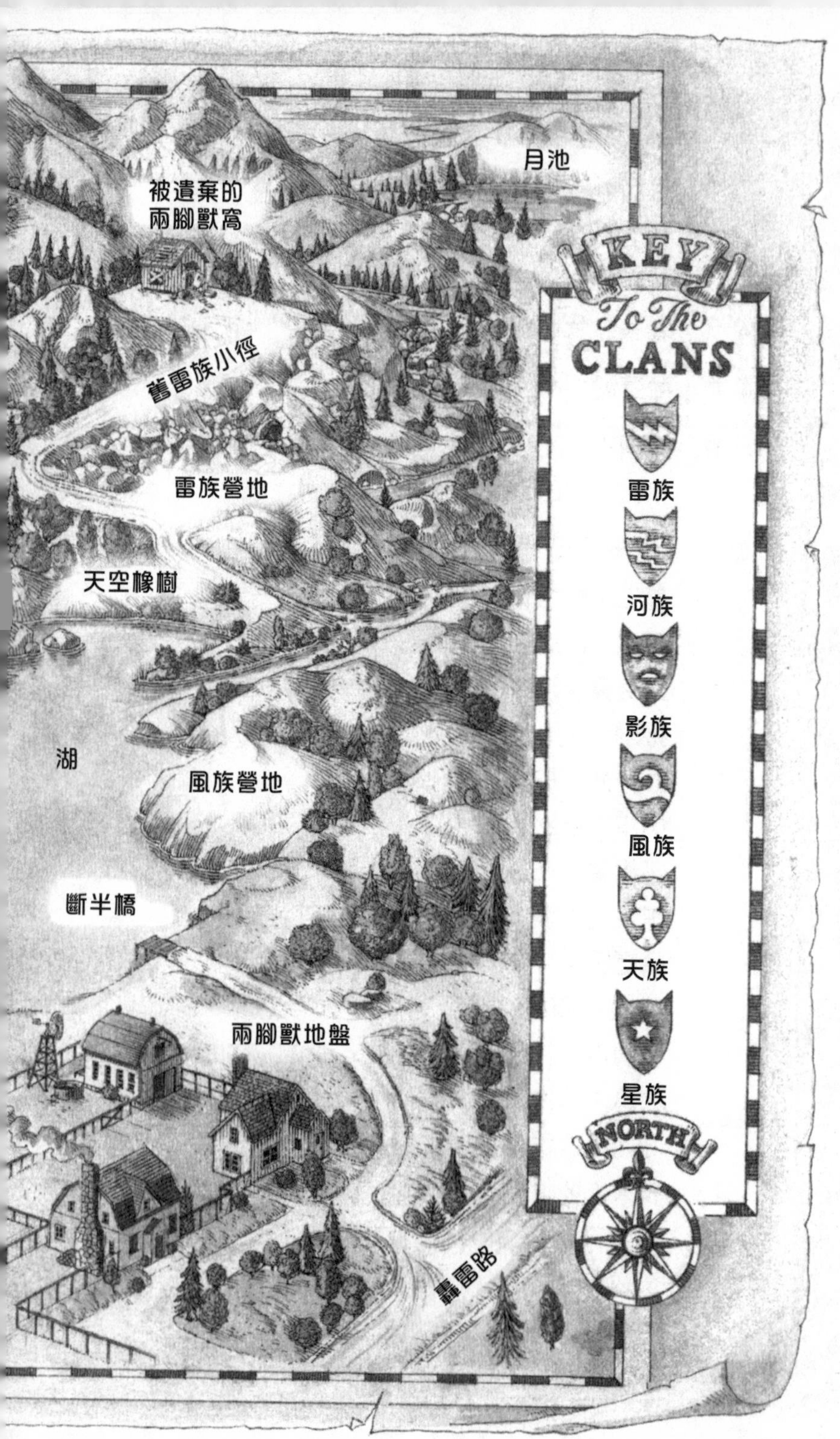
月池
被遺棄的
兩腳獸窩
舊雷族小徑
雷族營地
天空橡樹
湖
風族營地
斷半橋
兩腳獸地盤
轟雷路
KEY
To The
CLANS
雷族
河族
影族
風族
天族
星族
NORTH

綠葉
兩腳獸地盤
兩腳獸窩
兩腳獸小徑
兩腳獸小徑
空地
影族營地
天族營地
半橋
小轟雷路
綠葉
兩腳獸地盤
半橋
CAT VIEW
小島
小河
河族營地
馬兒地盤

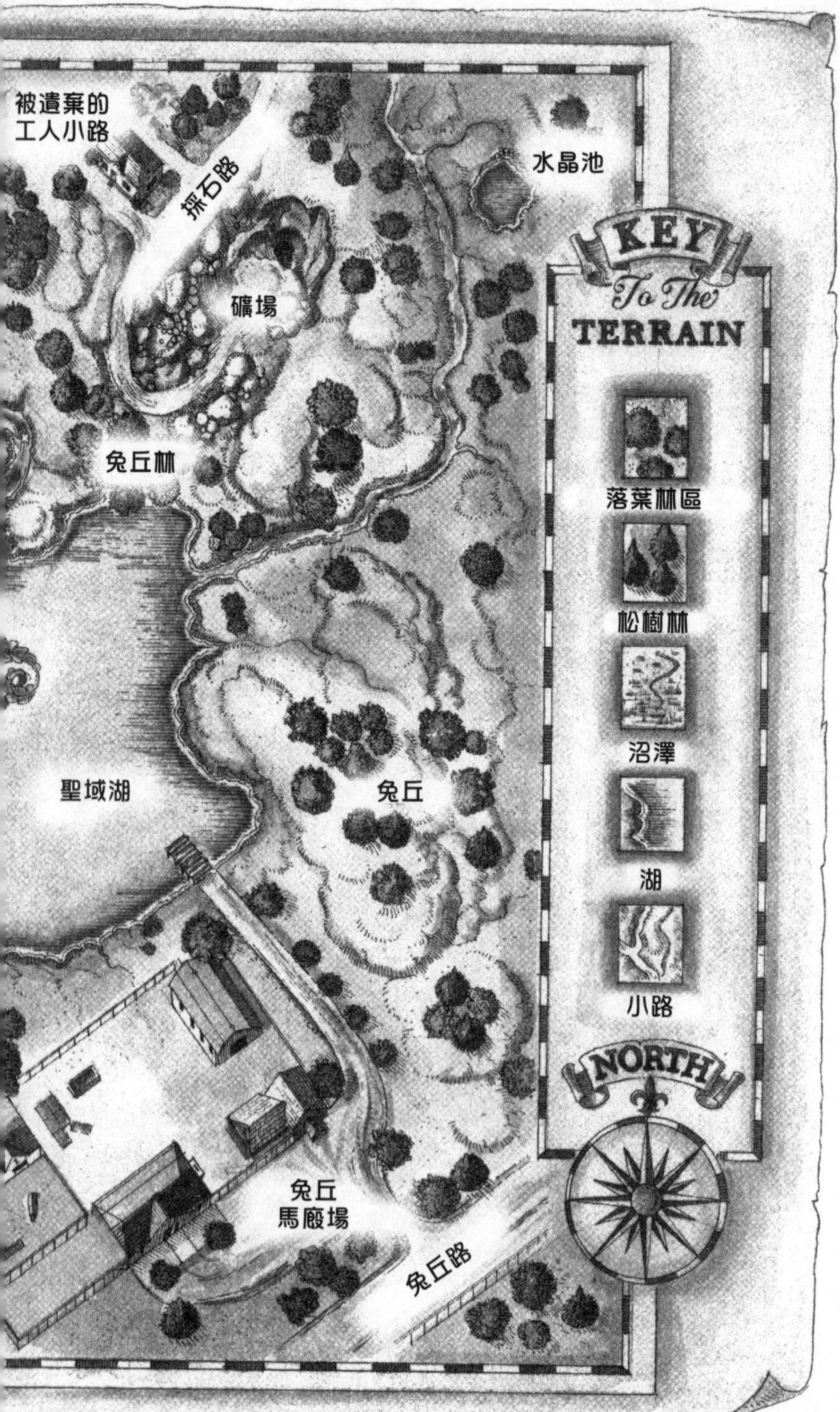
被遺棄的
工人小路
採石路
水晶池
礦場
兔丘林
聖域湖
兔丘
兔丘
馬廄場
兔丘路
KEY
To The
TERRAIN
落葉林區
松樹林
沼澤
湖
小路
NORTH

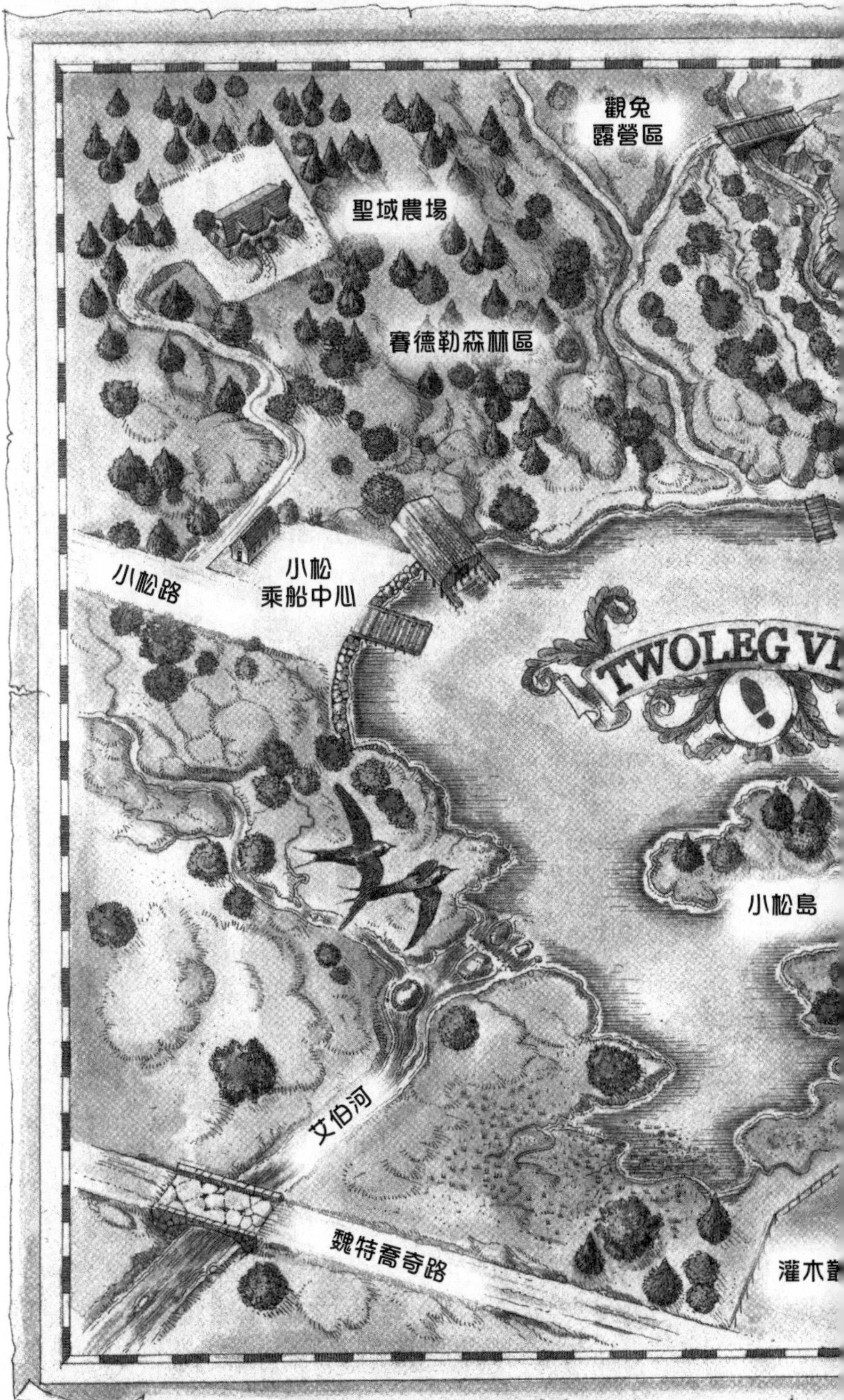

觀兔
露營區
聖域農場
賽德勒森林區
小松路
小松
乘船中心
TWOLEG VI
小松島
艾伯河
魏特高奇路
灌木叢

序章

鼠掌嚐了一下空氣。一陣微風盤旋吹入沙谷，帶來濃烈的苔蘚和獵物的氣息。她的爪子因興奮而抽動。她就要出發去探索雷族的領域了，這是她一直以來嚮往的事，今日終於得償心願。**快一點，塵皮。**在空地的另一邊，她的新導師仍在火星旁邊磨蹭著，而煤皮和沙暴在一旁聊天。她對葉掌眨眨眼。「他們在命名儀式前還沒說夠嗎？」她喵聲道。「我想要去森林探險了。」

「我也是！」葉掌興奮地抖鬆身上的毛。「煤皮答應我，要帶我去看款冬和牛蒡生長的地方。今天下午我要做出我的第一坨藥糊。」她琥珀色的眼睛閃閃發光。「剛剛的命名儀式是不是很棒？大家都看著我們，彷彿我們已經是真正的戰士，而不再是小貓了。」

「我們再也**不是**小貓了！」一想起火星第一次說出她的見習生名字時，鼠掌開心到忍不住顫抖。他看起來好驕傲。她開始在葉掌前面走來走去，一刻都停不下來。「我們很快就會成為真正的戰士，真正的巫醫貓了。我希望我不用訓練太久。我想要在禿葉季前成為戰士。到時我就可以率隊巡邏。」她的思維在飛馳。「真想知道我的戰士名字是什麼！」

「慢點！妳才剛獲得妳的**見習生**名字呢。」葉掌用鼻子推推她。

「每一隻貓都會成為什麼什麼**掌**，但我想要擁有一個屬於我自己獨一無二的名字。」

「我可以叫妳松鼠臉，如果妳喜歡的話。」葉掌咕嚕道。

「哈哈，真好笑。」鼠掌瞄了妹妹一眼。「妳覺得火星會給我命名為松鼠尾嗎？我希望不會。我寧願叫做松鼠焰或松鼠衝。」她的思維往前奔。「但我不在乎戰士名字是什麼，只要有一天叫做松鼠星就好了。」她停下來認真地看著葉掌。「妳覺得我有一天會成為族長嗎？」

葉掌輕輕拂動自己的尾巴。「當然！」

鼠掌覺得很開心。「我會成為族長，我會生下小貓，而他們將統治整個森林。」

葉掌熱切地點頭。「而我會成為最優秀的巫醫貓，並且每天都會跟星族分享預言。我們將會一起成為有史以來最有權勢的貓。」

鼠掌頓了一下。「是星族告訴妳的嗎？」她滿懷希望地喵問。

「不是。」葉掌害羞地瞄著自己的腳掌。「但那是顯而易見的事實。」

在空地那邊，火星剛從塵皮身邊走開。鼠掌的心跳加快。「他們說完了！」她迫不及待地看向塵皮和煤皮。當他們又開始說話時，失望像石頭一樣落進她的肚子裡。「還有什麼好說的呢？」

這時，火星和沙暴已經往空地這邊過來了。

「成為見習生的感覺如何？」火星靠近時開心地問道。

「棒透了！」葉掌趕緊迎上前回答。

沙暴輕輕拂動尾巴。「名字中有了掌字，可有不同感受？」

「當然！」葉掌在媽媽身邊繞著。「鼠掌已經在計畫她的戰士名了。」

鼠掌全身的毛都鬆開了。「我已經計畫我的戰士名好多個月了！」她熱切地看著火星。

「你不會把我取名叫松鼠尾吧？」

「一步一步來，」火星咕嚕道，眼裡閃著驕傲的光芒。「首先妳必須先完成見習生的訓練。」

「那很容易！」鼠掌的尾巴興奮地抖動著。

葉掌皺眉。「對**妳**而言很容易。**妳**不需要記住森林裡每一種藥草的名稱。」

「但我必須記住每一種獵物的氣息和腳印。」鼠掌指出道。

沙暴對他們寵愛地眨眨眼。「我知道你們兩個都會讓我們引以為傲的。」

「如果葉掌在我獲得戰士名字前就獲得了她的巫醫名，我怎麼辦？」鼠掌很苦惱。「那多尷尬。」

「沒關係，」火星安慰她。「你們兩個有各自要走的路。」

沙暴把鼻子伸過去，碰碰鼠掌的鼻子，然後碰碰葉掌的鼻子。「你們兩個只要互相扶持，就一定能屹立不搖。」

鼠掌的毛快樂地豎起來。她看著妹妹。「葉掌和我永遠都會團結在一起。」她以自己身上的每一根毛認真地說。

葉掌用她的尾巴捲著鼠掌的尾巴。「我們也一定會互相幫忙，」她發誓說。「沒有任何事能夠將我們分開。」

第一章

落葉季取代了綠葉季，枯黃的葉子已經覆滿了森林中的小徑。前面有一條小河，水聲潺潺地墜入湖裡。黃昏藍色的天空中，月亮冉冉升起。松鼠飛從樹下走出來，嚐了一下空氣。她聞到了石楠正在變黃的味道，充滿塵土的氣息。

鷹翼、梅石和蜂紋在她身邊呈扇形散開。

「靜悄悄的。」鷹翼喃喃道。

梅石盯著前面那一大片石楠。「這是最完美的狩獵天氣。」

鷹翼瞪著前方的樹林，彷彿要將它們看穿。「大家最好警戒些。」

松鼠飛點了點頭，知道這個年輕的戰士可能想起了他的前導師：一個月前某日，她在與今天非常類似的情況下遭到了一隻貓頭鷹的攻擊。她死了。**那是一個值得記住的教訓**，松鼠飛心想，**即使最清朗的天氣也可能潛藏著可怕的危機**。

squirrelflight's hope 24
松鼠飛的希望

松鼠飛瞇了瞇眼睛，努力想看清荒原上一個黑黑的影子。她正率領一支邊境巡邏隊，並已承諾會回報鄰居們的狀況。

自從其他部族為了給天族讓出生存空間而重新劃分邊界以來，已經過了快三個月了，而且新的氣味記號線一直未受到侵犯。棘星對此很滿意——新的和平很適合他——但他曾對松鼠飛透露說他很憂心，因為事情太美好了，難以置信。

那個黑黑的影子沒入石楠叢下。另一個緊跟著隱入。「那是風族的巡邏隊嗎？」松鼠飛納悶道。

蜂紋順著她的視線看過去。「大概是。」

「他們離開了。」梅石瞇起眼睛道。

松鼠飛移動腳步。「我們最好檢查一下，以確保他們沒有跨越邊界。」

鷹翼往前走，開始嗅聞河邊。梅石則沿著河岸檢查。

松鼠飛往那片多刺的金雀花叢甩了一下尾巴。「邊界已經改動過了。」她提醒他們道。

「是啊，但小河就是森林的盡頭。」鷹翼對她眨眼道。

「我們也必須習慣我們的新邊界。」松鼠飛瞄著那隻薑黃色母貓，很驚訝像她這麼年輕的戰士竟然就對貓族傳統這麼熟悉了。她的姊妹梅石也有同樣感受嗎？「妳曾給邊界做過了記號？」

「棘爪說沒有必要，」梅石回答道。「他說雷族貓不在荒原獵食。我們在森林裡獵食。」

松鼠飛驚訝地睜大眼睛。一個強大的貓族應該適應環境的改變，而不是忽略它。棘星必須跟他的資深戰士說一說。現在的和平難道是因為各貓族沒有在遵守新邊界才維持住的嗎？她走向下游石頭突出水面的地方，然後跳上第一顆石頭。「雷族貓當然要在雷族的土地上狩獵，」她回頭招呼同伴道。「從今天起，我們自己給自己的邊界做記號。」她跳上下一顆石頭，在腳掌滑過潮溼的石面時並未縮回爪子。然後她躍上了小河的另一岸。這邊的空氣中有泥煤的味道，還有濃厚的金雀花的氣味。她很驚訝，這裡離森林邊緣不過幾步遠，氣味竟然如此不同。但荒原的微風很舒爽，總是帶著清新的氣息。在靜謐的森林中，氣味會在空氣中停滯較久。

在她後面，鷹翼和蜂紋不安地看著河裡的那幾顆石頭。

「你們要不要過來？」松鼠飛不耐煩地甩動尾巴。

梅石掠過姊姊跳上了第一顆石頭。「來吧！」她豎起耳朵。「我們以前從未踏足風族的領土。」

「這裡現在是**雷族**的領土了。」松鼠飛糾正她。整片荒原很明顯未被狩獵過。地上的野草不曾被踐踏，空氣中也沒有獵物香甜的味道。不過，自從邊界改變以來，雷族貓並未挨餓。他們這個綠葉季收穫很豐富。獵物量很充足。但是，當禿葉季來臨後，獵物們會躲到地底下，到時他們就會需要這個珍貴的獵場了。畢竟，他們已經將森林中的好大一片地讓給了天族。

梅石躍上河岸，在松鼠飛身邊停住。「這裡聞起來好像有風族的味道。」

在蜂紋和鷹翼過河時，松鼠飛又嗅了嗅。是有少許風族的味道，但氣味並不新鮮。「也許是荒原那邊的風帶過來的氣息。」她跟梅石說道。

梅石嗅聞著草地。

蜂紋過來了。「這裡長久以來都是他們的領地，」他指出道，警惕地看向荒原。「我想雷族的氣味需要好一陣子才能在此留住。」

松鼠飛往界定邊界的那片金雀花叢走過去。「我們如果留下氣味記號的話，就會快一些。」她用臉頰擦著枝葉，偶而閃躲戳到她身上的刺。蜂紋堅定地沿著邊界邁步，邊走邊留下記號，而鷹翼和梅石則拉扯著野草，將他們的氣味擦進土裡去。

「我聞不到風族的任何氣味記號，」鷹翼看起來很疑惑。「他們還未給新邊界做記號。」

「也許是他們最近太忙了。別忘了，白尾不久前死了，他們一定還在替她守靈。等到天氣轉變時再說，」松鼠飛警告道。「當獵物不足時，他們對邊界就會比較小心了。」

蜂紋忽然往森林那邊扭過頭去。他的耳朵因興奮而豎起來。鷹翼順著他的目光，全身挺直。「兔子！」一隻肥美的白兔從森林裡跳出來，梅石立即往小河竄過去。

蜂紋和鷹翼緊跟著她。他們躍過橫跨流域的石頭，往森林裡的採石場奔去。那隻兔子看到他們時驚慌地銳叫，竄逃著尋找藏身處。但蜂紋身手矯捷，猛力一躍就跳過了獵者和獵物之間的距離，把那隻兔子摁在了地上。在鷹翼和梅石趕到前，他已經張口一咬，結束了那隻兔子的生命。

他們輪流嗅聞那隻新鮮肥美的獵物，全身的毛因興奮而蓬鬆。松鼠飛看向他們。她的族貓們顯然比較樂意在森林裡狩獵。她用臉頰擦著另一叢枝葉，然後走回河邊。棘星必須提醒他的戰士們隨時保持這些邊界記號的清新。如果他們不占據這塊土地的話，也許將來有一天，風族的氣味記號就會在這片領域裡長期駐留了。

「這不會是一次真正的大集會。」松鼠飛走在棘星身旁，一邊瞄著夜空。「今晚並沒有滿月。」

「這的確**不是**一次大集會，」棘星提醒她。「只是各族族長和副族長的小聚而已。」

他們站在湖邊，看著湖水慵懶地拍打著湖岸。松鼠飛腳掌下的鵝卵石仍殘留著白天太陽的餘溫。她擔憂地望向小島。有幾個影子正在越過樹橋。她看不出是誰。她嚐了一下空氣，但只聞到荒原的氣息，她想起她和蜂紋、梅石、及鷹翼的那一次巡邏。兔星是想挑戰他們所留下的記號嗎？誠然他不能抱怨。那片土地現在屬於雷族了。「兔星為何召集此次會議？」

「燼足沒說。」風族的戰士前來拜訪雷族時，她正好結束巡邏在休息。「他只是來傳達訊息。兔星想跟大家談一談。」棘星靠過來，用肚子蹭蹭她的肚子。「今天晚上的月亮或許不圓，但非常明亮。」他熱情地瞄她一眼。「能單獨跟妳在一起真好。」

她依偎著他。「我不記得上次只有我倆是什麼時候的事了。」

「妳還記得我們對這塊土地仍感到新鮮的時候嗎？」

她記得。「那時你剛被選為副族長。」

「我們常常會在大家入睡後，偷偷溜出去探險。」

松鼠飛發出咕嚕聲。「你總是笨手笨腳的。我不知道為什麼我們從來沒有被逮到過。」

「也許是因為我是副族長吧。」棘星低聲道。

「更可能是因為族貓們都很體貼吧，他們假裝沒聽見。連塵皮都不曾有過任何表示，他一向堅持年輕戰士一定要有充足睡眠的。」想起自己以前的導師，她全身都因快樂而覺得溫暖起來。她當他的見習生的日子長到彷彿數不完。當時她太年輕了，不瞭解。忽然憶起葉池和她曾如何為自己規劃偉大的未來，她有點難為情地瞄著自己的腳掌。**我猜我們的表現還不錯吧**。她並未覺得自己老了，但她許久不曾感受到自己剛成為戰士那頭幾個月每當被選去巡邏或參加大集會時總是會感受到的那種振奮了。她貼緊棘星。「你懷念年輕的時候嗎？」

他聳聳肩。「我懷念不需負責任的時候。那時，我們唯一需要擔心的就是下一次狩獵。那時我們還未成為族長和副族長，也還沒有小貓要照顧。」

松鼠飛感到一股強烈的渴望。火花皮和赤楊心長大了。她不曾有機會認識與他們一起出生的手足，死掉的小杜松和小蒲公英。她一直希望能夠再生一窩小貓，讓她能夠撫育並愛護的小貓。但他們卻一直都沒有再當父母的運氣。「生小貓並不會讓我覺得自己老了。我喜歡當媽媽的責任。能夠再次當媽媽一定是很棒的感覺。」她懷抱希望地瞄著棘星。當他不發一語時，她催他。「你不想嗎？」

「當然想。」他回答，卻並未看著她。

她全身竄過一股焦慮。她希望他能夠聽起來熱切些。「讓我們假裝我們現在又年輕了，就好像我們正在溜出營地時那般。」松鼠飛放輕聲音喵聲道。「全族的貓多半已經回自己的窩了，其他的在我們回家前也都會入睡了。」

「但願我們可以那樣。」棘星的喵聲裡帶著嘆息嗎？「但是會議我們不能遲到，而且會議後我們必須直接返回營地。樺落和獅焰一定會等著知道結果的。」

他又在為族裡擔憂了。他是一個好族長；他總是把族裡的需要放在自己的需要之前。但她忍不住希望，這一次他能把她的需要放在首位。在他們之間的親密感消失的那瞬間，她的心因失望而覺得刺痛。但她忽略那個感覺，把心思專注在會議上。「兔星應該不會有什麼重要的事要說吧。自從暴風雨後，大家一直和平共處。我們也終於習慣天族與我們一起住在湖邊了。對於新的邊界，其他各族也似乎都很滿意。」

「那為何要召開會議呢？」

「可能有疾病發生，或兩腳獸的麻煩吧。」

「猜想沒有意義。走吧，去了就知道。」棘星加快腳步。快接近小島時，他忽然奔跑起來，松鼠飛緊跟其後。跟著他穿過樹橋時，她瞄向月光瀲灩的水面。她身後沿岸的鵝卵石忽然發出嘎吱嘎吱聲。她轉過頭看到霧星和蘆葦鬚。她點頭招呼，但那兩隻貓已經跳入水裡往距離不遠的小島游去。

在另一邊岸上，棘星擠進濃密的野草裡。這裡有清新的氣味駐留。天族、風族和影族的族長都已經到了。松鼠飛也擠入枝葉中，跟著棘星打開的路徑進入空地。

當她從另一邊進來時，她看到了虎星、兔星和葉星站在灑滿月光的空地中央。苜蓿足、鴉羽和鷹翅則站在各自族長的後面，警戒地看著彼此。棘星已經匆忙趕過去跟他們會合了，松鼠飛連忙跟上。樹枝在她頭上發出窸窣聲。微風吹起地面的落葉。松鼠飛顫慄了一下。她習慣空地上擠滿了戰士、見習生，以及他們充斥在空氣中的氣味和聲音。

在他們靠近時，兔星對他們點頭致意。「謝謝你們前來。」

松鼠飛盯著風族族長的眼睛，但她讀不出其中的含意。她在其他貓的身上看到僵硬和緊張，那令她警惕。只有她和棘星不知道此次會議的目的嗎？她扭頭瞥向發出窸窣聲的長草，看到霧星和蘆葦鬚全身溼淋淋地走過來。

「兔星。」霧星走近時恭敬地低頭。

兔星對她眨眼致意，然後視線掃過在場所有的貓。「我請你們來是因為天族的領域有問題。」

葉星眼裡閃過訝異。「有問題？」

霧星、兔星和虎星冷冷地盯著天族的族長。松鼠飛的毛因戒備而豎起來。兔星已經跟其他族長討論過這個問題了嗎？

棘星瞇起眼睛。「如果天族的領域有問題，」他生硬地喵聲道，「為何不是由葉星向我們提出來？」

「她顯然沒有注意到。」霧星強調道。

「你們是不是又在天族背後說什麼了？」葉星的毛像波浪般急速翻動著。

鷹翅靠近他的族長。「我們希望那樣的日子已經過去了。」

「問題不在於是否在你們背後說話。」鴉羽甩動尾巴。風族副族長似乎很不耐煩。「你們若在這裡多住一段時間的話，就會看到這個問題了。」

松鼠飛瞪著他。他是想要羞辱天族嗎？

「三個月前我們已經就天族的領域問題做好協議了，」棘星低吼道。「當時我們全部都同意了。」

「那是當時我們所能想出的最佳解決方案。」虎星移動腳步。這個劃分領土的提議是影族族長當時自己所提出的。他現在後悔了嗎？

兔星仍然瞪視著葉星。「經過三個月，我們已經看到了這個計畫的錯誤。」

「什麼錯誤？」葉星逼問。

「為了給天族讓出空間，我們重新劃定了邊界。」兔星環視著其他族長們。「當時我們很樂意這麼做。我們理解天族需要住在湖邊。星族已經將這一點說得很清楚了。但是，改變邊界導致了我們當中有些部族現在擁有著無法使用的土地。」

「河族給我們的土地有許多水道，那讓我們的巡邏變得困難。」虎星贊同道。

霧星鬆開了全身的毛。「然而那些河道裡卻充滿了只有我們河族才能夠捕捉和享用的魚。」她喵聲道。

「而荒原給了你們。」兔星對棘星點頭道。

棘星背脊上的毛滾動著。「我們使用的是河流上游的土地。」

「真的嗎？」兔星懷疑地看著他。

「雲雀歌昨天在那裡抓到一隻兔子。」棘星告訴他。

「只有一隻嗎？」兔星瞇起眼睛。

「我們只需要一隻。」

兔星逼問。「今天你們的巡邏隊公然地度過小河。」

松鼠飛一肚子怒氣。風族的族長一直在暗中窺監視他們嗎？「那是一次邊界巡邏，不是狩獵巡邏。」她說明道。

「然而你們卻狩獵了。」兔星瞪著她道。「在森林裡，而非在荒原上。」

棘星移動腳步。「不管何處，只要看到獵物我們就會獵捕。」

「而且才抓到一隻，換做我們可以抓到三隻。」兔星喵聲道。

「你是在侮辱我的戰士嗎？」棘星頸部的毛豎起來。

「當然不是。」兔星甩動尾巴。「只不過我們在荒原上狩獵的經驗比較豐富罷了。」

「我們在那裡的狩獵經驗早晚**也會**變得豐富，」松鼠飛插話道。「我們只是都需要時間來適應各自的新領域而已。」

葉星轉向兔星，然後挺起胸膛。「你到底想說什麼？」她問道。「你想要天族再次離開嗎？如果你——」

「沒有任何貓想要你們離開。」兔星迅速回道。

葉星繼續她的話。「如果你想要我們走，你得先去跟我們的祖靈說說！」

松鼠飛心裡對天族的族長忽然感到一絲憐憫。「他們難道搬家還沒搬夠嗎？」

兔星迎著她的瞪視。「我只是想說，那塊土地完全浪費了。風族的貓口在成長——羽皮就要生小貓了，我們需要我們所能取得的任何土地。」

「你說得好像你們需要的土地比我們多。但是，天族的貓口也在成長！」葉星對他眨眼道。「紫羅蘭光已經生小貓了。」

「所有的貓族都在成長，」兔星平靜地喵聲道。松鼠飛不自在地移動腳步。似乎除了她外，每一隻母貓都在生小貓。風族族長繼續道。「這就是為何沒有任何貓族應該占有他們無法使用的土地之故。」他意有所指地望著棘星道。

棘星迎著他的目光。「雷族一直在使用自己擁有的**所有**土地。」

松鼠飛瞪著地上。也許她堅持雷族應該適應自己新土地的想法錯了。每個貓族在各自習慣狩獵的地方獵食也許才是較佳的安排。「我們使用荒原的機會不如預期的多，」她承認。「在今天之前，邊界也幾乎沒做過記號線。」

棘星倏地轉頭瞪著她。「我們不會放棄領域。否則，我們的土地就會比其他貓族少了。」

「我很樂意將我們那部分的荒原還給河族，」虎星喵聲道。「但如此天族就必須把我們以前的森林還給我們。」

棘星急速甩動尾巴。「誰都不能搶奪天族的領土。我們曾經煞費苦心才解決這個問題。如果現在破壞這個協議的話，那我們就會回到原點了。」

「但是，把獵物豐富的土地給天族卻換來我們無法使用的土地，這樣對我們公平嗎？」虎星目光灼灼地對他道。

「你當時在提出這個建議前就該想到這一點了！」棘星厲聲駁斥。

虎星怒視著雷族族長。「當時我怎麼知道風族竟然需要看著你的戰士們浪費他們的獵物？」

棘星凶狠地露出利齒。「我的戰士們從不浪費獵物！」

松鼠飛揮動尾巴擋住他們。她不能讓他們打起來。「或許有其他解決辦法，」她迅速喵聲道。「一個意味著不浪費土地並且天族也能擁有同樣領域的辦法。」她的思維不停轉動，想起在貓族們達成最後協議前幾個月的某個計畫。當時，所有的族長們都謹防著一個會讓天族定居在遠離其他貓族的計畫。但現在，那個計劃似乎才是最合理的安排。「廢棄的兩腳獸地盤旁的那塊土地如何？」

「那又是哪裡，請問？」葉星瞇起眼睛道。

「在雷族和影族的森林外緣。」松鼠飛熱切地看著她，希望天族族長會喜歡那個主意。但葉星看起來很懷疑的樣子。「如果那個領域是這麼優質的一個狩獵場，為何雷族或影族沒有早就占為己有了？」

松鼠飛眨眼。「以前只有四個貓族時，我們不需要它。」

「可是那樣我們就沒有通到湖邊的路。」鷹翅喵聲道。

虎星豎起耳朵。「你們為何需要到湖那邊去？你們又不抓魚。」

「那裡比較靠近月池。」兔星鼓勵地喵道。

「那藥草呢？」葉星反駁道。「有些植物只長在湖邊。」

「他們可以保留一小片森林的土地，」松鼠飛趕緊喵聲道。天族不應該跟大家完全隔離。「讓他們足以前往湖邊。而且，新土地上也可能有藥草生長。除了森林，我們並不知道那裡有什麼寶藏。也許那裡的資源比這裡更豐富，很難說，但一定很值得探索。」

葉星瞇起眼睛。「我們才蓋好新的貓窩，也才做好邊界記號。憑什麼我們必須去建立另一個新家呢？」

「妳說得對，」虎星贊同道。「那樣不公平。但如果這個安排對所有的貓族都好，那麼這就是一個明智之舉。而且這次我們會給你們協助。」影族族長看著其他貓道。「我相信**所有**貓族都會幫忙。」

鷹翅瞪著影族的族長，顯然不相信。「那個地方曾經有貓去探索過嗎？最後一次是什麼時候？」

當所有貓遲疑地看著彼此時，松鼠飛全身緊繃。

「我不確定是否有貓曾經徹底探查過那片土地。」霧星承認說。

「那為什麼**我們**就得去？」鷹翅厲聲道。「那地方可能有狐狸或兩腳獸出沒。」

松鼠飛傾身向前。「但那裡值得我們去看看，不是嗎？說不定就是一片完美的貓族領域呢？這樣我們就都有足夠的狩獵土地，也不會浪費任何東西了。」

葉星暴躁地甩動尾巴。「你們想要再次驅逐我們。」

「這不是驅逐，」松鼠飛反駁道。「你們會住在我們附近。」

葉星不以為然。「在你們附近，而不是在你們當中。到時你們就會將我們視作外來者。」

虎星瞇起眼睛。「是不是外來者由你們自己做決定。」

松鼠飛不理會影族族長。「我們會在大集會時碰面。你們也仍然會跟雷族和影族共用邊界。」

兔星點頭。「天族不會被排除在外。現在我們都是星族下面的一族了。我們有共同的祖靈。」

葉星露出深思的表情，彷彿在慎重考慮這個提議。然後她眼一眨，似乎將那個想法丟開般，防備地聳起肩膀。「遷入未知的領域是危險且困難的事。誰曉得那片樹林裡潛藏著什麼危險？」

「天族對危險的情境並不陌生，」霧星喵聲道。「我相信不管你們面臨什麼挑戰，你們都會勇敢並熟練地面對。」

葉星冷哼。「妳大可去跟我們的貓后和長老們說這些道理。」

松鼠飛感到身邊棘星的不安。他正盯著其他貓，眼裡閃著黝暗的怒火。她滿懷希望地對他眨眼。「我們會幫天族搬家吧？」

在他回答前，兔星搶先道。「給新貓族的新土地！這可能是最佳的解決方案。」他的聲音充滿愉悅。

鷹翅縮起爪子。「這裡一點都沒變。你們根據自己的需求瓜分領域，完全不聽我們想要什麼。」

「我們沒有瓜分領域。」虎星生氣地豎起毛。「我們盡量想出最佳的解決辦法。」他回視著鷹翅的目光。「你們現在是我們的一份子了。你們當然關心我們的問題，就如同關心你們自己的一般？我們只是想取悅星族而已，你們不想嗎？」

葉星的耳朵抽動著。「難道再次把我們遷出去就能取悅星族？」

「如果這樣做能帶來長久和平的話，或許能，」松鼠飛迅速喵聲道。「讓我們問問族裡的巫醫貓吧，看看星族是否贊同。」

「要是星族沒有傳遞出任何訊息呢？」葉星的眼神暗下來。「自從風暴後，祂們一直很沉默。」

霧星甩動尾巴。「那可能是因為沒有什麼好擔心的。如果我們做錯的話，祂們一定會警告我們的。」

棘星低吼。「所以只要我們的祖靈沒有抱怨，我們就可以把一個貓族遷出他們的土地？」他渾身的毛抖動著。「這就是貓戰士現在的精神守則嗎？」

「我們的問題也很重要，」虎星對他道。「戰士的精神守則告訴我們，要尊重亡者，以及還活著的。」

兔星深思地向前傾身。「讓我們至少考慮考慮松鼠飛的建議吧。」他喵聲道。

霧星點頭。「在大家都同意前，我們不須做出決定。也許天族會有機會習慣這個提議。」

她懷抱希望地看著葉星道。

天族的族長皺起眉頭。「走吧，鷹翅。我們在這裡只是浪費時間而已。」

「不，你們不會——」松鼠飛開口。但葉星和鷹翅已經掉頭走了。

「希望他們能夠回心轉意。」虎星遲疑地看著其他族長們。

「這個辦法能夠解決所有的問題。」兔星贊同道。

「葉星是一隻講道理的貓。」虎星望著天族族長的背影道。

棘星低吼一聲。「我們走吧。」他對松鼠飛猛地甩了一下尾巴招喚道。

棘星走開時，霧星低頭致意。「妳方才的提議很好，松鼠飛。」

「謝謝。」松鼠飛轉身跟在棘星後面。

走到空地邊緣時，她跳到棘星面前，在他止步時，熱切地眨眼看著他。她讓族長們未爆發爭吵。但迎著他的目光時，她的心畏縮起來。他正怒視著她。

「怎麼了？」她喵聲道。

「我不認為天族應該搬走。」他低吼道。

「我知道，」松鼠飛同情地喵聲道。「但有些事情必須改變。虎星的解決方案在當時可能是最好的辦法。但各部族的確在成長。我們全都需要領土，而這個計畫意味著沒有任何一族需要放棄他們的土地。」

「除了天族之外。」他憤怒地吼道。

松鼠飛眨眼看著他。「他們將會有新土地。天族習慣於搬遷，而這次的遷移也許是他們的最後一次。在廢棄的兩腳獸地盤旁的那片土地對他們而言有可能是最完美的居處。」

「**可能？**」棘星的尾巴憤怒地揮動著。「那裡也可能住著毒蛇、野狗，或狐狸。戰士們可能會因為妳的提議而**喪命**。」

松鼠飛的心猛烈地跳著。棘星為何這麼生氣？「天族很強大，又很機智。那麼多次難關他們都度過了。這次他們也一定能夠克服的。」

「為什麼他們得**克服難關？**」

「許多土地都被浪費了！」挫折感在松鼠飛的心裡翻湧著，但她壓低聲音，因為她知道其他族長都正從空地那邊看著他們。「今天蜂紋和梅石甚至不想要給我們與風族的邊界做記號。我相信鷹翅從來沒有渡過河去，而影族顯然也在面對同樣的問題。誰曾聽過影族貓會沾溼他們的腳？他們絕對不會到荒原那邊去狩獵的。」

棘星掉過頭開始走進又密又長的野草裡。「他們會習慣的，就像我們也會習慣小河另一邊的荒原那樣。」

「但如果天族搬家的話，那我們就全都會有比較大的領域了。」松鼠飛連忙跟上他。「你也聽到兔星和葉星說的了，各個部族都在成長；新葉季到來前，會有許多小貓誕生，更多嗷嗷待哺的口，更多見習生要受訓——」

「更多的小貓！」棘星用力揮動尾巴。「妳現在心心念念的就只是這個？」

她的心好像被利爪劃過。她看著他消失在草叢裡，她的身體緊繃起來。「難道你沒有在想這個嗎？」她追著他，但他已經跑遠了。當她趕上他時，他已經跳上了樹橋。她跟著他穿過樹橋，然後躍上了對岸。

她跳過來趕到棘星身旁，大口喘著氣。「**你**沒有想要生小貓嗎，棘星？」

「我已經有小貓了。」他厲聲道。

「你是說赤楊心和火花皮？他們都已經長大了！」

「我知道！」棘星沒有看著她。「他們已經大到可以照顧自己了。妳為何非要再為新生命負責不可？身為副族長還不夠嗎？」

「是應該夠，但並不夠。」松鼠飛心裡湧出一股驚慌。「我一季一季地老了。終有一天我不能再生小貓。我只是想要在為時已晚前，再生一窩小貓。」

「我理解。」棘星的聲音聽起來很疲憊。「當然我也想要生小貓。只是沒有妳那麼想而已。」

松鼠飛愣住，盯著他的背影道。「你不再愛我了嗎？」

棘星轉過頭來，眼裡閃著惱怒。「我當然愛妳！但我要為全族負責。而且，如果其他部族計畫給天族製造更多麻煩的話，我需要專注在這件事上。我沒有以前那樣的精力了。我也愈來愈老了。」

「不，你沒有！」松鼠飛的心裡燃起怒火。「你比我有更多的生命——」她忽地頓住，瞬間的領悟像冰水般當頭淋下。那就是為何他不在乎生小貓的原因嗎？將來他有很多時間可以生小貓；也許，在她死後，跟另外一隻母貓。這個念頭讓她覺得四肢發軟。棘星下一窩小貓的母親可能不是她。她瞪著他，說不出話來。

彷彿看到她的痛苦，他眼神閃了一下。「對不起。」他趕到她身邊去，用鼻子蹭著她的臉頰。「我不應該說那些話。剛才我太生氣了。我覺得妳在會議中不支持我。我只是想要保護天族。」

「我也是！」她氣憤地躲開。「我也是在努力尋找一個可以維持和平的解決之道。」

「也許妳是對的，但那不是重點。妳是我的副族長。」他的尾巴抽動著。「當著其他部族的面，妳應該支持我。我們需要看起來團結一致。妳明知道虎星對弱點的氣息有多敏銳、又多善於利用它。」

「抱持不同的意見並不是弱點。」松鼠飛的毛豎起來。

「當一個部族的副族長與其族長意見不合時，那看起來當然是一個弱點。」棘星移動腳步。「妳應該比誰都明白！妳應該私底下先跟我討論妳的想法，然後我們再一起向其他族長提出這個辦法。」

「那時可能已經太晚了。」松鼠飛停住。她不想爭執。此外，現在正困擾她的並非天族的問題。「抱歉我沒有事先跟你商量，但那真的是你為何說你不想要生小貓的原因嗎？」

棘星看著她，睜大了眼睛。「如果我的語氣聽起來是那樣的話，我很抱歉。我真的想要跟妳生小貓。」

「真的嗎？」她的心提了起來。

「是的，如果那就是妳想要的。」

松鼠飛瞪著他。他的眼裡透著妥協。當他面無表情地回視她時，她的心因悲傷而抽搐。她轉開頭。**我想要你也想要。**

他們沉默地循著原路返回營地。當他們抵達時，雲雀歌正看守著入口。看到他們，他的眼睛在黑暗裡閃爍。「會議進行得如何？」黑色公貓快速地往他們跑過來。「兔星想要什麼？」

「就是那些尋常的爭論。」棘星沉重地喵聲道，一邊鑽過荊棘遮掩的地道。松鼠飛讓雲雀歌擠到她前面，然後跟在他們後面進入營地。如同棘星先前所預料的，樺落和獅焰正在灑滿月光的空地上等著他們。當那三隻戰士圍著棘星時，松鼠飛腳步躊躇著。

他們似乎沒有注意到她在場。她也覺得自己彷彿不在場。與棘星的爭執在她的腦海裡迴響。**我死後，他可能會跟另一隻母貓生小貓。**她以前從未真正想過他可能會活得比她長——長好幾輩子。她第一次忽然領悟到自己可能永遠都不會成為雷族的族長。她的心往下沉。她幼小時曾與葉池分享的夢想最後將是一場空。棘星會活得比她久，而她永遠只是族長的伴侶。悲傷淹沒她。她死後，會留下什麼呢？在她死後，是否立即會有另外一隻母貓取代她？

悄悄地，她走向戰士窩。今晚她要睡在自己的老地方。她的心太痛了，根本無法躺在棘星的身邊。

第二章

「我們需要在禿葉季來臨前把它修好。」蕨毛抬頭往上看。

松鼠飛隨著那隻老戰士的目光往上瞧。長老窩的屋頂上有許多洞，陽光透過它們射進來，讓她睜不開眼。她轉開頭。「我會組織一個巡邏隊來修補破洞。」她承諾道。

灰紋的頭從入口處探進來。「妳會把那些洞補起來嗎？」

「當然會。」松鼠飛回答道。

「她會把屋頂修好！」他轉頭對躺在外面曬太陽的蜜妮喊道。

「她會怎樣？」蜜妮用粗啞的聲音問道。那隻老母貓的耳力愈來愈差了。

「把屋頂補好！」灰紋大聲回答道。

「跟誰？」蜜妮一臉疑惑。「她又在跟誰吵架啦？」

松鼠飛的心裡閃過警覺。全族的貓都知道她跟棘星吵架了嗎？他們一定有注意到她昨晚沒有睡在他的窩裡。

「是屋頂！」灰紋翻了個白眼，走出窩外。

松鼠飛尷尬地移動腳步。她是棘星的伴侶，也是副族長。她不能露出與族長不和的樣子。棘星說得對，他們必須展現團結，且不僅在面對其他部族時。他們也必須讓自己的族貓覺得他們的關係穩固。族長與副族長之間發生爭執，會在族裡製造動盪與不安。

蕨毛揮動尾巴。她回過神來。「什麼時候開始動工？」他問道，仍舊盯著屋頂。

「等露鼻和竹掌訓練回來後，我會叫他們立即動工。」

「謝謝。」蕨毛走向自己的窩，然後舒適地躺好。「能讓陽光射進來真好，但落葉季即將來臨了，雲尾也擔心亮心會著涼。」

「我們會把所有的牆加厚，」松鼠飛承諾道。「這裡會跟老鼠窩一樣的暖和。」

她低頭鑽出去。經過蜜妮和灰紋時，她對他們點頭招呼，然後環顧營地。棘星正和刺爪一起在高岩上曬太陽。她並沒有看向他，害怕接觸到他的目光。她從凌晨醒來後，就一直躲開他。經過昨晚的休息後，她的悲傷減輕了，理性也在她心中甦醒。棘星當然愛她；就算他沒有像她那樣的想要再生一窩小貓，至少他對她很坦白。她知道自己反應過度了。他為什麼應該想要跟她想要的一模一樣的東西？然而，她也還未準備好要跟他說話。她給自己安排了凌晨的巡邏，之後就直接去狩獵了。

但她不能整天都在營地外逗留。現在已經中午了，到黃昏巡邏前，她並沒有其他任務要完成。她在空地邊躊躇著，想找一些能讓自己忙碌的事情做。冬青叢和翻掌訓練回來了，正在那堆新鮮獵物上急切地用鼻子翻找著。松鴉羽和赤楊心正往營地外走去。松鴉羽雖然看不見，但仍如往常般領先走在前面。育兒室外，黛西正和百合心及玫瑰瓣聊著天，而玫瑰瓣的見習生，鬃掌則在營地邊緣的蕨叢裡來回嗅著，顯然是在找老鼠。松鼠飛心想，黛西是否該搬到長老窩去住了。在育兒室裡一定很寂寞。但她很會照顧懷孕的母貓，如果有戰士宣布說要生小貓了，怎麼辦？懷孕的母貓絕對不能單獨留在育兒室裡過夜。一股尖銳的痛楚刺著松鼠飛的心。**我早就應該住到裡面去了。**她的思維在奔馳。既然她知道棘星並不想要小貓，那她現在又怎麼生小貓呢？**他有想要小貓！**她糾正自己。**只是沒有我那麼想要罷了。**

但讓棘星不高興的不僅是小貓的事而已，她還在其他部族面前反駁他。**但那是因為他們差點打起來了！**松鼠飛氣憤地甩動尾巴。**而且我有權利表達自己的意見。**她所提出的對天族的計畫，可說是最佳的解決辦法。當時她就算想閉嘴，她也無法不說。但棘星卻暗示，一個好的副族長應該懂得保持緘默。她全身的毛賁張開來。那就是棘星所想的嗎——她不是一個稱職的副族長？傷痛再次像利爪般劃過她的心口。她閉上眼睛。一直想著這些事只會讓她更難過。

「鬃掌！翻掌！看我抓到了什麼！」竹掌的喵叫聲讓松鼠飛回過神，而翻掌聽到他小同伴的呼叫也從他正在享用的老鼠肉上抬起頭來。鬃掌從蕨叢裡探出頭來，睜大了眼睛。

那隻深灰色的母貓正站在營地入口，露鼻站在她旁邊，她的腳掌則攫著一隻小兔子。

鬃掌從蕨叢那邊奔過來，在她的妹妹前倏地煞住。「它幾乎跟妳一樣大！」她興奮地嗅著那隻兔子，而翻掌也趕過來了。

「是妳自己抓到的嗎？」翻掌崇拜地問。

竹掌瞄了眼自己的腳掌。「也不完全是我自己抓的啦。」露鼻在她旁邊咕嚕道。「竹掌發現兔子的蹤跡，追到後逮住。我只是幫她一口咬死而已。」

「我們現在可以吃它嗎？」竹掌問道。

「把它放到新殺的那堆獵物上，再拿一隻較小的獵物吃。」露鼻跟她說。「我們可以晚一點再跟長老們一起分享這隻兔子。」

竹掌瞄向空地邊緣的那堆獵物。一隻黃鼠狼放在最上面，身體很長。她睜大了眼睛。「那是一隻黃鼠狼嗎？」

翻掌點頭。「鼠鬚今早抓到的。」

「但黃鼠狼很凶狠。」竹掌喵聲道，眼睛睜得更大了。

「那一隻的確凶狠，」翻掌告訴她。「鼠鬚現在就在巫醫窩裡躺著，渾身是傷。」

松鼠飛豎起了耳朵。鼠鬚一定是在她在長老窩裡時回來的。「他傷得很重嗎？」

「我不知道。」翻掌回答道。

松鼠飛往巫醫窩走去。

「想像被獵物咬傷的樣子。」鬃掌喃喃道。

「想像被獵物咬死的樣子！」竹掌喵聲道。

「把妳的兔子放到新殺的那堆獵物上，」露鼻又跟竹掌說一次。「等妳吃飽了後，我們就要開始練習戰鬥動作。」

松鼠飛回頭瞄著那隻灰白紋的公貓。「訓練結束後，你們可以去檢查一下長老窩嗎？他們的屋頂需要修補。」

「沒問題。」露鼻甩動尾巴道。

松鼠飛鑽過沿著往巫醫窩去的那條小徑上濃密的荊棘叢。荊棘叢裡的陰涼籠罩著那一片土地。空氣中充滿藥草香。松鼠飛走進窩去，妹妹葉池抬頭親切地看她。「哈囉，妳好嗎？」

鼠鬚僵硬地坐在床鋪的中央。葉池回頭繼續在他的傷口上塗藥膏。

「你傷得很重嗎？」松鼠飛走過去在他旁邊停下。「看來葉池把你照顧得不錯。」

「她把我照顧得很好。而且只是幾處咬傷而已。」鼠鬚回答道。

「有幾個傷口很深，」葉池向她報告。「但我已經清洗了傷口，也在上面塗了厚厚的藥膏了。傷口應該很快就會痊癒。」她認真地看著那隻灰白色公貓。「但你如果發燒了，或疼痛讓你整晚無法入睡，你要馬上回來找我。」

鼠鬚點頭。

「你是在哪裡抓到黃鼠狼的？」松鼠飛很好奇。在這邊的森林裡很少有黃鼠狼的蹤跡。

「在櫸木林附近。」鼠鬚跟她說。

松鼠飛明白了。她之前還在想他是不是在屬於雷族的那片荒原上抓到的。「不是在沼澤上？」

鼠鬚看著她，一臉疑惑。「我幹嘛跑到荒原去狩獵？那是風族的領域。」

「小河對岸的那片荒原現在是屬於雷族的了。」她提醒他道，惱怒地甩動尾巴。

「啊，對哦，」他聽起來有些驚訝。「我老是忘記。在毫無遮掩的天空下狩獵，我覺得好奇怪。」

松鼠飛忍住了一聲嘆息。兔星沒有說錯，許多土地確實被浪費了。「我們都需要學習。」她馬上回答道。

「當然。」鼠鬚心不在焉地看著自己肩膀上的一個傷口。「我只是希望在風裡狩獵不會讓我們也變得像風族戰士那般瘦小。」

葉池用腳掌把她先前在上面調製膏藥的葉子折疊起來。「風族的戰士比我們瘦小，那是因為他們的祖靈比我們瘦小，並不是因為風的關係。」

鼠鬚哼了一聲。「那麼是什麼讓他們的祖靈長得那麼瘦小的？」

葉池聳聳肩。「只有星族知道。」

「可能就是風。」

松鼠飛跟葉池對看了一眼，吞下一聲咕噥。葉池難道要用那樣的邏輯跟他辯論嗎？

「到陽光下去休息曬太陽吧，」葉池轉移話題，叮嚀鼠鬚道。「這樣傷口乾得比較快。」

「謝啦，葉池。」鼠鬚低頭道謝，然後往出口走去。

「等等，」松鼠飛從後面喊住他。鼠鬚轉過頭，疑惑地看著她。「你最近巡邏時有沒有去過雷族領域的邊緣，就是兩腳獸地盤附近那片廢棄的土地？」

鼠鬚皺眉。「四分之一個月前，我與雲雀歌和櫻桃落有到那一帶去過。」

「那你知不知道邊界外那一片土地的情形？」她背脊上的毛豎起來。棘星要是知道她在問這些問題的話，肯定會不高興。「那邊有流浪的動物出沒嗎，或狐狸之類的？」

「邊界偶爾會出現不熟悉的氣味。但那裡如果有流浪動物或狐狸出沒的話，牠們最好不要笨到闖進我們的領域來。」

「謝謝你，鼠鬚。」松鼠飛向他點頭致謝。那隻灰白色公貓便鑽出窩去了。

「妳問這些做什麼？」葉池瞪著她。

松鼠飛坐下來，把尾巴捲放在腳掌上。她鬆了一口氣，終於能跟自己的妹妹講一會兒話了。

「昨天和兔星的會面很緊張。」

「我聽說他們想要邊界的劃分回到天族未加入前那樣。」葉池的眼光因憂慮而暗下來。

「倒不完全是，」松鼠飛解釋道。「沒有任何部族想要把天族趕出他們的家去。但新劃分的邊界卻給影族一些他們無法狩獵的土地，而我們則有一大片我們顯然很少使用的荒原。」

葉池的毛波動起來。「但我們不能再回到從前的舊邊界了。那樣的話，天族怎麼辦？」

「那就是為何我會問鼠鬚有關廢棄的兩腳獸地盤。那裡或許可以成為天族最棒的領域。」

「他們願意搬到那裡去嗎？」葉池好奇地問道。

「如果知道那片土地不錯的話，可能願意。」松鼠飛滿懷希望地看著她的妹妹。

葉池不大相信的樣子。「這或許是解決之道，但棘星知道妳的想法嗎？」

松鼠飛呼出一口氣。「昨晚開會時我已經提出來了。」

「真的？」葉池的耳朵緊張地抽動著。

「我必須那麼做。這個辦法可以解決我們所有的問題。」松鼠飛堅持道。

葉池皺眉。「我真的不覺得天族必須搬家，他們受過的苦夠多了。大家難道不能努力適應新的邊界嗎？」

「我們全都需要更多的土地。」松鼠飛解釋道，嚥下滿腹的挫折。她原本希望葉池會支持她的。

「棘星的意思呢？」

「他認為天族應該留在現有的地方。」

「我很高興有貓支持天族他們。」葉池叼起剛才折好的葉子，拿到窩的裡面，然後把它放到一堆藥膏上。「自從天族遷到這裡後，影族就一直在排擠他們。現在，河族和風族也加入了陣營。我知道改變是很困難的事，但部族們甚至連改變的努力都不曾做。他們似乎只想要一切都如同往日那般。我真訝異星族對此竟然未置一詞。」

松鼠飛豎起耳朵。「下次妳到月池去時，能否問問祂們？」

葉池聳聳肩。「好，但我不知道祂們是否會回答。自從暴風雨後，祂們一直很沉默。我們猜測那是因為祂們沒有什麼要告訴我們的。」她轉開頭，皺著眉。「現在，我倒不確定了。」

松鼠飛全身緊繃。「妳覺得祂們的沉默有其意涵？」

「我只知道當我用鼻子碰觸月池時，除了月亮的倒影之外什麼都沒看見。這讓我覺得很不安。」她走回松鼠飛旁邊。「妳剛才說棘星認為天族不應該搬家。」她蹭蹭姊姊的頭，詢問道。「你們是不是為此爭吵了？」

「妳為什麼會覺得我們爭吵了？」

「今天早上我看到妳從戰士窩走出來。」葉池同情地看著她。

「他說我應該支持他。」

「妳是應該事先跟他討論。天族需要時間習慣新環境，並在湖邊鞏固好自己的地盤。我不認為將他們遷出去是個好主意。」

「但如果他們留下來的話，有關邊界劃分的緊張局勢就會愈加惡化。」他們若不儘快解決土地劃分爭議的話，可能會有可怕的後果。為什麼葉池和棘星就是看不見呢？虎星那個腦袋裡一旦有了某種念頭，就會像狐狸咬住了骨頭般不肯放。

「的確，」葉池讓步。「但妳覺得虎星或他們其中任何一個，現在會放棄這個想法嗎？如果天族決定不搬的話怎麼辦？」她皺眉。「難怪棘星會不高興。妳簡直是捅了馬蜂窩。」

松鼠飛焦躁地甩動尾巴。「我們爭論的不只是天族遷移的問題。」她想告訴葉池整個事情的經過，但覺得躊躇。跟葉池討論生小貓，是一件尷尬的事。好幾季前，她才跟鴉羽，一隻風族的戰士，生下了幾隻小貓。因為葉池是一隻巫醫貓，不允許有伴侶，也因為小貓的爸爸是另一部族的貓，因此松鼠飛將那幾隻小貓當作自己生的來扶養。那些小貓是松鴉羽、獅焰和冬青葉，而松鼠飛將他們視如己出地疼愛。然而她知道，葉池一定很難理解她想要再生一窩小貓的渴望。她已經當過兩次媽媽了，那是葉池永遠沒有機會體會的經驗。

她的妹妹瞪著她，眼裡閃著好奇的光。「那你們還吵了什麼？」

松鼠飛吐了一口氣。**別管什麼尷尬了——葉池一定能理解。**而且她也需要安慰。「他說他沒有像我那樣想要再生一些小貓。」

葉池睜大的眼睛裡湧現同情。「喔，松鼠飛。」

松鼠飛點頭。「我知道，我這樣——」**很自私**，她正想說。**因為我已經生過兩窩小貓了。**

但葉池沒讓她說完。

「那些話一定讓妳很傷心，」葉池溫柔地說道，垂下了頭。「我知道妳有多想要再生幾隻小貓。」

「棘星說他年紀大了，而且族裡的責任已經夠多了。」她沉默下來，想起前晚的爭論，心裡仍然覺得很痛。

「我相信妳若再生小貓的話，他還是會愛他們的，」葉池喵聲道。「但我可以理解那個想法對他而言有多麼難以接受。」

松鼠飛眨眼問道。「妳會不會覺得我想要再生一窩小貓很過分？我知道這樣……」

「不，當然不。但妳已經有赤楊心和火花皮了，從某方面而言，還有松鴉羽和獅焰。」

松鼠飛點頭，但她覺得心抽痛著。「他們不再需要我了。」

「他們永遠都需要妳，」葉池喵聲道。「只是他們對妳的需要不再是小貓時的方式了。再者，全族也都需要妳，不是嗎？」

「那不一樣。」

葉池伸過鼻子，輕輕蹭著她的臉頰。「我很難過妳這麼傷心。我相信棘星也想要生小貓，妳只是需要給他一點時間。」

「要是沒時間的話，怎麼辦？」松鼠飛忽然感到一股疲憊。「要是我太老了，怎麼辦？」

「妳一點都不老。」葉池退開一步。「妳別那麼著急，松鼠飛。」她溫柔地看著她的姊姊。「妳不要急著馬上就要解決一切問題。將來妳會生更多的小貓，而棘星會忘記他曾有的遲疑。各部族也會解決邊界的問題。放慢腳步，順其自然。」

松鼠飛垂下頭，很感激有葉池這樣的妹妹。她既溫和又睿智，而且總是努力地理解。但松鼠飛知道，他們看待邊界爭議的角度不同。葉池是一隻巫醫貓——她當然覺得應該維持新的邊界。她並不瞭解，戰士們太珍視狩獵的土地了，不可能不爭吵就輕易浪費了它們。

至於生小貓的事……葉池並不瞭解不被需要是什麼感受。葉池每天都被需要著。全族都依賴她，有時還得靠她救命。但對松鼠飛而言，情況不一樣。即使身為副族長，她也只不過是眾多戰士之一。

她站起來。「謝謝妳的傾聽，葉池。」她走出窩去，感覺得到葉池在她身後目送的眼光。她覺得飢腸轆轆，但她渴望的卻不是食物，而是某種她似乎求而不得的東西。她需要有所行動，不能就這樣聽天由命。她往營地入口走去。昨晚的會議仍叫她焦躁不已。一定有什麼辦法能夠說服棘星，讓他相信她的主意是解決部族中這個新紛爭的最佳辦法。她想起葉星的遲疑；她看得出來，天族族長在挺肩露出厭惡的表情前，曾思索片刻，彷彿在斟酌遷移的可能性。也許她能想出辦法說服她。如果松鼠飛能夠悄悄地去找她，並且不讓其他部族察覺的話，或許就能勸她認真考慮那個提議。鼠鬚已經說了，邊界外那片土地並沒有什麼危險的跡象。假如她能將這個訊息帶給葉星的話，或許它就足以改變那個天族族長的心意。

松鼠飛豎起尾巴，大步邁出雷族的營地，往天族的邊界走去。她知道她必須有所行動。她必須去跟葉星談談。

第三章

靠近天族邊界時，松鼠飛鬆開了全身的毛。她凝神盯著樹林之間。她會等某隻巡邏貓出現。未經允許就進入天族領域可能會觸怒葉星，她沒必要犯這種錯誤。雲朵從山巒那邊飄過來，潮溼取代了早晨的熱氣。松鼠飛嗅到雨水的氣息。第一陣雨開始下起來，她繼續等待著，吃力地瞄著天族邊界內的動靜。

蕨叢發出窸窣聲，松鼠飛倏地轉頭看去。黑白相間的毛在枝葉間忽隱忽現，然後灰白天，天族的一隻戰士，奔進空地裡，警惕地舔著空氣。「我聞到雷族的氣味。」

樹走到她旁邊。「我們離邊界不遠，對吧？」

松鼠飛抬起尾巴。「樹！」

灰白天先轉過來。「松鼠飛？妳在這裡幹什麼？」當樹也轉過頭來時，她昂首闊步走向松鼠飛。大雨飛濺在他們周圍的葉子上。

樹緊跟著跑過來。「嫩枝杈還好嗎？」他

叫道。

「她很好。」松鼠飛大聲喵聲道，聲音在樹林間迴響。她連忙轉頭往身後瞥去，唯恐附近有雷族的戰士出現。她不想被看見在跟天族的貓說話。她壓低聲音，更柔和地喚道。「我有話跟葉星說。」灰白天跑近她身邊，瞇起眼睛。松鼠飛看得見她眼裡的好奇，但那隻黑白紋的母貓尊敬地向她低頭致意，並沒有提出任何問題。**副族長的身分，有時很好用**，松鼠飛心想。

「她在營地裡，我帶妳去見她。」

樹一臉訝異。「松鼠飛不是知道我們的營地在哪裡嗎？她可以自己過去，這樣我們就可以完成我們的巡邏了。」

灰白天不耐煩地甩動尾巴。「我們不能讓別族的貓未經監視就在我們的領域裡到處亂走。」

「但她又沒同伴。」樹顯然未被說服。「她獨自一個能造成什麼傷害呢？」

「她可能是間諜，或來這裡捕捉我們的獵物，」灰白天跟他說。她迅速看向松鼠飛。「我知道妳不是，」她尊敬地解釋道。「但是我們必須遵守規則。」

「那些規則沒有意義，」樹反駁道。「但好吧，我們照妳的方式來。」

松鼠飛瞄著他，覺得有意思。**一日孤僻，終生孤僻。**樹這一生有可能理解戰士守則嗎？

灰白天點頭，讓松鼠飛越過天族邊界。松鼠飛再次轉頭瞄看是否有雷族戰士，然後邁入天族領域，隨著灰白天走向天族的營地。

「你的小貓們都好嗎？」樹走到她旁邊時，她問道。

那隻黃色的公貓驕傲地咕嚕道。「他們長得好快。」

在上次大集會時斑願就跟她說了，紫羅蘭光給樹生下了一窩小貓。她的姊姊嫩枝杈太高興了，要求族長允許她去探訪她新誕生的親屬，但棘星不願意自己族裡的戰士去跟別族的貓建立這種親密關係。「紫羅蘭光是天族，而嫩枝杈是雷族，」他解釋道。「這種分裂的忠誠對誰都沒有好處。」

松鼠飛跟著灰白天穿過一片長滿荊棘的空地，同時瞄了樹一眼。「嫩枝杈很想見他們，但我想她得等到他們第一次參加大集會時。」

「紫羅蘭光迫不及待要炫耀她的小貓。」樹的眼睛閃閃發光。

這時雨下得更大了，嘩啦啦打在樹梢上，滴進林子裡。松鼠飛抖落身上的雨水。靠近天族的營地時，她的心跳加速起來。葉星會願意跟她談話嗎？

前面出現了營地的牆，灰白天加緊腳步跑過去。「樹，你陪著她，」她轉頭囑咐。「我先去警告葉星她來了。」

警告？松鼠飛的耳朵緊張地抽動著。「我只是想跟她談談。」她大聲喵聲道。但灰白天鑽進入口地道，不見了。

「妳想跟她談什麼？」樹問道。

松鼠飛抬起下巴。她不習慣被戰士這般質問。「葉星若想讓你知道，你就會知道。」

樹瞄了她一眼，但沒說什麼，護送她進入了營地。

她走進來時，紫羅蘭光抬起頭。那隻年輕的貓后正在育兒室外與蘆葦爪分食著一隻老鼠，不在意從他們的耳朵不斷滴下來的雨珠。貝拉葉躲在育兒室的門口，拍著自己鼓鼓的肚子。四隻小貓在空地邊緣已經積起來的水窪裡嬉戲，濺起熱鬧的水花。他們全都還不到三個月大。較小的那兩隻貓咪——一隻黑白紋，一隻全身金黃——在看到樹時，便停下玩耍衝過來迎接他。

黑白紋的那隻小母貓先奔到。「樹！」

另外一隻也趕到了，開始圍著樹開心地在他腿間繞來繞去。松鼠飛跳到一邊看著。

「嗨，小根。」他用腳掌寵愛地拍拍那隻黃色小公貓，然後用鼻子蹭蹭那隻黑白紋的小母貓。「今天玩得開心嗎，小針？」

「你可以陪我們玩嗎？」小針細聲細氣地喵聲道。

「紫羅蘭光說她很累。」小根看起來就是樹的縮小版。

樹咕嚕道。「等我們的訪客離開後，我再陪你們玩。」

小針抬頭看著松鼠飛，眼睛睜得大大的。「妳是誰？」

「我是松鼠飛。」她的心因渴望而疼痛。她還要等多久才能再有自己的小貓呢？「我來找葉星談話。」她瞄著還留在水窪那邊玩耍的兩隻較大的小貓。她不知道原來天族有這麼多小貓。他們會需要他們所能獲得的所有土地。「他們是誰的小貓？」

「蘆葦爪的，」樹告訴他。「小鳶和小龜。」

「他們要比我們整整早一個月成為見習生。」小針一副很不滿的樣子道。「但是斑願說，我們真的長得很快。我們不久就會跟他們一樣大了。」

小根戒備地嗅著松鼠飛。「妳的氣味聞起來跟我們不一樣。」他喵聲道。

「我的氣味跟你們的不同，」松鼠飛告訴他說。「我來自雷族。」

小根豎起耳朵。「跟嫩枝杈一樣？」

「是的。」松鼠飛咕嚕道。紫羅蘭光一定有跟他們提過他們在雷族的親戚。她環顧空地。哈利溪和梅子柳正從營地的另一邊盯著她瞧。在巫醫窩外整理藥草的斑願也抬起頭來瞄了她一眼。露躍和花蜜歌則站在一堆新鮮獵物旁瞪視著她。

馬蓋先一臉惺忪地從戰士窩裡踱出來，鼻子抽動著。「我聞到雷族的氣味。」

小針往他奔過去，黑色的胸膛挺起來。「是松鼠飛來了。她來拜訪我們。」

就在馬蓋先轉過頭來戒備地盯著松鼠飛時，灰白天從一個窩裡鑽出來，後面跟著葉星和鷹翅。他們的眼神黝暗，透著疑惑。

「松鼠飛，」葉星冷冷地打招呼，在離松鼠飛一條尾巴遠的距離停下來。「妳來這裡做什麼？棘星呢？」

「我希望能跟妳談一談。」在葉星的瞪視下，松鼠飛不安地移動腳步。「單獨談一談。」

鷹翅瞇起眼睛。「我覺得妳在會議上說得夠多了。」

「並沒有，」松鼠飛迅速喵聲道。「如果說夠了的話，情況或許就會不一樣了。我只是想看看我們是否能達成協議。」天族的戰士從空地的四周看過來；他們好奇的眼光彷彿要燒穿她的皮。「我們可以找個隱密的地方談一談嗎？」

葉星沒有動。雨水沿著她的鬍鬚滴落。

松鼠飛壓低聲音。「我不想讓你們的族貓聽到我的那些想法。」

葉星冷哼。「妳倒很高興讓其他部族聽到妳的那些想法。」

「我很抱歉。」松鼠飛低下頭。「也許我不應該說出來，但我當時只是努力想要維持和平。」

「不惜犧牲我們，如同往常。」鷹翅抱怨道。

「請讓我跟妳解釋。」松鼠飛懇求地看著葉星。難道天族族長在會議中所露出的片刻遲疑完全是她的想像嗎？也許葉星從來就沒考慮過要遷移到新的領域去。她一口氣卡在嗓子裡。**然而，她非說不可！**

葉星甩動尾巴。「好吧。」她扭頭往自己的窩走去。「但我只能給妳一點時間。我還有一族老小要照顧呢。」

松鼠飛冒著雨趕到葉星的窩前，然後在入口處等她先進去。

「鷹翅，你也來。」葉星命令道，一邊往窩內鑽進去。

小針對松鼠飛眨眼。「葉星好像不太喜歡妳，是嗎？」

「現在還不喜歡，」松鼠飛溫柔地答道。「但我希望我能扭轉她的心意。」

她隨著葉星走進去，鷹翅立即跟在她後面。

窩內很乾燥，殘留著早上陽光的餘熱。松鼠飛想要把身上的雨水抖掉，但不敢。那樣她會把葉星和鷹翅都弄溼了。她只是把雨珠從眼眶裡眨掉，不理會雨水正在浸透自己全身的皮毛。

「我知道我的要求有點過分，」她開口道。「你們受過的苦比其他的部族都要多，且長久以來一直都沒有真正的家。但是，兔星對土地被浪費的看法，是正確的。我想我們當時重新劃分領域時，出發點是好的。然而，即使我們學會了在分配給我們的荒原上狩獵，影族也絕不會到他們的高沼地捕魚，而河族就會看著曾經屬於他們的食物不被捕捉。簡單而言，我們根本無法適應新領域，而這事實只會讓新邊界變得不切實際。」

鷹翅有如岩石般一動不動。「這難道是我們的問題？」

「它終將成為所有貓的問題。每個部族都在成長，但卻不是每個季節都像綠葉季般獵物充沛。當食物不足時，戰爭就會爆發。假如風族和河族被迫看著曾經屬於他們的領域被浪費的話，我們現在所享有的和平就不可能維持到獵物短缺的禿葉季結束。」她看到葉星冷冷的眼裡閃過一絲興趣。「當時，劃分新領域是我們所能想到的最佳解決之道；此外，要求你們全族再次搬遷，也不公平，」松鼠飛誠懇地喵聲道。「這些我知道；所有的貓都知道。但是，它卻可能是維持長久和平的唯一辦法。」

「妳要我們遷離湖區。」葉星低吼。

「不是！」松鼠飛的鼻子伸向前。「你們絕對不能離開湖區。你們屬於這裡。但是被廢棄的兩腳獸地盤旁的那片領域，有可能是你們絕佳的安身處。如果是的話，那麼我們對土地的紛爭就會在開始前結束。」

葉星沒有動。「如果杜絕紛爭這麼重要的話，為何是**妳**而不是棘星來跟我談？」

松鼠飛感受到她話中的刺，但並未反應。葉星有權利生氣。「棘星不知道我來找妳，」她承認。如果她想要獲得天族族長的信任，她必須對她誠實。「他認為你們不應該搬家。但如果他能明白你們可能搬去的領域有多好的話，他就會承認這是一個很棒的計畫。」

「妳是背著他來的？」葉星訝異道。

「我正在想辦法說服他。」松鼠飛眨著眼懇切地對天族族長道。

鷹翅瞇起眼睛。「妳想要我們幫妳？」

「這麼做也是在幫天族，幫**所有的**部族。」松鼠飛盯著天族副族長道。不用說，他一定懂得！「既然邊界外可以找到很多土地，我們五個部族為何要勉強擠在僅夠四個部族居住的土地上呢？」

「我們尚不知那片土地是否能用，」葉星哼道。「那裡或許已經有凶猛的惡棍貓或狐狸或兩腳獸居住。」

「那就是為何我們需要去那邊看看。」她凝視著葉星。「妳和我，我們可以去勘查一下，然後妳再決定。假如那裡對天族來說不安全，那麼沒有任何貓能逼你們搬家。」

鷹翅背脊上的毛豎起來。「妳不能到不熟悉的領域裡去探查，」他對葉星道。「那樣太危險了。我派一個巡邏隊去吧——」

「不用。」葉星打斷他。「在我確定那塊土地可以安家前，不能讓大家知道我們在考慮這件事。」

松鼠飛內心閃過一絲希望。「那麼妳願意跟我一起去勘查那塊土地嗎？」她凝視著葉星的眼睛，其中的好奇讓她鬆了一口氣。

「我不喜歡妳對棘星隱瞞這件事，」葉星喵聲道。「但那是妳的問題，不是我的。」松鼠飛忽略自己內心裡的那股擔憂。葉星接下來的話讓她激動。「我跟妳一起去，親眼看看那片土地。如果不適合的話，天族就不會搬遷，以後也別再提這件事了。」

「我瞭解。」松鼠飛搖動尾巴。「我也同意。天族只會住在你們能生生不息之處。」

葉星對鷹翅點頭。「告訴大家我要護送松鼠飛到邊界。我會儘快回來。」

「妳恐怕不能很快回來，」松鼠飛提醒道。「那裡蠻遠的，而且在妳做出決定前，我們需要徹底地勘查那塊土地。」

「今晚我若趕不回來的話，」葉星囑咐鷹翅道。「要為我掩飾。」

「我要怎麼跟他們說？」鷹翅喵聲問，他全身的毛焦慮地豎起來。

葉星瞇起眼睛，顯然在思索。片刻後，她開口道。「告訴他們我去拜訪每一族的族長，以便跟大家熟悉些。」

鷹翅甩動尾巴。「我不喜歡這個主意。妳會把自己陷入險境。至少，讓我陪妳去吧。」

葉星搖頭。「我需要你留在營地，照顧大家。」

「那讓我派鼠尾草鼻或梅子柳陪妳去。」

「不用。」葉星很堅決。「沒必要讓族裡謠言四起。況且，我若必須面對危險的話，比起戰士們，我有較多的生命可以犧牲。」

松鼠飛的心裡湧起一股敬意。為保護好她的族貓，葉星隨時準備犧牲自己的生命。在天族族長經過她身邊鑽出窩外時，她低頭致意。「我會照顧她的。」她向鷹翅保證道。

鷹翅的眼睛黑沉沉的。「我希望你們會照顧彼此。我可不想去通知棘星妳發生了意外。」

松鼠飛腳步遲疑。假如她再也回不來的話，棘星會原諒她嗎？他會在乎嗎？她走出窩去。

大雨滂沱地打在營地上，小貓們都回窩裡去了，空地上空蕩蕩的。天族貓都已經躲進了自己的窩裡。她瞥見一些窩的入口內，有許多雙眼睛在黑暗中盯著她瞧。葉星已經往荊棘地道那邊跑過去了，松鼠飛加緊腳步跟上。

營地外，迎面撲來的沼澤和獵物的氣味，因為雨水而變得更濃郁。那氣味很快就會被雨水沖洗掉，但現在它撩人地瀰漫在空氣中。恍然間，松鼠飛似乎回到了自己成為見習生的那天。她仍記得，當森林的氣息被微風吹拂進營地時，她正站在葉掌旁邊。她的心因激動而顫慄。她從幼小起，就夢想著成為族長，而現在她正像族長般在為眾貓的利益籌謀。她挺起胸膛。她將再一次邁入未知的領域。

⚡⚡⚡

松鼠飛和葉星進入雷族領域，往遙遠的邊界奔過去時，內心的激動逐漸消褪。雨珠從茂密的樹梢滴下來，浸透了她的皮毛。但雨水並未令她顫抖。她想要去查看那片新領域，但也明白自己正在做著欺瞞的行為。深知棘星不會贊同，她只好溜出來。要是被某隻族貓撞見了，她該怎麼辦？她要如何解釋自己為何帶著葉星穿過雷族的領域？她一邊覺得愧疚，一邊加快腳步率領葉星沿著往廢棄的兩腳獸地盤的那一條上坡路疾奔。

「鼠鬚說惡棍貓和狐狸很少經過那片土地。」松鼠飛跟葉星說。

「那並不表示牠們完全不會在那裡出沒。」葉星瞇起眼睛以防雨水滲入。

松鼠飛猜測著葉星的心情。天族族長對那片領域是抱持開放的心態嗎？還是，她會隨便找一個藉口反對？「你們會離山區較近，」她鼓勵道。「那裡獵物豐富。」

「也要與更多的鷹隼競爭。」葉星鑽進一條枝葉合攏的小徑。「我希望那裡有足夠的遮掩。」

松鼠飛躍上一根樹杈。「遠離湖邊的潮溼也許對貓更有益。」

前方的樹林裡出現了兩腳獸地盤上那道已經崩塌的石牆。她轉向一條圍繞著那片土地的小徑，本能地警戒著任何曾經吸引兩腳獸來此定居的東西。就在她跳過一條古老的河床時，她聽到了聲音。她全身僵直，舔著空氣。透過雨幕，她嗅到了雷族的氣味。**是一個巡邏隊嗎？**她的腳掌因罪惡感而顫抖。她看著葉星。「有貓來了，」她嘶聲道。「快躲起來！」

葉星雙眼圓睜，迅速躲到一棵橡樹後，同時甩開了自己擋住視線的尾巴。松鼠飛則轉身迎向雷族的夥伴。當她聞到火花皮的氣味時，心跳加速起來。

橘色的毛在矮樹叢間忽隱忽現，不久火花皮從滴著雨水的蕨叢間鑽了出來，後面緊跟著雲雀歌。那隻年輕的戰士顯然聞到了自己媽媽的氣味。「獅焰說兔星在製造麻煩。」火花皮的聲音在樹叢間迴響。

「那是前所未有的事，」雲雀歌回答道。「以往通常是虎星在部族間挑起爭端。他有沒有說是為了什麼？」

「他說最好別亂傳謠言，」火花皮告訴他。「既然如此，那他幹嘛透露啊？」

松鼠飛不知道是否要躲在葉星旁邊，不要現身。如果他們沒被看見的話，事情要簡單的多。但若是火花皮和雲雀歌看到了他們，怎麼辦？他們若是追蹤他們的氣味，怎麼辦？若是被他們發現他們在躲藏，尤其是在躲她自己的女兒，那就更難解釋了。最好還是主動面對他們吧。「嗨！」她招呼，然後抬高尾巴跑向火花皮。火花皮的耳朵因為驚訝豎了起來。

「松鼠飛，妳怎麼會在這裡？」

松鼠飛不知道該怎麼跟他們說。「我只是隨便視察一下。」雲雀歌警戒地掃視著森林。松鼠飛看到他在舔空氣。「你們兩個為什麼離營地這麼遠？」

「我們在狩獵，」雲雀歌說。「我們好久沒來這一帶獵捕了。我們想說也許可以在這裡抓到一些鮮美的獵物。」

火花皮好奇地看著自己的媽媽。「妳在視察什麼？」

松鼠飛移動腳步，希望雨水已經將她因緊張而鬆開的毛壓順下去了。「我來查看邊界。」

「哪個邊界？」火花皮環顧四周。他們正位於雷族領域的中心地帶。

「是離我們營地較遠的那個邊界。」松鼠飛解釋道。

「為什麼？」火花皮皺眉問道。

松鼠飛遲疑了。背著棘星私自行事，她覺得不對，但對著自己的女兒說謊，感覺更糟。她的尾巴垂了下來。她不能這麼做。「我想要葉星看看外面那片土地，」她坦承道，鼻子扭向葉星藏身的那棵樹。「她在這裡。」

葉星走出來，眼神帶著戒備。

「我就知道！我剛才就聞到天族的氣味了。」雲雀歌的毛全部豎了起來。

火花皮一臉困惑。「到底怎麼回事？葉星為何需要去查看我們邊界外的那片土地？」

松鼠飛抬起下巴。「我在族長的會議上提出了一個辦法。我想要預防各族再次為了領域而爭鬥，因此便建議天族搬遷到新的領域去。」她望向邊界。「那片土地尚未被占領；也許它條件優越，能成為天族的新家。但我們要先去探查一下。我們需要確定那邊沒有惡棍貓或兩腳獸出沒。」

雲雀歌皺起眉頭。「派一支巡邏隊去不是比較安全嗎？」

松鼠飛有些躊躇。「棘星對這個主意不太支持，」她最後解釋道，決定稍微誇大一下事實，「所以我想帶葉星去看看。假如她喜歡的話，她便可以向棘星確認她想要將天族遷去那邊的想法。」

「我尚未同意任何事。」葉星哼道。

「是的，」松鼠飛迅速喵聲道。「那也是為何我不想讓其他貓知道這件事的原因。」

「包括棘星嗎？」火花皮問道。

「包括棘星，」松鼠飛回答，尷尬地瞥了葉星一眼，估摸著她對此的反應。天族族長只是看著她，眼神明亮。「如果其他部族知道我們在做什麼的話，恐怕會生出或許永遠都無法滿足的期望。我不想葉星覺得被強迫。」

「但是，妳要是發生了意外怎麼辦？」火花皮的眼裡充滿擔憂。

「我們會小心的，」松鼠飛保證道，鼻子伸向前蹭蹭火花皮的臉頰。「別擔心。我很快就回來。」

「具體什麼時候？」雲雀歌猶疑地眺望著邊界的方向。

松鼠飛移動腳步。他們應該不可能在天黑前徹底探查完那片新領域。想到遠離自己的族貓，並且在一片陌生的森林裡過夜，她覺得很緊張。但她一定得完成這件事。「明天。」她果斷喵聲道。

「**明天？**」火花皮一臉驚慌地問。「但如果棘星知道妳今晚沒回來，他會擔憂的。我不能做出一副什麼都不知道的樣子。」

「妳必須做。」松鼠飛迫切地看著她。「一晚的擔憂能維持部族之間的和平，妳一定看得出它值得！」

火花皮的耳朵緊張地抽動著。「應該值得吧。」

「我會儘快回來，」松鼠飛跟她說。「但我們得做徹底的勘查。我們需要盡可能地探索那片領域的範圍。」

葉星看著他們，眼神黯暗。「除非我確定那片土地安全，否則我是不會讓天族搬家的。」

火花皮看著他們，然後點頭。「好吧，」她喵聲道。「我們會保密……只有今晚。」

松鼠飛鬆了一口氣。「謝謝妳。」她用鼻子感激地蹭蹭火花皮的耳朵。「我保證我一定會小心。」她甩開身上的雨水，轉向邊界的方向。瞥著葉星，她抬起尾巴問道。「準備好了嗎？」

「是的。」葉星神情堅定道，賁張的毛上閃爍著水光。

「再見。」松鼠飛對火花皮和雲雀歌點頭後，便與葉星快速往兩腳獸地盤旁的方向邁步。

越過邊界後，森林越發濃密，斜坡也急遽變陡。他們在岩石間攀爬。不久他們腳下的土地變成了溼滑的泥巴，但雨勢減弱了。松鼠飛嗅著空氣。貓族記號的麝香味在他們身後變淡、消失，取而代之的是清新的獵物氣息及樹皮和土地的味道。四周濃密的松樹林遮蔽了太陽。松鼠飛氣喘吁吁地停腳，往上望向斜坡盡頭，可惜坡頂被樹林遮住了。

葉星擠過她身邊，耳朵因決心而往下壓平。天族族長在岩石間蜿蜒前進，松鼠飛緊跟其後。終於，斜坡逐漸又平整起來，樹木也變得稀少了。最後，他們鑽出了森林，面對著一個空曠的山頂。當他們在山巔停下腳步時，陽光正從雲層中射出來，照亮了他們前方的一片風景。

松鼠飛屏住氣息。他們前面有幾座起伏的小山丘，更遠處則是嚴峻的山巒。森林在其中四處密長，隱約露出的幾塊土地上，像毛皮般覆蓋著豐美的野草。松鼠飛可以看見切割山谷的幾條小河流，像大地的爪印。一堆一堆的鵝卵石聚集在溪壑中。「那邊看起來像是一個絕佳的狩獵場。」松鼠飛的鼻子往向陽處的一個山坡點了點。「我好像看到了兔子洞。」

葉星不予置評。她正盯著眼前的景觀，鼻子抽動著。山巒清新的氣息裡混合著森林和溪水的味道，空氣中瀰漫著濃烈的獵物氣味。松鼠飛環視山坡，尋找著兩腳獸的足跡，但並未看到有任何石頭建造的窩。其中一邊有一條轟雷路通往山裡去，但並沒有巡邏的怪獸。

松鼠飛的胸腔裡湧出希望。這裡好像是一片不錯的領域。她瞥了一眼葉星，努力隱藏自己的激動。這裡好不好需由葉星自己來決定。

葉星瞇起眼睛。「我們過去看看。」天族族長越過山頂走進下面的山谷裡。谷裡到處長著茂密的荊棘，有幾條沙徑穿梭其中。在他們靠近谷底時，荊棘叢又變得茂密起來。葉星有注意到獵物的足跡嗎？除此，還有什麼動物能開拓出這些通道？當葉星往下面的一條陡路爬下去時，松鼠飛緊跟在後。在谷底，一條小河潺潺地流過一片石頭河床。小河的對岸，長著茂密的森林。河水很淺，能讓他們輕易地涉過，葉星率先而行。

冰涼的河水在松鼠飛的腳掌旁打出漩渦。躍上對岸時，她很高興，隨著葉星走進森林裡。這裡的矮樹叢下有更寬闊的路徑穿梭。在嗅到一股熟悉的氣味時，她全身的毛緊張地豎了起來。這裡有其他的貓來過。**是離群的貓，還是惡棍貓？**她舔舔空氣。那個氣味很淡，幾乎被雨水洗掉了，林木之間也沒有任何動靜。她瞥了葉星一眼。葉星的毛因為淋了雨而發著亮光，背脊上的毛微微波動著。葉星也嗅到貓的氣味了嗎？

在逐漸深入那片領域時，葉星放慢了腳步，鬍鬚抽動著。松鼠飛意識到她的謹慎，往她身邊靠過去。他們一邊沿著山坡前進，一邊掃視著樹林，然後順著林地往下進入另一個山谷。就在他們接近谷底時，森林豁然而開。他們抬眼望去，遠處茂密生長的灌木叢，在覆滿谷底的一大片草地上形成遮蔽。松鼠飛感受到穿透雲層的陽光暖烘烘地照在身上。她抖開全身的毛，覺得自己很快就會乾爽了。她開心地鬆了一口氣。「這裡會是一個很好的營地。」她喃喃道。

「妳看。」葉星的鼻子往樹叢下長得厚厚的苔蘚點了點。樹叢旁的枝葉下的泥土是挖開的，在樹身的周圍形成了一個凹洞。

松鼠飛全身僵硬。「看起來這裡已經是一個營地了。」她扭頭四處張望，注意到枝葉間有空隙和壓平的草地。她的毛豎起來，並嗅聞地上。**是貓！**她無法判斷有多少隻。氣息很淡；大雨已經將這個地方沖洗乾淨了。「這裡聞起來好像早已廢棄。」

葉星尾巴抽動著，戒備地環顧四周。「他們為何捨棄這個地方呢？」她喵聲道。「在這裡建立家園一定費了不少功夫。」

松鼠飛縮起爪子，希望葉星弄錯了。這時，一陣風吹入山谷，帶來了清新的貓氣息。她的心臟快速跳起來。

葉星移步到她身旁，全身的毛皮賁張。「有貓來了。」

「我知道。」松鼠飛一口氣卡在喉嚨。她忽然間覺得離家好遠。

「我們快離開這裡。」葉星轉身，愣住了。

松鼠飛順著她的目光看去。一隻壯碩的母貓正從一株山茱萸旁瞪著他們。那隻母貓全身又長又漂亮的灰色毛全都豎著，眼裡閃著敵意。

當那隻貓低吼著、對他們逐步逼近時，松鼠飛的心臟愈跳愈快。

「我們必須殺出一條血路了。」她對葉星低語。

「我不知道我們是否能做到。」葉星對山谷邊緣的荊棘叢點了一下頭，看著另外三隻貓走了出來，每一隻都跟第一隻一樣壯碩。還有四隻貓跟著那隻灰色母貓從山茱萸旁走過來。山谷另一邊的幾株杜松下也鑽出了三隻貓。「我們被包圍了。」

第四章

那隻灰色母貓瞇起眼睛。「你們來這裡做什麼？」

其他的貓紛紛逼近，毛皮賁張，眼中閃著威脅。

「我們在探查。我們並不知道……」松鼠飛的聲音低下去，她看到那隻灰貓滾圓的肚子，她快要生小貓了！

葉星在她旁邊移動了一下腳步。「我們以為這是個廢棄的營地。」

「雨水把你們的氣味都洗掉了。」松鼠飛迅速補充道。

那隻灰色貓后與站在荊棘旁的一隻年輕白色母貓交換眼神。當那隻白貓甩動尾巴時，她忽然扭頭盯向松鼠飛。「妳一定有看到我們的足跡和窩。」

「是的。」葉星傾身向前。「而且我們正準備離開。」

「但是妳說妳以為這裡會是個建立營地的

好地方。」那隻貓后仍然緊盯著松鼠飛。「為什麼？」

「我們正在尋找新領域，」松鼠飛告訴她。「我們不知道這塊土地已經有部族占領了。」

「部族？」那隻貓后困惑道。

葉星低哼一聲。「妳何必對這些貓解釋？」她斥責松鼠飛。

松鼠飛看著她。不然她應該怎麼做？「他們數量比我們多，難道妳沒發現？」

「我注意到了。」葉星的眼裡閃著怒火。「但他們是惡棍貓，不是一個部族！」她轉頭看向那隻貓后。「我叫葉星，是天族的族長。」

「我叫月光，他們是姊妹幫成員。」那隻貓后對著她同伴的方向點頭道。

「我們只是來這邊查看這塊土地是否是廢棄的，」葉星揚聲道。「現在我們知道它已經被占據了，我們馬上離開。」她開始往前走，但月光發出嘶聲。姊妹們便呈扇形散開包圍著葉星，直到每一塊草地的去路都被堵住了。

「等等！」松鼠飛壓下驚慌。他們絕不可能從這裡殺出一條路。她懇求地看著月光。「我們只是想要回家。」

月光轉頭盯向她。「妳跟住在湖邊的那些貓是一夥兒的？」

「是的。」她為什麼這麼問？難道月光和姊妹幫一直都在監視他們嗎？

「你們不是從來不會越過你們的氣味記號線嗎？」月光喵問。

「我們通常不會，」松鼠飛答道。「但誠如我方才解釋的，我們正在尋找新領域。」

「而你們覺得你們將來會占領這塊土地？」月光的眼睛瞇成一條細縫。

「我們只是在**探查**，」葉星咆哮道。「但我們不**需要**它了。你們留著吧。」

月光沒有動。「誰跟妳說這是我們的土地？」

「你們不是住在這裡嗎？」葉星回問。

「暫時而已。」她忽然抖開毛，然後坐下來。松鼠飛意識到周圍的貓也都在漸漸放鬆。她讓自己的毛順下來，然後瞥了葉星一眼，希望天族族長也會做同樣的事。這些貓顯然**不想**打架，何必激怒他們呢？月光抬起一隻腳掌舔著。「我們跟你們這些湖區的貓不一樣。」她將腳掌抬到耳朵後面。「我們不會劃分邊界，也不會留下記號。」

「假如你們會的話，」葉星咕噥道，「我們就不會過來了。」

「沒錯。」月光對白貓點點頭，後者踱到她旁邊。她雪白的毛不但滑亮且梳理得很整齊。月光繼續說話時，她安靜地坐著。「但其他的貓對我們這個地方並未露出過興趣。他們來來去去；他們狩獵，之後便前往他處。基本上，他們不會干擾我們。」她舔完一隻腳掌，接著清理自己另一隻耳朵。

松鼠飛並不驚訝其他貓不會打擾他們。比起部族貓來說，姊妹幫可是壯碩的多。他們寬闊的肩膀和巨大的腳掌看起來很可怕；即便是一隻訓練有素的戰士她也不敢說是否一次就能對付他們幾個。另外那三隻公貓看得出來比其他貓年輕，體型也較小，但他們身形矯健且肌肉結實，似乎從未受過嚴酷的禿葉季之苦或餓著肚子睡覺過。

葉星環視著整個營地，眼神銳利。「妳說你們只是在這裡暫住。那你們會待很久嗎？」

松鼠飛豎起耳朵。葉星的語氣透露好奇，想來正在考慮這個領域？

月光順著葉星的眼光看去。「我們會待到我的小貓出生並大到足以遠行時。」

葉星瞄著她的肚子。「那你們會再回來嗎？」

「這裡是生產的好地方，」月光告訴她說。「但假如我們回來經過這裡而它又已經被占據的話，那麼我們就會去找別的地方。」她的語氣聽起來並不在乎。

松鼠飛內心閃過一絲希望。姊妹幫並不想要這塊土地，而葉星聽起來似乎有興趣將它改建成天族的家。「妳會把天族搬到這裡來嗎？」

「這塊地很好，」葉星說道。「等月光和她的朋友們離開了，我會派遣巡邏隊過來做進一步勘查，並與我的戰士們商量未來遷到此處的可能性。」

松鼠飛覺得心都要飛起來了。她的計畫成功了！她迫不及待要告訴棘星。只要聽到這塊土地的狀況以及葉星願意考慮將天族遷到這裡來，那麼他就會瞭解這是一個多麼棒的主意。她又看了月光的肚子一眼，推測著她的小貓還要多久才會誕生。禿葉季來臨前，他們應該能動身離開吧。不用說，部族等得起在那之後再商議重劃邊界的事？「我們趕快回去跟大家宣布這個好消息吧。」她熱切地對葉星喵聲道。

「在我做出確切的決定前，我不想告訴其他的族長。」葉星背脊上的毛波動著。

「但只要他們知道妳願意考慮搬遷，他們對目前的邊界可能就會願意多包容幾個月。」松鼠飛勸道。

葉星將腳掌踏入潮溼的野草裡。「在我們徹底探查這個領域並確定它的安全前，我們不會宣布任何消息。」

葉星為何這麼固執呢？部族之間的和平端賴於天族能否找到新的領域。比起湖邊的森林，這塊土地甚至更好。「但這裡很完美！」

葉星怒視她。「既然這麼好，那雷族為何不搬到這裡來？我們可以回去跟大家建議這件事——」

「你們哪裡也不去。」月光看著他們，尾巴拂動著。

松鼠飛全身僵硬。那隻貓后的喵聲非常堅決。「妳什麼意思？」

月光將身體的重量移到另一邊。「我不能讓你們回去。還不行。我們不想看到一群陌生的貓上門來。」

葉星的耳朵抽動著。「在你們離開前，我們不會回來。」

「我們想要回去告訴大家，這塊土地很快就會空下來了。」松鼠飛補充道。

月光瞇起眼睛。「你們才剛來，就已經開始爭論哪一族要來占據我們的家。以為我會相信你們不會盡快地將爪子伸進我們的地盤來？」

「我們會尊重你們對這片領域的權利，直到你們準備好離開。」松鼠飛承諾道。

「**妳**可能會尊重，」月光喵聲道。「但妳的族貓們可能不會。」

那隻白色母貓點頭。「我們聽說過許多有關部族的事，很清楚部族貓只要看到喜歡的東西就相信自己有權占有。如今你們發現了這塊土地，你們的族貓一定會想要以武力搶奪。」

「雷族絕對不會那麼做！」松鼠飛生氣地反駁道。

「那其他部族呢？」月光平靜地盯著她。「他們也會尊重我們待在這裡的權利嗎？」

松鼠飛猶豫了。虎星會不來騷擾這些貓嗎？兔星有足夠的耐心等待嗎？假如霧星知道了有對河族更有利的事情，她會不讓自己的族貓插手嗎？「我們爭取這塊土地是為了**天族**，」她堅定地道。「而天族的族長已經給你們承諾，在你們離開前，他們不會來占據這個地方。」

「若非必要，我們早已學會了不自找麻煩。」月光的鼻子扭向空地邊的一個窩。「在我們離開前，你們兩個就睡在那裡面吧。」

「但我們的族貓會來找我們的。」松鼠飛堅持道。

「他們找得到嗎？」月光瞥向山谷的盡頭，那裡山巒層層疊疊。松鼠飛恍然大悟，原來他們已經如此深入這片領域了。而且剛才那一場大雨，也已把他們在森林裡留下的氣味洗掉了。她瞇眼望向山巔，忽然覺得自己有多渺小、離家有多遠。

葉星皺眉看著那隻灰色貓后。「妳不能強行將我們留在這裡。」

月光沒有回答，但其他的貓全都走過來，包圍了他們，彷彿在提醒葉星他們的存在。

葉星齜牙。

「保持冷靜，」松鼠飛低聲道。「他們不可能永遠盯著我們。到時再找個機會溜掉。」

那隻白色母貓走過來，繞著他們好奇地嗅著。葉星發出一聲警告的咆哮。

「安靜！」月光的喵聲忽然變得凶暴。「白雪是我們的姊妹。請妳尊重些。」

葉星的咆哮轉成嘶聲。

「噓！」松鼠飛猛地推天族族長一下。

白雪停步，瞪著葉星，眼裡露出威脅。她體型很大，毛下看得見強健的肌肉。葉星迎著她的瞪視，拒絕受她威脅。白雪踱回月光身邊，全身的毛豎著。

「請原諒葉星。」松鼠飛不理會葉星尖銳的嘶聲。「她是一隻戰士。我們很少屈服。但假如你們這麼畏懼我們族貓，我們願意做為俘虜留下來，直到你們想要離開為止。」

月光點頭。「謝謝妳。我們會如同自己的同伴般照顧你們。」她對一隻母虎斑貓點頭叮嚀。「風暴，請從獵物洞裡取些食物來招待我們的訪客。」

趁著那隻虎斑貓走向一片杜松叢並開始在樹根處挖掘時，松鼠飛審視著這座營地。太陽逐漸沒入山巔，山谷裡開始暗下來。現在她才發現，環繞營地四周的樹叢將這個營地遮掩得有多好，以致於從山谷邊緣爬下來的任何貓，在到達谷底擠過那片樹叢進入覆滿野草的空地前，只會看到那些茂密的樹叢。但如果她和葉星想辦法溜走的話，那些沿著山谷邊緣生長的茂密樹叢同樣也會讓他們容易躲藏。而且她知道棘星最後一定會找到他們的，不管這個營地看起來有多隱密。她的心跳加速。當他發現她竟然在未獲得允許下背著他行事，並且把葉星帶到這裡來時，他會怎麼想呢？他們之間的關係已經很緊張，而這件事會雪上加霜。她的爪子緊張地刮著地面，不知道火花皮在對自己的爸爸透露他們的行蹤前，會幫她保守多久的祕密？

月光的夥伴們交換著眼神，彷彿不知道該怎麼辦。其中兩隻坐下來，另外兩隻年輕的公貓踱到長滿野草的空地邊、盯著他們的俘虜，而其他貓則紛紛靠在一起，一邊彼此低語，一邊對葉星和松鼠飛投去好奇的眼光。

葉星靠向松鼠飛。「這些貓很古怪。」她壓低聲音嘶道。

「我不認為他們想傷害我們。」

葉星冷哼。「他們把我們當俘虜對待。」

松鼠飛努力把語氣放輕鬆。「至少他們看起來會餵飽我們。」

「那倒是，」葉星承認道，眼光掠過那幾隻姊妹。「他們看起來似乎不知道什麼叫飢餓。」

松鼠飛看月光盯著她，便抬起頭道。「這裡狩獵的情形如何？」她揚聲問那隻貓后。

「妳親眼看見了。」月光對那隻虎斑貓點點頭。

風暴從杜松叢下的一個小洞裡拖出了兩隻肥碩的老鼠。她用牙齒咬住它們，頭猛地一甩，把老鼠身上的泥土甩掉，然後走過草地，將老鼠放在松鼠飛的腳掌前。

那兩隻老鼠聞起來味道很鮮美，松鼠飛這時才發現自己餓了。她對那隻虎斑貓點頭致意。「謝謝。」

月光站起來，尾巴向那兩隻年輕的公貓揮了一下。其中一隻竄向那個獵物窩，開始拖出更多的獵物。另一隻鑽到空地邊緣的一個樹叢後，拖出一隻死兔子。其他的貓也一溜煙不見，不久紛紛帶進來更多的獵物。松鼠飛猜測，那一群貓可能剛從狩獵的巡邏歸來，但聞到有外貓闖入的氣味時，便暫時把獵物藏在營地外。而那個獵物洞一定是他們貯存沒吃完的獵物的地方。她很好奇，這些貓如何決定隔天時誰吃前一天的剩餘食物，誰吃新鮮的。一隻玳瑁色母貓咬了兩隻田鼠過來，將它們放在月光的前面。月光對她點頭致謝；玳瑁色母貓走開後，在兩隻薑黃色母貓中間的草地上坐下來。

松鼠飛肚子靠在地上，將一隻老鼠拖近自己。「吃吧。」她低聲對葉星道。

葉星沒理她，身體坐得更挺直，瞪著那些不讓她離開的貓。

她希望天族族長不會引發一場戰鬥。難道她不明白，在他們有機會溜走或在他們的族貓找到他們之前，他們只要假裝合作即可？何必冒險傷害其他貓或他們自己呢？

當她用力咬下一塊老鼠肉時，她看到姊妹幫鬆了一口氣。他們跟部族貓一樣，也會分享食物、分享舌頭。月光吞下一口田鼠肉。白雪趴在她旁邊，享用著一隻鼩鼱。那隻貓后舒了一口氣，將大肚子的重量移到身體另一側。她鎮靜地對松鼠飛眨眨眼。「我希望妳覺得跟我們在一起很舒服。享受跟其他貓共處的樂趣總比抗拒要好。姊妹幫不喜歡暴力。我們只要能避免暴力，都會儘量避免。」

「只要可能，部族貓也會避免暴力，」松鼠飛跟她說。「對所有貓而言，和平總是較好的。」

風暴已經在那兩隻公貓身邊開始進食。她從自己正在享用的老鼠身上抬起頭問。「你們的族貓要多久才會發現你們不見了？」

「至少要四分之一月。」松鼠飛答道。她猜想棘星很快就會派出一支巡邏隊，但假如姊妹幫沒有預料救援隊的到來，救援可能會容易些。

葉星在她身邊不屑地冷哼。「**我的**族貓一定早就在惦念我了，」她尖銳地喵聲道。「他們會派出一支搜索隊，不用多久就會找到我。」

就在松鼠飛吞下挫折感時，風暴戒備地瞥向月光。「或許我們應該讓他們離開。我們不想要麻煩。」

月光用腳掌抓起另外一隻田鼠。「不會有麻煩。拘留這兩隻貓會對他們的族貓發出一個重要的訊息。」

風暴旁邊那隻虎斑紋與白紋相間的公貓皺眉。「什麼訊息？」

「那就是，我們不輕易戰鬥，但我們也不會畏怯，」月光告訴他道。「而且，如果引發衝突會危害到他們自己的族貓的話，他們也可能會比較謹慎些。」

那隻公貓對松鼠飛沉下臉。「假如他們傷害我們的話，我們也會傷害你們！」

月光冷淡地對他眨眼。「石頭，收起你的爪子。」她瞥了風暴一眼。「妳的小貓讓我想起他的父親。」

風暴的尾巴尷尬地抽動著。「他只是太年輕而已。」

那隻公貓看起來像是見習生，還未完全長大，但也已大到足以成為一名技巧嫻熟的獵者和戰士了。他旁邊那隻公貓看起來跟他一樣年紀，身體的毛是白色的，腿上有虎斑點。

「你們是兄弟嗎？」松鼠飛問道。石頭點頭。

「我叫青草。」他的兄弟加了一句。

松鼠飛看著這一群貓裡的另一隻公貓。他比另外兩隻小幾個月——剛出生不久的樣子——而且，跟他身邊的那隻母貓一樣，也是薑黃色的。那隻母貓對她點頭。「我是荊豆，」她說，「這是我的小貓，他叫做溪水。」

松鼠飛跟她致意，然後靠向葉星。「妳有沒有注意到這裡沒有年長的公貓，只有年幼的？」

「既然妳提起了這個……」葉星眯眼。「我很好奇他們的父親發生了什麼事？」

「也許被他們吃掉了。」松鼠飛瞥了葉星一眼。雖說是開玩笑，但也忍不住覺得營地裡沒有任何年長的公貓很奇怪。

月光指著一隻蹲在杜松叢旁的黃色母貓。「那是日昇。」日昇對她點頭。月光的眼神掠過她看向兩隻正在一條尾巴遠的地方分享一隻畫眉鳥的年輕母貓。兩隻都有著薑黃色與白色夾雜的毛。「他們是陣雪和麻雀。飛鷹是他們的媽媽。」

葉星用爪子戳她的老鼠。她把老鼠抓起來仔細看著。「我們不需要知道每隻貓的名字，」她喵聲道。「我們不會在這裡待很久。」

月光瞥向她，思索片刻，然後回頭繼續吃田鼠，似乎沒把天族族長的宣告當一回事。

他們安靜地吃完食物。松鼠飛注意到，在他們進食時，姊妹幫不斷戒備地瞥向他們。對於月光決定拘留他們，其中有幾隻貓顯然覺得不舒服。但麻雀和陣雪公然好奇地瞪著他們。松鼠飛忍不住有點喜歡那兩隻小母貓；他們讓她想起那些迫不及待想要開始訓練的見習生。

暮色逐漸籠罩山谷。當暗影吞沒山坡時，松鼠飛瞄著圍繞營地生長的樹叢。樹叢間有許多空隙，她和葉星可以從中溜出去。姊妹幫最終都得睡覺，再怎麼小心的看守，要偷偷躲開並非不可能。他們只要跑出營地鑽入山谷茂密的樹叢裡，要追上他們就不容易了。她的腦海裡全都是雷族的事。她沒回去，棘星一定會擔心的。她對要求火花皮幫她保守祕密，感到愧疚。在父親焦躁擔憂的情況下，火花皮怎麼可能安睡。或許她會告訴棘星，而棘星會大發雷霆。他會馬上派出搜索隊嗎？不會的。即使生氣她的自作主張，他也會尊重她，會讓她完成她已經進行的任務，而且只會在她幾天不回家時才會擔心她。

月光抬起鼻子將風暴召過來。在那隻母貓趕過來後，月光先對她耳語幾聲，接著又對白雪低語了幾句。那隻白色母貓站起來，跟在風暴後走過空地。他們在松鼠飛和葉星的前面停下。

風暴對杜松叢那邊點頭。「月光說你們就睡在那裡。」

白雪跟在後面，瞇起眼睛盯著松鼠飛和葉星站起來走向杜松叢。

葉星轉頭瞄了一眼那隻白色母貓。「我不管她體型有多壯碩，」她對松鼠飛嘶道。「她若敢再對我咆哮的話，我一定會剝了她的皮。」

風暴在杜松叢旁停步。「她只不過是想要保護自己的夥伴罷了。」她抱歉地對葉星眨眼。「而且她不信任陌生的貓。」

松鼠飛嗅嗅樹叢。它的周圍瀰漫著蕨叢溫暖的氣息。風暴對樹枝間的一個小空隙點點頭。「裡面有一個窩。白雪會在入口處守衛，你們若有任何需要的話，告訴她即可。她會讓我知道。」

松鼠飛低頭致意。「謝謝。」

葉星推開她，先走進去。

「妳何必找麻煩呢？」松鼠飛跟著進去。裡面是一個小小的窩，邊緣長滿了蕨叢和苔蘚。這裡顯然一直有貓在使用。「人家把窩讓給我們，好讓我們睡得舒服。」

「他們若未拘留我們，就不需這麼做。」葉星在其中一堆蕨叢上坐下來，然後僵硬地捲起身體縮進去。「我不明白妳為何像朋友似地對待他們。」

「情況對我們已經不利，妳為何要把它弄得更糟？」松鼠飛暴躁地喵聲道。「再者，我看到山茱萸的枝葉間有空隙，看起來好像可以通到外面的小徑去。我猜今晚我們躲不開白雪的看守，但如果我們假裝合作的話，他們可能就會放鬆警戒，那明天我們就有機會溜走了。」

「假裝合作，」葉星冷哼。「我還以為我們是戰士呢。」她轉過身背對松鼠飛，把鼻子塞進蕨叢裡，一邊發牢騷。「竟然被一群惡棍貓挾持。」

松鼠飛在她旁邊的蕨叢上俯臥下來。她很同情天族族長。被當作俘虜拘留在此的確很丟臉，但衝突會造成危險，且不僅對他們。月光肚子裡的小貓要是在戰鬥中受到傷害了，怎麼辦？她把鼻子擱在腳掌上，閉上眼睛。今天一整天的跋涉、闖入新領域，讓她很疲倦。她把腦海中的擔憂拋開，深深沉入了夢鄉。

一聲銳叫驚醒了松鼠飛。那聲音劃破空氣，讓她猛地抬起頭來。在黑暗中，她好一會兒才想起自己在哪裡。另一聲尖叫響起。松鼠飛全身顫慄，震驚地發現葉星不在身邊。她從小窩連滾帶爬，往外奔去。

白雪將葉星摁在草地上。那隻白色母貓全身的毛賁張，一邊對著天族族長咆哮，一邊用力將她的肩膀往地上壓去。葉星在她身下掙扎，兩條後腿翻踢著，但白雪扭著身體，讓她踢不到。松鼠飛奔到他們後面煞住時，那隻白貓抬頭瞄了她一眼。「我跟月光一樣，並不想引發戰鬥，」她嘶道。「但我很樂意奉陪到底。」她放開葉星，往後退開，兩隻耳朵放平。

陣雪和麻雀從他們的窩跑出來。石頭和青草在空地的另一邊盯視他們。月光向他們踱過來。「怎麼回事？」

「她想要逃走。」白雪嘶道。

葉星吃力地站起來，全身的毛張開，眼裡閃著怒火。

松鼠飛趕向前。「她可能是要去方便。」她迅速喵聲道。

「才不是。」葉星吼道。

「進去吧，」松鼠飛低嘶。她想要惹更多麻煩嗎？她聞到血腥味，知道葉星受傷了。「妳受傷了！」

葉星冷哼一聲，轉身向小窩走去。松鼠飛看葉星進窩後一瘸一拐的，胸口緊繃起來。白雪瞪著她，眼睛閃爍著凶光。石頭和青草緊張地瞄著彼此。

陣雪走向前。「我們可以看守，如果妳願意的話。」她對白雪道。

麻雀擠到她旁邊。「這樣妳可以睡一下。」

白雪瞇眼。「我會有始有終，完成任務。」她威脅地喵聲道。

月光拂動尾巴。「請確保妳的朋友不會亂跑，」她對松鼠飛道。「今晚我不想再受到任何干擾。」她轉身走進自己的窩去。

松鼠飛跟著葉星進窩，發現她正在包紮自己的後腿。「讓我看看妳的傷口。」松鼠飛小心地擠過去，仔細檢查那凌亂的毛。她的腿上有一道很深的抓痕，血正在汩汩湧出來。她的心沉下去。葉星受了傷，他們要逃走就更難了。「傷口一定要清理乾淨。」松鼠飛提醒道。

「妳以為我剛剛在做什麼？」葉星又開始舔傷口。

松鼠飛觀察小窩的四周，看到頭上的樹枝間掛著密密的蜘蛛網時，鬆了一口氣。她站起來，用前足抓了一把下來。「傷口舔乾淨後，用這個把它裹起來。」

「謝謝。」葉星接過蜘蛛網。

「明天我們看看能否找到藥草來治療傷口。」松鼠飛的心裡翻湧著焦慮。葉星為何不按照他們先前的計畫等待時機呢？「妳打算丟下我，自己離開？」

「我只是想要探查是否有捷徑可以逃出營地，」葉星回答道。「如果有的話，我當然會回來找妳。」

「那就好。」松鼠飛相信她。葉星不會丟棄另一隻戰士。她坐下來。看來溜走比她原先設想的還要困難。他們真的得打出去嗎？她強迫自己的毛順下來。跟這些貓作戰很危險。姊妹幫雖然看起來很平和，但他們顯然很願意張牙舞爪，如果必要的話。「下次妳再想出脫逃計畫時，請先告訴我。」

「我不知道是否會有下次。」葉星開始用蜘蛛網包裹傷口。「我想我們得等族貓來解救我們了。」

松鼠飛鬱悶地迎著她的目光。她不希望雷族的貓因為她犯錯來了這裡而受到傷害。她覺得愧疚。她根本就不應該背著棘星私自行動。「明天他們可能就不會把我們看得這麼緊了，」她懷抱著希望喵聲道。「我們也許有機會跑掉。」

葉星懷疑地瞄著她。「這些貓不會輕易讓我們走。」

松鼠飛焦躁地走來走去。葉星說得沒錯，要從這裡脫逃不容易。而即使他們想辦法離開了，她不知道族貓們會以怎樣的態度對待她的歸來。

第五章

松鼠飛坐下來，把尾巴捲起來放在腳掌上。她打了一個呵欠。吃了麻雀在天亮時送來的一隻肥美田鼠後，她覺得有點睏。在空地的另一邊，風暴、石頭和青草正在一排低矮的金雀花叢下挖土。金雀花叢濃密的枝葉伸到了長滿野草的空地上，而那三隻貓已經在金雀花叢前挖出了一個缺口，並且正輪流把中間那一株金雀花周圍的泥土刨出來。松鼠飛對葉星點點頭。「看起來他們正在蓋一個新窩。」

「如果月光放我們走的話，他們就不需要再蓋一個窩了。」葉星俯臥在杜松叢外。他們已經在這裡度過了兩個夜晚。葉星腿上的傷口尚未癒合。姊妹幫已經用藥草幫她治療過，傷口並未感染，但他們現在卻沒有溜走的希望了。姊妹幫日夜監視著他們。就算他們能不被注意地偷偷溜走，葉星也不可能跑得過巡邏隊，如果他們被追蹤的話。

此外，松鼠飛發現自己在這裡很開心。姊

妹幫很善待他們，不但跟他們分享獵物，也很接納他們，好像他們是加入這一個群體的新成員。連一直監視他們的白雪，也開始對他們溫暖客氣起來。昨晚她還送來了罌粟籽，怕葉星會因傷口疼痛而無法入眠。葉星也似乎愈來愈習慣住在山谷的這座營地裡了。她不再抱怨山坡的清新氣息，以及比起森林裡的獵物的陰冷滋味，這裡的獵物嚐起來更有芳草香這個事實了。

松鼠飛不知道雷族或天族是否已經派出了搜索隊。一想到這個，她的肚皮就緊繃。事到如今，她很確定棘星肯定會生氣了，而她也必須想出一個說辭，來為自己前來此處解釋。姊妹幫可能會因為她而面對一支懷有敵意的巡邏隊，她為此感到愧疚。

陣雪從遮蔽營地入口的那片蕨叢鑽出來，嘴裡叼著藥草。松鼠飛舔了一下空氣，嗅到了金盞花葉的味道。那隻黃白毛相間的小母貓穿過空地，停在葉星旁邊。她把藥草放到天族族長腳旁，然後抖鬆身上的毛。「妳的腿傷好些了嗎？」她問葉星。

「還會痛，但感覺好多了。」陣雪低頭查看傷口時，葉星把腿往她挪近一些。

姊妹幫中有很多成員都擅長使用藥草，松鼠飛覺得他們很厲害。麻雀、陣雪、日昇和飛鷹等，全都輪流照顧過葉星的傷口。「你們全都知道怎麼治療傷口嗎？」她看著陣雪把金盞花的葉子從莖幹上剝下來。

「當然。」陣雪專注地做著事。

「部族裡只有幾隻巫醫貓。」松鼠飛告訴她說。

「那他們自己生病了怎麼辦？」陣雪眨眼問道。「誰來照顧他們？」

葉星把鼻子伸向前去嗅聞金盞花的味道。「他們彼此照顧，而且，他們也有見習生。」她喵聲道。

「我想，在這裡我們全都是見習生，」陣雪解釋道。「媽媽會教導自己的小貓，而姊妹們也會互相學習。」她開始把藥草嚼成藥糊。

松鼠飛已經開始習慣姊妹幫對彼此奇怪的稱謂了。年輕的貓通常稱年長的貓為媽媽，無論那隻母貓是不是他們的親生母親，而年紀相仿的貓則稱彼此為姊妹。除了公貓一定會使用名字外，母貓之間很少用名字稱呼彼此。

當陣雪輕柔地將藥糊塗在葉星的腿上時，月光走進了營地。她嘴裡叼著一條忍冬，長長的藤蔓拖在地上。白雪、溪水、和麻雀跟在她後面，嘴裡也都咬著藤蔓。

「那是布置新窩用的嗎？」葉星早就不再掩飾自己的好奇，現在跟松鼠飛一樣，有問題就問。陣雪塗好了藥膏，抬頭看著她的姊妹們。「我們正在蓋月光的生產窩。」

「她的小貓快誕生了嗎？」松鼠飛希望她對這一群貓會在禿葉季前離開的推測是正確的。

「小貓大概再過一個月就會出生。」陣雪告訴她。

月光將藤蔓放在金雀花叢前，然後穿過空地過來。「傷口癒合得好嗎？」她走近時問陣雪道。

「是的，媽媽。已經消腫了。」陣雪回答道。

「很好。」月光停在她身邊，禮貌地對松鼠飛和葉星點頭致意。「兩位都吃過了嗎？」

「麻雀有送來獵物，」松鼠飛告訴她，並低下頭。「我希望妳能讓我幫忙狩獵。我不喜歡像個長老似的。」

「長老？」月光一臉疑惑。

葉星試著伸展她受傷的那條腿。「長老就是年老的貓。在部族裡，當戰士成為長老時，他們只有在想要狩獵時才狩獵。年輕的戰士和見習生會照顧他們，確保他們食物不匱乏。長老不需要離開營地」

「我不可能整天都待在營地。」月光喵聲道。

「我也不喜歡。」松鼠飛暴躁地拂動尾巴尖端。「我需要活動筋骨。」

葉星的耳朵抽動。「如果妳讓我們離開，那我們雙方都能活動筋骨。」

月光嗅嗅葉星的傷口。「我們啟程時，就會放你們走。現在，就先委屈你們像你們的長老般過日子吧。」

松鼠飛繼續看著溪水和麻雀把藤蔓穿到枝葉間，蓋起那個金雀花窩。「我可以幫忙這個嗎？」整整兩天無所事事，讓她坐立難安。

「那就謝謝妳了。」月光直率道。「不過葉星的腿仍需要休養。」

「我很高興在一旁看著。」葉星跟她說道。

月光領著松鼠飛穿過空地。陣雪跟在他們後面。石頭仍然在將窩裡的土挖出來。松鼠飛過來時，他停下工作。她瞇眼往裡面看去，發現他在中間那根樹莖周圍已經挖出了一道寬闊的凹洞。有些樹枝被咬斷了，讓裡面呈現出一個空間來，但留下來的樹牆仍厚實到足以維持洞內的清涼。它看起來很像戰士窩。

風暴圍著那堆藤蔓繞了一圈。「這些不夠。」她說。

月光對白雪點頭。「姊妹，帶上溪水，再去找一些回來吧。」她喵聲道。

白雪低頭領命。她往營地外跑去，溪水連忙跟上。

風暴用尾巴招呼石頭和青草。「拿這些去鞏固窩的後面。」她對他們指示道。

「好的。」石頭瞄向自己的兄弟。「你從裡面編，我從後面這裡編。」

青草用牙齒叼起一根藤蔓，把它拖進窩去，石頭則拉著另外一條繞到後面。

當風暴看著他們消失的身影時，松鼠飛在那隻虎斑貓的眼裡看到了悲傷。她是在想念他們的父親嗎？他在哪裡？

「我們就負責這一面吧。」月光叼起剩下的藤蔓繞到窩的後面去。

松鼠飛跟在她後面，一邊瞥著風暴。「她獨力扶養自己的小貓，一定很辛苦吧。」

月光睜大眼睛。「她沒有獨力扶養小貓。她有我們呢。」

「但她一定很想念自己的伴侶。」

月光將一條藤蔓塞進窩牆裡，然後以腳掌用力拉動的力量，開始將它在樹枝間穿梭起來。

「她幹嘛想念她的伴侶？」

「難道她不愛他？」松鼠飛將一條藤蔓壓進一個空隙裡。

「這我不知道，」月光回答道。「我們比較喜歡自己生活，不喜歡有公貓陪伴。其實若她願意的話，風暴原本可以跟他在一起，但她選擇與我們作伴、到處遷徙並與自己的姊妹們共同扶養孩子。」

松鼠飛無法想像沒有棘星，自己獨力扶養小貓，也無法想像在沒有棘星的陪伴下獨自生活。雖然她離開家好久了，但她很想念他。他會原諒她跑到這裡來嗎？她的心跳忽然加速。她想要見他，向他解釋她為何會越過邊界。當他明白她這麼做有多重要時，一定會理解的。

「拉這裡。」月光將一條掉下來的藤鬚推向她。「把它穿進牆裡拉過去。」

松鼠飛將那條藤鬚塞進去，月光便將它的另一端在牆裡固定好。「如果你們不喜歡團體裡有公貓的話，那青草和石頭長大後怎麼辦？他們是你們的血親，他們可以留下來嗎？」

「不行。」月光往後坐在後腿上，檢視方才的成果。「他們已經長大，能夠離開我們了。我們一直在等待星宿移動到適當的位置。」

松鼠飛有片刻的疑惑，難道姊妹幫也有自己的星族？她瞄著月光。「什麼意思？」

「晚上再說吧，」月光回答道。「到時妳就知道了。」

「他們想要離開嗎？」松鼠飛很納悶，這些姊妹幫怎麼能把自己的孩子送走。

「他們當然想要離開。他們是公貓，與土地有很深的連結。他們必須遵照自己的意願走遍它，而不是被我們的道路綁住。」

松鼠飛無法想像與自己的小貓分離，不管他們年紀有多大。「風暴不會想念他們嗎？」

「剛開始會，」月光回答道。「但很快就會有其他的小貓要照顧。」她瞄著自己的肚子。

「對每隻小貓來說，我們都是媽媽。」

「石頭和青草會去哪裡？」

「想去哪裡，就去哪裡。」月光探身拉住松鼠飛那一條藤蔓的尾端，開始把它塞進枝葉間。「他們可能會一起遊歷，或成為獨行貓或惡棍貓，或跟兩爪動物一起生活。他們的祖靈會指引他們。」

「兩爪動物？」松鼠飛問道。

月光點頭。「就是那些身上沒有毛，用石頭蓋窩居住的動物。」

兩腳獸。松鼠飛顫抖。「但哪有貓會願意選擇成為寵物貓？」

「我們的祖靈就是妳口中所稱的寵物貓，」月光告訴她。「所有的姊妹幫都是家貓的子孫。我們最早的那些媽媽是來自同一個家族的。」

松鼠飛放開藤蔓，讓月光把它拉過去。她忽然瞭解，為何那些姊妹幫都長得那麼相似。他們壯碩的體格以及又長又濃密的毛，讓他們看起來與松鼠飛以前遇見過的大部份戰士和惡棍貓都不同。原來他們是來自同一個家族。她渴望知道更多的訊息。「陣雪說，你們全都有巫醫貓的技能。」

月光瞄她一眼。「什麼是巫醫貓？」

「在部族裡，我們有一些貓對草藥有特別多的知識。」她解釋道。

「大家都有這樣的知識，不是更安全嗎？」

「巫醫貓的技能不僅是對草藥的知識而已。他們有特殊的天賦，能夠跟我們已故的祖靈溝通。」

「他們能跟已故的貓講話？」月光忽然一臉興味盎然。她把前足放到地上去。「他們的天賦是由媽媽傳給自己的小貓的嗎？」

「巫醫貓不能生小貓。」

月光眨眼。「為什麼不能？」

「這是禁止的。他們要貢獻自己的生命照顧全族。」

月光皺眉。「那一定很艱難。我無法想像沒有小貓的生活。」

「我也是。」松鼠飛想起葉池。看著松鼠飛扶養松鴉羽、獅焰、和冬青葉，而且要永遠假裝不是他們的母親，對葉池來說那多艱難。在這裡，事情簡單多了。小貓生下後，姊妹幫便一起扶養他們。他們可以找自己喜歡的伴侶。他們沒有與他族的貓談戀愛的各種禁忌；也沒有規定誰能生小貓，誰不能。然而，他們卻得把自己的兒子送走。她瞄著月光的腹部。「妳難道不害怕會生下兒子，而他們總有一天會離開妳？」

「我們不可能永遠抓住自己的所愛。」月光回答道。

「那他們的父親呢？」松鼠飛遲疑地問。「希望妳不介意我問這個問題，但是，妳不愛他嗎？」

月光咕嚕一聲，彷彿覺得這個問題很好笑。「我喜歡他。但傑克是隻永遠長不大的貓——一隻離不開家的貓。他很風趣，也很帥，而我當時也準備好再度當媽媽。但我的生活是要跟我的姊妹一起過的。」

想到自己再當媽媽的夢想，松鼠飛覺得心痛。「妳會再跟他見面嗎？」

「等小貓大到可以遠行時，我會帶他們去他住的穀倉，讓他看看自己的孩子，」月光回答道。「小貓或許會想要認識他，而且等小貓長大離開我們的群體後，他們甚至可能選擇住在離他不遠的地方。我們讓孩子選擇想要的生活。並不是每隻貓都想要過跟我們一樣的生活。」

就在他們聊天時，溪水和白雪從入口處的蕨叢鑽進來，後面都拖著長長的藤蔓。他們把藤蔓放到生產窩旁。石頭叼起一條走進窩去，月光則拉過更多條來加固牆壁。松鼠飛有注意到，那些貓在工作時，總是平和、安靜地互相幫助。片刻後，日昇和荊豆叼著許多獵物進入營地。日落時，姊妹幫完成了工作，然後圍著空地坐下來進食。月光將一隻兔子推到松鼠飛面前後，抬頭看著紫藍色的天空，星星已經一顆顆出現了。「妳看。」

松鼠飛順著她的目光，看向地平線上已經伸展成一條線的一大片星星。

「爪星正指向落日。」月光瞄向空地另一邊，在那裡青草和石頭正緊靠著自己的媽媽，母子一起分享著一隻松鼠。「今晚很合適，我們的兒子們可以開始他們的遊歷了。」

「今晚？」看著寵愛地一邊推推青草、一邊幫石頭撕下一塊肉的風暴，松鼠飛覺得心痛。「風暴知道嗎？」

「她剛剛應該已經看到星星了。」月光淡淡地回答道。那隻灰色母貓踱步過去，加入風暴和那兩隻公貓的晚餐。

松鼠飛叼起兔子去找葉星，把食物放在她腳前。天族族長正在打瞌睡，鼻子靠在草地上。松鼠飛在她身旁坐下時，她睡眼惺忪地抬起頭，對著兔子眨眨眼。「生產窩已經蓋好了嗎？」

「還沒，但我們的進度很順利。」松鼠飛看著那個半完工的窩。「明天我們就可以將剩下的藤蔓編進去。我可能會跟他們建議，在窩的入口處放一些樹枝遮擋，以防小貓跑出去。」

葉星挪動身體坐起來，然後嗅嗅兔子。「妳聽起來好像在自己的家似的。妳打算留下來嗎？」她責備地瞪著松鼠飛。

「當然沒有。」松鼠飛抬起下巴。「但既然在這裡了，我寧願讓自己當個有用的客人。」

「別讓自己太有用了，」葉星冷哼。「他們可能會決定將妳永遠留下。」

松鼠飛撕下一大塊兔肉，坐下開始享用。那些姊妹幫的生活很美妙，但她想念自己的族貓。她很好奇，在沒有戰士守則的情況下過日子是什麼樣子。那些姊妹幫有自己的一套守則，但似乎很鬆散。貓可以隨自己高興，來去自如。她很納悶，這個群體至今沒有散夥的原因是什麼，尤其在他們面對生病或飢餓的艱難時。

在她進食時，四周愈來愈暗，月亮也升上了布滿星辰的天空。月光站起來，一語不發地走向營地的入口處。其他的貓全都跟在她後面，青草和石頭則貼近自己的媽媽走著。

荊豆走到松鼠飛身邊。「月光說妳要跟他們一起去。」她瞄了一眼葉星受傷的腿。「她可以跟我留在這裡。」

松鼠飛看著葉星。「青草和石頭要離開了，他們要去說再見，」她跟葉星說。「妳自己一個在這裡沒問題吧？」

葉星哼了一聲。「我不會自己一個，我會有荊豆陪伴。」她聽起來語氣冷淡，但荊豆似乎並未受到冒犯。相反的，她坐到天族族長身邊去，而且嗅了一下剩餘的兔子肉。

「妳不介意我吃一口吧？」她問葉星。

「當然不介意。」葉星聳聳肩。

松鼠飛離開他們，快步跟上其他貓。

她鑽過營地入口處的蕨叢後，看到日昇在等她。「他們往哪條路去了？」松鼠飛盯著前面緩緩上升的山坡。樹叢遮掩了姊妹幫的蹤跡。

「跟我來。」日昇鑽進一片金雀花叢，領著松鼠飛穿梭在樹叢下往上蜿蜒的一條小徑。松鼠飛可以聞到姊妹幫留在草地上的足印，氣味越往前越清晰，直到她瞥見白雪的尾巴在前面的一片蕨叢中一閃而過。日昇加快腳步，松鼠飛緊跟其後。然後，在鑽出樹叢進入一片空地時，她驚訝地發現他們已經來到山頂了。

姊妹幫沿著山頂的邊緣站著，凝目遙望更遠處的那片土地。遼闊的星空延伸過一座又一座的山丘，一直覆蓋到高聳的山巒那邊。青草和石頭瞪著遠方，他們的毛因微風的吹拂而波動。當他們回頭望著姊妹幫時，松鼠飛看到他們眼裡閃爍著興奮的光。他們很高興離開嗎？慢慢地，姊妹幫在他們身邊圍成一個圈。月光走向他們，用鼻子碰碰青草的耳朵，然後再蹭蹭石頭的耳朵。「祝你們一切順利。」她低語道。

月光走回圈圈裡，換白雪走向那兩兄弟。她用鼻子憐愛地擦擦那兩隻公貓，然後退回原處。一個接一個，姊妹幫跟那兩兄弟道別。看到風暴走近自己的兒子時，松鼠飛的喉嚨酸脹。那隻母虎斑貓用鼻子貼緊青草的臉頰，眼裡充滿悲傷。「好好照顧自己，」她低語道。接著她轉向石頭。「要開心！」

石頭的眼睛閃著悲傷的光，他用鼻子在母親的臉頰上來回蹭著。「我們會永遠記得妳。」他退開一步，看著青草，兩兄弟間似乎有一瞬間的共識。他們互相眨眼，然後移開視線。

風暴走回姊妹幫身邊。飛鷹和白雪緊貼在她兩側。月光對那兩隻公貓低頭致意。「你們將開始自己偉大的旅程，」那隻灰色母貓對他們說。「你們要走過黑夜，絕不能回頭看。黎明到來時你們就會遠離小貓的生活，成為一隻真正的公貓。願行走在這片土地上的祖靈們找到你們，給予你們指引。」

石頭低頭聆聽。「謝謝妳，媽媽。」

青草的腳掌來回移動著，似乎忽然間猶疑不決。

「一路平安。」月光喵聲道。

姊妹幫發出響徹雲霄的聲音。「一路平安！」

他們移開，將原來的圓圈打開一個缺口。青草和石頭慢慢走出去，沿著山坡往下進入下一個山谷。

松鼠飛轉頭看去。她不知道自己這一生是否能放棄自己的兒子。**不能**。站在山頂上，她能遠眺到湖邊那片森林的邊緣。**雷族的領域**。她感傷地凝望著。棘星現在正在做什麼呢？族貓們都已經準備就寢了嗎？或者，已經有一支巡邏隊正在尋找她？她滿懷愧疚。火花皮仍然幫她保守著祕密嗎？那對她而言一定是一個沉重的負擔。她不能再讓自己的女兒或族貓們為她擔心了。她一定得想辦法回家。

青草和石頭的身影消失在黑暗裡，但姊妹幫沉默地站著，彷彿在吸取他們每一絲最後的氣息。風暴輕輕倚靠著白雪，凝望的眼眸霧霧的。

松鼠飛的心被悲傷盤繞。明天，一旦姊妹幫的思念沒那麼濃烈時，她會再度問月光是否能讓她和葉星離開。如果她能向月光解釋她有多想念自己的族貓和親戚的話，或許姊妹幫可以理解她想回家的渴望。她曾經承諾過，在姊妹幫離開前她不會讓自己的族貓們來這裡。他們會相信她的承諾嗎？她的肚子緊繃。那是一個她有能力兌現的承諾嗎？

第六章

松鼠飛猛然驚醒，她抽動鼻子。空氣中瀰漫著濃濃的夜露氣息。但她可以嗅到黑暗中另一個氣味，一個令她心臟快速跳動、充滿記憶和家的溫馨的氣味。她立即站起來。是**棘星**！他來了。她也聞到了刺爪、雲雀歌、和火花皮的氣味。「葉星，快醒醒！」

葉星睡眼惺忪地抬頭。「怎麼了？」

「快！」松鼠飛奔向入口。「他們來了。救援隊來了！」

就在她說話時，窩外傳來尖銳的呼嘯聲。她驚慌地渾身毛都豎了起來。她不能讓他們打架。不能讓任何的貓受傷。「停！」她從窩裡大喊，一邊衝出來。她煞住時，部族的戰士已經與姊妹幫對峙上了。

在蒼白的月色中，白雪和風暴全身的毛賁張。壓平的耳朵、內縮的嘴唇，他們對巡邏隊的戰士怒嘶著。棘星、刺爪和雲雀歌也不客氣地回以咆哮。荊豆、日昇和飛鷹等，如同嘶嘶作響的毒蛇般游走在姊妹幫四周，而天族的貓──鷹翅、梅子柳和樹──則在雷族巡邏隊後面呈扇形列開。眾貓們細瞇的眼睛凶狠地怒視著彼此。

「且慢！」松鼠飛奔進姊妹幫和戰士們之間。雷族和天族的貓數量勝過姊妹幫。花心、馬蓋先、鼠尾草鼻也出現了，紛紛擠入他們的族貓之間，而莓鼻和琥珀月則從雷族戰士的背後走出來，露出尖利的牙齒。「你們不能打鬥！」

棘星的眼裡充滿困惑。

葉星一瘸一拐地從窩裡走出來，停在空地的邊緣，圓睜的眼睛裡滿是驚慌。「聽她的話。」

鷹翅瞪著她，似乎想要理解她在說什麼。

「他們並沒有傷害我們。」松鼠飛跟他說。她知道那是謊言。白雪曾打傷葉星，不過那是因為天族族長試圖逃走。以後再說明詳情吧。現在重要的是解除眼前即將引爆的危機。

溪水、陣雪和麻雀等從陰影裡竄出來，奔到他們的母親們身邊。月光從空地後面匆匆趕來，加入她的營地夥伴們。她在那群貓的前面立定，然後瞪著棘星。

松鼠飛很震驚，她忽然發現自己的族貓體型竟然那麼小。她已經習慣這些貓了，幾乎忘了他們有多壯碩。她再次體會到他們有多不同──他們的毛比較長，體型也比松鼠飛所見過的任何戰士或惡棍貓都要碩大。在他們面前，連棘星都顯得嬌小了。她忽然懷疑雷族是否能戰勝這些貓，雖然戰士們都經過嚴格的訓練。她連忙甩開這個念頭。**族貓當然能戰勝。**技巧永遠可以打敗力氣。然而，她又怎麼確定姊妹幫不是同時擁有力氣與技巧？

月光甩動尾巴。「你們來我們的營地做什麼？」她嘴唇翻起，瞪著那些巡邏隊戰士問道。

回答時，棘星的耳朵因憤怒而抽動。「我們來帶回我們的族貓。」他沒有看松鼠飛。她滿肚子擔心，猜想他的怒氣有一部份是針對她來的。他一定很疑惑，為什麼她要替自己的囚禁者辯護，為什麼沒告訴他就來這裡，把自己和葉星雙雙置於險地？她不顧他的意願離開了營地。如果雷族裡有任何戰士公然地忽視他的命令，他會做何感想？她覺得口乾舌燥。**如果我們雷族中有某位戰士忽視我的命令，我又做何感想？**

「他們不應該在這裡。」他咆哮道。

「你們的族貓是我們的貴客。」月光告訴他。

鷹翅扭過頭，看向葉星。「真的嗎？」

月光替她回答。「我們對待他們如同姊妹。」

棘星生氣地甩動尾巴。「他們不是自願留在這裡的。沒有戰士會這麼做！你們是強行將他們拘留。」

「當時有這個必要。」月光吼道。

鷹翅怒視她。「為什麼？」

松鼠飛站在月光和棘星之間，視線在他們之間來回。「他們害怕如果讓我們離開的話，我們會把族貓帶過來。」

棘星一臉疑惑。「但他們應該知道，我們是會來找你們的。」

「他們不是部族貓，」松鼠飛解釋道。「他們不瞭解你們會這麼努力把我們找回去。」

「他們在這裡不過待了兩天。」月光好奇地掃視眼前的巡邏隊戰士。「對離家而言，時間不算長。你們難道從來不出外遊歷嗎？」

鷹翅大吼。「我們是戰士，不是獨行貓。我們只會跟我們的族貓在一起。」

姊妹幫交換著目光，但沒有一隻貓開口。

棘星讓自己的毛順下來。他周圍的族貓不自在地移動著腳步，彷彿忽然間不知道自己在這裡做什麼，現在松鼠飛和葉星並未陷入險境。

松鼠飛走到棘星身旁，當他的氣味充滿她的鼻腔時，她的心跳出於習慣地加速起來。她把鼻子伸向他。他也有同樣感受嗎？或者他太生氣了，即使發現她沒事他也並不覺得鬆一口氣？「我很高興你來找我們。」

他退開一步，眨眼問她。「妳還好吧？」

「我沒事。」

葉星瘸著腿走向她的戰士們。

「別急。」白雪從她的夥伴中竄出來，擋住了她的去路。「我們還沒有說你們可以走。」

「何必繼續把我們留在此地？」葉星對她眨眼道。「我們的族貓已經知道你們的營地所在了。其餘也沒什麼好隱藏的。」

「沒錯，」白雪同意道，背脊上的毛波動著。「但只要你們在此做客，你們的朋友就必須尊重我們的邊界。」

松鼠飛驚訝地看著她。「我以為姊妹幫並沒有設定邊界。」

「並非永久的，」白雪承認道。「但是，當我們之中有誰要生小貓時，我們就必須畫下某種邊界，來保護她和新生兒。」

棘星的眼光掃過那些姊妹幫，最後停在月光身上。他低頭致意。「我之前應該注意到妳懷著身孕。」

松鼠飛對他眨眼。「你現在明白我為何不能讓你們打架了吧？」

他沒理她。「但你們不能將松鼠飛和葉星拘留在此。現在他們要跟我們回家。」

就在他說話時，樹擠到大家的前面去。天族的公貓眼睛盯著月光。松鼠飛看著他，心裡升起恐慌。樹為何這麼怨恨地瞪視著那隻灰色母貓？

「妳好，**媽媽**。」

松鼠飛眨眼。**媽媽？**他以前曾經是那個團體的成員？在另一個念頭閃過她腦海時，她全身僵硬。難道他們是**親生**母子？體型不大、肌肉結實、且毛髮濃密的樹，看起來一點也不像那隻壯碩、長毛、尾巴蓬鬆的母貓。然而，他琥珀色的眼神裡透著一股深沉的毅力，讓她想起了月光。

月光回瞪著樹；當她認出他時，她眼裡的淡然立即被激動取代。「大地！」毛色跟樹同樣黃的日昇走出來，她的尾巴因激動而翹高，但樹說出另一句話時，她頓住了。

「我已經不是大地了。」樹冷硬地喵聲道，帶著怒氣。「在你們把我送走後，我便給自己取名叫樹。」

「樹。」月光重覆他的名字，彷彿在試著唸那個字。她點頭。「我喜歡這個名字；它適合你。你一直都是一隻有主見的小貓。」

「那是妳為何拋棄我的原因？」

「拋棄你？」月光一臉驚訝。「那時你的年紀已經大到可以狩獵了。」

「勉強吧。」

「但那時爪星正指著落日。你出外遊歷的時間到了。」

「妳讓星星支配我的命運。」樹忿忿不平地迎視他媽媽的眼光，好一會兒才移開視線。

松鼠飛瞄向那些姊妹。他們不安地移動著腳步，而日昇愧疚地瞪視著自己的腳掌。或許他們的生活方式並非如她所想的那麼簡單。她看到溪水對自己的媽媽投去一個緊張的眼神。他是否也對自己時間一到便需要離去感到焦慮不安？

棘星走到樹的身邊開口道。「樹現在已經是我們的一份子了。他若想要進一步瞭解你們，那由他自己決定，但他前來此處的目的與我們一樣。你們強行拘留了我們的族貓。請讓他們離開！」他收起爪子。「雖然妳懷著孕，但那並不表示我們就不會用戰鬥的方式來救走我們的族貓。」

就在月光躊躇時，松鼠飛看到梅子柳和莓鼻擺出作戰架式。鷹翅和刺爪也露出利齒。她一口氣卡在喉嚨。「他們只是想把我們留到月光的小貓足以遠行時。」她迅速喵聲道。

棘星倏地瞪向她。「妳想要留到那時？」他低吼道。

「當然不想！」松鼠飛眨眼回道。「但他們並不想傷害我們。如果我們願意等的話，再過一兩個月，這片領域便可任由天族占據使用。」

棘星冷淡地瞪著她。「這應該是由葉星及天族自己決定的事。」

葉星拂動尾巴。「這塊土地很好。我想天族住在這裡會很開心。」松鼠飛偷偷鬆了一口氣。葉星支持了她。她感激地看著天族族長，後者繼續道，「我很願意給姊妹幫一個月的時間，兩個月也行，如果他們需要的話。」她的眼光轉向月光。「但他們必須讓我們回我們的部族去。我不想留在這裡，多一天都不想。」

月光低下頭。「你們可以走。」她抬眼看向棘星。「我們的體型比你們的巨大，也比你們強壯，」她對他說道。「開戰的話，雙方都將損失慘重。但只要你們不來騷擾我們，戰爭就沒必要。」

棘星瞇起眼睛。「光有力氣，不見得能贏得戰爭。」他哼道。

梅子柳露出利齒。「妳把我們的族長拘禁在此！」

「她看起來受傷了。」鼠尾草鼻也咆哮道。

部族貓想要復仇嗎？松鼠飛懇求地看著棘星。「我們走吧。」

雲雀歌踱步向前。「如果他們讓松鼠飛離開的話，就不需要戰爭。而葉星若能儘快返家，她的傷也會好得快些。」

松鼠飛看著那隻公貓，感謝他的理性。他用腦袋思考，而非爪子。火花皮選了一個好伴侶。

「那就這樣吧。」棘星揮動尾巴示意，族貓們開始轉身往蕨叢遮掩的入口處走去。

松鼠飛徘徊，直到對上月光的眼光。「謝謝妳跟我們分享新鮮的獵物。」

「我很遺憾我們是在這種狀況下相遇，」那隻灰色母貓喵聲道。「我們若能再見面，希望我們能像朋友那般。」

葉星瞄著月光，但沒說話。她顯然並不感激姊妹幫的款待。她草率地點點頭，便一瘸一拐地跟在自己的族貓後面走了。松鼠飛卻向月光低頭致意。

「希望妳生產順利。」

「謝謝妳。」月光拂動尾巴。

「妳不走嗎？」棘星停在入口處，怒瞪著松鼠飛，背脊上的毛豎起來。

「當然要走。」松鼠飛向他跑去，很生氣被他像小貓般喝叱。

棘星等她鑽過蕨叢後，跟在她後面鑽出營地。她的族貓循著小徑蜿蜒走出山谷。她輕鬆地跟在他們後面，很高興要回家了。

「妳到底在想什麼？」棘星跟上她問道。

她低下頭，做好準備面對她知道一定會發生的爭執。「對不起。」

「不告訴我就逕自離開去從事這種愚蠢的任務！」

她感覺到他的瞪視彷彿要燒穿她的身體。「如果你知道的話，一定會阻止我。」她喵聲道。

「我當然會阻止妳！」他怒吼道。「現在妳看看結果。妳找到了一群全新的貓來跟我們爭地盤。好像有了影族和風族還不夠似的！」

「但我們不必跟他們爭，」松鼠飛反駁道。「他們使用完那塊土地後，很樂意讓天族擁有它。」她停下腳步看著他。雖然她擅自來此是個錯誤，但顯然她已經幫部族找到了解決問題的辦法。「難道你還不明白嗎？我幫天族找到了他們所需要的土地！現在，部族不用再為領域一事打架了。」

「別太天真。」棘星瞪著她。「新的領域可能意味著新的戰爭。哪個部族曾對自己所擁有的滿足過？」

「當每個部族感到充足時，戰爭就會停止了。」他的想法為何這麼負面？「之前我們對邊界的劃分一直有分歧。但是，只要天族搬走了，每一個部族的領域就足夠大了。」

棘星擠過她跟在自己的族貓後面。

松鼠飛追上他，氣的渾身毛都豎起來了。「我當時想到了一個好主意，於是我便去完成它，」她怒氣沖沖道。「葉星喜歡那個新領域。現在天族將會有一個他們終於可以真正安家的地方了。你只是不想承認我是對的！」

「胡說！」棘星迅速甩動尾巴。「我是族長。我歡迎族裡任何貓給我主意，而且，只要是好主意，我很樂意被證明是錯的。」

「我的主意是個好主意！」松鼠飛吞回挫折。

「妳只是從自己的觀點看待此事而已，」棘星吼道。「妳真的有想過讓天族這麼快就再次搬家會有何結果？要再蓋另一個營地？要熟悉新領域？妳怎麼知道這裡沒有兩腳獸？或一群狐狸？妳仔細檢查過這塊土地了嗎？如果他們的某隻小貓在這裡被蛇咬死了，怎麼辦？妳會負責嗎？」

「生命本就有風險！」松鼠飛略過在自己腦海邊緣湧現的疑惑。「天族不管住在哪裡，都會有風險！」

棘星不理會她的話。「**再度**同意住到其他部族為他們選擇的地方——那讓天族有多難堪？一旦其他部族可以隨意擺布他們，妳認為他們還能受到平等對待嗎？」

「那不是我的問題！」松鼠飛反駁道。「那是天族的事！葉星既然想要搬家，她就應付得了。」

「但願如此。」棘星頓住，看向那條愈來愈陡峭最後消失在大石頭間的小徑。「妳確定天族在這個山谷裡生活幾個季節後，不會覺得自己又被其他部族排斥在外嗎？」

「他們為何要這麼覺得？這塊土地緊鄰我們的領域及影族的領域，而且他們也會有一塊地直接通向湖邊。他們會跟我們一樣，都是部族貓重要的一份子。」松鼠飛緊跟在他後面，沿著那條小徑轉入一個峽谷。走在前頭的族貓快步在懸崖下前進。他們的頭頂露出一條狹窄的布滿星辰的天空。當小徑進入另一座山谷時，棘星再度開口。

「我好擔心妳，妳知道嗎？」他嘶啞地喵聲道。

「我知道。」她滿懷愧疚。「我沒想到我會離開這麼久，而且我有告訴火花皮我要去哪裡，以防萬一。」

「火花皮也很擔心，」他告訴她。「尤其是妳還要求她幫妳保守祕密。她不知道告訴我是背叛妳，或保持緘默是背叛我。妳不應該將她陷於那樣的困境。」

松鼠飛畏縮了一下。「我知道，」她輕輕喵聲道。「我只是想要讓大家再度和平相處。我當時怎麼知道我們會被拘留？」她一面說，一面感到內心湧動的不滿。棘星甚至連理解她的意願都沒有。他是不是很高興讓她覺得愧疚？「但我們並沒有受傷，而且看到其他的貓是如何生活的，也可以增長見識。那些姊妹幫過日子的方式很有趣。」

「我們的不有趣？」

「你知道我不是那個意思！」他表現得像隻小貓。「他們對我們很好。」

「那葉星怎麼受傷了？」

「她試圖逃跑。」

「而妳沒想要逃跑？」他責備地看著她。「妳那麼喜歡那些姊妹，喜歡到不想回家了？」

「別說傻話！」

「傻話！」他怒視她。「妳讓我不得不率領族貓進入敵對的陣營救妳，而妳竟怪我說傻話。星族在上，妳是副族長！妳的責任應該是保護妳的部族，而非將它陷入險境。再者，妳是我的伴侶。雷族裡若有任何一隻我能依賴的貓，那應該是**妳**！」

「你可以依賴我！」松鼠飛腳掌下的土地似乎在崩解。他不再信賴她了嗎？

「妳像見習生般的所作所為，叫我如何信賴妳？」棘星怒視她。「從今以後，妳所執行之事都必須經由我決定。妳不准再出去進行妳自己的荒唐任務，也不准在大集會時再與我爭執。如果一個副族長不能支持她的族長，那麼她也許不適合當副族長。」說完，棘星往前奔去。他僵直著肩膀，跟在族貓後面沿著蜿蜒的小徑進入一座林蔭茂密的溪谷。

雷族中有幾隻貓對松鼠飛投去同情的眼光。而那只讓她覺得更難過。**我的伴侶剛剛威脅說**

要換掉我副族長的職位嗎？她跟在大家後面。跟他說那些有什麼意義呢？他似乎刻意要扭曲她的話；而且顯然，他不想承認她的任務也許能幫部族貓們解決問題。忽然間，她很想念姊妹幫營地裡那種親切的平靜。在那裡停留的幾天裡，沒有任何一隻貓曾為領域的問題爭執或擔憂，也未曾為營地的夥伴們是否遵循戰士守則而大驚小怪。他們似乎坦然接受生命，沒有批判或抱怨。當他們逐漸接近營地邊界、茂密的森林開始環繞他們時，松鼠飛的胸口緊繃起來。

她可以感受到，棘星不會很快就原諒她。

第七章

翻掌穿過空地後停下腳步，嘴裡叼著一坨要給長老窩用的新鮮苔蘚。把苔蘚放下後，他向松鼠飛走過來。「我很高興妳回來了。冬青叢說，姊妹幫想要永久居留妳。」他熱切地眨眼道。「他說他們體型是一般貓的兩倍大。他們看起來很可怕嗎？」

松鼠飛抽動尾巴。自從昨晚回來後，關於姊妹幫的問題，她已經數不清回答多少次了。「他們很好客。」她耐心地回答道。

翻掌一臉疑惑。「但是他們拘禁了妳。」

「是的，但是他們也跟我們分享獵物，並且照顧葉星的傷腿。」為什麼她的族貓們對於其他貓既能夠和善又能護衛自己，感到如此驚訝？

翻掌的頭扭向一邊。「那是妳為何沒有試圖逃走的原因？」

松鼠飛吞回怒氣。「葉星的傷勢使得逃跑不易，而且我也不想丟下她。」

「但妳說他們很好客。葉星留下應該不會有事。」

「我自己獨自逃跑，是不對的。」年輕的貓都不懂什麼叫忠誠嗎？

但翻掌繼續八卦。「他們是惡棍貓嗎？」他眼睛一眨不眨地瞪著她。「鬃掌說，他們以前是暗尾家族的成員。」

「當然不是。」松鼠飛激烈地甩動尾巴。看到冬青叢從新鮮獵物堆那裡走過來時，她鬆了一口氣。

那隻黑戰士嚴厲地看著翻掌。「你現在不是應該正在打掃長老窩嗎？」

翻掌的尾巴垂了下來。「我想探聽那個新部族的事。」

「我告訴過你了，」冬青叢喵聲道。「那不是一個部族。他們只不過是幾隻住在山巒附近的貓。松鼠飛運氣不好，遇見了他們。」

「妳為什麼會跑到山巒附近去？」翻掌對松鼠飛眨眼問道。「我們要遷去那邊嗎？竹掌說，我們其中一個部族必須在禿葉季前搬走，不然的話我們都會挨餓。」

「沒有貓會挨餓。」冬青叢抱歉地看著松鼠飛。「阻止見習生嚼舌根比阻止鳥兒唱歌還要難。」

松鼠飛的眼光在空地上來回游移。自從她回來後，全雷族的貓兒們都在談論她和姊妹幫在一起的時光。現在，大家正安頓下來吃午餐。白翅和蜂蜜毛從新鮮獵物堆上叼走了兩隻老鼠。雲雀歌在露鼻的腳掌前放下一隻田鼠。鰭躍和嫩枝杈在長老窩旁坐下來，瞥了松鼠飛幾眼後，埋頭共享一隻兔子。玫瑰瓣同情地對她眨眨眼，好像她大病初癒似的。

灰紋和蜜妮坐在長老窩外。蜜妮看起來很衰老，灰紋靠緊她坐著。「妳一定很高興回來，松鼠飛，」他從空地那邊對她喊道。「其他貓家的食物吃起來永遠沒有自己家的好吃。」

「真難想像！」雲尾在他旁邊伸懶腰。「一群沒有公貓的貓。有誰聽過這種事？我希望他們沒有給妳洗腦。」他對松鼠飛調侃地眨眨眼。「如果蜜妮和亮心把我和灰紋趕出去的話，我倆不知該怎麼辦。」

蜜妮粗魯地咕嚕道。「那樣的話，長老窩肯定整潔的多。」

灰紋用鼻子蹭蹭她的臉頰。「但妳一定會想念我，對吧？」

蜜妮用鼻子推開他，眼裡閃爍著愛的光芒。「我當然會想念你，你這個老笨蛋。」那隻老母貓臉上自綠葉季以來就顯現的虛弱，在那一瞬間消失了。

亂石堆滾下了許多小石頭，松鼠飛抬起頭看到棘星從擎天架上跳下來。她轉開頭，避開他的目光。自從她從姊妹幫的營地回來後，他對她的態度一直客氣且正式。這樣的疏離讓她很心痛。但是她知道他為什麼還在生氣。她在族裡製造了許多擔憂和不安。但她多希望他不曾告訴她，要將她副族長的職位換掉。雖說她遭到姊妹幫的拘留，但那只不過是因為她想要找到一個在貓族間維持和平的方式而已。棘星也想要和平。那他為何不能支持她，反而為此批評她呢？

「松鼠飛。」他走向她，眼神冷淡。

她低下頭。「棘星。」

「明天凌晨的巡邏妳計畫派誰去？」他環顧著營地上的族貓。

「我還沒決定。」

棘星皺眉，輕輕地走進擎天架下的陰影裡。他甩一下尾巴，暗示松鼠飛靠近些。「我不是告訴過妳，妳以副族長的身分所做的任何決定，都要事先讓我知道。」他壓低聲音說道。

她心裡燃起怒火。「我從未在早晨前決定由誰負責巡邏，」她冷冰冰地回答道。「我喜歡看誰先醒了。如果有戰士已經腳癢迫不及待想去森林裡跑跑的話，我何必去把另一個還在睡覺的叫醒。」

「那太草率了。身為戰士就應該知道自己是否要出去巡邏，並且準備好。」棘星的耳朵抽動著。「從現在開始，我要在前一晚就知道第二天凌晨誰會負責巡邏。」

松鼠飛縮回爪子。「那是現在的新規定？你立下蠢規則就是為了證明你才是老大？」

「妳是我的副族長，」他告訴她。「我必須知道，妳能夠遵守規則。」

「不然你就會把我撤換掉。知道了。我懂你的意思。」松鼠飛怒視他。

棘星平靜地與她對視。「我必須知道我可以信賴妳。」

「你當然可以信賴我！我愛你，也愛我的部族。我絕對不會做出傷害你或他們的任何事。」姊妹幫的生活方式忽然間似乎很吸引人。月光根本就不會想出一些毫無意義的規定要白雪及其他貓來遵循。棘星是她的伴侶，他為何不能跟她**談談**，而不是試圖讓她覺得自己渺小？

棘星冷哼。「我只是擔心妳的判斷不夠理性。」

「不夠理性？」松鼠飛不可置信地瞪著他。「因為我想到了一個計劃並且努力完成它？」

「因為妳的計畫將天族和雷族都置於險境中。」他瞪視著她，指責道。

「姊妹幫並不會對任何貓造成危險——」注意到火花皮正從空地的另一邊望著他們，松鼠飛連忙住口。

那隻橘色戰士的眼光在棘星和松鼠飛之間焦慮地看來看去。「一切都順利嗎？」

「當然。」松鼠飛硬把自己的毛順下來，然後趕到火花皮身邊。「我們只是在討論巡邏隊的安排。」

火花皮一臉懷疑。「我想跟你們兩個談談，」她遲疑地喵聲道。「但我可以等一下再來。」

「不用等。」松鼠飛立即喵聲道。

「妳並沒有打斷什麼。」棘星踱過來加入他們。他用鼻子蹭蹭火花皮時，眼神柔和下來。

松鼠飛的心臟像被爪子攫住了般。她想念她和棘星關係親密時的感覺。

火花皮看著他們。「有一件事我得告訴你們。」

松鼠飛注意到火花皮似乎很緊張時，全身的毛不安地豎了起來。然而，那隻年輕戰士不僅毛色光澤，且雙眼熠熠生輝。她看起來從未如此健康過。能有什麼問題呢？

「我懷孕了。」火花皮對她眨眼道。

「火花皮，這太好了。」松鼠飛非常開心。她瞥向空地的另一邊，在那裡雲雀歌和露鼻正在分享一隻田鼠。那隻年輕的公貓一邊吃一邊跟自己的同伴聊著天。他的耳朵豎著，眼眸亮晶晶。火花皮要當媽媽了，而她的伴侶是一隻和善的公貓，也是一名優秀的戰士。火花皮和赤楊心都有各自生活，也都很快樂。她還有什麼要求的呢？

然而，她卻滿懷悲傷。她也渴望再生小貓——以及一個仍然愛她的伴侶。這個可能性剎那間似乎離她很遙遠。她愈想愈難過。她是不是太傻了，竟然想要再當媽媽？她是不是只要聽從命運，簡單地老去、死亡，並在餘生裡看著身邊的族貓們成長改變就好了？

「怎麼了，松鼠飛？」火花皮焦慮地眨眼問道。「妳高興嗎？」

「我當然很高興。棘星也很高興。」她瞥了他一眼。

棘星回視她，眼裡隱含同情。他猜到了她心中所想嗎？松鼠飛迎上他的目光時，他移開視線，轉頭用鼻子去蹭蹭火花皮的頭。「這真是個好消息，火花皮。我們都為妳感到高興。小貓何時出生？」

「我不確定。」火花皮咕嚕道，全身的毛因開心而蓬鬆起來。

松鼠飛瞄著那隻年輕貓后的肚子。它已經開始大起來了。「看來很快就會生了。」她慈愛地喵聲道。

火花皮將臉頰貼緊松鼠飛的臉頰。「我迫不及待想當媽媽。」她轉身走開。雲雀歌看到她走過來，立即跳起來跑到她身邊。

松鼠飛轉頭看著棘星，心情又冷下來。他還有其他更多的規定要告訴她嗎？

他體貼地望著她。「我知道那對妳而言很艱難。」他喃喃道。

松鼠飛愧疚的不知所措。火花皮懷孕的消息觸動了她的悲傷，而她對此感到羞愧。更糟的是，棘星目睹了她的悲傷。「我為她高興。我為他們兩個高興。」

「但我知道妳有多想要再生小貓。」他喵聲道。

她瞇起眼睛，滿肚子怒火。「而我知道你有多麼不想要。」她轉過身，大步走開了。每走一步，她的怒氣便消退一分，最後被愧疚取代。她為何要說那些話呢？他只是想體貼她而已。懷著沮喪，她往巫醫窩走去。她需要向某隻貓傾吐一下內心的感受。她想起來，當她返回營地時，葉池有多麼欣慰——她一定能夠理解。

她擠過棘叢，看到赤楊心正蹲在池子旁整理藥草。而葉池正在拔除生病的貓睡過的其中一個床鋪上面的舊苔蘚。松鼠飛進來時，她抬起頭。看到姊姊的臉色不佳，她瞇起眼睛。「一切都好嗎？」

「不怎麼好。」松鼠飛啞聲道。

「來幫我採集藥草吧。」葉池喵聲道。

赤楊心抬起頭看他們。「我們今早已經採集過藥草。」

「我知道。」葉池甩動尾巴。「但我覺得我們需要更多的金盞花。它的花期快過了。」她走到松鼠飛旁邊，推著她往窩外走。「怎麼了？」走進陽光時她問道。

「沒什麼事，真的。」松鼠飛躊躇道。「可能是我太敏感了。」

葉池把她往前推。「是因為火花皮懷孕的消息嗎？」她走到營地入口，鑽了出去。

松鼠飛跟在她後面。「妳怎麼知道的？」

「我有學過，母貓懷孕時，我看得出來。」葉池停下腳步，迎著松鼠飛的目光。「而且妳告訴過我，妳有多想再生幾隻自己的小貓。」

松鼠飛瞪著她。「我知道我應該高興。」

葉池拂動尾巴。「來吧，新鮮空氣對妳有好處。」她迅速跑開，往櫸木林那邊的山坡而去。

松鼠飛追在她後面，享受著拂過她全身的微風。奔跑在林地的腳步聲讓她覺得平靜。看著熟悉的森林和棘叢，讓她覺得安心。

穿出森林後，他們在一塊空地前慢慢停下來。一叢叢的金盞花蔓生在蕨叢中。葉池把松鼠飛帶到那一大片盛開的花朵前。那隻巫醫貓蹲下來，用牙齒咬下一支花莖，然後把它丟到地上。她看著松鼠飛。「妳可以悲傷的。」

「是嗎？」松鼠飛眨眼看著她。

「聽到火花皮懷孕而妳自己卻沒有，一定讓妳很難過。」葉池同情地垂下頭。

松鼠飛看著自己的腳掌。「我覺得我很自私。」

「想要小貓並不自私。」

「我為火花皮高興。」松鼠飛熱切地看著葉池。「妳知道的，對吧？」

「妳當然為她高興。」

松鼠飛坐下來。「我只是心裡很難受，看著我自己的小貓要生小貓。」愧疚感再度戳著她的心。「我不想老得那麼快。我希望有再度當媽媽的機會。我知道火花皮值得快樂，但看著另一隻貓獲得我所渴望的，真的好難受。」

「妳也值得快樂的。」葉池圓睜的眼裡都是同情。

「棘星在生我的氣，所以我可能不會再有機會生小貓了。」松鼠飛知道自己陷入了自憐的情緒中，但卻忍不住。「我不知道我這輩子是否還能快樂。」

葉池用牙齒拉斷另一支金盞花莖。「妳想太多了。」

「但那是我此刻的感受。」松鼠飛扭頭望著一個石洞。「棘星說他不知是否該撤換我副族長的職位，並且刻意立下規定來考驗我。他已經不再信賴我的判斷了。」

「他只是需要時間冷靜。」葉池站起來，走向松鼠飛。「妳失去消息時，他真的很擔心。他覺得妳或許死了。」

「現在看起來，我所做的一切似乎都是錯的。剛剛火花皮告訴我們她的好消息時，他想要對我表現體貼，而我卻對他咆哮。」忽然間松鼠飛覺得有如石頭般沉重。「而且，他說得對。我不該未告知他就擅自離開了。但我只是想要讓他明白，我們有辦法阻止部族之間的領域之爭。而火花皮……」她頹喪地垂下肩膀。「我希望她沒注意到我的難過。我為她高興，真的。但要掩飾我當時內心的感受，好難——」

葉池將鼻子貼緊松鼠飛的臉頰。「沒事的，松鼠飛。妳不需要隨時保持完美。」她溫柔地咕嚕道。她的臉頰所傳來的溫暖，舒緩了松鼠飛內心的痛苦。

松鼠飛後退一步，忽然間覺得從未如此感激自己的妹妹。即便葉池自己失去這麼多，她仍然對姊姊的遭遇懷抱同情。「我無法體會這幾個月來妳自己的狀況有多艱難。妳在不得不送走自己生的小貓後，仍須看著那麼多的族貓生育。而我能扶養松鴉羽、獅焰和冬青葉，並視他們如己出，卻從未努力去瞭解這個傷害對妳有多大。」

葉池平靜地迎視她的目光。「我很感激妳為了確保我不會失去巫醫貓的位置曾冒了多大的風險。再者，從某方面而言，我們是一起扶養他們。他們有需要時，我總是能陪在他們身邊。而且我也能隨時探視他們、照顧他們。」

松鼠飛想起了月光。**對所有小貓來說，我們每一個都是母親。**「姊妹幫就是如此扶養他們的小貓的。每一隻母貓都是所有小貓的媽媽，也是所有營地夥伴的姊妹，」她告訴葉池。「在姊妹幫當中，沒有任何貓會逼迫妳在小貓和當巫醫貓之間做選擇。他們沒有規定說，誰能生小貓或誰不能。」

「但我們並非與姊妹幫一起生活，我們是部族貓。」葉池的眼神嚴肅起來。「而且，沒有任何貓逼我做選擇。我做我所認為最好的。」她的喵聲忽然變得很冷淡。松鼠飛知道自己觸到了她的痛處。「想像那些不可能改變的事，沒什麼意義。已經做了的事，後悔沒有用。我與星族的聯繫太強烈了，不會想要捨棄它。」她瞇起眼睛。「那些姊妹幫會跟他們的祖靈溝通嗎？」

「我不知道。月光曾提到祖靈，但我不認為他們會像我們與星族溝通那般與他們的祖靈溝通。畢竟，他們是寵物貓的後代。」

葉池輕蔑地呵道。「他們怎能瞭解我們與星族的連結以及我們為榮耀它而做的犧牲？巫醫貓所知道的可不僅是認識幾種藥草或知道如何治療肚子痛而已。我懷疑那些姊妹幫根本不知道什麼叫預言，而且，從妳的描述來看，他們只忙著活在當下，以致不會去思考自己的過去和未來。」她冷哼道。「我絕對不會像他們那樣過日子。」

松鼠飛垂下頭。「對不起。我不應該說那些話。看到別的貓過的生活如此不同，我只是覺得奇怪罷了。」松鼠飛忍不住覺得，活在當下，不必受到規定、祖靈和傳統等的壓抑，或許也不錯。她鬆開了毛。「但是那些姊妹幫很快就會往前進了，到時天族就能使用他們的土地。」

「如果星族同意的話。」葉池尖銳地喵聲道。

「當然。」葉池從來不覺得受到族規和傳統的限制嗎？「妳已經跟祂們溝通過了嗎？」

葉池的眼光暗下來。「祂們仍然沉默。」

「也許祂們並不反對天族搬家的事。」

「也許。」葉池看起來不以為然。「但在我們獲得指示之前，天族最好不要妄下決定。」

「即便可能意味著部族之間的和平？」

「天族自己最瞭解。」葉池回到金盞花叢，又扯斷另一支花莖。松鼠飛看到她的耳朵在抽動。顯然星族的緘默令她不安，而提起姊妹幫的事也沒有幫助。

要是星族願意跟她溝通就好了。祂們可以讓她知道，天族搬到新的領域是一件好事。祂們甚至可能知道松鼠飛是否有機會再生小貓。葉池的話閃過她的腦海。**別那麼著急，松鼠飛。不要試圖一次就解決所有問題。**也許她妹妹是對的。她只要等待，棘星早晚會克服怒氣，他們會再次一起孕育小貓，姊妹幫會繼續前進，天族會找到一個新家，而所有部族都將和平共處。

臆想未來會發生什麼事，一點意義也沒有，因為沒有任何貓知道。松鼠飛抬起頭透過樹枝看著黃昏的天空。**星族知道未來會發生的事嗎？**一股顫慄竄過她全身。祂們若是知道的話，卻不曾透露任何訊息。

第八章

雲雀歌擠過松鼠飛抬眼往上看，嘴巴張開著。「上面有一個松鼠窩。」

樹枝在他們頭頂顫動，葉片在透過樹梢射進來的陽光中搖曳。松鼠飛耳朵豎起來，她看到灰色的皮毛在一棵橡樹上一閃而過。一條蓬鬆的尾巴沿著一根樹枝忽隱忽現，後面跟著另外一條。

花落在她身旁站定，順著她的目光看過去。她甩動尾巴。「那個窩太高了。」

「我看到了！」鼠鬚盯著樹葉之間的動靜，他的毛興奮地張開來。

雲雀歌靠過來，往樹幹上方凝視著。「爬上去不難。」堅實的枝條從橡樹的樹身伸出來。樹幹有很多結瘤，很容易攀爬。

「爬樹的事就留給天族吧。」松鼠飛搖動尾巴，把雲雀歌召回來。她不想讓雲雀歌冒險攀爬高樹。火花皮跟他們在一起。她若看到自己的伴侶在那麼高大的樹上狩獵，一定會覺得不安。

自從火花皮告訴父母親自己懷孕後，她和雲雀歌就形影不離。雲雀歌親自來找松鼠飛，請求松鼠飛將他與火花皮安排在同一支巡邏隊裡。他們守護彼此的愛讓松鼠飛很感動，但那讓她對失去棘星的愛更難過。

她仍然睡在棘星的窩裡。每晚她隨著他爬到擎天架上去，很不自然地躺臥在他身邊。不需說開，他們倆都知道隱藏他們之間的嫌隙有多重要。他們絕不能讓族貓們知道族長和副族長之間的不和，雖然松鼠飛忍不住想，他們的不和其實很明顯。她和棘星很少說話，不得不說時，雙方的態度都很正式，而且他們再也沒有一起出去巡邏或狩獵過。

「松鼠飛。」雲雀歌的喵聲將她拉回神。「我嗅到一股奇怪的氣味。」那隻黑色戰士背脊上的毛豎起來了。「聞起來有點熟悉，但我不確定是什麼。」

「是惡棍貓的氣味！」鼠鬚露出爪子。花落掃視著森林。雲雀歌往火花皮靠過去。

松鼠飛舔了舔空氣，舌頭上布滿曾經熟稔的氣味時，她渾身僵硬。是**姊妹幫**！他們在雷族的領地上做什麼？「慢著。」她對鼠鬚點頭，希望她是第一個發現姊妹幫的貓。他們應該不是來打架的吧？松鼠飛迅速往前走，一邊掃視著森林。當瞥見白色的毛在蕨叢中穿過時，她的尾巴抽動著。她跑過去，認出了那隻白色的身影。「白雪？」

白雪轉過來，藍色的眼珠看著松鼠飛。松鼠飛在那隻母貓的眼眸裡看到驚慌。

「那是誰？」花落停在她身邊問道。

「她是白雪，」松鼠飛回答道。「她是姊妹幫中的一個。」

鼠鬚追上他們。「你們在雷族的領域上做什麼？」他對白雪吼道。

花落擠過來。「這裡不是她該來的地方。」雲雀歌和火花皮跑過來時，那隻龜紋貓壓平耳朵。

火花皮驚訝地對白雪眨眼，然後看著松鼠飛。「她為什麼在這裡？」

「她已經侵入了我們的領地。」花落咆哮。

松鼠飛看著白雪。「你們來這裡做什麼？」她溫和地問道。

「我正在找妳，」白雪喵聲道。「妳曾說過你們有巫醫貓。他們可能知道該怎麼做。日昇需要幫忙，她受傷了。」

松鼠飛緊張地問。「她傷得很重嗎？」

「那不是我們的問題。」花落翻起嘴唇嘶道。

白雪只專注地看著松鼠飛。「你們能讓一隻巫醫貓過來看看嗎？她離這裡不遠。」

日昇為何在離他們雷族領域這麼近的地方受傷？松鼠飛不安地移動腳步。花落的毛已經豎起來了。松鼠飛如果對待這個入侵者太和善的話，她恐怕會不高興。「我不確定我們是否幫得上忙。」

「但你們的巫醫貓可能知道，對嗎？」白雪懇求地看著她。

松鼠飛遲疑。如果她對姊妹幫伸出援手的話，棘星會怎麼說呢？當然，他不會拒絕協助一隻受傷的貓。然而，她之前擅自出營遇到姊妹幫這件事，已經讓他很生氣了。**如果他得知白雪過來找我，他可能會責怪我把他們引到這裡來。**

「讓我們先查看一下那隻受傷的貓吧。」雲雀歌走到松鼠飛身旁。「也許傷勢並沒有白雪所說的那麼嚴重。我們可以幫忙包紮，然後送他們離開，不需驚擾到其他族貓。」

松鼠飛看著他，躊躇著。如果他們可以自行解決問題的話，那麼他們就不必對誰解釋姊妹幫為何出現在他們的土地上了。她皺眉。但棘星遲早會發現。巡邏隊沒有理由保守這個祕密。然而，她也不可能對一隻受傷的貓置之不理。她甩動尾巴。「帶我們去看她，」她對白雪道。「如果我覺得她需要幫忙的話，我會去請我們的巫醫貓過來。」

「這可能是一個陷阱！」花落背部的毛張開來。

松鼠飛轉過來看著她。「我對這些貓很瞭解，他們不會傷害我們的。」

鼠鬚瞇起眼睛。「妳確定嗎？別忘了，他們曾經拘留妳。」

「他們並未傷害我。」松鼠飛對白雪點頭。「我們走吧。」

白雪在前面領路。他們穿過一片蕨叢，沿著一條蜿蜒在棘叢裡的兔子路前行，接著越過一條乾河床，最後從一棵杜松樹下面鑽進去。從另一邊出來時，她停住腳步。

松鼠飛掃視前面的森林。日昇呢？「我沒看到她。」

火花皮和雲雀歌在她身旁停下，緊張地瞄著樹林中的動靜。

鼠鬚往前面沿著山坡的那一排樹叢走過去，一邊戒備地嗅著。樹叢抖動，鼠鬚驚詫地退後一大步，弓起背脊。這時，日昇、風暴和飛鷹從樹叢裡鑽出來。

花落竄到鼠鬚身旁，露出利齒。「我就說是個陷阱！」即便她全身的毛都賁張開了，姊妹幫的體型仍然比她大很多。

風暴訝異地對她眨眼。「我們為何要給你們設陷阱？」

「我怎麼知道？」花落憤怒道。

風暴沒理她，只滿懷希望地看著松鼠飛。「妳是來幫忙的嗎？」

「如果能的話。」松鼠飛嗅到血腥味，並看到日昇虛弱地倚靠著飛鷹。她腹部黃色的毛已經被血染紅了。

雲雀歌繞著姊妹幫走一圈，耳朵抽動著。「發生了什麼事？」

「我們與幾隻公貓打了一架。」飛鷹說著話時，日昇摔到地上去。

松鼠飛全身冒起戒備。他們不可能自己解決這個問題。日昇需要巫醫貓的治療。

「我們要去請赤楊心過來嗎？」鼠鬚眨眼問道。

「時間恐怕會耽擱，」松鼠飛回答道。日昇的傷勢比她之前想像的還要嚴重。「我們把日昇帶回營地吧。」她對白雪、飛鷹和風暴點頭。「你們先回家。我們會照顧她。」

白雪堅決道。「我們不會丟下她離去。」

火花皮焦急地看著母親。「我們不能讓他們全部進入營地。」她靠近松鼠飛，壓低聲音道，唯恐被其他貓聽見了。「棘星會不高興的。他已經認為妳太過於捍衛姊妹幫了。」

「他的謹慎是對的。」花落抖開全身的毛。「別忘了，當影族收留暗尾及其同伴後，發生了什麼事。」

「暗尾本來就一直計畫著要毀滅部族貓。影族遇見他時，他也沒有受傷。」鼠鬚指出道。

「這隻貓真的需要我們的幫助。」

「她的**朋友們**並未受傷，」花落爭辯道。「為何他們要跟著過來？」

「為了確保我們的姊妹沒事，」白雪喵聲道。「記得嗎，我們遇見過你們的族貓？他們可不是很友善。」

「我們一定會好好照顧她的。」雲雀歌承諾道。

風暴抬起下巴。「我們要和她一起去。」

火花皮在她母親的耳邊低語。「棘星一定會不高興的。」

松鼠飛轉身。看到日昇腹部的血跡不斷往外滲開時，她的心跳加速。「我們必須幫助他們。」日昇傷口的肉已經翻出來，她不能讓一隻貓就這麼死了。事後她再向棘星解釋吧。畢竟，他們兩個之間的關係也不可能更緊張了。這是她必須承擔的風險。「你們必須背著她，」她對飛鷹和風暴道，並對雲雀歌和鼠鬚點頭。「你們可以幫忙。」

她退開一步，讓那幾隻貓把肩膀擠到日昇的身體下面。飛鷹和風暴用鼻子把日昇頂起來，那四隻貓鑽到日昇的腹部下面，用背部將她扛起來，然後彼此緊靠，開始往雷族營地的方向前進。火花皮緊緊跟在雲雀歌的身側，花落則不安地繞著他們，一起走向河床。

松鼠飛走在最前面，一邊掃視著森林以便尋找最便利的路徑。在她領路往一片林木茂密的緩斜坡走去時，白雪趕到她身邊。到達坡頂時，她回頭看去。風暴和飛鷹慢慢地走著，他們背上扛著自己的姊妹，眼神因專注而黝暗。鼠鬚和雲雀歌緊靠著姊妹幫，配合他們的腳步一步一步地往前移動。日昇軟綿綿地趴在他們背上。「我們得快點。」

當松鼠飛再次邁步時，火花皮趕上他們。「日昇尚有呼吸，但已經奄奄一息了。」

松鼠飛繼續盯著前面的道路。「我們一定要儘快將她送回營地。」她希望他們能做得到。

「赤楊心會知道該怎麼做。」火花皮喵聲道。

「我不確定妳是否會幫忙。」白雪眨眼感激地對松鼠飛道。「但我一定要試試看。我們離家太遠了。」

「你們來這裡做什麼？」松鼠飛迎著她的目光。「你們以前從不踏足部族貓的領域。」

白雪的眼神暗下來。「你們並不是唯一對我們正在使用的土地忽然感興趣的部族。」

松鼠飛全身緊繃。「什麼意思？」

「昨天，我們在與你們毗鄰的邊界這邊嗅到了部族貓的氣味，」她解釋道。「飛鷹以為是你們派了一個巡邏隊回來，但你們曾經保證不會來騷擾我們。之後，月光發現那是一個不同的部族貓的氣味，於是便派我、風暴、飛鷹和日昇幾個前去探查。」

火花皮的耳朵豎起來。「你們知道是哪一個部族嗎？」

白雪聳肩。「對我來說，戰士的氣味都一樣。我們循著那氣味進入你們的領域邊緣那片松樹林。」

「是影族！」火花皮瞥了母親一眼。影族為何對姊妹幫的土地忽然感到興趣？松鼠飛好像被刺戳到般覺得很不安。難道是她在會議中的提議讓影族對他們邊界外的土地起了好奇心？或者他們也想幫天族勘查那塊土地。松鼠飛內心湧起一股不祥的預感。還是他們計畫將那塊土地占為己有？

火花皮眨眼看著白雪。「那是日昇為何受傷的原因嗎？你們與影族打架了？」

白雪點頭。「我們越過邊界追蹤到兩隻公貓，並尾隨他們進入了他們的領域。我們攔下他們，問他們在我們的土地上做什麼。他們一言不發便對我們展開攻擊。」

松鼠飛緊張地甩動尾巴。她要如何跟雷族解釋，日昇是因為與部族貓打架才受傷的？她把擔憂先拋到一旁。姊妹幫是跟影族作戰，並不是跟雷族。直到幾個月前，影族還一直是他們的仇敵。雷族有何義務要捍衛他們呢？

「我們把他們打得很慘，」白雪顯然很滿意地喵聲道。「但在他們跑掉前，其中一隻貓——我聽到其他貓叫他石翅——用力地在日昇的腹部劃開了一道很深的傷口。」

火花皮的眼神閃著警備。「我們應該幫助這些傷了影族的貓嗎？」

松鼠飛不屑地抬高下巴。「我們不是影族的保護者。何況，姊妹幫是在捍衛自己。」

「但虎星要是知道的話，一定會不高興的。」

「難道為了讓虎星滿意，我們就應該做不顧榮譽的行為？」松鼠飛回視火花皮。

「棘星也會這麼說嗎？」

「日昇可能會因為這個傷害而喪命。假如他寧願取悅影族也不願拯救另一隻貓的生命的話，那麼他便不是我曾經以為的那種貓。」松鼠飛已經看到不遠處的營地了。她回頭望向大家。「我們就快到了。」

就在她講話時，前面的蕨叢發出了窸窣聲。玫瑰瓣和鬃掌衝了出來，在離松鼠飛一條尾巴遠的地方煞住。兩隻貓的眼睛都圓睜了。

「發生了什麼事？」玫瑰瓣的目光越過她，看向姊妹幫。

「我們在森林裡發現了一隻受傷的貓，」松鼠飛回答道。「她需要我們的幫助。」鬃掌全身的毛賁張。「是惡棍貓！」

白雪低頭對那隻年輕的母貓致意說。「我們是姊妹幫。」

「姊妹幫！」鬃掌瞪著她。「你們在我們的領域裡做什麼？」

松鼠飛搶先回答道。「我等會兒再解釋。」她步下斜坡往洞口走去，然後鑽過地道進入營地。「松鴉羽！葉池！赤楊心！」她呼喚著巫醫貓們。雲雀歌、風暴、飛鷹和鼠鬚等將日昇扛入營地，將她放置在被陽光曬暖的空地上。

赤楊心從巫醫窩趕過來，尾巴後緊跟著葉池。松鴉羽也跟在後面，鼻子抽動著。「誰流血了？」那隻盲眼的巫醫貓忽然定住，身上的毛張開。「惡棍貓到這裡來做什麼？」

「他們不是惡棍貓。」松鼠飛的目光環視營地一圈。刺爪正站在新鮮獵物旁詫異地抬起頭來。擎天架下，莓鼻和樺落正在分享一隻兔子。他們眨眼瞪著姊妹幫，目光中閃爍著敵意。戰士窩外，嫩枝杈和鰭躍戒備地迅速站起來。冬青叢揮動尾巴招呼翻掌去她身邊，而那隻見習生正弓起背對著白雪怒嘶著。灰紋推開他正在大啖的老鼠，瞇起雙眼。松鼠飛略過營地裡正四處點燃的緊張。「姊妹幫中有一個需要我們的幫助。」

擎天架旁的亂石堆傳來碎石滾落的聲音。「發生了什麼事？」棘星從亂石堆上躍下來。他走到松鼠飛身旁，指責地瞪著她。

「日昇受了重傷，」松鼠飛對他道。「她需要巫醫貓的治療。」

火花皮走近自己的母親。「松鼠飛是怕日昇會死了。」

棘星瞇起眼睛。

「我去取一些蜘蛛網來。」葉池轉身往巫醫窩跑去。

「慢著！」棘星甩動尾巴，大聲喝道。

葉池定住了。

松鼠飛瞪著他。「你不想幫助她嗎？」

他把鼻子猛地伸到她面前。「妳為何要置我於這樣的窘境？」他嘶道，聲音低到只有松鼠飛和火花皮聽得到。「我跟妳說過，妳不論做什麼決定都要先經過我的同意。」

「松鼠飛只是想幫忙。」火花皮迫切地告訴自己的父親。

「沒事，火花皮。」松鼠飛很感激女兒護衛她，但這不是火花皮的戰爭。她扭頭看向日昇，後者一動不動地躺在空地上，身上的血已經浸染了地面。「我不認為有時間跟你商議。」她冰冷地低吼。

棘星往前邁一步。「妳想要幫助她，是嗎？」刺爪揮動尾巴。「憑什麼要幫她？我們才從這些貓的營地裡救出我們自己的族貓。我們不欠他們什麼。」

「但是她受傷了。」鰭躍詫異地瞪著那隻黑戰士。

葉池眨眼看著棘星。「我不能袖手旁觀看著她痛苦。」

赤楊心踱到她身旁補充道。「那不是巫醫貓的作為。」

「我們不能見死不救。」鼠鬚環視族貓們。他身上的毛還沾著日昇的血。

花落怒視他。「你沒聽到飛鷹說，他們攻擊了影族的巡邏隊？」

鼠鬚瞇眼。「那是因為影族入侵了他們的領域。」

「兩隻戰士構不成入侵！」花落嘶道。「影族貓的數目比他們少。姊妹幫不應該攻擊他們。」

刺爪甩動尾巴。「我們不能治療攻擊戰士的惡棍貓。」

冬青叢挺起胸膛。「姊妹幫曾拘禁我們的副族長，現在又入侵影族的領域。他們與暗尾及其家族一樣壞。如果我們治療這隻貓的話，豈不是在壯大我們的仇敵。」

風暴驚訝地眨眼對她道。「我們不是你們的仇敵。」

「你們曾拘禁松鼠飛。」冬青叢吼道。

「你們還攻擊了影族。」樺落咆哮。

「他們從哪兒來，就把他們送回哪兒去。」刺爪怒斥道。

「把他們趕出我們的營地。」花落附和道。

松鼠飛覺得喉嚨乾澀。她的族貓們怎能對一隻傷勢如此沉重的貓不理不睬？她覺得火花皮在她身邊緊張地移動著。她的女兒難道也想把日昇送走嗎？

嫩枝杈往前一步。「他們曾經做過什麼不重要。如果我們把日昇送走了，她可能會死。」

「雷族貓的腳掌絕對不能沾上另一隻貓的血。」鰭躍贊同道。他的族貓們不安地瞄著彼此，似乎對他的話不以為然。

「虎星要是發現我們收留了她，他會怎麼說呢？」樺落的鼻子對著姊妹幫的方向點了點。

「我們從什麼時候起聽命於虎星了？」鼠鬚生氣地揮動尾巴。他看著棘星。「我們不能讓這隻貓死了。」

棘星環視著他的部族。刺爪的眼裡閃著怒火，樺落的耳朵威脅地抽搐著，而嫩枝杈和鰭躍瞪視著他。「讓星族決定吧，」棘星的鼻子扭向松鴉羽宣布道。「你帶著赤楊心一起到月池，去跟我們的祖靈溝通。祂們會指示我們該如何做。」

松鼠飛訝異地眨眼看著他。「星族跟這件事有何關係？難道我們需要祂們來告訴我們怎麼做才是有榮譽感的行為？」

棘星冷漠地迎視她的目光。「這些貓曾經威脅妳並且攻擊了影族。他們顯然不在乎自己傷害了誰或用什麼手段。如果我們治療這隻貓的話，那就是在告訴他們雷族可以被擺布。也可能與虎星成為永遠的仇敵。星族已經指示過，所有的部族必須團結。而我們知道的是，幫助姊妹幫與幫助暗尾無異。我們需要星族的指示。松鴉羽和赤楊心會一起前往月池。」

飛鷹眨眼問他道。「月池很遠嗎？」

風暴往前一步。「已經沒有時間跟祖靈們請示了。」她的喵聲裡帶著驚慌。「我們沒有選擇。」棘星轉向松鴉羽。「你們儘快前往。」

松鼠飛幾乎不相信自己的耳朵。棘星難道甘冒讓日昇喪命的風險？他應該行動，而非質疑。「我們必須救她。」她低聲道。

棘星並未看她，只轉頭眨眼對葉池道。「在赤楊心和松鴉羽回來前，妳能保住日昇一命嗎？」

葉池焦急地盯著那隻仍在流血的貓。「我會盡力的。」

就在松鴉羽和赤楊心往營地入口趕過去時，她鑽進巫醫窩，然後叼著一塊厚厚的蜘蛛網回來。松鼠飛跟在她後面，走到躺臥在空地上奄奄一息的日昇旁。「別讓她死了。」松鼠飛喃喃道。

葉池開始將傷口邊的皮肉拉攏起來。「若能止血的話——」

松鼠飛聽不見她說什麼。「棘星怎能讓這種事發生呢？」

「他必須聽取各戰士的意見。」葉池將一塊塊的蜘蛛網沿著傷口壓進去。

「即便他們是錯的？」松鼠飛想起姊妹幫治療葉星的傷口時，有多仔細溫柔。她內心糾結著。忽然間，她覺得姊妹幫似乎比她的族貓們更具有榮譽感。如果日昇因為雷族貓如狐狸般冷血而死了，她不知道自己能否原諒族貓。

第九章

葉池往後坐在自己的後腿上。「我暫時將血止住了。」

松鼠飛焦慮地嗅著日昇腹部上裹住傷口的蜘蛛網。傷口的血慢慢止住了。但日昇仍然一動不動。她的雙眼緊閉，呼吸微弱。她所躺臥的空地上仍浸著她的血。

葉池接著道。「我需要調製一些藥膏，以預防傷口發炎。」她瞥向巫醫窩，然後又瞄向棘星。

雷族族長已經踱到赤楊心和松鴉羽方才消失的營地入口。他迎著葉池的視線。

「我可以去取些草藥嗎？」她問道。

拜託你同意。當松鼠飛抱著希望對他眨眼時，刺爪的喉嚨裡滾出一聲怒吼。那隻戰士正怒視著姊妹幫，因為後者正在空地邊緣彼此緊靠在一起。他的瞪視責怪地射向葉池。「我們正在等待星族的指示。」

在他身側的花落倏地張開全身的毛。「在

星族告訴我們可以幫助你們之前，我們什麼事都不能做。」

松鼠飛瞪著他們，被他們的冷漠震驚了。「但是在我們等待時，她可能會死。要是星族說我們可以給予治療，怎麼辦？到時我們怎麼治療一具屍體！」

棘星越過空地，停在葉池旁邊。「在赤楊心和松鴉羽回來前，只要保住她的命即可。」

葉池站起來。「月池的距離很遠。他們在月升前恐怕趕不回來。我能夠讓她活命的唯一方式就是預防傷口發炎。」就在她說話時，日昇動了一下。她慢慢睜開眼睛，然後搖了一下尾巴，試圖抬起頭來。

棘星甩動尾巴。「她看起來很強壯，」他低哼道。「她不會有事的。」

「除非我給她的傷口塗膏藥，否則她會有事。」葉池背脊上的毛焦灼地起伏著。

白雪向日昇爬過去些。那隻母貓的眼裡浮現恐懼。「別動，」她輕聲地對自己的姊妹道。「免得傷口裂開了。」

棘星怒視她。「回到妳其他夥伴的身邊去。」

當白雪壓平耳朵退回原處時，松鼠飛的肚裡燃起怒火。難道棘星連日昇的姊妹幫給她一點安慰都不允許嗎？當她在姊妹幫的營地時，他們對她仁慈多了。

站在戰士窩外面的鼠鬚移動著腳步。「我們要不要先將她抬進巫醫窩裡去？」

雲雀歌滿懷希望地揚起尾巴。「我們可以把她抬過去。」

「不曬到太陽她會比較舒服。」火花皮喵聲道。

棘星瞥了他們一眼。「在赤楊心和松鴉羽帶回星族的指示以前，她必須待在我們的視線範圍之內。」

鰭躍走向前。「我們至少可以讓她舒服一些吧？」

「我可以去取幾片蕨葉過來。」嫩枝杈提議道。

棘星點頭，眼神冷硬。「去吧。」他轉過頭去，那些戰士們趕緊跑出了營地。

松鼠飛想要跟他們一起去，以確定他們會挑選最柔軟的葉子，但是她不能離開日昇。她得留下來為她爭取機會。

荊棘地道顫動起來，冬青叢和露鼻鑽進了營地。翻掌和竹掌緊跟在後面。他們看到姊妹幫時，頓住了。

冬青叢睜大眼睛。「發生了什麼事？」她看著日昇。

「這隻貓受傷了，」棘星告訴她道。「在我們獲知星族的指示前，葉池先照顧著她。」

「指示？」冬青叢滿臉疑惑。「關於什麼？」

刺爪穿過空地，站在棘星旁邊。「關於我們是否應該治療她的傷口。」

露鼻垂下腦袋。「你們為何需要星族的指示才能決定？」

「這些貓攻擊了影族的巡邏隊。」花落冷哼道。

翻掌皺眉。「姊妹幫以前不是從來不到部族貓的領域上走動嗎？」

竹掌的毛豎了起來。「也許他們現在認為想去哪裡就能去哪裡。」

「妳休息一下，」葉池輕聲對日昇說，用鼻子蹭蹭她的臉頰。她又看向棘星。「我可以給她一些罌粟籽嗎？」她喵聲道。「她很疼痛。讓我幫幫她吧——」

刺爪打斷她的話。「我們為什麼要給她用我們的草藥？」

「我無法看著她痛苦。」葉池眨眼對他道。

看著刺爪與她的妹妹對視，松鼠飛覺得很難過。她為何把姊妹幫帶到這裡來？她原以為族貓們會照顧他們。她怎麼會錯得這麼離譜？

「罌粟籽等會兒再說。」棘星冷淡地甩動尾巴。「翻掌和竹掌，」他喵聲道。「你們去幫嫩枝杈和鰭躍找蕨葉。」他對花落點點頭。「你帶冬青叢和鼠鬚去狩獵。我們多了幾張嘴要餵飽。玫瑰瓣和鬃掌可以去幫忙樺落鞏固育兒室的牆壁。」他掃視整個部族。「我們不能因為來了訪客，就疏忽了自己的職責。」

刺爪瞇眼。「我們要跟他們分享獵物嗎？」他不滿地瞪著飛鷹和風暴。

風暴抬起下巴。「我們能自己捕捉的獵物。」她喵聲道。

樺落的毛豎起來。「妳認為我們會讓你們在雷族的土地上狩獵？」

棘星忽然看起來很疲憊。「他們總得吃東西。既然他們不能在這裡狩獵，我們就必須跟他們分享獵物。」

松鼠飛忍不住對他感到一絲同情。每一隻族貓所想要的似乎都不一樣。他如何能取悅所有的貓呢？一瞬間她覺得很愧疚。她對他的批判是否太嚴苛了？

玫瑰瓣和鬃掌往育兒室走去，樺落跟在後面。花落則率領冬青叢和鼠鬚出了營地。

「你跟狩獵巡邏隊一起去吧。」棘星對雲雀歌點頭下令道。

雲雀歌遲疑。「我想跟火花皮一起。」

棘星堅持道。「你的巡邏隊需要你。」

「火花皮可以跟我一起去嗎？」雲雀歌問道。「松鼠飛讓我們在同一支巡邏隊裡。她現在懷著孕，我不想離她太遠——」

棘星扭頭看向那隻黑色公貓時，松鼠飛畏縮了一下。

「我不管松鼠飛怎麼安排，」他斷道。「火花皮跟著大夥兒在營地裡很安全。我命令你現在就去加入狩獵隊。」

火花皮安撫地對雲雀歌眨眼。「我會好好的。」她保證道。

雲雀歌低頭領命匆匆離去時，松鼠飛怒視棘星。他不斷地要跟大家證明管理雷族的是**他**而不是她，到底要證明到什麼時候？

他回瞪她。「我有話跟妳說，到我的窩裡去。妳必須跟我解釋，妳的巡邏隊為何把姊妹幫帶到這裡來。」

松鼠飛的腳掌抽動。他不顧還有一隻貓躺在空地上奄奄一息，卻想要再引發另一次爭執嗎？當棘星跳上擎天架時，她看著葉池。「妳在這裡沒問題吧？」

「沒問題。」葉池正看著日昇。「我會盡力。」

松鼠飛挺直胸膛，往擎天架過去。

「我也要去。」火花皮的喵聲嚇了她一跳。「我當時也在巡邏隊裡。」

「不用。」松鼠飛心裡對女兒湧起一股憐惜。「巡邏隊的安排是我的責任。」

火花皮揚起下巴。「我說了，我要跟妳去。」

松鼠飛低頭。她不想跟火花皮也起爭執。她躍上擎天架，石頭在她腳掌下窸窣作響。火花皮跟在她後面，一起鑽進了棘星的窩裡。

棘星坐在蔭涼的洞裡，眼神冰冷。看到火花皮時，他的耳朵抽動著。「我沒有叫妳過來回話。」

火花皮迎著他的目光。「你說你要聽解釋，」她鎮靜地喵聲道。「我當時也在巡邏隊裡。我可以幫忙說明。」

棘星冷哼，視線移向松鼠飛。「妳究竟為何把他們帶到這裡來？」他聲音裡帶著冷硬的怒氣。

松鼠飛很生氣，反駁道。「你要我怎麼做？不管日昇，讓她死在森林裡？」

「如果妳沒有遇見他們的話，他們會怎麼做？」棘星沒等她回答，繼續道。「他們就會帶著傷貓回到自己的地方去，而不會把他們的問題變成我們的問題。」

「但事實是，我遇見他們了。」松鼠飛為自己辯護道。她不會因為想要拯救一隻貓而感到愧疚，更不會給他機會將那個愧疚加諸在她身上。「當時我不可能棄他們於不顧。」

火花皮眨眼看著棘星。「你不會認為我們當時應該走開吧？」

「你們應該把他們送到邊界去，讓他們的夥伴照顧。」棘星背脊上的毛豎起來。「妳把他們帶回這裡時，是否知道他們才剛攻擊過影族的巡邏隊？」

「回營地的路上白雪才告訴我，」松鼠飛回答道。「影族一直在他們的土地上徘徊。他們只是想要找出原因罷了。他們不是刻意去挑釁的。」

「妳覺得虎星也會如此想嗎？」棘星的眼神暗下來。「當他發現我們在庇護他們時，他會做何反應？」

松鼠飛不敢相信自己的耳朵。「你從何時開始這麼在意虎星的想法了？」

「從星族指示我們部族內部必須團結開始！」

「所以，為了不讓虎星生氣，你寧願讓一隻貓死？」

「我以為妳想要維持和平。那妳這麼做有助和平嗎？」

松鼠飛抬起下巴。「當部族知道真相時，他們一定會理解的。我們所遵循的是同一套守則，而那守則裡並未說我們可以讓貓死去。」

「守則裡也明白闡述，要保護自己的部族，」棘星反駁道。「妳怎麼會認為帶著一群惡棍貓回自己的營地，是在保護雷族？」

「他們不是惡棍貓！」

「他們既不是獨行貓，也不是戰士。」棘星的爪子刺進窩裡的沙地中。「當妳決定把他們帶回營地時，到底在想什麼？」

松鼠飛滿腹的挫折。「我只是想要拯救一隻貓的生命而已。而且，他們不是惡棍貓！他們是姊妹幫！貓有很多的生活方式，不是只能當戰士或惡棍貓！」

棘星甩動尾巴。「妳在其他貓的營地裡才住了兩天，就忽然質疑起自己的信念了？」

「我不是在質疑我們的信念。我只是想說，貓還有其他的生活方式。」

「那又怎樣？它能如何解決我們在庇護影族的攻擊者這個問題？它又能如何給所有部族帶

來團結？」

「部族並非一切！」松鼠飛滿腔怒火。除了部族是否團結外，雷族裡似乎有更多岌岌可危之事。「那戰士守則呢？榮譽與正直呢？行正義之事呢？」

「所以妳是唯一知道如何行正義之事的貓？」

松鼠飛感覺到火花皮在向她靠近。

「求求你們不要——」火花皮忽然大聲喘起氣來。她的身體猛地縮成一團。

松鼠飛心裡一揪，忙蹲下去看她。「火花皮？妳怎麼了？」

「抽筋。」火花皮的眼裡閃著痛苦。「我的肚子！小貓！」她的喵聲裡充滿恐懼。

松鼠飛強迫自己的毛順下來。「深呼吸。」她喵聲道。她舔著火花皮的肩膀，試著安撫她，就像她小時候那樣。她腦子一片混亂。小貓要生了嗎？太早了吧。她看向棘星。

他正靠近火花皮，眼裡充滿焦慮。「叫葉池來。」

「等等。」火花皮眨眼看著父親。「一會兒就沒事了。以前也發生過。在我覺得難過的時候。」

松鼠飛覺得愧疚。都是她和棘星造成的嗎？「妳不會有事的，火花皮。」她貼緊女兒。「我們不會再吵了。妳的小貓會好好的。」

「真的嗎？」火花皮看著她，圓睜的眼裡充滿焦慮。

「當然。」她想起自己懷孕時。「我那時也常常抽筋。通常是在我吃了太多獵物後。那並不表示有什麼問題。」

棘星瞪著她。「我需要去叫葉池過來嗎？」

「抽筋好些了嗎？」松鼠飛對火花皮眨眼問道。

「好些了。」火花皮的眼裡仍有痛苦，但身體已經開始放鬆了。

「先讓葉池留在日昇那裡吧，」松鼠飛輕聲喵道。她用鼻子蹭著火花皮的耳朵。「抽筋是正常的。妳只要確定自己有足夠的休息，而且不要讓自己難過就好。在妳和赤楊心出生前的那段時間，我每晚都要跑去找松鴉羽，以確保小貓會順利出生。他會幫我檢查，告訴我沒有問題，然後把我送回育兒室去。當小貓終於要誕生時，黛西把他從巫醫窩裡硬拖出來，他卻不斷地揮開，跟她說我只是在想像肚子痛。」她咕嚕道，回憶沖淡了她的恐懼。「當他過來發現妳已經出生了，而赤楊心也快要生出來時，妳能想像他有多吃驚嗎？他在營地上到處跺腳，連續跺了有四分之一個月，抱怨那些連陣痛和消化不良都分不清的貓后們。」

她的內心湧起一股痛苦的渴望。她多希望能再生幾隻小貓。想起自己的第一胎，她不禁望向棘星。他正傾聽著，眼眸在這些日子以來第一次露出柔和的光。他的視線與她的碰觸，而她在裡面看到了愛。剎那間，他們彷彿從未爭吵過。他們已經在一起這麼久、這麼快樂，爭吵顯得愚不可及。

她滿懷希望地對他眨眼。既然他的態度軟化了，那麼他是否能改變對姊妹幫的看法？「求求你讓葉池治療日昇，好嗎？」

他的眼神一瞬間又硬起來。「妳為什麼不能理解呢？」他斥道。「沒有星族的同意，我不能幫助部族貓的仇敵。」

當他轉過頭去時，松鼠飛的心再次被痛苦攫住。他還沒準備好明白事理。

他粗魯地點頭。「我最好去查看一下一切是否平安。」他經過他們身邊，走出窩外。

「別擔心。」松鼠飛用臉頰蹭蹭火花皮的。「一切都會好起來的。」她不知道她是在安慰誰，她自己或是火花皮。「妳留在這裡休息。我去看看他是否沒事。葉池有空的話，我會請她過來幫妳檢查。」

火花皮眨眼感激地看著她，並用鼻子碰碰媽媽的鼻子。「對他好一點。」

松鼠飛畏縮了一下。**我希望他會對我好一點。**

松鼠飛從亂石堆上跳下來時，棘星正在跟刺爪說話，兩隻公貓都低著頭。她在他們旁邊停了一下，但他們轉過去，繼續談話。她很失望，只好往前走到葉池旁邊。竹掌和嫩枝杈正輕柔地把蕨葉塞在日昇的四周。他們努力想讓那隻姊妹舒服一點時，她一動不動。她的眼神已經因為痛苦而呆滯了。「她需要罌粟籽。」松鼠飛對葉池耳語道。

「還有金盞花。」葉池用腳掌碰碰日昇的腹部。「我很擔心，她的身體愈來愈熱了。可能開始感染了。」

正從空地那邊看過來的白雪，忍不住傾身。「妳為什麼不能給她一點治療呢？」

葉池瞥向棘星。「我必須服從他。」她低聲回答那隻白色母貓。

白雪瞪著她。「你們不能自己思考和行動嗎？」她挫折地喵聲道。「首先你們必須跟已逝的貓請示是否能治療日昇，而現在又因為某隻公貓不允許妳，妳就不敢幫助一隻垂死的貓兒。」

「他是我們的族長。」葉池告訴她。

在她講話時，刺爪抬起眼怒視著白雪。「不准說話。」他斷道。

松鼠飛一肚子怒火。刺爪已經忘記什麼叫需要幫助了嗎？嫩枝杈用鼻子輕輕將她推到一旁，然後將幾片蕨葉塞到日昇的肩膀下。她連忙讓開幾步。「謝謝妳。」她眨眼感激地看著那隻年輕的戰士，慶幸並非自己所有的族貓都像狐狸般冷血。她靠近葉池。「妳可以幫火花皮檢查一下嗎？她在棘星的窩裡。剛剛她肚子抽筋了，現在已經好了，但我想她需要妳幫她消除疑慮。」

葉池往日昇點點頭。「妳可以幫我照顧她嗎？」

「當然。」松鼠飛在日昇旁邊俯臥下來，用自己的腹部貼緊那隻傷貓的背。看著葉池沉默地經過棘星然後爬上擎天架時，她覺得很心痛。棘星何時變得這麼無情了？他真的相信部族的團結值得以另外一隻貓的血作為代價嗎？

透過茂密的林梢，松鼠飛可以看見星辰閃爍。月亮已經高升了，她的族貓們在空地四周挺直地坐著，彼此喃喃低語，眼光時不時瞥向飛鷹、風暴、和白雪。她緊貼著葉池。躺在她身旁的日昇，氣息愈來愈短促。

松鴉羽和赤楊心應該很快就會回來吧。星族已經給他們答案了嗎？松鼠飛對著閃爍的星空再度發出一個絕望的祈禱。**拜託讓我們治療她吧**。太陽沒入樹林後方時，日昇便已陷入昏迷。

至少她現在不會感到疼痛了，松鼠飛心想。

葉池已經將火花皮安頓在育兒室裡。如果需要的話，住在裡面的黛西會照顧她、安慰她。雲雀歌也在那裡。他跟巡邏隊回來後，便立刻趕去探看火花皮了。

松鼠飛鬆開身上的毛以抵禦夜晚的寒氣。「松鴉羽和赤楊心這時應該回來了吧？」她跟葉池耳語道。

「他們很快就會到了。」葉池低聲道。

棘星在擎天架下來回踱步，刺爪一動不動地坐著，眼睛在月光裡如石英般閃閃發光。樺落、花落、冬青叢和翻掌等，都已經圍繞在那隻年長的戰士身邊。他們緊靠彼此坐著，毫不掩飾敵意地瞪視著姊妹幫。

棘星信守承諾地與他們的訪客分享巡邏隊的收穫，但姊妹幫吃得很少。他們現在已經稍稍靠近了日昇，近到可以呼吸到夜幕逐漸下垂後她愈來愈熱也愈來愈臭的氣味了。

「我祈禱星族會讓我們治療她，」葉池喃喃道。「傷口已經開始發膿了。她需要那些藥草。」

松鼠飛的心跳加速。連她都看得見日昇腹部上那道傷口周圍的腫脹了。傷口上的蜘蛛網已經被血水浸透，並且已經遮不住下面紅熱的血肉。

石洞外響起急促的腳步聲，松鼠飛豎起耳朵。整個部族都緊張地在空地四周走動起來，棘星也停下了腳步。當松鴉羽領著赤楊心進入營地時，刺爪倏地站起來。松鼠飛跳起來，伸長脖子想要看清赤楊心的表情。但他琥珀色的圓眼睛裡什麼也沒透露。

「如何？」棘星穿過空地，迎向那兩隻巫醫貓。「星族說了什麼？」

赤楊心皺眉。「我們不是很確定。」

棘星背脊上的毛滾動著。「但你們是巫醫貓！你們一定知道。祂們有傳達什麼訊息嗎？」

「我有個幻象，」松鴉羽回答他道。「我跟冬青葉說話了。」

松鼠飛屏住氣息。想必星族一定是告訴他，他們可以治療日昇！也許是松鴉羽不懂得祂們的訊息。「她有沒有說什麼？」

那隻巫醫貓轉過來，用他失明的藍眼珠看著她。「她說，來自山巒的雲朵會讓敵友更難分辨。但如果部族保持團結的話，那麼前面的路就會清晰。」

刺爪咆哮道。「來自山巒的雲朵……」他瞪著姊妹幫。「我認為這個訊息很明確。這些貓帶來了麻煩。我們必須把他們送走。」

「不行！」松鼠飛趕向前。「那個訊息並未指明他們就是仇敵，只是說那些雲朵會讓仇敵難以辨識。」

棘星皺眉。「但是祂們說，部族必須團結。如果我們治療這隻貓的話，虎星會將之視為背叛。」

「你怎麼知道！」松鼠飛憤怒地揮動尾巴。「日昇需要草藥。她的傷口已經感染了。星族不會要我們讓她死的。如果祂們是這個意思的話，那麼也許我們就不應該聽從祂們的指示。」

整個營地沉默下來，一股寒意竄過她全身。

棘星不可置信地看著她。「如果我們忽視星族的話，那跟忽視整個戰士守則有何不同。」

他的眼光冷硬起來。「那我們大可像**他們**那樣活著就好。」他的鼻子扭向風暴、飛鷹、和白雪的方向。「或者，妳比較喜歡那樣活著？」

「我當然不喜歡那樣，但我不能袖手旁觀，由你來決定讓一隻貓死。那是不對的！」

刺爪的耳朵抽搐著。「那要是族貓們的未來就靠它呢？」

鼠鬚往前走了一步。「沒有任何未來是由一條生命決定的！」

「我們不能忽視星族的指示！」花落叫道。

「我們不能坐視一隻貓的痛苦。」嫩枝杈反駁道。

族貓間響起竊竊私語。他們的耳朵壓平，毛豎了起來。

松鼠飛懇求地看著棘星。「你必須決定！你必須救治這隻貓！」

棘星回視她，眼裡閃著猶疑。「怎麼做最好，我就只能怎麼做。」

風暴往前一步。「我們帶她回家吧。至少她可以在朋友的圍繞下安息。」

「一開始你們就不應該把她帶到這裡來！」刺爪哼道。

當飛鷹和白雪護衛地圍住他們的姊妹時，葉池站起來。「你們可以繼續吵到天亮，我不在乎。」她轉身向巫醫窩走去。「就我所知，星族並未叫我們讓這隻貓死。我要去取藥草來給她治療。我不要整夜地乾守著我原可以救治的貓。」她邁步往空地另一邊走去。

「不行！」棘星跳到她前面，挺起肩膀，瞪視著她。葉池定住了，雙眼圓睜。

松鼠飛的腳掌彷彿在地上生了根。難道棘星會為了阻止葉池治療一隻傷貓而打她嗎？就在她不可置信地眨眼時，日昇發出一聲痛苦的低吟。她快死了！松鼠飛全身湧起一股力量。她穿過空地，擠到葉池前面，與棘星兇猛的眼光對視。「讓她走。」她吼道。

棘星痛苦地瞪著她。「我們不能再這樣了，」他的喵聲低到只有她能聽見，聲音裡充滿絕望。「妳若繼續這樣破壞我的威信，妳遲早會破壞整個部族。」

松鼠飛毫不退縮。「我必須做我認為對的事。」

「即使以妳的整個部族為代價？」

「雷族沒有那麼脆弱，」松鼠飛啐道。「至少我這麼希望。假如我們的未來有賴於讓一隻貓死的話，那這就不是我所認同的那個部族。」

棘星瞪著她。他的眼裡閃著猶疑。「妳為何這麼對我？」他的話刺痛她的心。「妳是我的副族長，是我的伴侶，妳應該支持我。」

「身為一個好的副族長並不意味著我要盲目地遵從命令。」松鼠飛沒有退讓。「它意味著我應該維護我所相信的，而這次，我相信我是對的。」整個營地似乎在她四周旋轉起來。她知道她在傷害他，但是她必須說服他。月光中，他們圓睜的眼睛瞪著彼此。就在整個部族沉默地注視他們時，棘星退開了。

他的視線轉向葉池。「如果妳堅持救治日昇的話，那去吧。但把她帶到巫醫窩去。大家眼不見為淨，也許就不會那麼生氣了。」他向姊妹幫那邊點頭。「他們可以待在長老窩裡。莓鼻和蜂紋今晚守夜。蜜妮、亮心、雲尾和灰紋就搬到育兒室去。」他四周的族貓們紛紛站起來。鼠鬚和嫩枝杈協助風暴和飛鷹扛起日昇。葉池走進巫醫窩。棘星瞇起眼睛，臉像石頭般冷硬。松鼠飛試圖將視線從他身上移開。看到他嘴唇翻起時，她的心裂成碎片。「星族要部族團結，」他冷哼。「現在，託妳的福，雷族連內部的團結都沒有了。」

第十章

輕柔的水波拍打著湖邊的鵝卵石。皎潔的滿月光灑在湖面上。松鼠飛沿著湖岸前往大集會，一邊望向那座小島。兔星和虎星會再度提起邊界的問題嗎？她瞄了一眼走在身旁的棘星。「你會跟他們說什麼？」他是否會提到姊妹幫在進入雷族營地幾乎四分之一月後，仍然住在那裡？

「什麼也不會說。」他向遠處天族的巡邏隊點頭致意，等著走過樹橋。「讓其他貓負責說話吧。我沒什麼要說的。」

這幾天他們很少交談，面對族貓時甚至未試圖掩飾他們之間的分歧。松鼠飛已漸漸習慣獨自思考。偶爾，她會懷念她與棘星之間曾有的親密無間，然後內心湧起一股悲傷的痛楚。但是今晚，他們之間似乎有一種默契，那就是，在其他部族面前，他們會假裝什麼都沒改變。雷族的巡邏隊安靜地跟在他們後面，彼此低語著。自從姊妹幫來到他們的營地後，整個部族一直很緊繃。多虧葉池的救治，日昇至少在逐漸痊癒。葉池今晚留在營地上，以便照顧她。飛鷹、風暴和白雪則仍然住在長老窩裡。

「其他部族如果問起姊妹幫的事，我們要怎麼說？」刺爪簡潔的喵聲在她身後響起。

棘星轉頭瞥了一眼那隻虎斑貓戰士。「他們應該不會問。就我所知，其他部族並不知道姊妹幫跟我們在一起。」

冬青叢暴躁地甩動尾巴。「但如果他們問起我們是否看見過他們，怎麼辦？影族必定會提及他們的巡邏隊遭受攻擊的事。」

「我們就說，我們什麼都不知道。」棘星的鼻子扭向前方，背脊上的毛不安地豎起來。

「你要我們說謊？」刺爪皺眉道。

「沒錯。」棘星繼續注視著前方。

「我們早就該將他們送走了。」鬃掌哼道。

赤楊心瞄了那隻年輕母貓一眼。「日昇需要多一點時間才能痊癒。」

「其他的姊妹並沒有受傷，」鬃掌反駁道。那隻灰色母貓的毛豎起來。「他們前幾天就該離開了。」

松鼠飛滿肚子怒氣。「他們想要陪著自己的姊妹。」

刺爪冷哼。「誰在乎他們想要什麼？他們把妳當囚徒拘禁時，可在乎過我們想要什麼？如果不是我們及時出現、威脅說要撕碎他們，誰曉得他們會怎麼對待妳！」

赤楊心揚起下巴。「再過幾天日昇就能行動自如了。到時他們便會離開，一切也都會回復正常。」

松鼠飛覺得步伐沉重。她不確定一切是否能夠回復正常——至少對她和棘星而言。這一個月來，他們之間有太多爭吵。太多說過的話，已不可能挽回。想到他們之間恐怕再也不可能親密無間，她的心痛起來。她加快腳步，期盼趕快上島，好讓吵雜的聲音和凌亂的氣味淹沒她、消除她的失落感。

到達樹橋時，天族的身影已經在對岸的長草間消失了。她等棘星先過橋，然後跟在他後面，率領著雷族的族貓們上了小島。她擠過長草，進入空地。風族和影族神色鄭重。他們沉默地移動，給雷族讓出空間。河族在空地的一邊冷冷地看著。天族則聚集在大橡樹根，戒備的眼神掃視著在場的所有貓。

虎星的目光射向雷族貓，然後黑黝黝地緊盯著棘星。松鼠飛全身緊繃。影族族長知道他們在庇護姊妹幫嗎？

棘星穿過空地，跳到了大橡樹較低的一根枝幹上。他期待地盯著其他族長。今晚沒有時間閒話家常。

松鼠飛在大橡樹突起的樹根上站定。鷹翅站到她身旁。鴉羽、蘆葦鬚和苜蓿足也走過來加入他們。在他們上方，虎星坐到棘星旁邊，霧星跟上他，兔星和葉星也跟著跳上去。所有的部族逐漸聚攏，在橡樹茂密的枝葉下坐滿一地。樹蔭讓他們的毛色晦暗不明。

棘星揚起鼻子。「雷族的森林裡獵物頗豐——」

虎星打斷他。「我們有比獵物更重要的事情要討論。」他黝暗的眼光掃過眾部族。「我們的邊界上出現了新敵人。我們必須採取行動。」

贊同的低語聲在影族貓之間傳散開來。風族戰士鄭重地點頭。河族貓則心知肚明地交換著眼神。

松鼠飛全身繃緊。「什麼敵人？」她大聲問道，雖然明知他指的是什麼。

虎星回瞪她。「妳比誰都清楚。他們拘留了妳和葉星。而現在，他們攻擊了影族中最優秀的一隻戰士並導致他終生傷殘。」

松鼠飛背脊上的毛豎起來。**終生傷殘？**

棘星無辜地對虎星眨眼。「發生了什麼事？」

「姊妹幫入侵影族的領域並攻擊了我們的巡邏隊。」虎星對他道。

松鼠飛的腳爪不屑地刺進土裡。那是因為影族先入侵了姊妹幫的土地。姊妹幫之所以追蹤他們，只不過是想要找出他們出現在他們領地裡的原因而已。白雪是這麼告訴她的。她覺得混亂，不知道哪個事故的版本才是真的。

虎星繼續道。「他們撕裂了爆發石的耳朵。傷口太深了，以致於感染不易處理。他那隻耳朵再也聽不見了。」

松鼠飛全身僵硬。她不知道爆發石傷得這麼重。族貓間響起怒吼聲。

「像狐狸般冷酷！」

「比獾還要殘暴！」

兔星傾身道。「姊妹幫對部族貓顯然是個威脅。」

虎星點頭。「我們必須把他們趕走。」

松鼠飛瞪著他。「他們的數量不足以威脅我們。」

葉星點頭。「我們的數量多過他們無數倍。」

「他們是大貓，而且很危險。」虎星瞪著天族族長道。「妳自己親眼目睹過。」他轉眼瞪向松鼠飛。「他們可以輕易地越過邊界，然後一支一支劏除我們的巡邏隊。」

「他們絕不會那麼做！」松鼠飛的耳朵氣憤地抽搐著。「他們愛好和平。」

「他們不會主動挑釁。」葉星附和道。

「這些話你們可以去說給爆發石聽。」虎星揮動尾巴道。

影族、風族與河族之間都爆發出怒吼聲。

「姊妹幫必須滾！」

「驅逐他們！」

刺爪看著他們，眼裡閃著滿意的光。

嫩枝杈和錢鼠鬚交換著不安的眼神。

松鼠飛無助地對鷹翅眨眼。「他為何要找姊妹幫的麻煩？」她低聲問道。「他們傷害不了我們。他們也**不想**傷害我們。」

鷹翅迎著她的目光。「他們重創了他的一隻戰士，」他透過怒吼聲對她低語道。「他必須採取行動。而且，別忘了，影族幾個月前才差一點分崩離析。虎星需要找一個敵人來團結自己背後的部族。」

松鼠飛眨眼看著他，有點明白了。「而星族如果想要部族們團結，他就必須找機會跟外來貓打一架。」

「沒錯。」鷹翅的眼裡閃著不安。

「你也不認為我們應該跟他們作戰，對吧？」其他部族對虎星的支持讓松鼠飛很焦躁。

「何必作戰呢？」鷹翅聳聳肩道。「他們再過一個月就走了。」

棘星在他們上方的枝幹上來回走著。他瞪視著面前的混亂，尾巴猛烈地揮動著。風族、河族和影族逐漸安靜下來。馬蓋先和沙鼻戒備地往上眨眼看著他。雷族戰士們彼此靠近，避開其他部族貓的眼光。

「戰爭並非必要，」棘星吼道。「姊妹幫已經承諾很快就會離開。我們何必去挑釁一個即將撤退的敵人？最好的辦法就是讓他們走。」

虎星的耳朵壓平。「聽起來好像雷族在為影族的敵人辯護。」

「你確定他們是你的敵人？」棘星挑戰道。

「他們攻擊了我們，還曾俘虜葉星。」

葉星的耳朵抽動著。「當時是我們侵入了他們的領域——」

虎星進一步道。「他們也俘虜了你們的副族長，照說他們也是雷族的敵人。」虎星瞪著棘星，接著目光射向聚集在下面的雷族貓。「然而今晚，雷族卻很沉默。姊妹幫最後被看到身影時是在往雷族的領域而去，他們的氣味也在你們的邊界上被偵測到。」他瞪回棘星，眼睛瞇起來。「難道姊妹幫有什麼事是你們知道，而我們不知道的？」

「當然沒有。」棘星揮動尾巴道。

松鼠飛看到刺爪移開目光。他身邊的錢鼠鬚則在棘星繼續說話時，垂下視線。

「自從姊妹幫將葉星和松鼠飛毫髮無傷地還給我們後，我們就未曾再聽到他們的消息。」

松鼠飛畏縮了一下。她痛恨聽到棘星說謊。

葉星抖鬆全身的毛。「我不認為你們有必要對他們宣戰。我們在他們的營地時，他們對我們很客氣。」

松鼠飛熱切地點頭。葉星肯為姊妹幫辯護讓她鬆了一口氣。「他們有餵飽我們，還幫葉星治療傷口。」

虎星怒道。「葉星的傷是他們造成的！」

一陣夜風吹來，拂動了兔星的毛。「風族贊同影族的計畫，」他大聲道。「星族已經下令要我們團結，因此我們會跟影族站在一起，以榮耀我們的祖靈並鞏固我們的盟誼。」

霧星緩緩點頭。「我們也跟影族站在一起。葉星已經同意搬到新的領域——」

葉星的毛豎起來。「我們還未決定！」

「然而，唯有那麼做才能解決所有部族之間的問題，」霧星反駁道。「我們需要之前劃給影族的捕魚場；風族則需要收回他們的荒原。」她眨眼看著天族的族長。「越快將姊妹幫遷出你們的新領域，我們就能越快地重新建立適合各部族的邊界。」

松鼠飛內心充滿驚慌。已經有三隻族長決心與姊妹幫作戰了。而且，從在場的部族貓所發出的興奮的低語看來，他們已經獲得了各自族貓們的充分支持。她怎能期待有哪隻貓會站出來抵抗那個回復到他們傳統邊界的承諾呢？她無助地看向棘星。他一定會想出一個辦法來阻止他們的吧！她期待地搜索著他的目光。他會不顧一切地為姊妹幫辯護嗎？

「我們有一個部族調解者。」棘星揚起下巴。「為何不借用他的長才呢？」

葉星豎起耳朵。「樹。」她環顧眾貓，然後目光定在那隻黃色的天族戰士身上。樹眨眼看向棘星，全身的毛因驚訝而豎立起來。「能否請你去說服姊妹幫，跟他們說在對大家都最有利的情況下，他們最好離開？」

樹的眼光閃著不安。「我做的是部族之間的協調，不是與外來貓的協調。」

霧星瞇眼。「但他們對你來說，不是外來貓，」她對樹道。「他們是你的血親。月光是你的媽媽，對吧？」

樹全身的毛賁張。「我跟她不熟。我還是隻小貓時，她便逼我離開了。」

「既然如此，你更不用介意請她離開。」霧星反駁道。

樹的目光移開片刻，須臾又轉回來面對霧星。他看起來很不自在。「她不會聽我的勸說的，」他最終道。「我很高興當一隻部族貓，也很高興盡責地調停部族之間的矛盾。但是，如果對你而言沒有差別的話，我希望不要參與這件事。我寧願我的生命裡沒有月光或姊妹幫。」

松鼠飛訝異地瞪著那隻黃色公貓。她聽到同情的低語聲，及一些震驚的呼聲。

「換言之，在我們不要求你做你不願意做的事情的前提下，你才樂意當一隻部族貓？」她聽到鴉羽含糊的埋怨。

松鼠飛抬高聲音道。「我想我們應該尊重樹的意願，」她說，瞥了葉星一眼。「葉星和我都曾看到他與月光之間的緊張。也許我們應該等待，直到沒有其他歧意為止。」

葉星對松鼠飛點頭，然後提高聲音壓過了下面的喧鬧聲。「那就這樣吧，樹，」她說道。「眼下我們會先考量其他的選擇。但如果你和月光的關係對部族能有所幫助的話——」

「不可能。」樹打斷她道。

棘星嘆息一聲。「我們繼續吧，」他說道。「有關姊妹幫搬走的問題，我認為在與星族商議前，我們絕對不能擅意行動。」

松鼠飛內心湧起一股希望。也許那樣就能阻止他們。

「星族最近一直很沉默，」兔星指出道。「祂們一定是覺得我們可以自行做決定。」

松鼠飛看到棘星猶疑著。他豎起耳朵，似乎準備說話，卻什麼也沒說。她想要替他大聲說，**但是星族並不沉默！**祂們已經跟松鴉羽溝通過了。但如果她把這件事說出來的話，那不就會披露姊妹幫現在正住在雷族的營地這個祕密了？如果讓部族知道了星族的訊息並提及**仇敵**兩字的話，那就更糟了。這可能會讓部族相信，星族要他們對姊妹幫宣戰。

最好什麼都不說。

棘星垂下眼眸，片刻後再度抬眼與兔星對視。「祂們對戰爭這麼重要的事，不會沉默，」他大聲道。「而且，大家對這個計畫還沒有共識。天族並沒有跟你們站在一起。」他瞥向虎星。「而在沒有星族的贊同下，雷族也不會同意對姊妹幫採取任何行動。」

松鼠飛覺得驕傲。有哪個族長能跟棘星辯論呢？她看到虎星不友善地瞪著棘星。

影族族長低下頭道。「那好吧。」他跟兔星和霧星交換著眼神。「我們就先等星族的指示。在那之前，我們都必須戒備。誰知道姊妹幫何時會再度出擊？而下次恐怕就不是某隻貓失去聽力那麼簡單了。」他從樹枝上跳下來。他的族貓們圍著他，全都蔑視地盯著雷族和天族。

霧星和兔星從枝幹上溜下來。葉星也跟在他們後面躍下。天族族長在經過松鼠飛身旁時，禮貌地對她點頭致意。松鼠飛也頷首回禮。她很想知道葉星何時會決議將天族遷到姊妹幫的領域去。她忽然發現自己竟然希望葉星會延遲那個決定。只要她不確定他們是否想要姊妹幫的那塊土地，它就會削弱其他部族對虎星的計劃的支持。

松鼠飛的族貓們正往長草那邊走過去。她看著他們跟在其他部族之後。

「虎星肯定會找藉口將此事變成一場戰爭。」松鴉羽走過她時咕噜一聲抱怨道。

赤楊心走在那隻盲眼的巫醫貓旁邊，鬍鬚緊張地抽搐著。「你覺得是不是有哪個部族起了疑心？」

「噓！」蜂紋走到他旁邊。「等我們離開小島後再說吧。」

有毛擦過松鼠飛的肚子。棘星靠到她身邊來，盯著前面的族貓們。他的耳朵不安地抽動著。「我把全族都變成了說謊者，」他喃喃道。他責怪地看著松鼠飛。「姊妹幫值得我們犧牲榮譽和驕傲嗎？」

松鼠飛滿懷愧疚。她知道要求自己的族貓們說謊，一定深深傷害了棘星。「我們當時不可能吐露事實。」她眨眼對他道。「誰知道虎星會做出什麼事？」

「我警告過妳，他的反應會很可怕。」

「我們不能因為害怕虎星可能的行動而時時提心吊膽。」

「但是不管妳願不願意承認，虎星的行動影響很大。」

松鼠飛不安地移動腳步。「他似乎堅決要將姊妹幫趕出去。」

「他要是那麼做的話，真的是一件壞事嗎？」棘星陰沉地瞪著她。

松鼠飛眨眼回視他，覺得很震驚。「月光就要生小貓了，」她倒抽一口氣。「我們必須保護他們。」

他的眼裡似乎閃著怒火。他是因為她還在擔心著生小貓的事而氣她嗎？「如果虎星發現我們在庇護著他的死敵的話，那誰要來保護火花皮的小貓？」

松鼠飛的心顫抖起來。「他不會發現的！」

「我們不會給他這個機會。」棘星看著他的族貓們消失在長草裡。「日昇和她的姊妹幫今晚必須離開我們的領域。」

第十一章

松鼠飛從樹橋跳下來，沿著湖岸往前走。她可以看到影族和風族的身影，像影子般在石岸上移動著，往他們各自的領域回去。河族已經過了小河，消失在荒原裡。她縮起腳掌。她要怎麼告訴姊妹幫，說他們必須立即離開，在這三更半夜的時分？

赤楊心緊跟在她後面，腳下踩過的鵝卵石喀嗤作響。

看他趕上來，松鼠飛瞄他一眼。「你覺得日昇已經好到可以走動了嗎？」她問道。

「如果她的姊妹們幫她的話，應該沒問題。」赤楊心望向前面的湖水，心思彷彿飄到遙遠的地方。「回到自己的家後，她就可以好好休養。」

「你覺得公平嗎？」松鼠飛的尾巴抖動。

「我覺得什麼公平？」赤楊心看著她。

「逼他們離開。現在。在他們準備好之前？」

赤楊心平靜地回視她。「我覺得這樣最好。」

「對誰最好？」松鼠飛暴躁地問。

「對所有的貓都好。」赤楊心跳過一根被沖上岸的爛樹枝。「待在他們自己的領域會比較安全。族貓知道他們離開後，也會開心些。假如虎星想要戰爭的話，把他們留在營地裡很危險。」

松鼠飛移開目光。她知道赤楊心是對的，但她多希望姊妹幫能夠見識到雷族優越的一面。她的族貓們可不是一直都這麼不親切且充滿戒備的。姊妹幫來得不是時候。

巡邏隊尾隨在後，彼此竊竊私語著。蜂紋和蜂蜜毛並肩走著。冬青叢護著松鴉羽，鬃掌和竹掌緊跟在他們後面。棘星和刺爪殿後。離營地不遠時，松鼠飛的心跳加速。她想要在棘星下令姊妹幫離開前，親自跟他們告知這個訊息。她轉身叫住棘星。「我先去通知葉池，日昇他們今晚必須離開。」

棘星瞇眼。「好。」他對蜂紋點頭。「你跟她去。」

松鼠飛愣住。他派蜂紋來是為了保護她，還是因為不信任她？他覺得她會做什麼？躲在巫醫窩裡，為了爭取姊妹幫留下而爭吵嗎？

她禮貌地點頭，然後脫離巡邏隊，開始跑起來。蜂紋跟上她，與她並肩同步在蕨叢間穿梭著，向通往營地入口的那條兔子路捷徑奔去。這條路很窄，無法並肩奔跑。她加快兩步在前領路，並在靠近營地時，全速奔跑起來。她先鑽進那條荊棘地道，然後進入營地。

整個空地被陰影籠罩。大家一定都入睡了。只有白翅的身影在空地的另一邊顯現，她的毛在月光下閃閃發光。看到松鼠飛時，她連忙趕過來。「影族知道姊妹幫在這裡嗎？」她焦灼地低聲問。

「不知道。」看到蜂紋跟著進入營地時，松鼠飛揮動尾巴。「蜂紋會告訴妳事情的經過。」一白翅轉過去時，松鼠飛迅速走向長老窩。她的頭探進入口，姊妹幫的氣味縈繞在她的鼻端。她眨眨眼，以適應窩內的黑暗。「白雪？妳醒著嗎？」

那隻白色母貓抬起頭，睡眼惺忪地在陰影中眨眼。「怎麼了？」

「你們今晚必須離開。」松鼠飛跟她道。

風暴扭過頭來。「現在？」那隻虎斑貓的眼裡閃著驚慌。

「棘星一回來你們就必須走，」松鼠飛回答道。「他要你們今晚離開。他現在跟在其他的巡邏隊員後面，很快就會到家了。」

飛鷹站了起來。「日昇已經好到可以跋涉了嗎？」

「希望可以。我現在要去找葉池，」松鼠飛眨眼對她道。「她會知道該怎麼做。」她鑽出長老窩。越過空地時，她可以感覺到蜂紋的注視。她不予理會，直接擠過圍繞著巫醫窩入口的荊棘。

葉池正坐在日昇的床鋪旁，臉隱藏在陰影裡。松鼠飛鑽進來時，她耳朵豎起來。「大集會順利嗎？」

日昇抬起身子。「影族找你們麻煩了嗎？」她的眼裡閃著焦灼。

松鼠飛走進窩裡。「影族要對姊妹幫宣戰。葉星和棘星已經說服他們暫緩，等到星族發出指示再說。」她平靜地看著日昇。「但棘星說，你們今晚必須離開。」

葉池的毛張開來。「今晚？」她焦急地瞄了一眼日昇的傷口。松鼠飛猜到她在想什麼。傷口已經合起來了，但是不小心跳躍或摔倒的話，傷口都會再度裂開來。而且，之前的感染也耗掉了那隻母貓的力氣。

「我已經告知白雪了。」就在她說話時，那隻白色母貓擠進窩來，後面跟著風暴和飛鷹。他們全部擠在巫醫窩狹小的空間裡，體型顯得比在戶外時更加龐大。

白雪眨眼對葉池道。「她已經好到可以上路了嗎？」

葉池移動著腳步。「不好也得好了。如果影族有意戰爭的話，你們待在這裡太危險了。」

「戰爭？」飛鷹睜大眼睛問道。「以前你們不曾提到過。你們真的認為其他的貓會因為你們幫助了我們就發動攻擊嗎？」

「你們攻擊了他們的戰士，」葉池平靜地答道。「他們會將它視作捍衛自己。」

「但我們當時也只是在捍衛自己。」風暴喵聲道。

葉池的耳朵暴躁地抽動著。「我們可以花一整日爭辯到底誰有理。重點是，如果我們想要避免暴力的話，你們就必須離開。」她緊張地看向松鼠飛。

她以為我會跟她爭辯嗎？日昇仍然很虛弱，要將她送走，松鼠飛覺得很不安。但是她知道赤楊心是對的，葉池顯然也有同感——要是影族、風族和河族準備與姊妹幫開戰，那麼他們留在此處就不安全，也會陷雷族於險境。

葉池擺動尾巴。「我會給你們準備一包藥草，讓你們帶走。」她往後面儲存藥草的石縫走過去。「希望你們回到家後，自己能夠找到更多。」她蹲下來，開始從陰暗的石縫裡把葉子撥出來。「如果找得到的話，就用金盞花和黃花。在傷口完全癒合前，要保持乾淨。」

白雪低頭致謝。「我們很感激妳的照顧，葉池。要不是妳，日昇恐怕早就死了。」

「沒有我的話，赤楊心和松鴉羽也會照顧她。」葉池輕快地道，一邊拉出一團百里香。

松鼠飛移動著腳步。他們會嗎？松鴉羽和赤楊心都曾幫忙治療日昇的傷勢，但是他們對照顧這一隻被某些族貓視為敵貓的不安，她是有感受到的。姊妹幫離開後，她相信他們會覺得鬆一口氣。

日昇抬起身體，臉上露出痛苦的神情。

飛鷹頓住了。「妳確定她能走路嗎？」

葉池將草藥包在一片葉子裡，然後帶到日昇旁邊。她把藥包打開，用腳掌挖下一坨攤在葉片上的罌粟籽膏。「把這個吞下去。」她把腳掌抬到日昇的嘴邊。那隻黃色母貓低頭將藥膏舔掉。「它能幫妳減緩痛苦。藥包裡還有一些，妳回家後可以用，但用完後，你們就必須自己去找了。」

風暴皺眉。「部族貓總是把打架變成戰爭嗎？」

松鼠飛看著她。「什麼意思？」

「日昇在一個邊界的打架中受傷，」風暴喵聲道。「那可以做為開戰的理由？」

「眼下情勢很緊張，」松鼠飛解釋道。「我們最近才改變過邊界，而那個改變並未如我們當初所預期的成功。而且你們那次打架造成爆發石永久喪失一隻耳朵的聽力。當我們把日昇帶回營地治療時，我並不知道有一隻部族貓受到那麼嚴重的傷害。」

「我們也不知道。」風暴的眼光暗下來。「我們不是故意要傷害他的。」

白雪揚起鼻子。「我們是為了捍衛自己。」

葉池把藥包重新包起來。「事情已經發生了，多說無益。」她把藥包推向飛鷹。

「他們回來了。」空地上響起腳步聲，松鼠飛眨眼焦慮地看向入口處。

荊棘抖動，接著棘星鑽了進來。「他們準備好了嗎？」他的眼睛黑黝黝地看著姊妹幫。

白雪點頭。

「我已經準備了草藥，讓他們帶走。」葉池跟他道。

棘星瞇眼。「**我們的**草藥？」

葉池迎著他的目光。「我會去摘新鮮的回來補充。」

棘星的尾巴往入口處一揮。「他們該動身了。」他對白雪點頭。「儘量不要被看見。而且離影族的邊界遠一點。我不想他們嗅到你們的氣味。」

「我去送他們，」松鼠飛跟他道。「我可以確保他們不靠近各部族的邊界。」

棘星懷疑地看著她。「我相信他們自己會應付。」

「有人帶路的話，他們會應付得更好。」松鼠飛平靜地回視他。她想要去看看月光。不知姊妹幫的那位領袖是不是已經快生產了？「絕對不能讓影族知道他們曾穿過我們的領域。」

棘星皺眉。「如果妳一定要去，那我派蜂紋跟妳一起去。」

「讓他去睡吧，」松鼠飛立即喵聲道。「已經很晚了。」她把頭扭向一邊。「或者你不信任我，認為我不能自己做這件事？」

棘星回瞪她，然後抖鬆了毛。「妳若非去不可，那就去吧。」他低哼道。他匆匆對姊妹幫點頭，然後鑽出窩去。

「他聽起來不是很贊同妳的主意。」白雪觀察道。

「最近他對我的任何主意都不贊同。」松鼠飛看著荊棘葉彈回原處，內心很沉重。

「現在沒時間擔心這個了。」葉池扶日昇站起來。那隻受傷的貓搖搖晃晃地爬出床鋪時，飛鷹和風暴趕緊過去撐著她。他們貼近她的兩側，把她扶出窩去。白雪叼起那包草藥，跟在他們後面。

葉池看著他們離開。「別走太快，」她提醒松鼠飛道。「日昇還很虛弱。」

「我會確保她安全抵家。」松鼠飛承諾。

外面，棘星站在擎天架的陰影裡，眼睛在月光下閃爍著。刺爪和冬青叢站在新鮮獵物堆旁。姊妹幫經過時，他們抬眼看著。

雲雀歌走到空地的邊緣，低頭向風暴告別。黑暗中，黑色毛的他看起來像一團影子。「保重。」他喵聲道。

「我會照顧他們。」松鼠飛跟他說。

雲雀歌很訝異。「妳要跟他們一起去？」

松鼠飛揚起下巴。「是我帶他們來這裡的，當然要送他們回家。」

火花皮走到雲雀歌旁邊，眨眼看著自己的母親，眼裡閃著擔憂。「妳會好好的嗎？」

「他們都是朋友。」松鼠飛安慰她道。

刺爪的喉嚨滾動著一聲低沉的咆哮。松鼠飛不理他，跟在扶著日昇的風暴和飛鷹後面，穿過荊棘地道。

進入森林後，白雪悄悄地走到松鼠飛旁邊。她叼著那包草藥，緊跟著率領他們往廢棄的兩腳獸地盤那個方向前去的松鼠飛。

行程很緩慢，他們必須常常停下來讓日昇休息。那隻受傷的貓毫無怨言，但松鼠飛從她眼中藏不住的痛苦裡看得出她在掙扎。一隻貓頭鷹在樹林裡梟叫著，一路跟隨他們穿過森林，彷彿好奇他們的存在。狐狸在遠方發出驚慌的尖叫，四周迴響著獵物在樹叢下發出的窸窣聲。

到達部族的領域邊緣時，松鼠飛稍微鬆了一口氣。越過邊界後，她就不必再一直往後瞄看是否有部族貓在窺視了。她停住，讓風暴和飛鷹扶著日昇越過邊界；之後，她讓白雪來領路。那隻白色母貓對這邊的土地比她熟悉。她渾身的骨頭愈來愈疲憊，當終於看見那條通往姊妹幫隱蔽的山谷的小徑時，她才完全放鬆下來。

她張開嘴，然後在潮溼的夜晚空氣中，舔到了他們營地的氣息。**月光**。她嗅到了那隻母貓的氣味，立即感到有如回到家般的自在。她豎起耳朵，傾聽動靜。夜很深了，姊妹幫一定都入睡了吧。

在蕨叢圍繞的入口處，風暴揚起鼻子，發出一聲嘶吼。瞬間，營地裡起了騷動，接著腳步聲雜沓地踩過草地。

「白雪？是妳嗎？」月光的呼喊聲從營地裡傳來。

松鼠飛忍住往前奔去的衝動，讓風暴和飛鷹先輕輕地幫日昇鑽過蕨叢，自己再跟在他們後面進入營地。

「你們回來了。」月光站在她的窩外面，眼睛閃閃發亮。「麻雀帶回了你們的訊息。」她的眼光投向日昇。「看起來松鼠飛的巫醫貓想辦法幫了你們的忙。」

陣雪趕到自己媽媽的身邊。「飛鷹！」她用臉頰蹭著媽媽。「我很高興妳回來了。」

麻雀在他們身邊繞來繞去，咕嚕道。「你們離開好久。月光本來要派搜索隊去找。」

松鼠飛心想，幸虧那隻灰色母貓沒有那麼做。要是有更多的姊妹幫出現在他們的領域，棘星會怎麼說呢？

日昇疲憊地呻吟一聲，重重地坐到草地上。

「妳還沒完全好嗎？」

「我快好了，」日昇回答道。「慢慢地在康復了。」

白雪把藥包放到日昇身邊。「松鼠飛的族貓給我們這包草藥，用來治療她。」

月光趕緊越過空地，停到白雪旁邊。松鼠飛瞄著她臃腫的腹部。「我很高興你們都很安全。」她的眼光瞥向松鼠飛，臉上閃過驚訝，似乎才發現松鼠飛跟他們在一起。「我必須謝謝妳照顧我的姊妹。」

松鼠飛的毛不安地豎起來。當月光知道雷族曾經考慮過將日昇拒之門外，即使那意味著她會因此而死亡時，她會怎麼說呢？「當時很冒險，」她低聲道。她需要解釋原因。「日昇在與影族打架時受傷。給她庇護是很危險的事。」

月光低下頭。「我很抱歉姊妹們將你們陷入那樣的困境。有造成你們的麻煩嗎？」

「那倒沒有。」松鼠飛回答道。「影族並不知道我們幫助了她。但因為跟他們巡邏隊打架的事，他們打算向你們宣戰。他們的一位戰士被撕掉了一隻耳朵，並永久失去了聽力。」

月光的頭扭向一邊。「他們知道我的小貓出生後，我們就會離開此地嗎？」

「知道，」松鼠飛抱歉地迎著她的目光。「但是虎星不想等那麼久，而河族和風族都願意與他並肩作戰。」

月光眨眼看著她。「那你們的部族呢？」

「棘星試圖阻撓了他們。他跟他們說，我們必須獲得星族的允許。」

「星族是你們的祖靈，是嗎？」

松鼠飛點頭。

「祂們住在上面？」月光抬頭望向天空。淡藍的天色已經在地平線上出現了，但星星仍然在頭頂上方的黑暗裡閃爍著。「那似乎是一條很遠的路。也許那就是為什麼有些貓會選擇留在這裡的原因。」

松鼠飛皺眉。「什麼意思？」

白雪豎起耳朵。「妳看不見他們嗎？」

「看見誰？」松鼠飛不安地移動腳步。姊妹幫瞪視著她，彷彿她長出了一對兔耳朵。

「亡者。」月光回答道。

松鼠飛的肚皮下湧動著一股寒意。「只有巫醫貓會跟星族溝通。」

月光一臉疑惑。「你們其他貓看不見嗎？」

松鼠飛猶疑著，忽然想起對抗黑暗森林的那次大戰爭。「曾經有一次，許多個月前，我們的祖靈與我們並肩作戰。」她的肚子緊繃。「但那樣的日子已經結束了。從那時起，星族的戰士們只會在巫醫貓面前現身。」

月光迎著她的目光。「也許那樣比較簡單吧。亡者就在我們四周。他們似乎比活著的時候年輕、健康，就好像死亡給他們帶來平靜一樣。」

「妳會跟他們說話嗎？」松鼠飛的腦海裡隱隱想起什麼。

「偶爾。」月光回答道。

樹！松鼠飛抓住了那個記憶。天族收留的那個獨行貓擁有看見亡者的能力。他曾經將已故的戰士從陰影裡帶出來跟他們仍活著的族貓說話。「對了！妳的兒子樹也看得見亡者！」

「姊妹幫的貓都有這個能力。」月光盯著她道。「它讓我們與祖靈能保持連結。」

「我們全都看得見亡者，」荊豆告訴她說。「有時候，他們會跟我們說話；有時候，他們不會。有時候，我甚至不確定他們是否看得見我。」

「我常常看到同一隻貓，」風暴跟她說，「她若想要說話時，她就會跟我說；若不想，她便忽略我。」

松鼠飛很想知道，姊妹幫的已故祖靈是否跟星族一樣也擁有預言的能力。「他們會告訴你們未來會發生什麼事嗎？」

風暴瞇起眼睛。「他們怎麼會知道呢？」

「我們的亡者就在我們之間走動，」月光解釋道。「他們沒有能力看見我們所看不見的。」

松鼠飛瞥了一眼天空，內心湧起一股挫折。假如亡者不能幫助仍活著的，那麼他們的用處何在？黎明將至，她必須回家了。「告訴你們已故的朋友們，要注意部族貓，」她警告月光道。「棘星目前阻止了影族，但虎星的腦袋裡一旦有了個念頭，就很難讓他打消。」

月光拂動尾巴。「我們比部族貓壯碩。」

松鼠飛盯著她鄭重道。「也許。但你們的數量遠遠不及。即便是老鼠，成群結隊來時，也是很危險的。」

風暴和荊豆交換著緊張的眼神。飛鷹邁步往自己的小貓靠近些。

月光迎著松鼠飛的目光。「也許妳說得對。」她讓步道。「但是我們並不會在這裡待很久。請妳說服部族們再等一段時間。我們並不想傷害他們，但我的小貓必須在這裡出生。」

松鼠飛低下頭道。「我會盡我所能。」雖然她給出承諾，但是疑慮卻囓咬著她的心。也許這次有棘星站在她這邊，她能夠說服部族先收起爪子。至少這一陣子。但是暗尾帶給他們的經驗，讓他們變得很戒備。暗尾的家族也曾像是一群無害的惡棍貓——但是他們卻滲透了影族，最後甚至接管了它。而在那之前，他們同時占領了河族的領地，並且虐待他們治下的貓。在擊敗他的那場戰爭裡，許多貓付出生命的代價，影族也幾乎毀滅。自此，所有的部族，對於外來者都變得更不友善，最終也就更不理性。她知道姊妹幫並不具威脅，但她不確定自己是否能說服部族不要去侵擾他們。

第十二章

「跟著我。」等著嫩枝杈和鰭躍檢查空地時，松鼠飛用鼻子輕推藤池一下。她想要給那兩隻年輕戰士一個率領狩獵隊的機會。

自從姊妹幫離開雷族的營地後，她就自願加入每一次的巡邏。她想要讓自己忙碌。現在她正率領著一支狩獵隊。到目前為止，他們沒多少運氣。櫸木林附近獵物不多。但就在他們往森林邊緣靠近時，獵物的氣味逐漸變濃。藤池在她旁邊停步，看著嫩枝杈和鰭躍沿著沐浴在陽光下的一片蕨叢嗅聞著。

嫩枝杈抬起頭，越過棕色的葉片對他們叫道。「這裡有松鼠的氣味，但有點淡了。」她盯著頭上茂密的樹梢仔細看。「今天獵物們一定都在忙著建造過禿葉季的窩。」

藤池往前走幾步，從蕨叢擠過去。「他們需要出來尋找新鮮的墊草，跟我們一樣。」

嫩枝杈聳聳肩。「若是這樣的話，他們不

會在這裡找。」

松鼠飛往森林邊緣的方向點點頭，那裡陽光充裕，照亮了樹幹。「我們可以過河去找。」

「到荒原去？」藤池一臉不以為然。

鰭躍期待地豎起耳朵。「荒原上的獵物也許比較大膽。」說完他窸窣作響地擠過蕨叢，往陽光那邊快速前進，嫩枝杈緊跟在他後面。

「我不理解我們為什麼要到荒原那邊去狩獵。」藤池跑到松鼠飛旁邊。兩隻貓一起尾隨著前面那隻較年輕的公貓。「我們很快就要把那塊地還回去了。」

「如果天族同意搬家的話，」松鼠飛回答道。「即使如此，我們也必須等姊妹幫離開之後再說。」

「如果虎星進行他的計劃把他們趕走，那就不必等了。」藤池提醒她道。

松鼠飛的肚子緊繃。「他承諾會等待星族的指示。」棘星還未派遣松鴉羽和赤楊心去諮詢星族，而她猜測他是在故意拖延。他不想聽到任何會鼓勵虎星去向姊妹幫宣戰的訊息。再者，棘星早就知道星族的想法了。**來自山巒的雲朵會讓敵友更難分辨。但如果部族保持團結的話，那麼前面的路就會清晰。**她並不驚訝他不願與其他部族分享這則訊息。它太容易被詮釋成與姊妹幫開戰的指令了。

其他部族也都派了巫醫貓到月池去了嗎？星族會給他們同樣的訊息嗎？松鼠飛忍不住思考那則訊息的意義：**如果星族要我們攻擊姊妹幫的話，怎麼辦？**但那怎麼可能呢？松鼠飛認識星族裡的許多貓。他們都是她的親戚，同部族的貓，且心地善良。他們怎麼會要部族們去攻擊那些無害的貓呢？照目前來看，她決定相信那不是星族的意思。

從雷族邊界外的沉默來判斷，松鼠飛猜測其他部族尚未接獲任何訊息。但等待讓她緊張。如果星族給其他部族下指令的話，棘星對向姊妹幫宣戰的號召又能抵擋多久？

除了送姊妹幫回他們自己的營地之外，他並未做更多的事，而這讓她開心。顯然他並沒有準備要將他們推得更遠。至少，還沒有。松鼠飛抖開全身的毛。在他們的關係中，他仍然表現得同樣克制。棘星保持著距離，跟其他貓一起打獵、進食，跟她說話時也只討論與族務相關的事。但是他並未要求她離開他的窩。他們仍然一起睡在擎天架裡，在不同的床鋪上，分享著沉默。

看著火花皮的肚子愈來愈大、毛皮越發光澤滑亮，讓松鼠飛沒能再生小貓的悲傷更尖銳。每過一天，她想要跟棘星再生育一窩小貓的希望似乎就越渺茫。

陽光灑在她臉上，將她從晦暗的思緒裡拉回神。她跟藤池已經到達森林的邊緣了。嫩枝杈和鰭躍正準備過河。

藤池張開嘴巴讓空氣湧上她的舌頭。那隻銀色虎斑貓的眼睛亮起來。「我聞到兔子的氣味。」她趕緊跟上嫩枝杈和鰭躍。

松鼠飛緊跟在後，跳過一顆又一顆石頭，然後越過河流，輕輕躍上了對岸。一陣溫暖的微風拂動她的毛時，風族的氣味也從荒原那邊湧湧而來。前面，鰭躍已經擺出狩獵的蹲伏姿勢了。嫩枝杈和藤池定住。松鼠飛心跳加速，追著族貓的視線。棕色的皮毛在石楠叢裡忽隱忽現。**兔子！**

當鰭躍粗短的尾巴在地上迫切地掃來掃去時，松鼠飛屏住氣息。石楠叢抖動起來。鰭躍往前奔過去。他一竄入樹叢，嫩枝杈和藤池便緊跟他後面衝過去。松鼠飛急忙擠過石楠叢中的一個空隙，枝葉擦刮著她的毛，兩側都是茂密的樹叢，遮住了她的視線，但她可以聽到雜沓的腳步聲，且聞到了兔子刺鼻的驚恐氣味。她在枝幹間穿梭前進，追著巡邏隊，終於瞥見藤池銀色的尾巴一閃而過時，忍不住大口喘氣。她興奮地追過去。

下一刻，她撞上了藤池的後腿。那隻銀色虎斑貓毫無預警地停住。松鼠飛嚇了一跳，猛地煞住腳步時，差點失去平衡摔倒。「怎麼了？」

藤池瞪著石楠叢之間，毛豎起來。「妳看。」

嫩枝杈和鰭躍正向她退回來。當她嗅到風族的氣味時，全身的毛因戒備而豎立。是**風皮**。那隻黑色戰士正往雷族的巡邏隊逐漸靠近。當他擠過石楠叢時，兩眼充滿敵意地瞇成一條線。

松鼠飛挺起胸膛與他對視。藤池、嫩枝杈和鰭躍則圍在她左右。「你們在這裡做什麼？」

風皮怒視她，沒有回答。

松鼠飛心裡疑惑。這裡仍是他們雷族的領域吧？剎那間，松鼠飛納悶他們是否無意間越過邊界了。她瞥了一下四周，石楠叢遮住了她的視線。她向前幾步走上了草地。劃定邊界的那一片金雀花叢在一棵樹的距離外。所以，他們仍然在雷族的領域內。

藤池、嫩枝杈和鰭躍跟著她走出來，滿臉疑惑。

藤池憤怒地瞪著從石楠叢鑽出來的風皮。「你們到底知不知道自己在做什麼？」她對他咆哮道。

鰭躍全身的毛賁張。「你嚇跑了我們的獵物！」

「**你們的**獵物？」風皮蔑視地哼道。

「沒錯！」鰭躍向那隻風族戰士走近一步，露出他的利爪。

松鼠飛瞥見幾隻貓影在石楠叢間移動。呼鬚、夜雲和莎草鬚正向著他們走過來。「慢著，鰭躍。」她警告道。

鰭躍揮動尾巴。「但是他嚇跑了我們的獵物。」

「我不想跟你們動武。」當那些風族戰士靠近時，松鼠飛不安地移動著腳步。「但我想知道風族的戰士在這裡做什麼。」鰭躍往她退回來時，她盯住風皮的眼睛。「這不是你們的領域，」她告訴那隻黑色公貓說。「你為何干擾我們的狩獵？」

風皮迎著她的瞪視，眼裡閃著危險的光。「這塊土地被雷族浪費了，」他吼道。「妳自己在大集會時說的。」

松鼠飛發怒。「那是族長和副族長之間的非正式會議。我們從未正式同意要改變邊界。」

「但妳卻說了那些話。」風皮逼迫道。

「是**兔星**說這塊土地對雷族而言是浪費的。」她糾正他。

「但妳同意他的話。」風皮站著不動。他的族貓走過來，在他兩側散開，全都惡意地盯著雷族的戰士們。

松鼠飛的耳朵緊張地抽動著。他用她的話來反駁她。兔星一定對他吐露了當天的事情。這隻黑色戰士並未出席那次大集會。沒有一個戰士出席，只有族長和副族長。「我是說，我們沒有充分使用這塊荒原，」她吼道。「但我們現在正在使用它。」

呼鬚往森林那個方向點點頭。「為何不在森林裡狩獵呢？那是你們習慣的地方，而且那裡也有足夠的獵物。」

夜雲的目光掃視著雷族的巡邏隊。「你們看起來一點都不飢餓。」

「飢餓與此事無關！」鰭躍壓平耳朵。「這是我們的領域。只要我們想要，我們可以隨時在這裡狩獵。」

「你們這是擅闖。」藤池吼道。

松鼠飛緊盯著風皮不放。「族長們已經同意，在天族做出最終決定前，各部族將會維持目前的邊界。因此，在族長們同意回復舊邊界之前，我建議你們馬上離開我們的土地。」她全身的毛因緊張而豎起。難道風族的戰士想要尋釁動武嗎？

風皮的尾巴抽動著。他傾身向夜雲，在她耳邊低語。那隻黑色母貓看著他，然後扭頭看向松鼠飛。「我建議妳跟棘星商量這件事。對部族的最佳利益而言，他的觀點可能比妳的更清楚。」

那個侮辱像爪子般戳著松鼠飛的肚皮。「我**當然會**跟棘星討論，」她怒吼道。「但是他跟我一樣，絕對不會容許邊界受到侵犯。沒有邊界，部族間就不可能有團結。」她緊緊盯住風皮的眼睛，希望他能瞭解她的言外之意。風族如此公然地越過雷族的邊界，這是在漠視星族對和平的命令。

風皮與她對瞪片刻，最後移開視線。他揮動尾巴跟隊員打信號。「我們返回高地吧。」

他的族貓們未發一語，轉身鑽進石楠叢，然後爬上斜坡往邊界走去。藤池的喉嚨滾動著低吼聲。嫩枝杈憤怒地縮回利爪。風族的巡邏隊越過那片金雀花叢後，松鼠飛轉頭望向雷族的營地。「我們必須趕快告訴棘星這件事。」

⚡⚡⚡

松鼠飛一路沉默地返回營地，心裡很不安。在她後面的藤池、鰭躍和嫩枝杈彼此咕嚕著生氣的話。抵達營地時，松鼠飛率先鑽進荊棘地道。棘星正坐在擎天架上。她揮動尾巴招呼他。他瞪大眼睛，跳下來；在藤池、鰭躍、和嫩枝杈圍聚到她身旁時，停住腳步。他搜索著松鼠飛的目光，耳朵焦慮地豎起。「發生了什麼事？」

「是風族，」鰭躍搶先回答，尾巴在身後憤怒地揮動。「他說我們的荒原是他們的。」嫩枝杈怒吼。

松鼠飛看著棘星，想在他琥珀色的眼睛裡找到怒火。「我會去跟兔星說這件事。就今天。」他對松鼠飛點頭。「妳可以跟我去嗎？」

松鼠飛很驚訝，眼睛睜圓了。這就是他捍衛自己當時所同意的邊界的方式？「你要跟他說什麼？」

棘星揚起下巴。「我會努力跟他達成協議。假如兔星相信土地的浪費已經嚴重到足以為它開戰，那我們就必須考量他的意見。」

藤池憤怒地豎起毛。「你是想要把荒原還給他們？」她震驚地問道。「如果我們把土地送給風族和天族的話，那我們就沒有足夠的獵物來度過禿葉季了。」

棘星看著她。「我不會讓我的部族挨餓的，」他承諾道。「相信我。」

藤池與他對視片刻，然後移開目光。她揮動尾巴，招呼鰭躍和嫩枝杈一起走了。「我不知道雷族這是怎麼了？」她一邊領著那兩隻貓走過空地，一邊嘀咕。「先是保護惡棍貓，現在是想把土地送給任何想要它的部族。」

「刺爪一定會很生氣，如果你把土地讓給風族的話。」松鼠飛眨眼對棘星道。自從棘星同意讓葉池治療日昇後，那隻雷族戰士就一直繃著臉。

「刺爪只是一隻戰士。」棘星哼道。

「但他能替其他戰士說話。樺落、花落——」

棘星打斷她。「我只是去找兔星說事情。我們一定能找出一個劃分部族領域的辦法，不讓任何土地被浪費了。」

「如果我們必須為天族讓出地方的話，就沒辦法。」松鼠飛指出。

「那麼也許是時候幫天族找一個新地方了。」棘星搖頭。「我很抱歉，松鼠飛。我知道我曾為此事與妳爭吵，但也許妳是對的。這是唯一能公平解決領域紛爭的辦法。」

松鼠飛瞪著自己的伴侶，覺得很驚訝。寬慰如同新葉季的和風般拂過她。「我……謝謝你。」

棘星點頭，臉上的神情柔和下來。他轉頭往入口處走去。「我們現在就去找兔星吧。等待只會讓情緒更糟。」

松鼠飛跟在他後面，耳朵豎起來。因為想到一個新的憂慮，她在棘星的認可裡所感受到的溫暖忽然消退了。她之前曾提議等姊妹幫搬走再說，而他真的準備承認那個計劃可以解決眼下的邊界衝突了嗎？或者他會贊同虎星的計劃，將姊妹幫趕出他們的土地？「你也認為天族應該搬到那個山谷的領域嗎？」她跟在他後面鑽過荊棘地道。

「是的。」他步入森林，走上那條通往高沼地的小徑。

松鼠飛全身因焦慮而緊繃。「什麼時候？」

她跟上他，棘星瞥了她一眼。「等葉星準備好做出搬家的決定時。」他轉頭凝視著前方。「絕非在她決定前。這必須是天族自己的決定，其他部族絕不能逼迫他們搬走。」

松鼠飛的耳朵抽動著。如果葉星在明天，或在四分之一個月後，在月光的小貓出生前，就做出那個決定的話，怎麼辦？她努力丟開那個念頭。誠然，葉星不會故意危害月光或她的小貓。但如果她會呢？她瞄向棘星。「在姊妹幫準備好離開前，你會去趕走他們嗎？」

「我會盡我所能維持和平，但是部族的利益必須放在首位。」

松鼠飛覺得很生氣。棘星真的相信戰士們的企盼比姊妹幫的需要更重要嗎？「為什麼？」

「難道妳認為我們應該把惡棍貓的需要放在我們的之前？」

松鼠飛怒道。「姊妹幫不是惡棍貓！」

他看著她，滿臉疑惑。「有何不同？」他沒等她回答，繼續道。「我不可能為了姊妹幫能吃飽，就讓我的族貓們挨餓。」

「沒有哪隻貓會挨餓！」松鼠飛瞪著他。棘星扭曲了他們的爭論。「我們不能只是因為我們想要，就去搶別的貓的土地。」

「我們需要它，」棘星堅持道。「而且姊妹幫已經證明，他們會對部族貓形成威脅。」

「什麼威脅？」松鼠飛的毛豎起來。

「他們會攻擊部族貓，還扣押他們。對我來說，那就是威脅。」

「他們只是在捍衛自己。」松鼠飛爭辯道。

「而我們也只是在捍衛自己。」

「那你為何要阻攔虎星？」松鼠飛覺得很挫折。「為何不乾脆讓他對姊妹幫宣戰？」她不想知道答案。「你告訴他必須等待星族的指示，但我們確實已獲得星族的指示了。虎星很容易就可以把冬青葉告訴松鴉羽的話扭曲成戰爭的藉口。你為何不告訴他星族所說的話，讓他去攻擊姊妹幫？」她盯住他的眼睛，心裡痛著。她想要他說，那是因為他知道搶別人的土地是錯的，因為他同情月光和她未出生的小貓。

棘星冷漠地看著她。「在我們確定星族想要他們的土地前，我們無須跟姊妹幫作戰。」

松鼠飛的心沉下去。她知道棘星有他自己保持榮譽的方式。他把部族的需要放在首位，那是身為族長該做的事。而且，他若是不在乎姊妹幫的話，他早就把星族的指示吐露出去，讓影族去開戰了。但是，他論據的冷漠仍然叫她生氣。難道他不明白姊妹幫也需要尊重嗎？戰士的生活方式並不是唯一的生活方式。

她配合著棘星的腳步前進，尾巴垂了下來。鳥雀在他們四周吱啾唱著，陽光斑駁地灑在森林的地上。期待棘星會有所不同，沒有意義。她是雷族的副族長，她需要將思緒專注在部族的最佳利益上。之前與風皮的衝突幾乎是公開宣戰，現在她必須支持棘星。如果他能在這次的會議中與兔星達成某種協定的話，那麼他們就可以維持眼下各族間緊張的局勢，而且一邊也能繼續拖延他們對姊妹幫領域的入侵。這個下午無論他們在風族的營地裡做出什麼決定，也許它都可以給月光在姊妹幫為她建立的生產窩裡平安誕下小貓的機會。

他們停在風族的邊界，等待某支巡邏隊經過。石楠叢裡的風掩蓋了他們之間的沉默。松鼠飛瞪視著前方的高沼地。看到雲雀翅、微足和燕麥爪出現在山坡上時，她鬆了一口氣。

「微足！」棘星揮動尾巴。

微足的毛豎起來。雲雀翅瞇起眼睛。風族的巡邏隊向他們走過來，戒備地盯著他們。

「我想跟兔星談話。」在他們靠近時，棘星對他們道。

微足的臉上並沒有驚訝。風族想必已經聽說了風皮和松鼠飛之間的衝突了。他冷酷的眼光掃視著棘星和松鼠飛。「我們帶你們過去見他。」

他退向一邊，然後點頭邀請他們越過邊界。松鼠飛緊張地跟在棘星後面穿過金雀花叢。她從小就認識這些風族戰士，也記得他們第一次以見習生身分出席的大集會，然而，他們眼中的敵意卻讓她尖銳地感受到她現在正走在敵人的土地上。星族或許可以命令所有的部族團結，但星族的期許真的能消除過去無數個月以來部族間的敵對和猜疑嗎？

他們跟著雲雀翅沿著山坡穿過一片片石楠叢，接著穿梭在硬挺的蕨莖之間。棘星緊緊靠著松鼠飛。他擦在她身上的毛，讓她感到欣慰。微足和燕麥爪緊跟在他們尾巴後面。

他們終於來到了風族營地前那片高大的金雀花牆。雲雀翅領著他們轉過那道牆，然後鑽進在多刺的枝幹間幾乎看不見的一條地道。棘星跟在他後面，松鼠飛也緊隨其後。當他們進入一片高低不平但寬闊的草地上時，松鼠飛的毛焦慮地豎起來。小小的圓丘這裡一個那裡一個的突出地面；在空地的四周，金雀花窩則穿插織入營地的牆裡。肚子已經沉甸甸的羽皮正和金雀尾在靠近營地邊的草地上分享著一隻獵物。當松鼠飛和棘星進來時，那兩隻母貓抬起頭，然後透過細瞇的眼睛瞪視著他們。隼翔從他的窩裡走出來。迎上棘星的眼光時，他恭敬地對雷族族長點頭致意。看到微足轉向棘星時，在空地邊緣的夜雲站了起來。

「在這裡等著。」他喵聲道。那隻風族戰士往一個位在空地盡頭編織緊密的窩跑過去。兔星已經走出來了，隨著拂過來的一陣風，他的鼻頭抽動著。他立即看到了棘星和松鼠飛。

「帶他們過來。」他說道。

微足跑向兔星身邊時，燕麥爪往前推著松鼠飛。

她用肩膀將他搡開。「我找得到穿過空地的路。」她斥道。

棘星給她一個警告的眼神。「這是風族的營地，」他跟她喵聲道。「我們就遵守他們的方式。」

她抖開毛，跟上他，然後一起穿過空地，不理會走在他們兩側的雲雀翅和燕麥爪。

當他們來到風族族長面前時，鴉羽正從族長的窩裡踱出來。他眼中閃著興味的光。

兔星與棘星對視。「你想跟我說話？」

「風皮今天帶領著巡邏隊進入了我們的領域。」棘星平靜地喵聲道。

松鼠飛怒視著風族族長。「是你派他去的，對吧？」

兔星沒有回答。

棘星瞇起眼睛。「你是想要討回我們的那片荒原？」

「雷族並不需要那塊地，」兔星回答道。「你們的氣味像狗臭味似的飄盪在整個山坡上，少了森林的遮掩。在荒原上，獵物可以嗅到你們的到來。牠們躲到我們邊界的這一邊，最後還是成了我們的獵物。所以，何必浪費你們的時間呢？把我們的土地還給我們吧。」

「那是我們的地。部族全部同意過新的邊界。」棘星背脊上的毛滾動著。「你別忘了，我們把一大塊土地讓給了天族。」

「如果你們想要的話，你們也可以把之前讓給天族的地要回去。」兔星移動著腳步。「一直在拖延他們搬家的是你，需要承擔後果的當然也是你。」

松鼠飛瞥了棘星一眼。索要土地這個動作是否就是風族想要說服雷族同意影族對姊妹幫開戰的手段？

棘星的尾巴凶狠地揮動著。「在綠葉季期間，我們沒有什麼後果需要承擔，」他對兔星道。「森林裡有足夠的獵物來餵飽雷族。姊妹幫會在禿葉季來臨前離開，到時我們便可重新商量邊界的劃分。」

「既然你們有足夠的獵物，風族何必等以後再索回我們的土地？」兔星的目光沒有搖動。鴉羽往他的族長走近一步，毛逐漸豎起來。

棘星沉默地盯著風族族長好一會兒。松鼠飛不知道他在想什麼。要跟兔星的邏輯爭辯很難。棘星低下頭。「那就這樣吧，」他低哼道。「在天族做出決定前，你們可以在我們的那片荒原上狩獵。我們的邊界仍維持不變，我們也會固定在它上面做記號。但在接下來的幾個月裡，我們要共用那塊土地。」

鴉羽皺眉。「我們憑什麼讓雷族在我們的土地上做邊界記號？」

「這個情況不會太久。」兔星威脅地喵聲道。他對上鴉羽的目光，那兩隻貓似乎交換了一個共同的想法。然後，兔星轉回頭對棘星道。「好，就這樣吧。」

燕麥爪抖動尾巴。「虎星會怎麼說呢？」

松鼠飛驚訝地看著那隻年輕戰士。「誰在乎？這跟虎星沒有關係。」

棘星的眼神暗下來。「燕麥爪說得有理，」他咕嚕道。「一旦河族聽說我們給風族在他們的舊土地上狩獵的權利時，他們或許也會堅持取回他們之前劃給影族的土地。」

松鼠飛緊張地移動腳步。她把棘星推到一邊，壓低聲音對他道。「假如河族向影族要回他們以前的土地的話，那可能會引發一場部族之戰。」

他皺眉。「但是他知道，星族要和平。」

「那麼他就會去搶姊妹幫的土地，把它給天族，這樣他就能要回他們的舊領域。」松鼠飛眨眼對他道。棘星或許還沒想要捍衛姊妹幫，但她知道他隨時會捍衛天族。「我以為你不想讓虎星去指使天族他們應該住哪裡。」

棘星的眼神露出思索。他轉向兔星。「這個協議是我們之間的祕密。不能讓其他部族知道。」

「如果你希望那樣的話。」兔星低頭同意。

松鼠飛看到鴉羽的眼睛瞇起來。她愣住。難道風族副族長是打算藉由散布這個協議來製造麻煩嗎？

棘星肯定也有同樣的懷疑。「部族的和平有賴於我們保守這個祕密。」他燃燒的目光看進鴉羽的眼裡。松鼠飛湧起一股希望。只要虎星不知道，那麼這個與風族的協議也許就能夠給姊妹幫一些時間。

第十三章

灰色的毛毛雨落下時，松鼠飛渾身打顫。自從她與棘星拜訪風族營地回來後，已經過了兩天。天氣已經變冷了，她可以在空氣中舔到落葉的氣息。在她周圍，整個部族正開始坐下來享用中餐。雲雀歌蹲在那堆新鮮獵物旁狼吞虎嚥著。棘星和樺落及冬青叢一起分享著一隻松鼠。而鬃掌正拖著一隻田鼠往見習生的窩裡去，竹掌和翻掌在裡面躲雨。

松鼠飛將她與蜜妮分享的那隻鼩鼱的剩餘骨頭往那隻老母貓面前推。「妳把它吃完吧。」她大聲喵道。

「妳確定嗎？」蜜妮眨眼問道。

「確定。」

灰紋從長老窩裡晃蹓出來，斜了一眼陰鬱的天空。他抖開全身的毛。「我餓了。」他看向新鮮獵物堆，那裡有幾隻老鼠躺在泥土裡。他皺皺鼻子。「我想我再等等吧，看下午的巡邏隊會帶回來什麼。」

蜜妮將吃剩的半隻鼩鼱甩向他。「你要吃這個嗎？」

就在灰紋翻看著那半隻鼩鼱時，腳步聲在荊棘地道的另一邊響起。他抬起頭來，瞄向營地入口。

「棘星！」鰭躍喘著氣衝入營地。

松鼠飛的毛驚慌地豎起。那隻年輕的戰士滿臉驚懼。他喘不過氣來地站在營地裡，雨水順著臉頰滴下來。棘星才跳起來，她已經連忙迎過去。「發生了什麼事？」

「虎星來了！」鰭躍奮力地吸著氣。「現在就在邊界上，帶著焦毛和莓心。霧星陪著他們——」

松鼠飛眨眼看著他。「虎星和霧星？」她的肚子緊繃。他們知道雷族跟風族的協議了？

鰭躍繼續道。「霧星還帶著鴞鼻和黑文皮。」

棘星在她旁邊停下腳步，沉重的眼光閃著焦慮。「各帶兩隻戰士。事情一定很嚴重。」他低吼道。

「嫩枝杈和刺爪正護送他們過來，」鰭躍喘氣道。「我先跑回來通知你。」

「謝謝你，鰭躍。」棘星對他點頭致意，讓他退下，然後環顧營地。鬃掌站在見習生窩外眨著眼。雲雀歌丟開正在吃的一隻老鼠，跑過來，全身的毛賁張。樺落和冬青叢瞇起眼睛聽著棘星對部族說話。「我們等會兒有訪客，」他宣布說。「要保持禮貌，但更要保持警戒。」族貓們彼此交換著焦灼的眼神。棘星鄭重地看著松鼠飛。「但願他們還沒發現邊界協議的事。」

松鼠飛希望能給他寬慰，但是她相當確信他們短暫的和平時光已經到頭了。「他們來此還能有別的原因嗎？」

「他們各自帶著兩隻戰士，」棘星沉思道，幾乎沒在聽。「足以展露實力了。」

「但不足以引發麻煩。」松鼠飛指出。

棘星看著她。「還沒而已。」

就在他們說話時，荊棘地道抖動，接著嫩枝杈和刺爪領著虎星、霧星、及他們的戰士進入了營地。

松鼠飛站著沒動，等棘星走到營地中央迎接他們後，再往前走到棘星身邊。虎星抖開毛，甩掉身上的雨水。霧星站在他旁邊，眼神冷漠。

「什麼風把你們吹來了？」棘星平靜地問道。

虎星抖動尾巴。「你知道什麼風把我們吹來了。」在他後面，焦毛和莓心彼此交換著眼光。鴞鼻和黑文皮則往霧星靠近一步。

「別假裝你猜不到。」河族族長哼道。

虎星曲起爪子。「你們跟風族已經重新劃定邊界。」

「新的邊界維持不變，」棘星鎮靜地對他道。「我們每天都在上面做記號。」

「但是你們讓風族在你們的那片荒原上狩獵。」虎星控訴道。

霧星揚起下巴。「那麼做跟沒有邊界沒有兩樣。」

松鼠飛向棘星靠近。「不管我們跟風族有何協議，那都是雷族的事。」

「我們已經討論過此事，」虎星怒視她道。「當霧星要求我們將河族的荒原還給他們時，它就變成了我的事。」

「我們無法控制河族的事，」棘星僵硬地回答。「風族和雷族是和平達成協議。我不明白為何你和河族之間不能自行解決這件事。」

「你能說的只有這些嗎？」虎星的耳朵憤怒地抽動著。「雷族的貓對其他部族的事一向不是意見很多嗎？」

棘星與他對視。「你要我去幫你告訴河族，你們絕不會歸還他們的土地？」

「不是！」虎星用力揮動尾巴。「影族能夠打自己的仗。」

「那你們為何來這裡，擾亂我們的平靜？」棘星的耳朵抽動著。

松鼠飛看著他。如果他拒絕介入的話，她就會追隨他的領導。「我們能做什麼呢？」

「對風族捍衛你們的邊界，這樣我們就可以捍衛我們的。」虎星咆哮道。「我們需要那塊荒原。」

霧星哼道。「除了抓幾隻青蛙和蝴蝶外，影族在那塊土地上做不了什麼事。但我們在那裡卻可以抓魚，」她駁斥道。「邊界最好維持現狀。」

「現在的邊界也許對你們最好！」虎星與她對視，全身的毛賁張。「河族並不曾讓出一半的土地給天族。」

「雷族也給了天族土地，」她反駁道。「他們似乎並不介意。」

虎星猛地轉頭看向棘星。「雷族最喜歡在其他部族裡製造麻煩。我現在要求你立即終止那種行為。」

「現在情況很艱難，」棘星讓步道。「但是星族要求我們團結。我不會為了邊界的事情戰鬥。跟你不會，跟風族也不會。他們可以保留在我們那片荒原狩獵的權利。」

虎星瞇眼。「那麼也許我們應該向天族要回我們的土地。」

松鼠飛全身緊繃。「不行！他們也需要土地。」

虎星慢慢甩動尾巴。「或者，你們可以幫我們將姊妹幫逐出他們的領域，如此天族就可以搬家，而我們也可以擁有足夠的領域。影族不能餓肚子。」

松鼠飛全身竄過一股恐慌。她無助地瞥向棘星。他絕對不能讓虎星逼他去與姊妹幫開戰。

棘星猶豫，背脊上的毛如波浪般滾動著。他的目光在虎星和霧星之間來回。「河族和影族之間的邊界問題，跟我們無關。我建議你們自己解決你們之間的爭端。」他緊盯著虎星。「威脅天族那種事，我建議你三思。葉星尚未決定是否搬家。嚇唬她恐怕只會讓她更寸步不讓。而雷族會跟她站在一邊。天族被趕走太多次了。這一次，我們不會袖手旁觀。影族最後可能會發現自己陷入了一場不可能贏的戰爭。」

虎星瞇起眼睛。「這是個威脅嗎？」

霧星好奇地凝視棘星。「你是不是在跟天族以及風族建立什麼祕密聯盟？」

「雷族並未跟任何部族建立聯盟。」棘星怒吼道。

虎星的耳朵抽動。「然而，風族卻在**你們的**土地上狩獵。」他對焦毛和莓心點頭。「走吧，」他對他們道。「我們在這裡只是浪費時間。」他轉頭，尾巴掃過霧星的鼻子。

她躲開，大聲咆哮。「我們走，」她指揮鴉鼻和黑文皮道。「除了他們自己的邊界外，棘星顯然不在乎任何其他貓的。」

當河族貓撞開虎星，大步走出營地時，松鼠飛壓下一股顫慄。虎星低吼一聲，領著焦毛和莓心跟在他們後面。松鼠飛轉向棘星。「你覺得他們會打架嗎？」

棘星目光沉沉地盯著他們的背影。「如果打的話，那不是我們的問題。」

「但我們必須做點什麼吧。」

「例如呢？」

松鼠飛緊張地眨眼看著他。「如果他們不對付彼此的話，他們可能就會對付天族。」

「我知道，」他坦率地答道。「但是在葉星做出決定前，我們只能步步為營。」

松鼠飛想得很遠。「如果部族間爆發戰爭的話，怎麼辦？」

「我希望能夠給妳一個答案。」棘星絕望地看著她，然後轉開頭。他踱回剛剛丟下一隻松鼠的地方，沉重地坐下來，然後低頭開始咀嚼那隻已經溼答答的殘骸，任雨水從他的鬍鬚成串滴落。

松鼠飛的心沉下去。難道沒有一個能不引發戰爭的解決辦法嗎？

「松鼠飛。」黛西在育兒室門口喊她。

她全身僵硬。火花皮已經搬進了育兒室，她會在那裡住到小貓出生，雲雀歌每晚也都在裡面陪她。松鼠飛匆匆穿過空地。「火花皮沒事吧？」

「火花皮很好，」黛西愉快地喵聲道。「她感覺到了小貓的胎動，想要告訴妳。」

松鼠飛發出一聲咕嚕，好消息讓她鬆了一口氣。

「我要去吃點東西。」黛西跟她說，往新鮮獵物堆那邊走過去。松鼠飛走向育兒室，擠過荊棘叢進入那個溫暖的窩。在走到火花皮的床鋪前，她先抖鬆自己全身的毛。

火花皮躺臥在蕨葉上，肚子因懷著小貓而圓滾滾的。看到松鼠飛時，她發出咕嚕聲。「妳摸摸看。」她瞥著自己的腹部道。

松鼠飛用鼻子蹭蹭火花皮的肚子。感覺到小貓在女兒的肚子裡翻動時，她很開心。但是渴望在她的胸腔裡湧動。她也想要感受她自己的小貓在身體裡翻動。

火花皮對她眨眼，眼裡閃過驚慌。「有什麼問題嗎？妳可以感覺到他們在胎動，是嗎？」

「是的。」松鼠飛趕快安慰她。她應該跟火花皮解釋她自己的悲傷嗎？「妳一定會是一個很棒的媽媽，」她輕柔地說。「我還記得妳和赤楊心出生時，我有多快樂。我當時覺得好驕傲，比我為雷族感到的驕傲更多。我懷念那個感覺。我真希望——」

入口的荊棘一陣抖動後，雲雀歌擠進了育兒室。他看起來很疲累，眼神呆滯，淋過雨的毛顯得滑亮。看到松鼠飛時，他展開笑顏。「妳好嗎？」他從松鼠飛旁邊擠過去，用鼻子貼貼火花皮的臉頰。

「我很好。」她開心地咕嚕道，舔舔他的耳朵。

雲雀歌坐在自己的後腿上，打了一個飽嗝。

火花皮的鬍鬚抽動著，揶揄他道。「我希望你不會教我們的孩子這樣的禮貌。」

「抱歉。」雲雀歌一臉愧疚。「我不應該多吃那一隻老鼠。但似乎沒有其他的貓要它，而狩獵巡邏隊稍後就會帶回新鮮的獵物了。」他的喵聲有些沙啞。他感冒了嗎？他對松鼠飛低頭致意，彷彿忽然意識到她的存在。「我保證我一定會當一個完美的父親，好好照顧妳女兒的小貓。」

松鼠飛咕嚕一聲。「我確信你會做到。」火花皮很幸運，擁有這麼好的伴侶。「我相信你們一定會很快樂的。」她內心充滿慈愛，忽然覺得納悶，剛才怎麼會想要告訴火花皮她有多想要有自己的小貓呢。**讓她享受這個吧**，她告訴自己。**她不需要面對我的問題。等小貓生下來後，她就會忙得不可開交了。**

雲雀歌全身打顫。「我正想進來躺一會兒。我整個早上都覺得很累，不知道為什麼。我只是凌晨時出去巡邏了一下。」他滿臉疑惑。「我好像有點喘不過氣來。」

「可能是因為這潮溼的天氣吧，」松鼠飛隨口道。她眨眼開玩笑地看著他。「小貓誕生前，你得儘快做好心理準備。到時他們會讓你日夜忙得團團轉。」

雲雀歌發出咕嚕聲。「不用擔心。我計畫先準備好他們所需的一切。」他站起來。「我等不及要陪他們第一次玩騎獾打仗了。」他在窩裡來回走著，然後轉過頭。「你們能想像他們騎在我背上的樣子嗎？」他忽然頓住。

看到雲雀歌的眼神凝住時，松鼠飛全身竄過一陣驚慌。他的眼裡閃過痛苦，好像臉上被銳利的爪子揮過般。

火花皮一定也看到了。「雲雀歌？」她驚恐地喵聲道。

雲雀歌的眼神忽然變得呆滯。接著他兩眼後翻，爪子彎曲，砰一聲摔到地上去。

「雲雀歌！」火花皮竄到他身邊，全身的毛恐懼地賁張開來。松鼠飛緊靠著她，內心湧起一股急劇的恐慌。雲雀歌僵躺著。他的腹部靜止不動。**他沒有了呼吸！**

「看著他，」她對火花皮道。「我去找巫醫貓。」

她衝出育兒室，不顧滿臉流淌的雨水，奮力奔向巫醫窩，然後竄進去。「快來幫忙！」

赤楊心猛地從他正在調製的草藥抬起頭來。「怎麼了？」

「雲雀歌！他在育兒室裡昏倒了。」赤楊心從巫醫窩裡竄出去，松鼠飛努力壓下內心的恐慌，緊跟他後面。

棘星正在吃一隻松鼠。他抬起頭問道。「發生了什麼事？」

「是雲雀歌！他病倒了！」松鼠飛跟著赤楊心擠進育兒室裡。窩裡充滿恐懼的氣味。

赤楊心把耳朵貼在雲雀歌的胸口。

火花皮瞪著他，全身的毛豎立。「他還好嗎？」她哽咽地喵問。

「他有心跳。」赤楊心坐起來。「但我們必須讓他重新開始呼吸。」

火花皮似乎無法動彈。「他會死嗎？」

松鼠飛快步走到她身邊。「赤楊心會盡力。」

「他是怎麼了？」火花皮顫抖地問。

松鼠飛緊緊貼著她。「呼吸，」她告訴火花皮。「不然會影響肚裡的小貓。」

棘星已經擠進了育兒室。他瞪著眼，兩眼圓睜。

赤楊心瞥見他。「快叫葉池來，她和蜜妮在長老窩裡。我需要幫忙。快去！」

棘星衝出育兒室時，那隻深薑黃色的貓已經把腳掌壓在雲雀歌的胸口，開始按壓。

松鼠飛在旁邊看著，腳掌似乎凍住了。

火花皮僵硬地靠著她，大口且劇烈地喘著氣。赤楊心不斷按壓。「別讓他死了，」她啜泣道。「求求你別讓他死了！」

松鼠飛看著赤楊心愈來愈用力，奮力地按壓著雲雀歌的胸口彷彿要把他的命震擊回來。他現在絕不能死。他必須看到自己的小貓出生。他一直都那麼興奮地期待。他們絕不能在沒有父親的陪伴下長大。忽然間，雲雀歌喘了一大口氣。接著全身的一陣抽搐，讓他顫抖地吸了長長一口氣。然後，他躺著不動了。松鼠飛聽到血液衝進自己耳朵的轟鳴聲。「他還活著嗎？」

赤楊心低頭貼著雲雀歌的胸口。

他還沒坐起來前，松鼠飛已經看到雲雀歌的胸口在起伏了。「他有呼吸了，」她低聲道。欣慰淹沒了她。她看著火花皮。「他還活著！」

火花皮全身萎頓，靠在母親的身上。松鼠飛移動時，她滑到地上去，圓睜的眼睛絕望地瞪著雲雀歌。

第十四章

松鼠飛焦灼地看著火花皮。他們已經把雲雀歌搬進巫醫窩裡了。她的女兒現在也已經平靜下來。但看著躺在小洞內靠牆的床鋪上仍然昏迷不醒的伴侶時，火花皮的眼睛依然充滿恐懼。

赤楊心傾身看著雲雀歌，把那隻戰士嘴邊溢出的黑色液體擦掉。葉池在一旁走來走去。松鴉羽則再次在儲存草藥的洞隙迅速地翻找著。

「我們是不是應該給他多用一點蓍草？」赤楊心問那隻盲眼巫醫貓。

松鴉羽搖頭。「他太虛弱了，而且，我們並不確定他的病是吃了什麼東西引起的。」火花皮背脊上的毛波動起來。「你們一定可以想出辦法的。」

松鴉羽撕開一包山蘿蔔。「我們可以試試他是否能嚥下幾片這種葉子。」

葉池在松鼠飛身旁停住。「我們到外面說

話。」她低聲道。

葉池領著她往出口走時，松鼠飛的肚子緊繃起來。「火花皮沒事吧？」她雖然跟火花皮一樣關心雲雀歌，但她更為她肚子裡的小貓擔憂。

「她很好，小貓也沒事。」葉池擠過荊棘叢。

「但她很激動。」松鼠飛跟在後面擠出去。雨變小了，但雨滴仍然透過樹梢不斷落到空地上。

「我可以摸到胎動，」葉池告訴她。「而且火花皮也沒有發生抽筋。我已經用了百里香給她壓驚。她很強壯而且理性，她不會有事的。」她的眼神暗下來。「但願我們能夠知道雲雀歌到底怎麼了。他的呼吸已經穩定了，但仍然短促，而且心跳微弱。」

松鼠飛壓下心頭的恐懼。「妳以前有看過類似的症狀嗎？」

「沒有。」葉池望向前面那片蔓生的荊棘叢。「連松鴉羽都沒轍了。他說他從未嗅過像這樣的病症。我們也從未見過能讓一隻貓這樣忽然停止呼吸的疾病。」

「它有可能會傳染嗎？」松鼠飛的心揪起來。雲雀歌在昏倒前曾用鼻子碰觸火花皮。

「我們不知道。」葉池無奈地看著她。「他有吐出膽汁，那讓我們覺得病兆可能就在他的肚子裡。但我們所知道的就只有這些。」她望向空地。棘星和刺爪及鰭躍正坐在空地邊上。嫩枝杈和樺落站在他們附近。長老窩外，蜜妮和灰紋正焦急地瞄著巫醫窩，而冬青叢在旁邊走來走去。「今天早上是妳和雲雀歌一起巡邏的。你們在外面時，可有看到任何不尋常的東西？」葉池揚聲問道。

冬青叢尾巴抽動著。「沒有什麼特別的。我們抓到了一隻松鼠，但我們回來後就把它放到獵物堆那裡了。」

葉池瞥向獵物堆。那裡，除了那幾隻先前灰紋不屑一顧的溼答答的老鼠外，已經沒有其他獵物了。「雲雀歌病倒前，吃了什麼？」

松鼠飛皺眉。「他說，回育兒室前，他吃了兩隻老鼠。」

棘星站起來。「把那些獵物檢查一下，」他對冬青叢道。「小心點。」

當冬青叢急忙向獵物堆跑去時，嫩枝杈緊張地瞄向那裡。「妳覺得是因為他吃了什麼東西導致的嗎？」那隻年輕戰士問道。

「他吃的獵物可能腐壞了。」鰭躍提示道。

「但是那些獵物是我們今天早上捕捉的，」刺爪指出道。「都是新鮮的。」

「也許他吃到了生病的獵物。」嫩枝杈喵聲道。

松鼠飛瞇眼。「他在吃那獵物前，肯定會嗅到病氣吧？」

站在長老窩外的灰紋豎起耳朵。「也許他太餓了，沒注意到。」

在他旁邊的蜜妮吸吸鼻子。「絕對沒有貓會因為太餓而嗅不到獵物身上的病氣。就算是一隻小貓，也能辨識那種酸味。」

棘星抖開身上的毛。「如果那是一種新的疾病，我們就無法辨識。」

冬青叢在獵物堆旁坐下來。「它們聞起來都很新鮮、健康。」她跟棘星報告說。

「我們還是把它們都丟了吧。」棘星指示道。

「我來處理。」松鼠飛想找個事情來讓自己忙碌。她往獵物堆走去。

「妳去幫她，冬青叢。」棘星對那隻黑色母貓頷首，然後瞄向見習生窩。翻掌和鬃掌正在入口處焦急地看著。「你們兩個也可以幫忙。」他對他們道。

翻掌和鬃掌迫切地跑出來，彷彿因為有事做而鬆了一口氣。

松鼠飛揮動尾巴招呼他們，然後開始嗅著那幾隻老鼠。「我們把它們丟出營地，埋到森林裡吧。」她看著冬青叢道。「我們可以在山坡頂端的荊棘叢中挖個洞。」

冬青叢點頭。「必須挖深一點，免得被狐狸發現了。」

翻掌眨眼看著她。「我們何必在乎狐狸是否因為這些獵物而生病了？」

「疾病對誰都有害，」她回答道。「你想在我們的營地附近看到一隻狐狸的腐屍嗎？」

鬃掌戒備地看著那獵物。「我們要是因為搬動它們而生病了，怎麼辦？」

「搬動它們時我們要小心。」松鼠飛用腳掌將一隻老鼠推近自己。「我示範給妳看。」她對冬青叢點頭道。「妳先帶翻掌去挖洞，」她發出指令。「我們會把獵物帶過去。」

冬青叢和翻掌走開後，松鼠飛用腳掌碰觸那隻老鼠的頸背。「這地方就像小貓的後頸，」她告訴她道。「這裡的皮膚比較厚，這樣小貓的媽媽就可以從這裡叼著它。」

鬃掌對她眨眼。「我從未想過獵物有媽媽。」

「每一種動物都有媽媽。」她把腳掌壓入那隻老鼠的後頸。「妳可以用牙齒把它叼起來，但要輕輕地咬著。這裡的皮膚比較厚，所以比較不會流血。把嘴唇往後縮，舌頭不要碰到它，不然妳會吞下它的毛或血。」

鬚掌低下頭，用牙齒小心翼翼地咬住老鼠。她把它叼起來，不確定地瞄著松鼠飛。

「做得很好，」她說道。「現在，把它送到冬青叢那裡。小心不要讓它搖晃得太厲害了。它的皮可能會裂開。」

當鬚掌慢慢走開後，松鼠飛叼起另一隻老鼠，跟在她後面。她已經好久沒訓練見習生了，幾乎已經忘記教導他們戰士技巧時的滿足。她想要再生自己的小貓，是否太自私了？戰士之所以變得強壯，是因為身為部族的一份子，而不僅是有了自己的家族。也許將自己的技巧傳授給下一代就足夠了，不管小貓是誰生的。她想起姊妹幫及他們如何共同撫育小貓。部族貓並沒有多不同。她的族貓們對她而言就像一個大家族，那應該夠了，她不必非要再生自己的小貓吧？

松鼠飛留下冬青叢和翻掌，讓他們將掩埋老鼠的洞用泥土掩蓋好。她先回營地。她的腳掌因為挖洞而沾滿了泥土，肌肉也很痠痛。鬚掌坐在屁股上，滿意地看著自己的成果。

冬青叢在後面喊她。「我要不要帶翻掌和鬚掌去狩獵，找一些新鮮獵物？」

翻掌和鬚掌迫切地豎起耳朵。

「好主意，」松鼠飛大聲回答道。「但不要到你們之前狩獵的地方去。」在她安排明天的狩獵隊前，她需要先知道今天的獵物是在哪裡獵獲的。假如雲雀歌是因為吃了獵物而生病，那麼雷族對於他們帶回營地的獵物就必須小心。

她匆匆穿過荊棘地道，然後越過空地。嫩枝杈和鰭躍正在用雨水洗過的蕨葉覆蓋放置獵物堆的那塊沾了血跡的泥地。刺爪和樺落兩隻貓抵著鼻子在竊竊私語。蜂蜜毛、莓鼻和白翅則焦灼地瞄著巫醫窩。

巫醫窩入口處的荊棘抖動，火花皮擠了出來。她滿臉疲憊，身上的毛凌亂且未清洗。葉池跟在她後面走出來，要護送她往育兒室去。松鼠飛趕過去招呼。「雲雀歌好嗎？」她問火花皮，搜索著女兒的眼睛，想在那裡找到一絲希望。火花皮茫然地看著她。

「雲雀歌仍然昏迷不醒，」葉池告訴她說。「但他目前已經穩定了。我正要送火花皮回育兒室去休息。」

「我想守著雲雀歌。」火花皮喃喃道。

「他會復原的，」葉池承諾道。「妳需要休息，並遠離這些混亂。妳必須為肚子裡的小貓著想。」

「妳說得對。」火花皮往育兒室走去，尾巴拖在地上。

葉池放低聲音。「但願我能給她希望，可是我們還未找出雲雀歌病倒的原因。」

「妳回巫醫窩去吧。」松鼠飛略過自己內心的恐懼。「我去照顧火花皮。」她緊跟著女兒進入育兒室。

裡面，黛西在陰影中眨著眼。那隻白色貓后的眼睛因擔憂而圓睜著。「有什麼消息嗎？」

火花皮搖頭，垂頭喪氣地坐到自己的床鋪上。

「葉池、赤楊心和松鴉羽正在盡力搶救。」松鼠飛告訴她說。

「他們知道致病的原因了嗎？」

「還不確定。」

就在松鼠飛說話時，火花皮猛地抬起頭來。她的眼裡閃著怒火。「一定是他吃了什麼東西！」她站起來，怒瞪著松鼠飛。「他說吃得太飽後，他覺得很累。然後他就昏倒，沒有了呼吸。一定是他吃的東西！我們應該想出個辦法！」

松鼠飛眨眼看著她。「我們已經將獵物清理掉了。我們也只能做這些。」

「這件事根本不應該發生！」火花皮很憤怒，渾身的毛都豎起來。

「妳說得對。」松鼠飛贊同道。

「很快就會沒事了。」黛西安慰道。

「我不知道為什麼大家都沒注意到這麼**明顯**的事！」火花皮的鬍鬚抖動著。「影族在我們的獵物堆下毒了！今天早上他們來過我們的營地，不是嗎？」

「怎麼可能呢？」松鼠飛訝異地瞪著她。「我們從頭到尾都監視著他們。」

「天族也曾監視著他們，」火花皮反駁道。「但是他們仍然想方設法地毒殺了雀皮。」松鼠飛想起影族的前族長刺柏爪，他將放入死莓的獵物丟在天族的獵物堆裡，差點因此殺害了一隻天族的戰士。那個行為逼得葉星不得不率領天族搬離湖邊，並幾乎摧毀了所有部族。但他們不會再幹這種事吧？

她意識到火花皮仍然在瞪視著她。「這次跟死莓的下毒無關。如果是的話，葉池一定會知道的。再者，當刺柏爪毒害雀皮時，他是單獨行動，」她解說道。「而且，他已經死了。虎星絕對不會讓這種事情再度發生的。」

「真的嗎？」火花皮看起來並不相信。

「當然。」松鼠飛的心跳加速。

「即使雷族不斷地欺負他？」火花皮怒視她道。「在姊妹幫重傷影族的一隻戰士後，我們卻不讓他去向他們討回公道。妳當初為什麼非得把姊妹幫帶回我們的營地來呢？」

「我不是故意的，」松鼠飛為自己辯護。「我只是努力想要幫助天族。」

火花皮沒在聽。「現在我們私下跟風族做了祕密協議。我知道，虎星一定也發現了我們曾給姊妹幫庇護。單單這件事就足以讓他想要傷害我們了。棘星一直在做著令影族維生困難的決定。他是**想要**激怒虎星嗎？」

「那不是棘星的錯。」松鼠飛揚起下巴。「妳父親只是在做他認為對的事。」

「但他卻不在乎誰會受到傷害！」

黛西試著往前走了一步。「棘星絕對不會傷害任何貓的。」

「他只是想要和平，」松鼠飛大聲附和道。「那就是他為何會對風族讓步及為何不參與針對姊妹幫的戰爭的原因。」

火花皮垂下耳朵。「所以，只要風族和姊妹幫開心了，即便雲雀歌死了也沒有關係！」

「當然不是！」松鼠飛的肚子裡燃燒著挫折。「雲雀歌並不是因為棘星所做的事而生病的。」

「我不相信妳。」火花皮嘶道。「要是棘星沒有這樣與虎星多次作對的話，雲雀歌就不會病倒了！」

入口的荊棘發出窸窣聲。「怎麼了？」棘星擠進來，眼裡閃著焦慮。「我聽到了吼叫聲。」

黛西焦急地看著他。「火花皮心情不好而已。她這一整天心煩意亂的——」

火花皮對他大吼。「你承認嗎？」

「承認什麼？」棘星一臉驚訝。

「如果不是你做了那麼多激怒虎星的事，雲雀歌就不會病倒了！」火花皮的眼睛瞇成細縫。

棘星瞪著她，背脊上的毛滾動著。「她在說什麼？」他疑惑地瞥向松鼠飛。

「她是擔心影族之前拜訪我們營地時，可能在我們的獵物堆上投毒了。」松鼠飛不安地移動腳步。火花皮遷怒棘星，但棘星並沒有做錯。他的煩惱已經夠多了。然而，火花皮那麼的痛苦。**求求你們，別吵起來了。**

棘星扭過頭，眨眼看著火花皮。「他們怎麼可能在獵物堆投毒？我們全在現場監視著他們。」

「他們以前就做過這種事！」火花皮嘶道。

黛西的視線在父女倆之間焦灼地移來移去。「刺柏爪就幹過那種事，而他現在已經死了。」她學火花皮的話道。

「影族所有的貓都一樣。」火花皮曲起爪子。「為了搶得更多的地盤，他們連自己的母親都敢毒死。」

「別胡說。」松鼠飛靠近火花皮。她必須讓她鎮靜下來。激動對她肚子裡的小貓不好。「影族貓都是戰士，就跟我們一樣。他們不會違反戰士守則的。」

火花皮寸步不讓。「如果他們受到過分壓迫的話，他們就會的。而棘星所做的全都是妨礙虎星的事。」她控訴地怒瞪著自己的父親。

「棘星所做的一切都是為了部族的最佳利益。」松鼠飛爭辯道。

「妳為什麼要護衛他？」火花皮瞪著她媽媽。「他好多天都不怎麼跟妳說話。他一直把妳當個見習生對待，而妳卻護衛他！妳為什麼要這麼膽小怯懦？」

棘星全身的毛豎起來。「不要那樣和妳母親說話！」他嘶道。「我不管妳的心情有多糟，傷害愛妳的貓不會讓雲雀歌好起來。那只會讓所有的貓都跟妳一樣痛苦。我很難過雲雀歌病倒了，而我們也都在竭盡全力以確保他能康復起來。但是不要控訴妳的母親膽小怯懦。她是我所知的最勇敢的戰士之一。我也正在盡我所能以保住部族之間的和平。我必須對抗虎星，否則他會一直欺壓天族。」雷族族長眼裡忽然閃過一絲傷痛。「要捍衛自己的信念很難；但更難的是當那些應該支持你的貓都反過來傷害你時。」

當他的眼光從火花皮身上射向松鼠飛時，松鼠飛的心臟彷彿被利爪刺穿。棘星的尾巴掃著地上。「我在努力領導一個部族！如果我自己的至親處處挑戰我，我又怎麼能期待我的戰士們會服從我呢？」他咆哮道，然後擠出窩去了。

黛西移動腳步。「今天大家情緒都很不穩。」她同情地看著松鼠飛。「妳何不出去走走，呼吸一下新鮮空氣，我會盯著火花皮休息的。」

火花皮瞪著父親走出去的背影，眼神因悲傷而呆滯。「我很抱歉。」她眼光慢慢移向松鼠飛。

「沒關係，」松鼠飛低聲道。「我知道妳心情不好。」她忽然覺得很疲倦。「明天早上妳就會覺得好些了，我相信葉池會在那之前就找到治療雲雀歌的辦法。」她用鼻子蹭蹭火花皮的頭頂，然後走出窩去。能把女兒留給黛西照顧片刻，讓她鬆了一口氣。她走向巫醫窩。葉池、松鴉羽和赤楊心已經想出治療的辦法了嗎？她鑽進窩去。當她看到葉池和松鴉羽在洞穴深處頭抵著頭低聲商談時，失望像石頭般落進她肚子裡。他們看起來跟之前一樣憂慮，而赤楊心正在擦拭湧到雲雀歌嘴唇上的一滴膽汁。

雲雀歌的媽媽百合心坐在床鋪旁，圓睜的眼裡都是憂愁。看到松鼠飛時，她眨眼問她。「他是怎麼病倒的呢？」

松鼠飛搖頭。「我們不知道。」

「有沒有可能是被下了死莓的毒？」百合心焦躁地問。

「營地裡沒有發現死莓。」松鼠飛惱怒地喵聲道。

「也許影族挾帶了一些進來。我們都知道，水塘光會用它們。」

葉池抬起頭看她。「這不是死莓毒。我們無法辨識這些症狀。」

百合心的毛豎起來。「他們也許發現了另一種毒藥！」

松鼠飛的眼光緊緊盯著百合心。「影族跟這件事沒有關係。」她絕對不能讓雲雀歌的病是影族造成的這樣的謠言在部族裡扎根。部族間的局勢已經夠緊張的了。「雲雀歌的病是個打擊，也是個悲劇。他一直都是一隻強健的戰士，看到他這麼快病倒的確很可怕。但我們一定會找到他致病的原因。」她絕望地看著葉池。「我們也一定會找到治療辦法的。」當她看到葉池的眼光暗下來時，全身湧過一股恐懼。她在給百合心她無法兌現的承諾，但是她必須給那隻嬌小的暗灰色虎斑母貓希望。這個病不知來自何處，致病的原因有可能是任何東西。雲雀歌可能只是第一隻被這個所有部族都未曾經歷過的病症擊倒的貓。而如果它會傳染的話，那麼雷族所擁有的或許只剩希望。

第十五章

「我跟你們一起去。」松鼠飛挺起肩膀面對松鴉羽。

松鴉羽瞇起眼睛。「這是巫醫貓之間的事。」

赤楊心在那隻盲眼公貓旁踱著步。「我們要去跟水塘光說話，看看他在影族中是否有看到類似雲雀歌的病症。」

「我必須安撫我們部族的心。」松鼠飛堅持道。經過一晚後，影族是雲雀歌病倒的原因這樣的謠言已經像跳蚤般傳遍了整個部族。到了早上，當營地上方雲破天清時，她的族貓們幾乎已經不聽從她對白天巡邏隊的安排了。

獅焰全身的毛豎立，在空地上走來走去。「我們應該派遣巡邏隊到影族去。」

「他們不能毒害另一個部族卻逍遙法外。」煤心贊同道。

在他們四周，罌粟霜、櫻桃落和錢鼠鬚等，全都點頭低聲贊同。

棘星已經從擎天架跳下來，站到松鼠飛旁邊。「我們沒有任何證據證明雲雀歌的病是影族造成的。目前部族間的局勢很緊張，這樣的控訴可能會導致戰爭。」

戰士們放棄爭辯，然後一邊低咕著，一邊出發巡邏去了。但松鼠飛相信，除非有誰出來調查下毒一事，否則謠言會繼續散布。

現在赤楊心和松鴉羽準備前往影族了，她眨眼期待地看著他們。「我會告訴影族我是在護送你們。我會告訴他們，我們很擔心來自姊妹幫的威脅。」她滿懷愧疚。姊妹幫對任何部族貓都不是威脅。但她必須進入影族的營地，然後找到證據證明影族是無辜的。

松鴉羽的尾巴不耐煩地抽動著。「妳應該請求棘星的准許，」他咕噥道。「我們不能沒有證據就控訴影族。」

「我不是要去控訴誰，」松鼠飛跟他道。「我只是想要去看看，當我告訴影族雲雀歌生病時，他們會有何反應。如果他們有罪的話，我一定能夠看得出來。」

松鴉羽冷哼一聲。「影族總是犯著這樣或那樣的罪。」

松鼠飛很堅持。「我必須跟你們一起去。」

赤楊心緊張地與她對視。「如果我們帶著一隻戰士到影族營地去的話，他們恐怕會生氣。妳應該先獲得棘星的允許。」

松鼠飛嚥下挫折。「棘星出去狩獵了，」她提醒他們道。「我現在沒辦法問他。」

「我們不能等了。」赤楊心焦急地瞥向巫醫窩。

「若是水塘光有治療雲雀歌的方法，我們必須儘快地知道。」松鴉羽附和道。

松鼠飛絕望地瞪著他們。她是雷族的副族長。如果她想要跟他們一起去的話，她可以。然而，她知道他們的顧慮是對的。雷族與影族之間的關係已經很緊張。假如她造訪影族的營地讓形勢變得更糟的話，那麼雷族恐怕就要面對戰爭。她需要棘星對她的任務的支持；而且，她明白，她也需要他做為她伴侶的支持。有他在背後支持，她總是能把事情做得更好。她一開始就應該瞭解這一點。「我們去找他吧。」她建議道。

「我們又不知道他在哪裡。」松鴉羽反對道。

「他有說他要到櫸木林那邊狩獵，」她跟松鴉羽說。「那裡並沒有太不順路。我們可以停下來，取得他的允許。」

松鴉羽的耳朵抽動。「那好吧，」他讓步道。「但是妳在那附近找他時，我可不想在旁邊等著。如果我們找到了他，那當然好；如果沒找到，妳就必須回營地來。」

「好。」松鼠飛勉強同意了。她會尊重巫醫貓的意願。

她讓松鴉羽和赤楊心率先穿過荊棘地道。當他們走出營地往森林方向前進時，她覺得稍微安心。她沒有能力幫助雲雀歌，但藉由證明影族並未牽涉其中的話，也許能讓自己的族貓們放心來。

松鴉羽沿著一條兔子徑，進入一大片圍繞著窪地周圍生長的藍莓叢。赤楊心跟在後面，目光掃視著，彷彿在搜尋獵物。

「你想要打獵嗎？」走在他們後面的松鼠飛揚聲問道。

「我在找藥草，」他回答道。「綠葉季結束前，新的藥草區會出現。它們現在太嫩了，還不能採。但事先注意它們會再次出現的地方，有助於新葉季來臨時的採摘。」

松鼠飛滿心驕傲。她想起赤楊心還小的時候，幾乎無法分辨好壞獵物之間的差別。當戰士見習生時，他的表現也很糟，但他卻在巫醫貓這個工作找到了自己的立足點。現在，他認得森林裡的每一種藥草。**現在他已經長大了。**想到這一點，她內心一陣悲傷。**他再也不需要我了。**藉由想像自己又生養一窩新的小貓，她努力把那份渴望拋開。

森林緩緩上升。她豎起耳朵。再過一個小山坡就是櫸木林了。她張開嘴巴，讓空氣湧上舌頭，以尋找棘星的氣味。他要是不在這裡，她該怎麼辦？如果她必須返回營地的話，松鴉羽和赤楊心能夠看得出來影族是否跟雲雀歌的病有關嗎？他們認識影族的時間沒有她長。她掃視著前面那片森林。櫸木林間長滿了荊棘。這邊的林地內光線比較亮。陽光透過細長的葉片閃爍著。她感受著陽光照在身上的溫暖，放慢腳步，瞇起眼睛，開始搜尋棘星和狩獵隊的足跡。

匆匆走在前面的松鴉羽向她轉過頭來，藍色的盲眼珠閃過那片綠色的樹叢。「我們不能慢下來，」他告訴松鼠飛說。「雲雀歌還在等著我們救治。」

赤楊心擠過一片蕨叢。「棘星不在這裡。」他的眼裡閃著憂慮。「妳是不是要回去了？」

「我們還沒走出櫸木林。」松鼠飛繼續往前走，呼吸急促且絕望地搜尋森林，希望找到棘星和狩獵隊的蹤跡。

松鴉羽聳聳肩，繼續往前走，身後的尾巴搖晃著。

松鼠飛可以看到前面的蔭影，那裡櫸木逐漸被高大的橡樹和松樹取代。她豎起耳朵，傾聽是否有腳步聲。再往前，荊棘叢漸漸稀疏，最後松鴉羽緩緩地步入了一片空地。當他穿越空地時，松鼠飛的心沉了下去。**棘星不在這裡。**她的腳掌有一種繼續往前走的衝動。去就是了。但她內心知道，那樣是行不通的。在松鴉羽的反對和棘星的可能反應之間，或許會有可怕的後果……而她不能再做出讓棘星為難的事了。她終究沒有辦法去拜訪影族。「赤楊心。」她從一片荊棘下鑽出來喊道。

他眨眼看著她。「什麼事？」

「你可不可以問問水塘光，那個毒是否有可能來自他們影族？」

赤楊心的毛波動起來。「我不能控訴他的族貓。」

「但你一定要盡你所能地找出原因。」松鼠飛逼迫道。

松鴉羽在空地中央停步。「如果雲雀歌的病與影族有任何關係的話，我們一定會發現的，」他承諾道。「但我們不是要去找他們打架的。我們是治療師，不是戰士。」

「我知道。」松鼠飛覺得很挫折。當他們往邊界走去時，她停住腳步，看著他們消失在空地另一邊的荊棘叢中。她的心沉下去。她痛恨這種無力感。當她轉身要返回營地時，附近響起了雜沓的腳步聲。她旁邊的荊棘叢裡忽然竄出了一隻松鼠，飛奔過她前面的路，消失在另一邊的蕨叢裡。松鼠飛頓感振奮。當她轉頭去追時，一隻貓從荊棘叢裡衝出來。薑黃色的毛從她面前一閃而過。**是櫻桃落！**接著第二隻戰士從荊棘叢裡奔出來，然後第三隻。莓鼻和露鼻緊跟在櫻桃落後面。當他們衝進那片蕨叢時，全身的毛都賁張著。

「松鼠飛！」棘星的喵聲嚇了她一跳。她轉過頭，看到棘星剛好在她身邊煞住。他的尾巴蓬鬆，眼睛發亮。「妳在這裡做什麼？」

「找你。」

「什麼事？」棘星大口喘著氣。

松鼠飛往巫醫貓消失的那片荊棘點頭道。「松鴉羽和赤楊心要去請教水塘光有關雲雀歌病倒的事，」她迅速解釋道。「我想跟他們一起去。」

「去向影族質疑他們與此事有關？」棘星眼睛瞇了起來。

「我不是要去質疑他們，但我想看看當我告訴他們雲雀歌病倒的事時，他們如何反應。雷族裡有太多謠傳。我需要告訴我們的族貓，我已經親自查看過了，而影族與這件事無關。」

「妳是害怕我們的戰士中有些會去尋仇？」

「我只是想，目前邊界的情勢已經夠緊張了。」她搜索著棘星的目光。他會把她送回營地去嗎？

他揮動尾巴。「我想這是個好主意。」

「真的？」她覺得很訝異。她幾乎不記得他們最後一次意見一致是什麼時候的事了。

「去警告影族有疾病發生或附近可能有受汙染的獵物，並沒有壞處。」棘星望向影族的邊界。「而且，妳若發現影族有可能牽涉其中的任何跡象，我們至少能明白最壞狀況並做準備。」

她眨眼看著他。「所以，我可以去？」

「是，趕快動身吧。」棘星凝視著林木之間。「松鴉羽可能已經抵達邊界了。」

松鼠飛揚起尾巴。「謝謝你，棘星。」她拔腿就跑，沿著松鴉羽和赤楊心剛剛走過的路徑飛奔。靠近邊界時，她的鼻腔裡湧入松樹林的氣味。她可以看見松鴉羽在蔭影裡顯得蒼白的灰毛。赤楊心在他旁邊來回踱著步。

他們轉過頭，看到她竄出一片蕨叢，然後在他們身邊煞住。

「我找到了棘星，」她喘氣道。「他覺得我跟你們一起去是個好主意。」

松鴉羽甩動尾巴，轉過頭往邊界那邊舔著空氣。「妳來得正是時候。有影族的巡邏隊過來了。」

松鼠飛豎起耳朵，傾聽腳步聲。

赤楊心的鼻子往前伸，掃視著松木林。「在哪裡？」

就在他說話時，樹蔭裡出現了貓影。松鼠飛認出了在林木間移動的雪鳥的白色身影。蛇牙和肉桂尾跟她一起。

往邊界過來時，雪鳥眼睛瞇起來。她懷著敵意的眼光盯著松鴉羽。「你們想幹什麼？」走到他們面前時，她尖銳地問道。

「我們有事需要向水塘光請教。」松鴉羽回答道。

「雷族營地裡發生了疾病，」赤楊心補充道。「我們需要他的意見。」

「順便提醒虎星。」松鼠飛趕快喵聲道。

「提醒他？」雪鳥瞇起眼睛。「提醒他什麼？」

「見面時我會告訴他。」松鼠飛不客氣地回答。

「虎星出去狩獵了。」蛇牙冷哼道。

「那我可以跟苜蓿足說。」松鼠飛對他道。不知影族副族長所知道的事情是否跟他們的族長一樣多？

雪鳥的鼻子戒備地抽動著。「我們怎麼知道你們身上是不是帶著疾病？」

「我們都很健康，」松鴉羽保證道。「巫醫貓絕對不會故意散布疾病的。」

雪鳥上下打量他，然後頷首。「好吧。」在松鴉羽越過邊界時，她嗅聞他身上的毛。赤楊心跟上他。松鼠飛瞄了蛇牙和肉桂尾一眼後，也尾隨自己的族貓越過邊界。

當影族戰士護送雷族的隊伍往影族營地走去時，雙方保持著距離。蛇牙和雪鳥交換著眼神，但並未交談。不久，營地的牆隱隱出現在林木之間。

「直接到水塘光的窩去。」雪鳥鑽進地道時告訴松鴉羽。

「難道我會想去其他的地方？」跟在她後面的松鴉羽反問道。

松鼠飛跟著他，赤楊心緊隨其後。

當她進入空地時，影族刺鼻的氣味充斥在她的鼻腔裡。麻雀尾和螺紋皮正在將幾團舊草墊從一個窩裡拖出來。蓍草葉和莓心在整理獵物堆。長老窩外，光掌和撲掌在橡毛和鼠疤的前面練習著戰鬥動作。看到雷族的隊伍時，那兩隻見習生停下了練習，轉頭瞪著松鴉羽和赤楊心穿過空地往水塘光的窩走去。

水塘光鑽出他的窩。當他看到松鴉羽和赤楊心時，眼睛亮起來。「很高興看到你們。」他鼻子伸向松鴉羽和赤楊心，親切地與他們寒暄，然後領著他們鑽進窩去。

「我可以跟苜蓿足說話嗎？」松鼠飛問雪鳥。

雪鳥揮動尾巴。「在這裡等著。」當她走過空地時，鼠疤坐起來，瞪著松鼠飛，眼裡閃著尖銳的敵意。麻雀尾和螺紋皮露出利爪。蓍草葉把一隻田鼠推到一邊，然後向她靠近幾步，全身的毛賁張。

松鼠飛強迫自己的毛順下來。影族顯然不樂意見到她。跟他們的族長一樣，他們一定也很不滿雷族與風族之間的協議。當她等著雪鳥跟苜蓿足過來時，她覺得他們的瞪視彷彿要燒穿她的皮。

雪鳥的身影消失在營地另一邊較遠的一個窩裡。片刻後，她的身影再度出現，後面跟著苜蓿足。影族的副族長好奇地瞪著松鼠飛，在穿過空地前停頓了一下。

松鼠飛走過去打招呼，但是看到苜蓿足抖鬆她的灰色虎斑毛、眼裡閃出怒火時，倏然停住腳步。

「妳來這裡做什麼？」苜蓿足走到松鼠飛面前，語氣冰冷地問道。

「我來提醒你們，我們的一隻戰士病倒了。」松鼠飛禮貌地低頭道。

苜蓿足皺眉。「關我們什麼事？」

「我們尚不知道致病的原因。」松鼠飛仔細地看著苜蓿足。那隻影族的副族長會洩漏什麼訊息嗎？「他可能誤食了遭到汙染的獵物，或在森林裡感染了某種疾病。我覺得影族應該知道，畢竟我們共用邊界，而你們的戰士也可能會碰觸到讓雲雀歌生病的任何東西。」

苜蓿足瞇起眼睛。「謝謝妳的告知。」

「你們族裡可有貓病倒了？」松鼠飛環顧營地四周，迅速地解讀著影族其他族貓的表情。

在他們的臉上，她看不到犯罪的跡象，只有好奇的眼光。

「沒有。」苜蓿足拂動尾巴道。「妳剛剛是說，雲雀歌可能誤食了遭到汙染的獵物？」

「可能，」松鼠飛答道。「我們還不能確定。」苜蓿足的表情看不出任何影族需要為此事負責的痕跡。「他是唯一一隻病倒的貓。我們希望它是一個單一事件。」

「我也同樣希望。」苜蓿足的眼裡閃著關切。片刻後，她眨眼隱去那關切。「我想妳應該帶著妳的巫醫貓離開了。」

「但是他們想要向水塘光請教有關雲雀歌的病徵。」影族與雲雀歌的病究竟有沒有關係？松鴉羽和赤楊心已經有充分的時間刺探了嗎？

「他們請教的時間夠長了。」苜蓿足語氣變得尖刻。「巫醫窩裡有受傷的貓在休息。」

「受傷的貓？」松鼠飛的耳朵豎起來。影族有了麻煩嗎？跟姊妹幫又打了一架？她的胸口緊繃。

「跟河族的邊界巡邏隊起了一次衝突，」苜蓿足告訴她道。「自從發現你們跟風族的協議後，他們就不斷地在推遠他們的邊界，試圖要奪回他們的荒原。」她的毛因憤怒而波動著。

松鼠飛尷尬地移動腳步。「我很遺憾聽到這件事。」

「都是妳造成的。」苜蓿足忽然斥道。

營地的牆抖動起來。當虎星鑽入營地時，松鼠飛全身僵硬。鴿翅、爆發石和焦毛緊跟在虎星後面。他怒視她。「妳來這裡幹什麼？」

苜蓿足替她回答。「松鼠飛來告訴我們，雷族有一隻貓病倒了。」

「多虧雷族，我們這裡有一隻貓**受傷了**。」虎星走向她，全身的毛賁張。

「我很遺憾河族給你們製造了麻煩，」松鼠飛說道，強迫自己的毛保持平順。「但是，我不認為我們應該為不屬於我們的邊界負責。」

虎星怒視她。「即便是你們挑起的爭端？」

「河族並不受我們的掌控。」看到松鴉羽和赤楊心從水塘光的窩走出來時，松鼠飛不禁鬆了一口氣。他們應該離開了。虎星看起來一副要打架的樣子。**他們必須趕快走。**她揮動尾巴招呼松鴉羽和赤楊心。

虎星的目光仍然緊盯著她。「妳怎麼能如此傲慢？」他的喵聲因憤怒而冷硬。「妳阻止我們去給天族尋找新土地——」

松鼠飛打斷他。「天族還沒同意搬走。」

虎星冷哼。「所有的貓都知道，葉星覺得山谷會是天族絕佳的新領域。」

「但是否搬到那邊去，是由天族自己決定，不是你，」松鼠飛堅持道。「此外，姊妹幫還住在那裡。再過一個月，姊妹幫就會離開，而葉星到時也會做出決定。」

「一個月！」虎星揮動尾巴。「在這一個月內將會有多少隻戰士受傷？」

「一隻也不會有，如果你們影族和河族同意等待的話。」

「就像你們和風族同意等待那般？」虎星呸道。「既然你們已經將荒原還給了風族，那我們還能期待河族怎麼對待我們，除了敵意外？」

「也許你們應該考慮將河族的荒原還給他們——」

虎星打斷她。「妳竟敢如此說話？」虎星嘶道。「妳告訴我天族必須自己做決定，然後告訴我應該把我們的土地給河族！」

「我只是想幫忙。」松鼠飛全身如同火在燒。她能夠理解虎星的挫折，但是為了姊妹幫，他必須等待。

松鴉羽不耐煩地揮了一下尾巴。「之前的爭執未能解決問題，今天的爭執也不能。」他藍色的盲眼珠轉向松鼠飛。「我們應該返回營地了。葉池可能需要我們的幫忙。」

虎星怒吼。「你們的巫醫貓說得對。走吧。」他對鴿翅和焦毛點頭。「送他們到邊界去。」

「我們知道路。」松鼠飛很氣憤。

「我得確定你們離開。」虎星陰沉沉地盯著她道。

當松鼠飛經過他旁邊時，他從後面叫住她。「回去告訴棘星，我們的邊界紛爭若是持續太久的話，我們不會等待星族決定是否要去搶姊妹幫的土地，也不會等葉星做決定。我們會自己去占領那塊土地。為了和平，河族甚至可能會助我們一臂之力。」

松鼠飛不理他，但心裡十分恐懼。姊妹幫雖然是很厲害且強壯的貓群，但是他們能捍衛自己、抵擋兩個部族的侵略嗎？

赤楊心快步走到她身邊，眼光焦慮地環顧影族的營地。四面八方，影族的貓全都威脅地怒視著他們。

松鴉羽走在後面，當鴿翅和焦毛跟上他們時，他抖動尾巴。「戰士啊，」他嘆氣道。「他們滿腦子想的只有邊界。」

他們鑽出營地後，鴿翅和焦毛散開到兩側。焦毛瞪著前方，背脊上的毛豎起來。

鴿翅緊張地瞄著松鼠飛。「虎星說得有道理。」她低聲道。

松鼠飛驚訝地看著她。鴿翅是在雷族長大的。雷族裡有她的家族，而她為了虎星加入影族以便與他一起誕育他們的小貓前，一直都是一隻忠誠的雷族戰士。

鴿翅垂下眼睛。「我只是想說，我可以瞭解影族現在的觀點。」

「我知道他們曾經失去過領域，」松鼠飛承認道。「但只要等一個月——」

「不是因為這個。」鴿翅靠近她幾步，放低聲音。「是因為雷族做事的方式，」她低聲道。「我可以瞭解為什麼其他部族會生氣。雷族的貓似乎只能從自己的觀點看事情，就好像他們覺得自己比其他任何貓都要好似的。棘星總是一副他最懂的樣子，而其實他並不比其他任何族長懂得多。」

「但是他很聰明。」松鼠飛爭辯道。

「虎星也很聰明，」鴿翅反駁她。「霧星，還有其他族長也同樣聰明。他們都知道，將天族遷到新的地方去便可以解決所有部族的問題，但棘星卻只關注天族貓的感情會不會受到傷害。虎星說得對——山谷那塊土地對天族來說是很棒的移居之地。那麼做對任何部族都最好。」

松鼠飛覺得驚慌。「那姊妹幫怎麼辦？」

「誰在乎姊妹幫呢？」鴿翅眨眼看著她。「他們只不過是一群連土地都不想要的惡棍貓。

反正他們也已計畫要離開，而我們只是希望他們早一點走罷了。這跟將一個部族驅離他們的家園，是不一樣的。」

松鴉羽在他們旁邊嗅了嗅。「她說得有道理。」

「不，沒有道理。」松鼠飛暴躁地揮動尾巴。「身為戰士不只是要務實而已；戰士還必須做對的事。棘星只是想要確定天族不會覺得自己被逼迫了。天族覺得其他部族都很尊重他們，這是很重要的。姊妹幫也不是惡棍貓。他們比妳所想的更像一個部族。而且他們的領導者正懷著孕。將一隻待產的母貓趕出她的窩，這是多殘酷的事？」

鴿翅聳聳肩。「我猜想，雷族永遠都不會瞭解，有時候保護自己的部族比做對的事更重要。」她走開幾步，尾隨著雷族的隊伍，但跟往日的同伴之間保持著距離。

松鼠飛瞥向松鴉羽。「雷族真的覺得自己比其他的部族好嗎？」

松鴉羽冷哼一聲。「每個部族都覺得自己比其他的部族好。」他加快腳步，空洞的眼神凝視著前方的森林。「那不是戰士守則的一部份嗎？」

松鼠飛瞪著他。現在的貓都已經不再相信榮譽了嗎？他們難道不瞭解她跟棘星只是想要大家都擁有最佳的利益？她抖鬆身上的毛。至少她跟棘星終於在**某件事情**上有了共識。在天族和姊妹幫準備好搬家前，邊界必須維持現狀。她的肚子裡湧起一股涼意。但要是維護邊界導致了部族之間的戰爭，那怎麼辦？戰爭是星族最不允許的事。她全身顫慄。她會因為保護姊妹幫而激怒了自己的祖靈嗎？

第十六章

脆綠的葉子在橡樹根部飄動著。松鼠飛、松鴉羽和赤楊心在越過邊界後要穿過雷族領域返家時，它們在風中發出摩擦的窸窣聲。松鼠飛瞥向身後，爆發石已經轉身走了，但鴿翅仍然透過細眯的眼睛看著他們。松鼠飛以前常納悶，那隻前雷族戰士在遇到舊時同伴時，是否會感到一股懊悔的痛楚。但現在看來，鴿翅身上的每一根毛都是十足的影族貓了。

「我覺得他們對雲雀歌的病完全不知情。」赤楊心的喵聲將松鼠飛遠飄的心神喚回。「水塘光不知道任何可能致病的原因。他很害怕影族貓會受到感染。」

松鼠飛鬆了一口氣。病因跟影族沒有關係。那至少不會意味著戰爭。「苜蓿足很驚訝，我在她的族貓們的臉上也看不到負罪的神情。」她瞥向松鴉羽。「你怎麼看？」

「我再也不能看破心思了，」松鴉羽咕嚕道。「但是虎星並沒有在隱瞞任何事。我可以從他的聲音聽出來。影族跟雲雀歌的病沒有任何關係。他一定是在森林裡受到感染的。」

就在他說話時，他們前面的一堆葉子抖動起來。松鼠飛豎起耳朵。獵物就在葉子的下面發出窸窣聲。她停步，揮了一下尾巴吩咐松鴉羽和赤楊心別動。她張開嘴巴時，他們在她旁邊頓住。老鼠的氣味湧上她的舌頭。「這裡就是雲雀歌病倒前狩獵的地方。」她全身的毛豎立，瞥向那兩隻巫醫貓。「你們能透過檢查看出一隻老鼠是否受到汙染嗎？」

赤楊心眨眼看著她。「我不知道。」

「我們可以試試，」松鴉羽喵聲道。「但妳得先抓到一隻再說。」

「好。」松鼠飛擺出狩獵姿勢，匍匐前進，肚子擦著地面。葉子再度窸窣作響。她想像著葉堆下的老鼠，眼光盯住它移動的地方。她繃緊身體，兩條後腿肌肉隆起，然後往前一躍，腳掌猛力拍向那堆葉子。葉子往四周炸開，在葉片紛紛落下中，她將腳掌戳入深處，用張開的利爪摸索著柔軟的血肉。她抓到一團溫暖的東西；那東西在她的利爪下扭動尖叫著。**是老鼠。**她把牠拖出來，摁到地上，給牠致命一咬。她把血吐出來，將死老鼠甩向松鴉羽和赤楊心。「檢查一下。」她將自己的舌頭在毛間擦刮，以清理任何可能的汙染。「你們看得出來有什麼不尋常的地方？」

松鴉羽用腳掌在那隻老鼠身上慢慢摸索著。「摸起來沒問題。它看起來如何？」他將盲眼轉向赤楊心問道。

「眼睛是清澈的。」赤楊心回答道。「皮毛乾淨且滑順，沒有看到任何的水泡或芥癬。看起**很健康**。」

「可能很健康。」松鼠飛走過來加入他們。「第一次就抓到有病的老鼠不大可能，但也許我們運氣不錯。」

「我不知道抓到一隻有毒的老鼠算不算運氣不錯。」赤楊心皺著鼻子道。

「我們來檢查它的肚子吧。」松鴉羽將爪子捲入那隻屍骸，然後把它撕開。他嗅著老鼠的內臟。「聞起來很香。」

赤楊心靠近一步檢視。「每個地方看起來都是粉紅色，而且健康。」

松鴉羽坐在後腿上。「我們或許是殺了一隻健康的老鼠，或者這個疾病不可能被察覺。」

松鼠飛皺眉，心裡很憂慮。「或者雲雀歌的病不是老鼠造成的。」她忽然覺得很疲憊，便坐了下來。她的頭很暈。

赤楊心敏銳地看著她。「妳還好嗎？」

「我不知道。」她迷糊地瞪著他，胸口一陣緊繃。她全身僵硬，覺得驚慌。難道她得了跟雲雀歌一樣的病？

「我們在這裡休息一會兒吧。」松鴉羽走向她，然後嗅聞她的鼻嘴部。「妳今天吃過東西了嗎？」

「還沒，」她回答道，俯趴到地上去。她覺得說不出的疲累。「今天早上我覺得有點反胃。」

松鴉羽繞著她走了一圈，嗅聞她全身。「妳聞起來很健康。妳是不是懷孕了？」

她愣住。這是真的嗎？她內心湧起一股希望。難道這段時間她一直在跟棘星爭執，竟然未察覺自己已經懷了他的小貓了嗎？她皺眉，覺得不大可能。她上次懷孕時並沒有這樣的感覺。她懷著赤楊心和火花皮的時候，覺得自己從未那般強壯過。話說回來，也許這一次不同。假如她真的懷孕了，她還未準備好讓松鴉羽和赤楊心知道。

「妳是不是懷孕了？」松鴉羽又問一次，藍色的盲眼珠盯著她。

「沒有，」她很快喵聲道。「我可能只是餓了。」剛才的暈眩感逐漸消退，她可以再度深呼吸了。「我現在覺得好多了。」

「我們回去後，妳要吃點東西。」松鴉羽規勸道。

赤楊心靠近她一步，眼裡閃著焦慮。「也許妳只是累了。」他滿懷希望地喵聲道。

「是的。」她眨眼看著他。「可能是這個原因吧。」她站起來，抖鬆全身的毛。擔心是沒有意義的事。「我們回營地去吧，告訴大家影族的事。」

松鴉羽走在她旁邊，不時扭過鼻子看她，好像很擔憂似的。

「我覺得很好，」快到營地時，她跟他說。「不要跟任何族貓提起這件事。火花皮要擔憂的事情已經夠多了。」

松鴉羽沒在聽。他的耳朵已經轉向營地入口。恐慌竄過他背脊。「有點兒不對勁。」

看到他往前竄，然後鑽進荊棘地道裡，松鼠飛的心跳加快。

她連忙跟上去。「怎麼了？」

奔進營地時，她聽到焦急的低語聲。松鴉羽已經往巫醫窩奔過去了，赤楊心緊跟其後。松鼠飛迅速環顧整個營地。花落和藤池圍坐在百合心身邊，眼裡閃著暗沉的憂慮。刺爪和莓鼻坐在空地的邊緣，正頭靠著頭壓低聲音交談。鬃掌、竹掌、和翻掌像貓頭鷹似地坐著，圓睜著眼睛靜默地看著族貓們。嫩枝杈則在擎天架下心煩意亂地走來走去。

鰭躍向她趕過去。「妳回來了。」他的眼裡閃著驚慌。

「發生了什麼事？」松鼠飛全身竄過一陣恐懼。「是雲雀歌嗎？他……」**死了嗎？**她無法說出那個字。

鰭躍沉默地瞪著她。

一定是更糟的事！松鼠飛覺得快昏倒了。「是火花皮嗎？」小貓生了？生產過程是不是有併發症？當鰭躍緩緩點頭時，恐懼幾乎淹沒了她。

「她病倒了。」他喵聲道。

棘星從巫醫窩擠出來。看到松鼠飛時，他雙眼發亮，急忙越過空地過來。「別驚慌，」他一邊跑近一邊喵聲道。「她是一隻強壯的貓。」

「發生了什麼事？」松鼠飛的嗓子裡卡著一口氣。

棘星停在她面前，眼睛圓的像月亮。「她去育兒室休息，」他告訴她。「她一直抱怨說胸口有緊迫感。我過去看她，結果發現她沒有在呼吸。」

松鼠飛感覺腳掌下的地面似乎旋轉起來。「跟雲雀歌一樣。」

「我召喚葉池，」棘星接著道。「她讓她恢復了呼吸，然後我們便將她送到巫醫窩裡。葉池現在陪著她。她陷入了昏迷，但是呼吸平穩。假如她是染上了跟雲雀歌同樣的病，那她的病症似乎沒有那麼糟。」

「但她曾停止了呼吸！」松鼠飛瞪著他大聲道。

「她的心跳很有力，」棘星告訴她。「而且小貓也仍有胎動。」

松鼠飛的腦中一片混亂。「要是你沒有剛好去看她，怎麼辦？要是她死了卻沒有貓知道她是因為病了，怎麼辦？」

棘星將鼻子靠著她臉頰，緊貼著她。「她沒有死，」他鎮靜地喵聲道。「我去看她了，而她也還活著。」

松鼠飛依偎著他，感激他的溫暖。她渾身發冷，努力地讓自己不要顫抖。「我可以看她嗎？」她退開一步，深深地看進棘星的眼裡。

「當然。」他的眼光閃了一下，然後移開視線。

松鼠飛急忙越過空地。她推開入口的荊棘，擠了進去，心臟怦怦地狂跳。火花皮蜷縮在雲雀歌旁邊的一個床鋪上。葉池坐在她身邊。當松鴉羽用鼻子碰觸火花皮的毛時，赤楊心焦慮地看著他。

那隻巫醫貓退開一步，皺著眉頭。「我從未看過一種**聞起來**不像是病的病。」他抖開毛，然後對赤楊心頷首，彷彿有了決定。「我們要檢查族裡的每一隻貓，」他跟他說。「如果他們當中有任何貓覺得疲憊，或呼吸困難，那我們就要把他們送到巫醫窩來。這樣我們才可以預防疾病的傳播。」他瞄向葉池。「行嗎？」

葉池點頭。「這個計劃很好。」

當松鴉羽領著赤楊心往窩外走去時，松鼠飛迎著葉池的眼光。「妳救了她的命。」她的心裡充滿感激。

葉池垂下頭。「是棘星發現她病倒的。」

松鼠飛內心湧起一股對自己伴侶的熱愛。不管他們之間發生了什麼事，知道他永遠都會看顧著他們的小貓，讓她覺得很欣慰。她走到火花皮的床鋪旁。她的女兒躺在蕨葉中，看起來忽然顯得很小。松鼠飛低下頭，想要用鼻子去碰觸火花皮的毛，但葉池伸掌阻止了她。「不要靠太近，」她警告道。「在我們弄清楚病因前，最好不要有接觸。」

松鼠飛的心都要碎了。「但她是我的女兒。」

「那並不表示妳就不會受到她傳染。」葉池溫柔地看著她。

「她的小貓不會有事吧？」松鼠飛問道。

「妳進來前我才摸過，他們有在胎動，似乎很強壯。」

松鼠飛猶疑著。她應該告訴葉池她在回家的路上覺得不舒服的事嗎？不行。假如她被限制在巫醫窩裡的話，她如何能幫助自己的部族呢？**但葉池應該知道我懷小貓了，萬一我病倒的話。**「我覺得我可能懷孕了。」她告訴葉池。

「真的嗎？」葉池驚訝地睜大眼睛。「妳確定嗎？」

松鼠飛的內心閃過一絲疑惑。葉池曾經說過，當一隻母貓懷孕時，她**總是**看得出來的。**難道我弄錯了？**她轉移話題。「雲雀歌好嗎？」她看向那隻黑色公貓的床鋪。躺在蕨葉上的雲雀歌，彷彿只是一團影子。

「他還沒醒來，而且一直呼吸困難，」葉池回答道。「但我們正在給他用艾菊和山蘿蔔，也給他餵了一點水。」

松鼠飛覺得麻木。要是他死了，怎麼辦？要是火花皮還有他們未出生的小貓也死了，怎麼辦？她向出口走去，一邊抖鬆身上的毛，以免那個念頭生根了。她擠過窩口的荊棘，抬頭面向陽光。也許那光亮可以沖走她心裡湧動的黑暗。

繞著空地邊緣，松鴉羽和赤楊心正在檢查每一隻戰士，看他們是否有病徵。鰭躍和嫩枝杈踱到一邊時，灰紋兩眼黑沉沉地從長老窩裡走出來。翻掌在冬青叢身邊緊張地走來走去，鬃掌和竹掌則一動不動，彷彿腳掌生了根。

刺爪眨眼焦慮地看著棘星。「火花皮是不是有可能也吃到了一隻生病的老鼠？」

「我們並沒有到雲雀歌吃掉的那隻老鼠被捕獲的地方或附近狩獵。」棘星解釋道。

灰紋走近他們。「也許森林裡到處都是生病的老鼠。如同疾病會在貓之間傳染般，它也會在獵物之間傳染。」

棘星背脊上的毛豎了起來。「致病的原因甚至有可能不是獵物。說不定是雲雀歌在森林裡感染了，然後又將它傳染給火花皮？」

「他會在哪裡感染呢？」刺爪皺眉道。「我們以前從未看過這種病。」

鼠鬚靠過來。「它可能是來自部族外的病。」

棘星眨眼看著他。「雲雀歌並沒有離開過部族的領域。」

松鼠飛一陣緊張。她心裡浮起了一個自己不敢承認的念頭。

刺爪的目光忽地閃了一下。「但外來的貓曾經進入我們部族的領域。」松鼠飛瞪著他，知道他接下來要說什麼。那隻黑色戰士怒吼。「姊妹幫身上可能曾經帶著這種病。」

棘星豎起耳朵。灰紋和鼠鬚交換著眼光。刺爪的話有道理。

松鼠飛往前快走一步。「我去找他們。」假如是他們將這種疾病帶入部族的話，那麼她必須去提醒他們。「我去看看他們是否生病了。」就在她說話時，赤楊心輕輕推著莓鼻往巫醫窩去。那隻灰白色戰士走向那片荊棘，眼睛閃著恐懼。

「你生病了嗎？」鼠鬚在莓鼻走過身邊時開口問。

莓鼻瞄著他。「我胸口有點緊而已。」

「我只是想注意一下他的狀況。」赤楊心解釋道。

松鴉羽在竹掌旁邊抬起頭。那隻見習生的耳朵緊張地抽動著。「竹掌有氣喘聲。」松鴉羽喵聲道。

赤楊心趕緊走到那隻母貓身邊，將耳朵貼在她的胸口。他挺起身。「妳最好也到巫醫窩去。」

竹掌睜大眼睛。「我生病了嗎？」

「妳可能沒事，」松鴉羽回答道。在空地另一邊的藤池站了起來，全身的毛因恐慌而豎立。「但我們最好先觀察妳一陣子。」

藤池匆匆往她的小貓跑過來，眼裡閃著驚恐。「我跟她一起去。」

松鴉羽搖頭。「如果這個病會傳染的話，在我們找到治療的方法前，我們必須隔離受到感染的貓。」

赤楊心送竹掌前往巫醫窩時，藤池瞪眼看著。竹掌轉頭看著她媽媽。她眨眼用眼神安慰母親，但松鼠飛在那隻年輕母貓的眼眸裡可以看到害怕。

「我現在就去姊妹幫的營地，」她告訴棘星說。「如果他們也得到這個病的話，或許他們知道治療的方法。」

棘星點頭同意。「帶著巡邏隊一起去吧。」

她眨眼看他，期待他會選擇陪她前去的戰士，但他轉身隨著赤楊心往巫醫窩去了。他再度信賴她對巡邏戰士的安排了嗎？她感到一絲欣慰。「藤池。」她對那隻銀白紋虎斑貓點頭道，「妳跟我一起去。」藤池瞄了巫醫窩一眼。「如果妳想留下的話，妳可以就留下，」松鼠飛跟她說。「但現在，妳能給我的幫助多過妳能給竹掌的。」

藤池低頭道，「我跟妳一起去。」

「嫩枝杈。」松鼠飛對那隻灰色母貓點頭。「妳也陪我一起去，還有鰭躍。」

嫩枝杈往巫醫窩瞄了一眼。「我們要不要帶一隻巫醫貓同往，去幫姊妹幫檢查？」她提議道。

「好主意。」松鼠飛揮了一下尾巴。「去告訴葉池我需要她。」

當嫩枝杈匆忙離開時，松鼠飛又覺得胸口一陣緊繃。她緊張起來。難道她是生病了，而非懷孕了？她抖鬆身上的毛。**是焦慮造成的**，她告訴自己。**我會好好的**。她強迫自己放鬆，讓自己的呼吸加深。她現在不能生病。她必須找出這個神祕疾病的來源及其治療方式。火花皮的命可能得靠它。

第十七章

當松鼠飛率先走下長滿荊棘的山坡往遮掩住姊妹幫營地入口的那片蕨叢前進時，月亮已經在姊妹幫安家的小山谷上空散發著皎潔的光輝了。

她在蕨叢前停住腳步，揚起鼻子。「月光？是我。」

蕨叢另一邊的樹枝響起窸窣聲，接著傳來白雪的聲音。「松鼠飛？」

「是的。」松鼠飛對藤池、嫩枝杈、和鰭躍揮了一下尾巴，讓他們靠後站著。她不能讓姊妹幫以為這是一個不友善的拜訪。「我可以進來嗎？我帶了幾隻族貓一起來。」

野草茂密的空地上響起腳步聲。喵聲在深夜中迴響著。

「她這麼晚來這裡做什麼？」

「她為什麼帶著她的族貓來？」

「問問就知道了。」月光俐落地回答道。

「進來吧，松鼠飛。帶妳的族貓們進來。」

松鼠飛擠過蕨叢進來。姊妹幫圍著空地，他們被月光照亮的眼睛瞪著列隊進入營地的雷族貓。月光的肚子比之前更大了。她靠後站著，白雪和風暴護在她兩側，全都戒備地看著雷族的巡邏隊。「這麼晚前來拜訪，妳是又要給我們什麼警告嗎？」

「我有事需要儘快向妳請教。」松鼠飛環視姊妹幫，尋找著生病的跡象。日昇並沒有跟他們在一起。「你們的身體都好嗎？」她豎起耳朵，搜索著那隻碩大的灰色母貓的目光，等她回答。

「我們都很好。」

「日昇呢？」松鼠飛焦慮地瞥了一眼葉池。

「她在休息。」月光的耳朵抽動著。雷族巡邏隊的到來，明顯令她不安。

葉池向前走近一步。「我可以探視她嗎？」

「她的傷口好的差不多了。」月光跟她說。

「我想幫她檢查一下。」葉池道。

「好。」月光對荊豆點頭。「帶她去日昇的窩。」

荊豆甩動尾巴招呼葉池，然後領著她穿過空地邊緣幾株山茱萸中的一個空隙。

當葉池消失時，松鼠飛環視著姊妹幫。他們又長又密的毛有些凌亂。那是病徵嗎？或者只是因為睡覺而弄亂了？

風暴抖鬆身上的毛，彷彿覺察到松鼠飛的眼光。「只是來檢查日昇何必帶這麼多族貓來？」

「棘星叫我帶一支巡邏隊一起來。」松鼠飛回答道。

月光眼裡露出一絲興味。「妳仍然在努力取悅他嗎？」

松鼠飛拂動尾巴。「他是我的族長，也是我的伴侶。」月光如何能理解呢？她既沒族長，也無伴侶。

「當然。」月光低頭。當她再度抬起頭時，眼神仍然堅定。「但妳來此不只是為了檢查日昇吧。」就在她說話時，葉池從山茱萸中走了出來。

「她復原得很好。」葉池與松鼠飛對視。「你們找到了需要的藥草了？」

「是的。」月光將疑惑的眼光再度轉向松鼠飛。「日昇是你們來此的原因？」

「我們族裡有貓病倒了，」松鼠飛告訴她說。「我們來看看，你們是否也生了同樣的病。」

「你們是擔心你們可能把病傳給了我們？」月光瞇起眼睛。「還是我們把病帶給了你們？」

松鼠飛避開那個問題。「我們是擔心你們可能也生病了。」

「我們沒有生病。」月光好奇地打量她。

松鼠飛鬆了一口氣。她努力地不要去想部族們會做何反應，如果他們認為是姊妹幫將疾病帶入森林裡的話。「那一定是獵物造成的。請小心你們所捕獵的東西。我們覺得森林裡可能有受到汙染的獵物。」

白雪的毛豎起來。「我們在這裡狩獵，不是在你們的森林裡。」

葉池走到松鼠飛旁邊。「我們不知道是什麼汙染了獵物，但不管是什麼，都有可能已經傳播到這裡來。」

藤池向前走了一步，眼中閃著焦慮。「你們有看到任何生病的獵物嗎？」

月光瞇起眼睛。「我們並沒有注意到。我們也沒有因為什麼而生病了。」

站在後面的鰭躍移動腳步。「如果這裡沒有什麼好知道的，」他喵聲道，「我們應該回去了。」

嫩枝杈靠近一步問道，「我們離開後，妳覺得你們當中會有任何貓生病嗎？」

「我希望不會。」

松鼠飛的肚子緊繃。她禮貌地對月光低頭致意。「很抱歉打擾了你們。」

當她轉身要離去時，月光瞇眼問道，「那個病有什麼症狀？」

「病發得很快，」葉池回答道。「病貓覺得疲憊，然後忽然昏倒並停止呼吸。我們想盡辦法讓頭兩隻受害者活著，但他們仍昏迷不醒，並且會出吐膽汁。如果我們不能儘快治療他們的話，他們可能會死掉。」

月光看著白雪。他們眼裡似乎都閃過一絲瞭解。

松鼠飛愣住。「你們知道那個病是什麼造成的？」

「之前我們覺得奇怪，你們怎麼會讓秋水仙長在你們的森林裡。」白雪喵聲道。

月光坐下來，讓滾圓的肚子靠在地上。「我們以為部族貓對它的毒素有免疫力。」

「秋水仙？」松鼠飛從未聽過它。「那是什麼？」

「你們沒有看到那些紫色的花嗎？」飛鷹問道。「我們之前在你們的領域時，看到過一些。」

松鼠飛瞥向葉池。她並未注意到任何不尋常的植物，但巫醫貓也許有發現過。「妳有看到過嗎？」

「沒有。」葉池一臉疑惑。「但我們也未曾去找過那種植物。」

月光的眼神充滿關切。「當我們到一個新地方安居時，我們會把我們所看到的秋水仙全部挖掉。老鼠和鼩鼱喜歡吃秋水仙的根和種子。牠們不會因此受到傷害，但卻會間接傷害我們。」

葉池豎起耳朵。「你們是怎麼知道的？」

「這是我們的祖靈代代傳下來的知識，」風暴解釋道。「他們所逃離的兩腳獸常常會在他們的窩附近種植秋水仙。」

松鼠飛的心跳加速。他們是否已經找到火花皮病倒的原因了？「但是這個植物是麼長到我們的土地上的？」

飛鷹皺起眉頭。「可能是從兩腳獸的花園傳播出去的。」

月光點頭。「如果你們領域附近的某個兩腳獸在他們的窩附近種了這種植物，那麼鳥雀就會吃它的種子，然後把它們掉在你們的土地上。」

葉池睜大眼睛問道，「有治療的辦法嗎？」

月光聳聳肩。「蒲公英的根可以清除毒素。但必須在毒素扎根前儘快給予治療。」

藤池的尾巴不耐煩地抽動著。「我們必須趕快回去！」

「謝謝你們。」松鼠飛對月光點頭道。「你們可能救了我們族貓們的性命。」當她轉向入口處時，藤池猶豫了一下。

「謝謝你們。」那隻銀色戰士的眼光感激地環視姊妹幫。

月光低頭回禮。「我很高興我們能幫上忙。」

松鼠飛擠過蕨叢。她內心充滿希望。但是回家的路很長。他們趕得及回去救火花皮嗎？

當巡邏隊越過邊界飛奔過灑著月光的森林時，葉池停住腳步。「等一下。」那隻巫醫貓對嫩枝杈和鰭躍點點頭。「跟我來。」

松鼠飛猛地煞住，背脊竄過一陣恐慌。「你們要去哪裡？」她需要葉池跟她一起。火花皮若是未能熬過今晚，她該怎麼辦？

葉池迎著她的目光。「我們很快就回來。我們必須先去採集一些蒲公英的根。我們會儘快帶著它們回營地。妳跟藤池先回去，這樣你們可以陪著火花皮和竹掌。」

「別太久了。」松鼠飛瞥著營地的方向道。

「我們會盡快。」葉池承諾道，然後往陰影處跑去。

嫩枝杈和鰭躍緊跟在她後面時，松鼠飛看向藤池。那隻銀色虎斑貓的眼睛因擔憂而黑沉沉的。「走吧。」

松鼠飛拔腿往前急奔穿過森林。應該快黎明了，但烏雲遮蔽了月亮，將黑暗籠罩在森林裡，夜色如此深沉使得她連自己的鬍鬚都幾乎看不見。她摸黑掠過那一片藍莓叢，奔下通往坑地的山坡，然後在荊棘地道外煞住。她停下來等藤池，順便喘一口氣。**求求你們，星族，讓火花皮活著。**

她匆忙穿過入口，當走進靜悄悄的營地時，心裡揪了起來。太安靜了。她一度以為空地上會躺著一具屍體，而她的族貓們在圍坐守靈。她越過營地，藤池緊跟在她後面。「妳在這裡等著，」到了巫醫窩口時，她告訴那隻銀色虎斑貓說。窩裡現在有四隻病貓，一定很擁擠。「我會叫赤楊心出來跟妳說話。」藤池點頭，兩眼空洞地瞪看著松鼠飛擠過入口處的荊棘。

窩裡的空氣很滯悶，松鼠飛在黑暗中眨著眼。她隱約看見松鴉羽蹲在雲雀歌旁邊的身影。赤楊心在火花皮的床鋪旁，頭趴在前足上。松鼠飛進來時，他們同時轉向她。

松鴉羽坐起來。「姊妹幫也生病了嗎？」

「沒有。」松鼠飛停住腳步。「但他們知道致病的原因。是我們領域裡的一種新植物。他們在這裡時曾看到過，叫做秋水仙。吃了它的獵物會變得有毒。」她靠向火花皮的床鋪。那隻橘色虎斑貓昏迷著。她壓下內心的恐慌。火花皮為什麼那麼安靜？「她情況如何？」

「我給她餵了罌粟籽，讓她睡著了，」赤楊心回答道。「她一直擔憂著雲雀歌。」

松鼠飛瞥向火花皮旁邊的床鋪。在黑暗中，她看得見雲雀歌凌亂的毛，突出的骨頭。他彷彿一夕間老了。「他有好一點嗎？」

「沒有。」赤楊心眼裡充滿憂慮。

松鴉羽不耐煩地揮動尾巴。「姊妹幫可知道治療的方法？」

「蒲公英的根可以清除毒素，」松鼠飛告訴他。「但治療的速度要快。」她瞥向雲雀歌的床鋪。「葉池現在正在採集。她很快就會回來。」

她內心充滿希望。這時，入口處的荊棘抖動起來，但進來的只是棘星。

「我看到妳回來了。」他喵聲道，匆忙走向她。

松鴉羽的盲眼在黑暗裡瞪著他。「姊妹幫沒有生病，但他們知道致病的原因及治療的辦法。」

棘星的毛因驚訝而豎起來。「那他們會好起來吧？」他瞥向雲雀歌和火花皮的床鋪。

松鼠飛的心因害怕而揪起來。「還不知道我們是否發現得及時。」她瞥向靠著牆邊的其他床鋪。竹掌和莓鼻沉睡著，鼻子塞在自己的腳掌下。「他們也生病了嗎？」

「還沒。」赤楊心回答道。

「藤池在外面等著，」松鼠飛告訴他。「她需要知道竹掌是否還好。」

就在她說話時，葉池擠過荊棘衝進來，把嘴裡叼的一團蒲公英的根放在地上。「我們沒有時間採集多一些，不過這些現在應該夠用。」她的毛因奔跑而凌亂，尾巴也蓬鬆著。

藤池跟在她後面進來，環視著巫醫窩。

赤楊心趕過去見她。「她很好，」他告訴那隻銀色虎斑貓，然後引著她走出窩去。他們擠出窩時，黎明的光已經穿透荊棘射進來了。「她並沒有生病的跡象。我們只是想要觀察她一兩天而已。」

松鴉羽叼起一坨蒲公英的根，把最粗的那部分咬掉，然後開始將它們嚼成糊狀。

葉池探身到雲雀歌的床鋪。「我們應該先治療雲雀歌。」她皺眉道。「如果我們能想辦法讓他吞下去的話。」

「那火花皮呢？」棘星睜圓眼睛問道。

「我們接著就會治療她。」葉池回答道。

松鼠飛迎著她的目光。「小貓的情況如何？」

葉池傾身到床鋪邊，把耳朵貼在火花皮的肚子上。「他們現在很安靜，」她告訴松鼠飛，然後站直身體。「但我仍感覺到有胎動。」

松鼠飛瞄了棘星一眼，心臟提到了嗓子眼。姊妹幫提供的治療方法能夠挽救火花皮和她的小貓嗎？

松鴉羽將嚼好的蒲公英糊吐到腳掌上。「把他的頭抬起來。」他指揮葉池道。

當葉池用一隻腳掌將雲雀歌的頭抬起來時，赤楊心再次進窩來了，他連忙趕過去加入他們。松鼠飛往棘星靠近一步，渴望他身體貼著她時的溫暖。松鴉羽將腳掌舉到那隻黑色公貓的嘴邊。「能否把他的嘴巴張開，」他指示葉池，「我可以把它塗到他的舌頭上。那樣應該——」

他頓住，因為雲雀歌忽然抽起筋來。那隻黑色公貓的腿僵直，身體抽動著。他全身痙攣，背拱起來。他開始瘋狂抖動，好像被一直狐狸咬住了背脊並亂甩著般。葉池將腳掌緊貼在他腦袋兩邊。赤楊心則跳進雲雀歌的床鋪裡，將他的肩膀摁在蕨葉上，緊緊壓住他抽搐的身體。

松鼠飛的心揪起來，往棘星貼得更緊些。

「雲雀歌？」火花皮驚慌的喵聲在她背後響起。火花皮迷迷糊糊地，吃力地想要站起來。她恐懼的目光盯著雲雀歌。「他怎麼了？」

「他抽筋了，」松鴉羽告訴她道。「等一下就好了。」

「那會要他的命！」火花皮哀泣道。

松鼠飛的腳掌似乎黏在了地上。等一下火花皮也會這樣發作嗎？在巫醫窩較遠的另一邊，竹掌和莓鼻抬起頭來。看到雲雀歌的情形時，他們圓睜的眼裡充滿恐懼。竹掌緊張地爬進莓鼻的床鋪，然後蜷縮在那隻灰白色戰士的身旁。松鼠飛瞥了他們一眼，轉回頭無助地看著雲雀歌。他的抽搐逐漸緩和了。痙攣隨著每一次抽動鬆弛下來，直到他像一隻新鮮的獵物般軟綿綿地躺著，頭懸靠在床鋪的邊緣。

赤楊心跳出來，全身顫抖。

「他會活下來嗎？」棘星的聲音因恐懼而沙啞。

葉池和松鴉羽交換著眼光。

火花皮身下的蕨葉發出窸窣聲，她奮力地想要爬出她的床鋪。「雲雀歌。」她哽咽地喊著那個名字。

松鼠飛把她推回去。「妳休息，」她懇求道。「妳幫不了他。」

「我可以安慰他！」火花皮吃力地喊道。她推開她媽媽，搖搖晃晃地走向雲雀歌的床鋪。她把頭貼在他的臉頰上。「雲雀歌。」她輕聲喊他，眼裡充滿悲傷。

松鼠飛的心都要碎了。她眨眼看著松鴉羽。「你要給他餵蒲公英的根嗎？」他的腳掌上仍然沾著那坨藥糊。

他把腳掌放到一片葉子上，然後把泥糊刮下來。「來不及了。他無法把它吞下去。」他藍色的盲眼珠轉向松鼠飛。「我們無能為力了。」

「你一定要救他。」火花皮虛弱地哭泣道。

松鴉羽把那片葉子推到她面前。「把它吃了。」他鼻子指著那坨泥糊道。

她似乎沒聽到他的話。

松鼠飛彎身靠近她。「把蒲公英的根吃了，」她低聲道。「她可以幫助妳和肚子裡的小貓。」

火花皮只是盯著雲雀歌。

「求求妳。」松鼠飛咬起那片葉子，將它遞到火花皮嘴邊。她絕望地瞥向棘星。「叫她一定得吃了這個。」她祈求道。

棘星傾身向前。「火花皮。」他輕柔地喵喊。

她抬頭看他，然後愣住了。她眼中浮現痛苦。

看到火花皮的肚子抽搐時，松鼠飛的心跳幾乎停止。她也像雲雀歌那般要發作了嗎？

火花皮大口喘氣。「我的肚子。」她抽搐著跌出雲雀歌的床鋪，然後隨著另一次抽搐，大口喘著氣往後跌坐到自己後腿上。

葉池豎起耳朵。「小貓要出生了！」

松鼠飛全身的毛都豎了起來。不要現在！他們不能在此時出生，不能在這裡。他們來得太早了，而且火花皮還病著。「她體力夠嗎？」她眨眼看著葉池。

「她必須夠。」葉池倏地轉向赤楊心。「把竹掌和莓鼻送去育兒室，」她指揮道。「這個病既然不會傳染，他們便不需侷限在這裡。你在那裡陪著他們。」

赤楊心睜大了眼睛。「妳這裡不需要我嗎？」

「我有松鴉羽。而且一定要有貓看著他們，」葉池告訴他道。「這病的症狀來得很快。」

赤楊心匆忙跑向窩的另一邊，將雙眼圓睜的竹掌和莓鼻推出窩去。

火花皮趴在地上，當另一次抽搐竄過全身時，她快速喘著氣。松鴉羽輕輕推她，讓她側臥下來，然後開始慢慢地、紓緩地舔她全身的毛。葉池蹲在她尾巴旁邊。「第一隻要出生了。」

松鼠飛看到一袋小小的、溼溼的東西滑到地上去。著地時，那個小袋子裂開，然後一隻玳瑁色小貓，比松鼠飛所見過的小貓都還要瘦小，賣力地從那薄膜中掙扎出來。葉池咬住他的頸背，將他叼起來交給松鼠飛。「把他弄乾淨，保持溫暖。」

松鼠飛驚奇到全身的毛都豎起來了。她咬住小貓的頸背，然後坐下來，把他放在地上靠著自己的肚子。她彎下頭，將小貓身上殘餘的薄膜舔掉，溫柔地用舌頭清理她。「是一隻母貓。」她輕聲說，感覺到小貓靠在她身上蠕動著，讓她覺得很欣慰。當小貓的氣味湧入她的鼻腔時，她覺得心在飛揚。

棘星靠過來，喉嚨發出一聲咕嚕。「她真美。」他低聲道，用鼻子蹭蹭小貓的頭頂。

「她有了一個弟弟。」葉池把另一隻小貓往他們推過來。

松鼠飛接過那隻小黑貓，清理好後，把他放到他姊姊的旁邊。火花皮因再次抽搐而呻吟。

「妳做得到。」葉池跟她說。

火花皮把頭往後伸，絕望地望著雲雀歌。在蒼白的曙光中，松鼠飛看到那隻黑色公貓睜開了眼睛，半專注在火花皮身上。他知道發生了什麼事嗎？

松鼠飛站起來。她叼起那隻小公貓，把他交給棘星。「幫他保持溫暖。」她把小貓放在他的腳掌之間，然後咬住那隻小母貓的頸背，將她叼起來。她溫柔地帶著她，往雲雀歌的床鋪走過去。她把小母貓放在床鋪的邊緣，就在他鼻子旁邊。

火花皮發出呻吟，她的身體再度抽搐。

「這是最後一隻。」葉池退後一步，看著一隻瘦小的黑橘紋小公貓滑到地面上。她用一隻腳掌貼著火花皮的腹部。「現在休息吧，」她喵聲道。「我們會照顧好小貓的。」

火花皮沒有反應。她正瞪著雲雀歌和在他鼻子旁喵喵叫的小母貓。他混濁的眼神似乎銳利起來。他移動頭部，用鼻子蹭蹭小貓的肚子。

松鼠飛屏住呼吸，看著雲雀歌緩緩眨開眼，他的眼睛因喜悅而逐漸睜大。那隻小貓蠕動著，用頭蹭著雲雀歌的鼻子。雲雀歌發出一聲低啞、短促的咕嚕聲。他的目光投向火花皮，眼中閃爍著炙熱的愛，然後，像薄暮沒入黑夜中般，漸漸黯淡下來。

松鼠飛全身竄過一陣顫慄。**他死了。**雲雀歌的眼睛空洞地瞪著火花皮，但是她知道他再也看不見她了。

「雲雀歌？」火花皮回瞪著他，喵聲中帶著恐慌。

松鴉羽趕到雲雀歌的床鋪旁，將耳朵貼在那隻公貓的胸口。松鼠飛連忙將小貓叼起來，送到棘星那邊，把她塞在另一隻小貓旁。

「雲雀歌！」火花皮掙扎著站起來。她腳步蹣跚地走向雲雀歌，到他身邊時，委頓下來將自己的頭貼住雲雀歌趴在床鋪邊緣的頭。

松鼠飛眨眼驚慌地看向葉池。這個打擊對火花皮來說會不會太大了？但葉池卻瞪著最後一隻小貓。他躺在地上，沒有氣息。悲痛幾乎淹沒松鼠飛，血液在她的耳朵裡轟鳴。在她旁邊，棘星將頭兩隻小貓護在自己的腳掌間。恐懼在他的眼中浮現。他瞪著火花皮，無法動彈。

松鼠飛掙扎著吸了一口氣。她覺得自己好像溺水了般。閉上眼睛，她努力壓下悲痛。絕對不能讓火花皮知道她的一隻小貓死了。她已經承受太多打擊，而且她還病著呢。松鼠飛調勻呼吸，用鼻子推推棘星。他彷彿從恐懼中回過神，眨眼疑惑地看著她。

「我們必須把小貓送到栗紋那裡。」她跟棘星說。

「她有自己的小貓。」棘星眨眼對她道。

「那她會有奶水，」松鼠飛告訴他。「在火花皮能夠親自餵奶前，她可以同時餵養這幾隻小貓和她自己的。黛西也會去幫忙照顧他們。」她瞥向女兒。看到火花皮眼中深切的痛楚，她的心揪起來。她想要去安慰她，但她知道火花皮現在深陷悲痛中。**我還無法幫助火花皮，但我能夠照顧她的小貓。**松鼠飛抖鬆身上的毛，將小母貓叼起來。「你帶著那隻小黑貓。」她對棘星道。

他瞄向第三隻小貓。他黑橘紋相間的毛在昏暗中沒有光澤。「那一隻怎麼辦？」他的聲音很低。松鼠飛猜想他也不想讓火花皮聽到。

松鼠飛輕柔地將那隻蠕蠕而動的小母貓放到地上，然後叼起那隻黑橘紋的小公貓，把他帶出窩去。她把他放在一堆葉子上，然後再轉回窩裡，叼起那隻小母貓。

「妳把他帶到哪裡去了？」棘星叼起那隻黑色小公貓時問道。

他們走出窩後，松鼠飛放下小母貓，用鼻子指了指那堆葉子。「等這幾隻小貓安全後，我們可以為雲雀歌和他的小貓舉行守靈儀式，」她說。「在此期間，我不想讓火花皮看到。」

她再次叼起小母貓，眨眼看著棘星。他似乎明白她的意思，眼裡浮現悲痛。當她走向那片荊棘時，他跟在她後面。松鼠飛將腦袋垂低，以免小貓被荊棘刺到。他們要熬過這一切打擊。不管火花皮將承受多少悲傷，松鼠飛下定決心絕不會讓女兒失望。

第十八章

當太陽沉入樹林背後時，松鼠飛鑽進了營地。與葉蔭、蜂蜜毛和蕨歌一起巡邏邊界並未減輕她的悲傷。森林通常能夠給她撫慰，但那悲傷，就像狐狸的利齒刺入她的心臟般，並未緩和。看到雲雀歌的屍體躺在空地上、大家準備好守靈，她的悲傷再度加劇。那隻瘦小的黑橘紋小公貓被放在雲雀歌旁邊。

就在她停住腳步，看著躺在薄暮中的他們時，蕨歌走過來停在她身邊。

「火花皮的狀況如何？她能參加守靈嗎？」那隻黃色虎斑貓喵問。

「我不知道。」松鼠飛緊張地盯著巫醫窩。火花皮生產後，葉池便給她吃了蒲公英的根。她身上的毒素已經清乾淨了嗎？

蜂蜜毛看著自己的姊姊道，「我會參加守靈。」

「我也會。」葉蔭走到自己的妹妹旁邊。那隻玳瑁色母貓抬頭瞄著星星；它們正在暗下來的天空裡一顆顆出現。「雲雀歌現在跟雪灌木他們在一起了。」

蜂蜜毛迎著她的目光道，「他們會守護著我們。」

松鼠飛留他們在雲雀歌旁邊，自己走向巫醫窩。

看到她擠過荊棘進入窩內時，葉池站起來。

「蒲公英的根已經生效了，」葉池喵聲道。這幾天以來，那隻虎斑貓的眼睛第一次因希望而發亮。「為防萬一，我也給莓鼻和竹掌吃了一些，但我不覺得他們有中毒。我已經讓他們回自己的窩去了。」

松鼠飛並沒有注意聽。她快步走到火花皮身邊，心臟狂跳著。火花皮像一隻睡鼠似的蜷縮在最下面。

葉池跟在她後面。「她現在心跳很有力，呼吸也平穩。」

「那她為什麼還沉睡不醒？」松鼠飛憂慮地問道。

「她生病了，而且今天早晨才生產。她體力透支了。睡眠是她現在最好的良藥。」葉池貼近松鼠飛道。「她會好起來的。」

松鼠飛眨眼看著她的妹妹。「妳有跟她說死了一隻小貓的事嗎？」

「說了。」葉池的眼神晶亮。

「她什麼反應？」

「我覺得她沒聽進去。」葉池的眼裡閃過一絲沮喪。

「她看過另外兩隻小貓了嗎？」

「還沒。」

「她有問起他們嗎？」松鼠飛的毛緊張地豎起來。如果小貓只會讓火花皮聯想到雲雀歌的死，那怎麼辦？她可能永遠學不會如何正確地愛他們。

「她只醒了一次。」葉池告訴她。

「而她沒提過他們？」

葉池的眼睛同情地圓睜著。「她一直病著。」

「小貓必須跟他們的媽媽在一起。」松鼠飛的腦裡一片混亂。黛西會安撫他們，栗紋會哺育他們，但那兩隻小貓應該擁有火花皮的愛。

「他們很安全，」葉池告訴她。「這才是現在最重要的。在火花皮體內的毒素清除前，他們最好不要喝她的奶。」

松鼠飛移動腳步。「如果火花皮與他們不親的話，怎麼辦？」

「她會的。」葉池目光堅定地迎視她。「要阻止一隻母貓愛自己的小貓，所需要的不僅僅是喪親與分離而已。我比任何貓都更清楚這一點。」

松鼠飛的喉頭一緊。葉池曾經歷過那麼多艱辛，而她並未因此改變了自己。也許火花皮也能挺過來。「我去看一下小貓。」她喵聲道。

葉池低下頭。「看完後就回來，」她跟松鼠飛說。「火花皮也許快要醒了。」

松鼠飛瞥了一眼仍然緊縮成一團的女兒後，往入口走去。外面，夜幕已經籠罩整個空地。她的族貓們繞著空地安靜地走著，星光斑駁地灑在雲雀歌的毛上。他的小貓被護在他的影子裡。有隻貓採集來了柔軟的苔蘚，把它塞在他們周圍，彷彿要藉此保持他們的溫暖。松鼠飛眼睛酸澀，緩緩走向育兒室。

栗紋在她的床鋪上睡著了，她自己的小貓蜷縮在她的肚子旁。火花皮的小貓呢？就在松鼠飛眨眼環視著昏暗的窩內時，黛西抬起頭來。那隻貓后蜷著身體躺在她鋪著蕨葉的床鋪上，腳掌護在兩團瘦弱的蠕動著的小生命上。「火花皮還好嗎？」

「她正在逐漸復原。」松鼠飛告訴她。

「太好了。」黛西咕嚕一聲。「我猜想這兩隻小東西很快就會想要見自己真正的母親了。」她用鼻子溺愛地蹭著他們。「栗紋同時哺乳了他們和自己的小貓，累壞了。所以不餵奶時，我就把他們放在我身邊照顧著。」她伸開腳掌；兩隻小貓被暴露於寒冷的夜晚空氣中，不滿地喵喵叫。松鼠飛連忙走過去，用鼻子安撫他們。他們本能地伸掌去碰觸她。小貓的氣息讓她欣喜，而當那兩隻小東西亂扭亂動、用爪子撓她的鼻子時，她忽然瞭解自己根本就沒有懷孕。先前那股疲憊只不過是一絲極端的渴望及憂慮所造成的罷了。她真傻，竟然以為自己懷了棘星的小貓了。她發出咕嚕咕嚕聲，內心的空虛讓她更用力地愛撫著那兩隻小貓。如果火花皮不要他們的話，她就把他們當作自己生的小貓撫養。

當那隻玳瑁色小母貓滾開並開始拍著黛西的肚子時，小爪子刮過她的臉頰。那隻黑色的小公貓則跟在姊姊後面扭動著，把臉埋進黛西柔軟的腹毛裡。

黛西再次捲起爪子護在他們身上。「他們需要名字。」她溫柔地摟著他們道。

小草，小藪，小藍。幾個名字閃過她腦海。這些名字是她在夢想著生自己的小貓時，曾經計畫過的。她將它們趕出腦海，眨眼對黛西道，「名字應該由火花皮來取。」

蕨葉旁放著一小堆潮溼的苔蘚，黛西伸過掌勾了一小片過來，然後塞給小貓。他們一邊喵喵叫，一邊一隻拉著苔蘚的一角，開始舔吮。「栗紋休息的時候，這個可以讓他們安靜。」

他們這麼快就適應了這樣奇怪的養育，令松鼠飛很驚喜。「他們將成為傑出的戰士，就像火花皮和雲雀歌。」

「當然。」黛西的眼睛在昏暗中發著光。

「我去看看火花皮是否準備好來看他們。」松鼠飛走出窩外，看到族貓們已經圍聚在雲雀歌和小貓的周圍。灰紋和蜜妮站在長老窩的陰影裡。族貓們圍著空地站成一圈。竹掌、鬃掌和翻掌則坐在藤池和蕨歌之間。

棘星向育兒室走去。「我正要去叫妳。」

「火花皮呢？」松鼠飛環顧著族貓們。

「她來了。」棘星往一隻正穿過空地的隱晦身影點點頭。

火花皮走到雲雀歌的屍體旁，綠色的眼珠在黑暗中閃閃發光。她垂下頭，將鼻子貼在他沒有生命的臉頰上。然後她坐在他旁邊，揚起下巴，彷彿要為這個漫長的夜打起精神。一隻貓頭鷹在營地的上方咕咕叫。

松鼠飛靠近棘星一步。「她的狀況能守靈嗎？」

「如果不能的話，葉池就不會讓她來了。」棘星低語道。

「那小貓怎麼辦？」松鼠飛瞥向育兒室。「她根本沒去看過他們。」

「讓她先哀悼雲雀歌吧。」棘星望著女兒，眼中閃著光。「她將來有的是時間跟她的小貓們相處。」

百合心從蜂蜜毛和葉蔭中間走出來。她用鼻子碰觸雲雀歌的肩膀。「雪灌木不會再寂寞了。」那隻嬌小的虎斑貓抬起頭，眼中一片憂傷。蜂蜜毛和葉蔭蜷縮在她旁邊。火花皮瞄了他們一眼，彷彿在向他們的致哀表達謝忱，然後便轉開目光。

嫩枝杈從空地邊緣的陰影中走出來，停在百合心旁邊。「雲雀歌很幸運有妳這樣的母親，」她喵聲道。「我還是小貓時，便失去了媽媽。我住過一個又一個營地，失去的同時也獲得一個妹妹，一位父親。在那整個過程裡，永遠都有妳在身旁陪伴我，而雲雀歌就像我的親兄弟。」她害羞地垂下頭。「我永遠會懷念這個兄弟。」

嫩枝杈說完後站回蜂蜜毛和葉蔭旁邊，百合心眨眼感激地看著那隻年輕的戰士。

鰭躍快速走向前。「雲雀歌是一個很棒的導師。」他環視族貓們。「他死於疾病而非作戰，命運對他不公平。但我保證，我一定會盡力成為一隻最優秀的戰士來紀念他。」他退回原來的位置，站在梅石和鷹翼旁，全身的毛害羞地豎著。

棘星走向前，站在一片月光裡。「雷族失去了兩隻勇敢的戰士，因為我知道雲雀歌的小貓也一定會追隨他父親的腳步。雲雀歌對自己的族貓一向仁慈，對自己的部族亦忠心耿耿。願星族敞開心胸歡迎他。他在這裡不可能當他的小貓的爸爸，但對他的美好回憶將永存於他的小貓及被他留下來的族貓們的心中。」棘星眨眼慈愛地看著火花皮，松鼠飛內心漲滿悲傷。「我們會永遠懷念他及這隻我們沒有機會認識的小貓。」

松鼠飛迎著晨風抖鬆身上的毛。空氣中帶著一絲寒意，黎明帶來的重露也尚未消失。她坐在獵物堆附近，焦慮地瞄著巫醫窩。火花皮在雲雀歌的屍體旁守靈了一整夜，現在已經回巫醫窩去休息了。她仍然還沒去過育兒室看她的小貓。就在她想著要不要去喚醒女兒時，荊棘地道抖動起來，接著莓鼻跑入營地。梅石、鼠鬚和獅焰跟在他後面。

那支巡邏隊顯然正談得熱火朝天。鼠鬚在空地邊緣停下，眼光深沉。「我只是想說，所有的麻煩都是在姊妹幫出現後開始的。」

「巧合罷了。」獅焰坐下來，開始清理腳掌上的泥巴。

「他們占據原該屬於天族的土地，這並非巧合。」梅石指明道。

「而且很奇怪，一種我們從未聽過的有毒植物在他們來時，同時出現在森林裡。」莓鼻在戰士窩外趴下來。

松鼠飛怒視著他。「那個病並不是姊妹幫造成的。反而是他們告訴我們那是什麼病，及其治療的方法。」

「他們沒有告訴我們秋水仙長什麼樣子。森林裡有很多不同的花都是紫色的，」莓鼻回答道。「我們要怎麼找到它們、把它們挖掉，如果我們不知道它們長什麼樣子的話？」

「我那時沒來得及問他們。」松鼠飛覺得自己好像一直在為姊妹幫辯護似的。「我當時趕著回來，這樣葉池才能儘快治療雲雀歌和火花皮。」她抬頭看向擎天架，棘星在那裡撕咬著一隻畫眉鳥。**叫他們住嘴吧，這不是姊妹幫的錯。**難道他們不明白姊妹幫或許挽救火花皮的命？

棘星注意到松鼠飛在看他時，停下進食。他站起來，從亂石堆上溜下來。松鼠飛覺得有些愧咎。她不應該把他牽扯進來。他看起來很疲憊。他陪火花皮守靈了一整夜，且率先幫忙挖掘了預定掩埋雲雀歌和小貓的土洞。他用舌頭舔著嘴巴周圍，把它舔乾淨了。「我們最好知道要挖掉的是什麼樣的植物。」

「我可以再去找他們問問。」松鼠飛主動提議道。

莓鼻冷哼。「妳需要問的是他們何時會離開。」

「為什麼？」松鼠飛生氣地揮動尾巴。「天族甚至還沒決定是否要搬家。」

鼠鬚坐下來。「也許葉星不想做出一個意味著姊妹幫必須搬走的決定。她可能跟妳一樣喜歡他們。」他指責地盯著松鼠飛道。

「我沒有喜歡他們，」她駁斥道。「我只是碰巧尊重他們的生活方式罷了。」

棘星移動腳步。「妳以前也很尊重**我們的**生活方式。」他冷哼道。

松鼠飛詫異地看著他。她以為他們已經解決了彼此之間的歧異。難道他還在生她的氣？

「我現在仍然尊敬！」

「那妳為何總是談起姊妹幫？」棘星迎著她的目光問道。

「是鼠鬚和莓鼻先提起的！」松鼠飛為自己辯護。

莓鼻坐起來。「我只是覺得他們走了比較好。只要他們住在我們的邊界上，虎星就會想發動戰爭，葉星對搬家就會猶疑不決，而你們兩個就會吵個不停。」他的目光射向棘星。

雷族族長耳朵抽動著。「也許去拜訪他們是個好主意。他們可以告訴我們他們計畫何時離開，及秋水仙長什麼樣子。我想組織一支巡邏隊，把我們領域裡的所有這些植物全都摧毀掉。」

「我去吧。」松鼠飛再度自薦。她不信賴她的族貓們會以姊妹幫應得的尊重對待他們。

「讓花落和櫻桃落跟妳去。」棘星喵聲道。

「我不需要巡邏隊陪同。」松鼠飛反對。

「妳會離家很遠。」棘星指出。

松鼠飛移動腳步。她不想再讓莓鼻指控他們吵架。「好吧，」她同意道。「但我想現在就去。」

「讓葉池也陪妳去吧，」棘星下令道。「巫醫貓應該盡全力學會與這種新植物有關的一切。」

松鼠飛的心飛揚起來。有葉池陪在她身邊，最好不過。她往巫醫窩走去。「我去看看她是否能夠現在動身。」

「我會通知花落和櫻桃落。」棘星道。

松鼠飛擠過荊棘進入巫醫窩。火花皮只有葉池陪著。那隻橘黃色虎斑貓坐在自己的床鋪上，目光空洞地瞪著窩牆。「妳還好嗎？」松鼠飛走過去，用鼻子蹭蹭女兒的頭頂。

火花皮心不在焉地躲了一下，彷彿松鼠飛打斷了她的思緒。

「悲傷會過去的。」松鼠飛告訴她。

火花皮抬起茫然的眼迎視她的母親。「我不想它過去。」她的喵聲空洞。

「但是，妳的小貓怎麼辦？」松鼠飛眨眼看著她，內心充滿憂慮。「妳甚至還未幫他們取名字。」

「我沒辦法想名字的事。」火花皮的眼光轉回牆上。「我太悲痛了。」

松鼠飛焦急地瞥葉池一眼。她的妹妹眨眼回視她，用眼神給她鼓勵。松鼠飛再次試著與女兒溝通。「栗紋累壞了，」她告訴火花皮道。「為了她，妳需要去哺乳自己的小貓。而且，妳是他們的媽媽。他們需要妳。」

「他們需要我？」火花皮看起來很困惑。

「當然需要！」

「那我想我最好去餵餵他們吧。」火花皮吃力地站起來。「他們在哪？」

「當然是在育兒室了。」松鼠飛壓下滿腹的挫折。火花皮如此沉溺於悲傷，似乎不怎麼知道自己身在何處。「妳要我陪妳一起去嗎？」

「為什麼？」火花皮瞪著她。「妳又不能給他們餵奶。」

葉池走過來，輕輕將火花皮推向入口處。「去餵他們吧，」她若無其事地喵聲道。「餵完後妳可以再回來這裡。黛西會幫他們保暖。」

看著火花皮蹣跚地走出窩去，松鼠飛覺得心痛。「她難道不在乎嗎？」她眼光轉向葉池問道。

「悲傷讓她麻木了，」葉池回答道。「一切會過去的，哺乳小貓或許有幫助。」

「或許？」松鼠飛一愣。

「雲雀歌才剛死，」葉池溫柔地提醒她。「妳得給火花皮一點時間。」

松鼠飛閉上眼睛。**我一定要有耐心。**她張開眼睛眨著，然後拂動尾巴。「妳可以跟我一起去拜訪姊妹幫嗎？」

「當然。」葉池將頭扭向一邊。「妳為何要去找他們？」

「棘星想知道秋水仙長什麼樣子，我也想看看月光是否生小貓了。上次我們見到她時，她看起來快要生產了」

「妳是不是想知道他們何時會搬走？」

「他們若能早一點離開最好，」松鼠飛承認道。「鼠鬚和莓鼻覺得姊妹幫應該為部族的疾病和不安負責。我很擔心，如果所有部族都與他們為敵的話，他們可能會陷入險境。」

葉池點頭。「那我們得趕快。」她往入口走去。「走吧。」

ϟϟϟ

「松鼠飛！」風暴在山谷的頂端遇到了雷族的巡邏隊，她一看到他們便揚起尾巴。她沿著山脊跑過去跟他們打招呼。「你們生病的貓如何了？」

松鼠飛垂下頭。「雲雀歌死了。」

風暴睜大眼睛。「蒲公英的根沒有效嗎？」

「我們來不及給他吃下去。他病得太重了。」松鼠飛轉頭瞥向花落、櫻桃落、和葉池。他們的毛因風塵僕僕而蓬鬆凌亂。一陣陣寒涼的風吹拂過山谷。

「我很遺憾聽到這個消息。」風暴眨眼同情地看著松鼠飛。她開始向下往營地走去。「走吧，這裡冷。」

「不過，我們救活了另一隻貓。」松鼠飛跟著她走在那條蜿蜒的小徑上。葉池、櫻桃落和花落緊跟在後。「其實是我女兒。」

「我很高興聽到她好了。」風暴擠過營地入口的蕨叢，葉片把她身上的長毛刷平了。松鼠飛跟在她後面進去。「月光還好嗎？」

「她很好。」風暴在覆蓋青草的空地停下。

荊豆從一個窩伸出頭來。「妳怎麼來了？」

「我需要知道秋水仙長什麼樣子，」松鼠飛回答那隻薑黃色母貓道。「太多植物都有紫色的花了。」

月光的窩發出窸窣聲。「是一種根莖較長的紫花。」那隻灰色母貓擠出窩來。她步伐沉重地踩過草地，碩大的肚子讓她看起來好像一隻獾。松鼠飛看到葉池皺起眉頭。有什麼問題嗎？她一愣。月光接著道，「這種花很容易發現。它的葉子會在開花前枯萎。那植物很奇怪，沒有葉子襯托就那麼從森林的地面冒出來，像沒有長毛的貓頭鷹般。」

陣雪從山茱萸後走出來，後面跟著從樹叢間溜出來的白雪。他們眨眼看著雷族的巡邏隊。

白雪瞇起眼睛。「妳怎麼這麼快又來了？」

花落的毛豎起來。「我們需要知道你們計畫何時離開。」

「小貓能動身時我們就會走。」月光看著自己的肚子。「他們很快就會誕生了。等他們張開眼睛，我們就會離開。」

葉池瞇起眼睛。「妳懷孕好久了。」

月光疲倦地回視她。「自從他們第一次胎動後，我覺得好像已經過了幾個月。」

松鼠飛不安地移動腳步。「在我們第一次遇見妳後不久，火花皮就發現自己懷孕了。她現在都已經生了。」**按理說妳應該早就生了。**不過，火花皮的小貓有點早產。

月光咕嚕一聲。「恭喜。他們都好嗎？」

松鼠飛垂下目光。「最小的那隻死了。是一隻公貓。」

月光的眼光暗下來。「很遺憾聽到這個不幸，這樣的喪失從來不是容易承受的事。」她瞥向白雪。「我們可以為他舉行一個小型儀式。」

花落發怒。「我們已經守過靈了，」她尖銳地喵聲道。「那個儀式已經足夠了。」

葉池的耳朵豎起來。「我倒很想看看姊妹幫的儀式。」

花落吼道，「別期待我會參加。」

「我們不期待妳做任何事，妳只要看著就好了，」月光告訴她說。「這麼年輕的靈魂需要指引。他不會瞭解自己失去了什麼，或死亡之後誰在等他。我們必須幫他在生者及死者的心中找到一個位置，如此他才能瞭解這兩者。」

她揮動一下尾巴，招呼白雪、陣雪、和溪水靠近她。接著，她對風暴點頭。「我們有款冬嗎？」

「我去拿一些來。」風暴迅速鑽入其中一個窩裡，不久嘴裡叼著一小把黃花走出來。她帶著它們穿過空地，然後將它們放在月光的腳掌前。

松鼠飛傾身靠過去，內心充滿好奇。櫻桃落的耳朵不安地豎起來。「星族會贊同嗎？」葉池看著她。「祂們為何不會贊同？姊妹幫是在悼念死者。」她眼光轉回月光身上，那隻灰色母貓正在刨開一小片青草。接著，她挖出一個小坑，把花放進去。將花朵掩蓋後，她看向她的姊妹們。他們開始圍著小坑形成一個圈，然後閉上眼睛，揚起下巴。

姊妹幫靜默地抬頭向著天空，松鼠飛屏息看著他們。接著，月光低語道，「一路平安，小貓。」一陣雪、風暴、白雪和荊豆等附和著她的喵聲。「一路平安，小貓。」他們一起重複著那句話，一開始輕柔地唱誦著，接著逐漸提高聲音，轉成慟哭，最後變成尖聲嚎叫。他們的哭喊聲迴盪在那個小山谷，劈開空氣，直達雲霄。

松鼠飛瞪著眼睛，心臟狂跳。**星族老天啊！他們到底在幹什麼？**

花落往櫻桃落貼近。「什麼亂七八糟的！」她低吼道。

「噓！」葉池不耐煩地對那隻玳瑁色戰士揮動尾巴。她眼光盯著姊妹幫。他們忽然安靜下來，一動不動地站著，片刻後忽地從那個圓圈各自走開，彷彿從夢中醒來。

松鼠飛搜索著月光的目光。姊妹幫曾說他們看得見死者。剛才他們看到火花皮的小貓了嗎？

月光溫柔地眨著眼。「我們已經鼓勵妳女兒的小貓，要與雷族的不管是生者或死者同行。他的靈魂在那裡會受到養育和關愛。」

「你們看到他了？」

風暴點頭。「他有橘黑色的毛。」

松鼠飛覺得渾身竄過一陣顫慄。她並未對他們描述那隻死去的小貓的樣子。月光一定是真的看到他了。

白雪皺著眉頭，一臉困惑。「他身邊有一隻黑色公貓。」她眨眼看著松鼠飛。「妳知道那是誰嗎？」

「是雲雀歌。」花落在松鼠飛旁邊不安地移動腳步道。

「他是小貓的父親，」松鼠飛告訴月光道。「他在同一時間死了。」

月光點頭。「我一看就覺得他們是親屬。他照顧著他，似乎很保護那隻年幼的靈魂。」

葉池的毛豎起來。「你們為何高聲尖叫？那是儀式的一部份嗎？」

「為了阻止可能想要傷害亡者的黑暗幽靈，」月光告訴她道。「那是我們的警告：只要我們懷念死者，那些我們所懷念的就會受到保護。」

「謝謝你們。」松鼠飛感激地對姊妹幫低頭致謝。同時，她在心裡對雲雀歌做了一個沉默的承諾。**我們會永遠懷念你們父子。**姊妹幫的儀式看起來很奇特，但它跟守靈真的很不一樣嗎？這些貓以懷念死者的方式悼念他們，就如同雷族所做的。那麼，姊妹幫有沒有可能，以他們的方式，與星族有著某種連結？

第十九章

松鼠飛坐在後腿上，看葉池蹲伏出狩獵姿勢。在離他們前面幾條尾巴遠的地方，一隻麻雀正在落葉裡仔細翻找著，陽光斑駁地灑在牠的羽毛上。葉池的尾巴興奮地抖動著。

快！松鼠飛不敢出聲。她的妹妹是否知道不能等太久？她是一隻巫醫貓，不是一隻戰士。只要一陣微風拂過，那隻麻雀就可能受到驚嚇，拍翅飛進上方的樹枝裡。

松鼠飛仍然覺得驚訝，葉池竟然會要求加入這支狩獵巡邏隊。「我需要活動一下筋骨，」就在松鼠飛跟嫩枝杈、鰭躍和蜂蜜毛準備走出營地時，葉池匆忙跟在她後面。「我已經蹲在巫醫窩裡整理藥草太久了。」

「我還以為妳寧願去採集藥草呢。」松鼠飛對她眨眼道。

葉池揮動尾巴。「我想要吃**溫熱的**新鮮獵物，」她堅持道。「獵物送回營地時總是冷掉了。」

鰭躍開心地拂動尾巴。「多一對腳掌，我們一定會捕獲更多獵物的。」

「我不知道巫醫貓也會狩獵。」嫩枝杈喵聲道。

「我們當然會狩獵了，」葉池哼一聲。「當我們有時間的時候。」她擠過巡邏隊，率先走出營地。

嫩枝杈、鰭躍和蜂蜜毛已經在附近停下來，檢查著一個深入一棵橡樹根的老鼠洞。葉池則領著松鼠飛進入一片林地低窪處。這裡樹蔭茂密，小蟲飛來飛去。「一定要在獵物找尋食物的地方狩獵。」葉池喵聲道。

松鼠飛立刻想起那則古老的狩獵守則。「那是塵皮以前經常教導我的。」

「我知道。」葉池親熱地咕嚕道。「那時妳每次在訓練後回到見習生窩時，都會告訴我妳所學到的一切。」

松鼠飛努力回想著。那彷彿是很久以前的事了。「妳也都告訴我所有跟藥草相關的事嗎？」

「當然。」葉池的鬍鬚抽動著。「但通常講到一半，妳就睡著了。」

松鼠飛覺得一陣愧疚。「真的嗎？」

葉池又咕嚕一聲。「沒關係。我知道塵皮給妳的訓練有多辛苦。」就在她說話時，一隻麻雀從一棵樹上撲下來。葉池放低聲音。「我只是很高興，妳當時有教會我一些妳所學到的技巧。」

快呀！葉池仍然瞪著那隻麻雀，眼睛瞇成一條細縫。**要在牠飛走之前。**葉池終於跳起來時，松鼠飛屏住氣息。就在那隻麻雀能夠拍翅飛進樹枝前，葉池躍起來抓住了牠，然後一口把牠咬死。松鼠飛覺得葉池的速度太棒了。

「漂亮！」松鼠飛站起來，聞到鮮血的芳香氣息，她忍不住流口水。她走到葉池旁邊，嗅著她的戰利品。

葉池咕嚕一聲坐回去。「我們要不要現在就把它吃了？」

松鼠飛環視一下空地，傾聽著嫩枝杈、鰭躍、和蜂蜜毛的聲音。「在其他貓趕上我們之前，我們得儘快把它吃掉。」他們頭頂上的樹枝被風吹得窸窣作響，鳥雀在陽光中吱喳唱著。「要是被塵皮逮到我在把獵物送回營地前偷吃，他一定會罰我跑腿一個月。」

「我是巫醫貓，」葉池咕嚕道。「我不需要遵守**每一條**戰士守則。再說這隻麻雀是我抓到的。」

松鼠飛瞪她一眼。她的妹妹在引誘她。「好吧，」她咕嚕道，忽然覺得像小貓一樣頑皮。「但我是一隻戰士，所以我必須在我們回去前，幫部族抓到一些獵物。」

「那算不上什麼代價。」葉池把麻雀撕成兩半，將一半推向松鼠飛。

松鼠飛叼起麻雀，咬下滿滿一口。她閉上眼睛，享受那溫暖的血肉。麻雀肉又軟又香甜，她開心地吞下它。

「妳今天去探視火花皮了嗎？」

松鼠飛愣了一下，忽然忘了麻雀的香甜。「我今天早上看過她了。」

「我很高興。」葉池道，一邊嚼著。「她需要陪伴。黛西跟她在一起，其他幾隻貓也過來探視。暴雲今早也來了。但她需要儘快覺得自己是雷族的一份子。」

想起火花皮躺在床鋪上眼神空洞地瞪著、而她的小貓在旁邊跟黛西玩耍的樣子，松鼠飛的肚子就覺得緊繃。「她似乎沒有好轉。」

「她需要時間撫平她對雲雀歌死亡的傷痛。」葉池用舌頭舔著嘴唇四周。

「但她卻錯過身為媽媽的責任。」松鼠飛煩惱道。

「不急。」葉池又吃了一口。「小焰和小雀還得當好一陣子小貓呢。而且，她很堅強。」

葉池咬碎一塊骨頭。「就像她的媽媽。」

松鼠飛心不在焉地嚼著麻雀。**我堅強嗎？**她現在並沒有感到堅強。

他們沉默地吃著，直到乾乾淨淨只剩一堆羽毛。然後葉池側臥下來。「妳跟棘星談過了嗎？」松鼠飛坐起來，開始清洗自己。她知道葉池想說什麼。她若想要弭平她與棘星之間的嫌隙的話，她就必須跟他談談。「這不是容易的事。」

「有什麼不容易的？」葉池伸著懶腰。「他是妳的伴侶。」

「我如果問他生小貓的事，而他仍然不像我那麼想要生小貓的話，那怎麼辦？」松鼠飛茫然地瞪著林木之間。「或者我問他姊妹幫的事，而他說他們必須離開，那怎麼辦？我知道他仍然在氣我一開始自作主張去找他們。我很確定他認為部族之間的爭吵都是我的過失所引起的。」

葉池呵了一聲。「部族之間永遠在爭吵。」

「妳說得沒錯。」松鼠飛忽然覺得很疲累。「但是這次棘星卻怪罪我。」

「妳確定嗎？」葉池瞄著她問道。

松鼠飛抽動尾巴。「現在我對任何事都不確定。」

「妳為什麼不問他呢？」

「那可能會讓事情變得更糟。」

葉池坐起來。「妳保持沉默的話，事情就會變好嗎？」

「也許。」松鼠飛已經開始認為，沉默是事情可能變好的唯一方法。「只有在陪小焰和小雀玩耍時，我們才會花時間相處。」她腦海裡浮起棘星讓他們騎在他背上繞著育兒室玩的景象，心裡微微顫動著愉悅。「我覺得棘星比我更愛他們。」

葉池平靜地看著她。「妳仍然想要再跟他生小貓嗎？」

「當然想。」松鼠飛心裡又感受到那股熟悉且尖銳的渴望。「但現在那根本不可能。我們幾乎不交談。」

就在她說話時，斜坡上響起腳掌雜沓的聲音。嫩枝杈、鰭躍和蜂蜜毛嘴裡叼著獵物衝下山坡。他們猛地煞住，然後把捕捉到的獵物放到松鼠飛旁邊。

「葉池抓到一隻麻雀。」她很驕傲地告訴他們。

鰭躍瞄著那堆羽毛，眼裡閃著興味。「好吃嗎？」

「很好吃。」葉池咕嚕道。她瞥了松鼠飛一眼。「我們應該為部族再抓一隻。」

蜂蜜毛往前面灑滿陽光的林間空地點點頭。「那邊會有很多。」

「我們儘可能地去多抓幾隻吧，」嫩枝杈喵聲道。「在今晚的大集會前，族貓們一定會想要先飽餐一頓。」

看著那幾隻年輕戰士匆忙跑開，松鼠飛站起來。「我並不期待這次的大集會。」她對葉池透露道。

「氣氛一定會很緊張，」葉池贊同道。他們往那幾隻戰士的方向走去。「妳覺得影族和河族已經對邊界達成協議了嗎？」

「但願如此。」松鼠飛低頭避開頭頂的樹枝。「否則，虎星可能會堅持要將姊妹幫逐出他們的土地。」

「也許姊妹幫早就離開了。」葉池滿懷希望地喵聲道。

「不大可能。」松鼠飛的毛緊張地豎起來。月光應該已經生產了，但小貓恐怕還不能遠行。

前面不遠，蜂蜜毛停在一棵橡樹旁，靠著粗糙的樹幹擦刮身上的毛。松鼠飛走過她身邊，望向那塊陽光照耀的林間空地。嫩枝杈和鰭躍已經穿梭在參差不齊的藍莓叢裡往前衝。如果姊妹幫已經離開了，會如何呢？所有的問題就都解決了。天族會搬遷到他們的土地去，而所有部族也不會再有戰爭的理由。棘星和她會忘掉他們之間曾有的歧異，生活會回復到從前的樣子。她的腳步忽然覺得沉重。事情永遠不會那麼簡單。

夜色降臨在小湖四周，將整個山谷籠罩在黑暗中。離開營地走過那段長路後，松鼠飛一鑽出長草時立即便感受到那份緊張。影族、風族和河族靠後站在島上空地的邊緣，他們的目光閃著敵意地盯視著彼此。當亞麻掌要往河族走過去時，焦毛抓住那隻影族見習生的頸背將他拖回去。「今晚不行。」他低吼道。

「我只是想要去跟其他見習生聊聊天。」亞麻掌滿懷希望地看著他的導師。

「你還不如去跟狐狸聊天。」焦毛怒道。

光掌、撲掌和影掌站在鴿翅身邊，虎星則在他們周圍來回走動保護著他們。好像只有天族很放鬆。他們望向其他部族，頭轉來轉去地看著，彷彿對瀰漫的敵意感到很困惑。葉星看到棘星穿過空地時，立即趕過去與他碰面。

「每一隻貓都怎麼了？」天族族長眨眼看著他問道。「我沒想到事情變得更糟了。你來到之前，石翅竟然攻擊了錦葵鼻。」她緊張地瞄向布滿星辰的夜空。樹林的上方，雲朵一縷一縷緩緩地飄過。如果停戰協定被打破的話，烏雲就會遮住月亮，而部族貓就必須回家，煩惱的問題也就不得解決。

棘星環顧聚集起來的族貓們，背脊上的毛豎起來。「邊界的緊張加劇了，」他告訴天族族長道。「但那並不表示，你們必須在準備好之前做出決定。」

葉星看向松鼠飛。「妳有月光的消息嗎？她的小貓已經誕生了嗎？」

「應該已經誕生了，」松鼠飛回答道。「但初生的小貓暫時恐怕無法遠行。」

棘星不耐煩地揮動尾巴。「我真希望在我們全面爆發戰爭前，他們能儘快動身。」他低哼道。他走向那棵大橡樹，跳上最低的那根樹枝。

葉星低下頭。「我該走了。」她轉開頭時，眼中閃過焦慮。她跳上樹枝，站在棘星旁邊。虎星、兔星和霧星也跟著跳到他們在大橡樹上的位置，站定後全都互相責怪地瞪著彼此。族貓們從她身旁川流而過時，松鼠飛有點猶豫。鴉羽、蘆葦鬚和苜蓿足推擠著爬上橡樹根各自的位置坐定，表情僵硬地不理會彼此。松鼠飛終於走過去，加入他們。只有鷹翅禮貌地跟她點頭招呼。

當大家坐下後，虎星看著在月光下閃動的貓毛，往前走一步道，「雷族已經將風族的土地還給他們了。河族想要變動我們的邊界，但影族無法接受那個要求。現在，唯一能夠避免戰爭的辦法，就是將姊妹幫逐出他們的營地。」

焦毛熱切地拂動尾巴。「沒錯。既然是**他們拿走了**我們的土地，那我們為何要彼此廝殺？」

聽到族貓中此起彼伏響起附和的吼聲時，松鼠飛心裡湧起一股恐懼。

「我們必須等一等！」棘星的吼聲讓全場安靜下來。他銳利地盯著虎星。「星族已經給我們訊息了嗎？在巫醫貓每半月一次的會議裡，他們當中可有誰已經得到了答案？」

「還沒有，」虎星哼道。「但沉默也可能代表任何意思。你只是在拖延時間罷了。你為何這麼忠於那些惡棍貓？」

棘星發怒。「我沒有忠於他們。」

「那麼你為何如此堅決地要捍衛他們？」

棘星眯起眼睛。「在天族同意搬遷到姊妹幫的土地前，我不認為我們應該去奪取他們的土地。」

「天族要是拒絕那塊土地的話，那就太鼠腦袋了。」虎星揮動尾巴道。「那塊土地很好，而且我們也不會讓天族永遠留在我們的領域裡。」

「是你給他們那塊領域的！」棘星怒視著影族族長。

虎星嘴唇翻起。「我們可以把它拿回來，就像風族拿回他們的土地一樣。」

「是我把土地給他們的，」棘星反駁道。「我是為了要維持和平。」

虎星無辜地睜圓眼睛。「我所要的也只是這個，」他喵聲道。「維持和平。」

「藉由對姊妹幫宣戰？」棘星憤慨地瞪著他。

松鼠飛忍不住屏息。棘星捍衛了姊妹幫。她內心湧起希望。

虎星威脅地揮動尾巴。「為了維持部族之間的和平，我不惜與姊妹幫開戰。難道那不是星族想要的嗎？」

棘星寸步不讓。「你又在逼迫天族搬家了！瞧瞧你上次驅逐他們時發生了何事。一場暴風雨差點要了我們所有貓的命。」

「這次是天族自己想要搬家！」影族族長扭頭看向葉星。「妳想要天族擁有新領域，對吧？」

葉星遲疑。

「對嗎？」虎星怒視她。

「如果搬家意味著傷害姊妹幫的話，那我不想要那塊土地。」葉星回答道，眼神中閃著不確定。

空地後方響起一聲吼聲。燼足嘲笑天族族長道，「妳寧願看到部族間發生戰爭，也不願將一群連土地都不想要的惡棍貓趕出那塊土地？」

他四周爆出的贊同聲，傳到在場所有貓的耳中。

松鼠飛愣住了。她想像姊妹幫忙著日常事務，對這裡正醞釀著要橫掃他們的風暴毫無所知。她覺得顫慄。

葉星絕望地瞪著虎星。「我們為什麼不能等到姊妹幫離開呢？」

兔星扁下耳朵。「我們為何要等？」

「姊妹幫並不需要那塊土地！」霧星厲聲道。

虎星與葉星對視。「天族願意搬家嗎？」

「還不到時候。」葉星顫聲回答。

「但只要姊妹幫離開了，你們就會搬嗎？」虎星逼迫道。

葉星瞪著他，然後點頭道，「是的。」

虎星突然轉向棘星。「天族已經做出決定了。他們想要搬家。現在，雷族必須支持我們。姊妹幫必須離開。」

當棘星猶豫著時，松鼠飛的心提到了嗓子眼。**你為什麼不反對？**她揚起鼻子。「我們完全不想——」

「安靜！」棘星瞪她一眼打斷她，眼中閃著怒氣。「我的副族長不能代表我說話。」當他把目光轉向虎星時，松鼠飛覺得全身麻木。她瞪著他。棘星會對姊妹幫宣戰嗎？五個部族攻擊一小群母貓，可能還有一窩喵喵叫的初生小貓。松鼠飛內心湧上一股羞愧。難道部族裡連一絲榮譽感都沒有了嗎？

棘星挺起肩膀。「雷族不會參與戰爭。」他吼道。

虎星眼光閃爍。「但你也不會阻止我們？」

棘星移開目光。「不會。」松鼠飛瞪著他，無法相信自己的耳朵。棘星繼續道，「我不在乎姊妹幫發生什麼事。他們已經說得很清楚了，他們跟惡棍貓差不多。但是，我們必須聽葉星怎麼說。她的意見必須被尊重。」

「我們已經聽了。」兔星扁下耳朵。「她想要姊妹幫的土地。」

「在他們離開後。」棘星甩動尾巴。「而且她不想要姊妹幫受到傷害。」

葉星走到樹枝的邊緣。「也許我們可以跟姊妹幫講道理。」她猶豫地喵聲道。

「為什麼？」霧星不服氣地喵聲道。「講道理截至目前不管用。」

葉星對樹投去一個意味深長的眼神。「也許是時候讓他們聽聽自己血親的想法了。」

樹哼了一聲，全場目光忽然聚焦到他身上。「我告訴過你們了，這麼做沒有——」

「我知道你覺得這麼做沒有用，」葉星打斷他。「但是如果這麼做能夠預防一場戰爭——如果它可能意味著月光和她的小貓是否能夠生存的話，你應該會考慮吧？」

「我——」樹才開口又閉嘴。他環顧大集會，然後再次開口。「我確實想要和平。」

「你當然想要和平，樹，」棘星溫和地道。「那就請你盡力吧。請代表我們去跟你的母親談一談。」

樹低頭看著自己的腳掌。他不自在地移動著腳步，然後閉上眼睛。「好吧。我仍然不抱太大希望，但是如果你們要我去的話，我會盡力。」

虎星聳聳肩。「我認為值得一試。」

兔星點頭。「如果沒有必要的話，我們幹嘛要打仗？」

虎星滿意地拂動尾巴。贊同的低語聲像波紋般在族貓間盪開。

「事情已經決定了，」影族族長大聲宣布道。「樹會去跟姊妹幫談談。」

樹枝下，風皮翻了個白眼。「為何派一隻獨行貓去做戰士的事？」

站在松鼠飛旁邊的鷹翅很生氣。「樹不是一隻獨行貓！」他吼道，怒視著風皮。「他現在是一隻忠誠的部族貓。」

在空地另一邊，眼神亮晶晶的紫羅蘭光崇拜地看著自己的父親。她的族貓們圍繞在她四周，同仇敵愾地怒視那隻風族公貓。

「鷹翅說得對。」葉星揚起下巴。「樹和任何一隻天族貓一樣，是一隻不折不扣的戰士。而且如果他去找姊妹幫的話，我會跟他一起去。」

虎星詫異地看著她。「為什麼？」

「我認識他們。」葉星瞥了松鼠飛一眼。「松鼠飛也是。我們兩個都可以陪他去，或許能夠幫上忙。」

虎星的耳朵抽動著。「悉聽尊便。」他威脅地打量著樹。「你最好找到一個解決的辦法，」他冷哼道。「否則我們下一個派出去的巡邏隊恐怕就不會這麼友善了。」

松鼠飛迎向棘星的目光。他看著她，眼中意味不明。難道她應該說她不想去？他剛剛才讓她閉嘴。他顯然不想要她牽涉其中。當虎星及其他族長跳下樹枝、示意集會結束時，棘星沒有動作。

「妳不走嗎？」當族貓們開始散去時，鷹翅跳下樹根，轉頭看向松鼠飛問道。

「我要等棘星。」松鼠飛看著族貓們往長草叢走過去。空地上的貓影逐漸消失，她緊張地移動著腳步，然後再次抬頭看向棘星。他眼光透過她瞪著，然後從樹枝上跳下來。當他抖鬆身上的毛逕自穿過空地時，她的心彷彿被刺穿透。她看著他離去，心裡覺得很孤寂。難道他們之間的距離已經如此遙遠，以致他們再也不可能對任何事有共識了嗎？

第二十章

「你們走前面吧。」當他們走出部族領域進入姊妹幫的領域時，樹甩動尾巴道。那是大集會後的第二天早晨，陽光透過樹林閃爍著。「我要練習我的台詞。」他落在後面，讓松鼠飛和葉星走在前面。

「他準備了台詞？」松鼠飛很詫異，竟然有貓要跟自己母親說話時，必須先練習台詞。

她知道樹和月光之間的關係很緊繃，但竟然緊繃到這種地步，令她很吃驚。她眨眼看著葉星，一邊沿著那條陡峭的小徑走出森林。她扭頭看去。樹正在輕聲地自言自語。

「在我們出發前，他和鷹翅討論了他該對月光說什麼。」葉星低頭躲開一條下垂的柳枝。

松鼠飛避開另一條柳枝。「我不明白，如果樹不想再看到他媽媽的話，他為什麼需要去。沒有他，我們也可以傳達部族的訊息。」

「他對分析問題確實有天分，這樣問題也就容易解決。這也是為何我讓他當天族調解者的原因。除此，我不認為部族會讓我們不帶著他而自己去。」葉星凝望著前方。「虎星對我們之前阻止他占據這塊土地已深感挫折。他絕不會讓我和妳來負責這次談判。」

「但這不是一個談判，對吧？」松鼠飛覺得很挫折。「這是一個威脅。姊妹幫如果不離開，部族就會用武力驅逐他們。」

「我知道。」葉星甩動尾巴道。她腳掌下的土地逐漸平坦起來。她在兩邊逐漸稀疏的林木間前進。「但也許我們能夠給姊妹幫足夠的時間準備旅程，並擁有一點尊嚴的離開。再者，樹是月光的兒子。」

松鼠飛點頭。「如果她不聽我們的話，也許她會聽他的話。」

「但願如此。」葉星停下腳步。他們已經走出森林，山谷的領域在他們面前展開。

他們身後響起腳步聲，樹趕了上來。

「我想我已經準備好了，」他喵聲道。「我確切知道我要說什麼了。」

「你覺得她會同意嗎？」松鼠飛擔憂地瞄著他。

「假如她明理的話，她應該會同意。」樹望著前面起伏的山巒。「但我們要面對的是我媽媽。」

松鼠飛心裡很不安。據她的觀察，月光似乎是一隻明理的貓。她可以很仁慈，且愛好和平。但是她骨子裡也有一種固執。要說服她離開山區領域，可能會像要求一隻獾離開其同伴般困難。

他們在日升時分到達姊妹幫的營地。陽光照耀著整座山谷。遮掩營地的那片樹叢看起來混亂破碎。松鼠飛領著樹和葉星沿著那條蜿蜒的小路往入口下去，心裡充滿愧疚。在一隻貓后和她的小貓被迫離開自己的家園時，她怎麼能袖手旁觀呢？她把那個想法推到一邊。也許那些小貓已經長得很強壯且健康，而姊妹幫也已經準備好要離開。

「松鼠飛？」白雪的喵聲嚇了她一跳。那隻白色母貓從營地入口的蕨叢裡鑽出來，眼中閃著疑惑。「你們在這裡做什麼？」

「月光的小貓已經生了嗎？」松鼠飛迫切地問道。

白雪瞇起眼睛。「還沒。」

失望像石頭般落入松鼠飛的肚子裡。產期應該早就過了。「我們必須跟她談一談。」

白雪愣了一下，略過他們看向樹。「為什麼？」

葉星走近一步。「有很重要的事。」

「月光快要生了，」白雪道，眼光仍然盯著樹。「她已經搬去了生產窩。」

「但我們還是可以見她，對吧？」葉星不耐煩地移動腳步。

白雪發怒。「妳以為我會讓一隻成年的公貓進入我們的營地嗎？」她瞪著樹道。

松鼠飛眨眼看著她。「但樹是你們的血親，不是嗎？」

「姊妹幫不相信血親這種事，」樹忽然大聲道。「至少，沒有雄的血親。」

「住口，」葉星厲聲道。「你是來當我們的調解者的。」

「抱歉。」樹僵硬地迎上白雪的目光。「我代表部族前來。我必須跟月光談一談。她會想知道我所要傳達的訊息。」

白雪躊躇，耳朵抽動著。然後，她往蕨叢裡鑽進去。「跟我來吧。」

松鼠飛鑽過蕨叢，眨眼看著覆滿青草的空地。麻雀、日昇和飛鷹正在分享一隻畫眉鳥。風暴和荊豆則沐浴在暖暖的陽光裡。

溪水臥在陣雪旁邊休息。看到樹時，他驚訝地豎起毛，立刻站起來。「為什麼讓一隻公貓進來？」

「你也是一隻公貓，不是嗎？」樹回瞪他道。

「但你的年紀太大了，不可以在這裡。」溪水緊張地移動腳步。

「有一天你也會年紀大。」樹冷哼道。

當白雪鑽進生產窩時，松鼠飛愧疚地看著姊妹幫。「我很抱歉再度打擾你們，但是我們必須跟月光談一談。」

日昇眨眼看著她，一邊繼續嚼著獵物，看不出受過傷的痕跡。

風暴抬起頭。「你們想吃些獵物嗎？」她揮動尾巴指向空地邊緣的一堆新鮮獵物。「我們抓到很多。」

「不用，謝謝。」松鼠飛覺得很愧疚。姊妹幫很和善。他們猜不到她來此的原因嗎？「我們只是想跟月光談一談。」

飛鷹眨眼看著葉星。「妳的腿傷好了嗎？」她問道。

「完全好了。」就在她給飛鷹看她那毛已經長回來的傷口時，白雪從生產窩裡鑽了出來。

「她願意見你們，」她對松鼠飛和葉星說，接著忽然轉向樹，眼中閃出銳利的光。「還有你。」她皺起鼻子。

「謝謝妳。」松鼠飛鑽進生產窩時，心跳加速。葉星和樹跟在她後面。

生產窩裡很溫暖，鋪著厚厚的蕨葉和苔蘚。陽光被阻絕在外，室內只有淡淡的柔和光線。月光臥在一個鋪著新鮮蕨葉的床鋪上，她寬大的頭在碩大的肚子襯托下顯得小了。

松鼠飛瞪著她的肚子。「妳的小貓一定過了預產期。」

「可能。」月光的視線從松鼠飛轉向葉星。「很高興再次見到妳，葉星。」她沒有理會樹。

「白雪說妳帶了一隻公貓到我們的營地來。」

「他是被部族派來傳話的。」松鼠飛告訴她。

月光睜大眼睛。「他們覺得你們兩位的聲音不夠？」

葉星的尾巴抽動了一下。「他們想要一隻不偏不倚的貓。」

「所以他們便派了我的兒子來。」她眼中閃過一絲興味。

松鼠飛胸口緊繃。月光是要嚴肅看待這件事嗎？「請妳聽一下樹要說的話。他是你們擁有和平的最佳機會。」

月光第一次把眼光射向樹。「很高興能再次看到你，大地。」

「我告訴過妳，」他堅持地喵聲道。「我已經不再叫做大地了。我現在叫做樹。」

「當然。」她很禮貌地低頭。「而且你從部族帶來了一個訊息。」

「不是一個訊息，」他告訴她道。「我是來說服你們離開這個領域。」

她冷靜地與他對視。「是嗎。」她聽起來不為所動。

「妳已經知道，天族想要這塊土地，」他開始他的台詞。「湖邊周圍的土地不足以支持五個部族。所以他們決定天族應該搬到這裡來。但你們住在這裡，他們就無法搬過來。」

「我已經告訴過葉星，等我們搬走後，她可以擁有這塊土地。」月光告訴他。

「你們必須現在就搬走。部族已經在為土地打架了。你們在這裡每停留一刻鐘，就有一隻戰士陷於險地。」樹迫切地瞪著她。「為了部族，你們必須走。」

月光扭開頭。「我還以為部族喜歡打架呢。他們沒有充分的理由便攻擊我們。他們差點殺死了日昇。」

「那是因為你們入侵了，」樹提醒她道。「而且你們重創了他們其中一隻戰士。」

「當時他們要是簡單地請我們離開，根本就不會有任何貓受傷。」

樹背脊上的毛波動起來。「那正是他們現在在做的事，請你們離開，」他喵聲道。「如此誰都不會受傷。」

月光瞇起眼睛。「這是威脅嗎？」

松鼠飛的心跳加速。月光並不好對付。她警告地瞪了樹一眼。

他垂下頭。「我是來跟妳講道理，不是來威脅妳的。」

「那就跟我講道理吧。」月光的眼神忽然冷硬起來。「別跟我說那些其他的貓交代給你的話。你是我兒子。我希望我曾教導過你要有自己的想法。」

「我以前是妳的兒子，」樹回答道。「現在我代表部族說話。」

「部族！」月光冷哼一聲。「你的思考方式也跟部族貓一樣了嗎？分割土地，就好像在分割獵物以便分享般？」她陰沉沉地看著他。「難道你忘記了，做為一隻公貓，你是土地的保護者？你應該在土地上四處歷練，而不是占有它！」

「妳從來就不相信邊界！」樹厲聲反駁道。「妳從來就不相信家。但有些貓想要有歸屬。他們想要有一個永遠都會是一個家的家。」

松鼠飛往前走了一步。「我知道這是一個情緒化的時刻，」她鎮靜地說道。「也許請妳的兒子來跟妳講道理，並不是一個最好的主意。但是，他並沒有想要威脅妳的意思。如果他剛剛所說的是其他貓交代給他的話，那是因為他很努力地不要讓妳覺得他在威脅妳。但是事實是，假如你們不搬走的話，你們將會面臨一場戰爭。你們將對抗的貓其數量之多是你們前所未見的，且每一隻都是訓練有素的戰士。」

葉星在她旁邊移動了一下腳步。「妳說妳想要在這裡生下小貓，但是，他們在這裡很危險。」

月光怒視她。「這塊土地對部族而言這麼有價值嗎？為了占據它，他們甚至不惜傷害小貓？」

松鼠飛背脊竄過一陣顫慄。

樹甩動尾巴。「何必爭論這個？」他咆哮道。「你們寡不敵眾。你們根本沒有辦法捍衛這座山谷，更別說捍衛山谷周圍的獵場。妳為何不乾脆接受你們必須離開的事實？」

月光揚起下巴。「姊妹幫不會任由其他貓欺負。我們不會搬家。假如部族想要攻擊我們，我們會捍衛自己。」

松鼠飛不敢相信自己的耳朵。月光瘋了嗎？雷族是不會傷害一隻貓后和她的小貓的，但是影族或風族卻可能會。戰爭很容易因為怒火而失控。她急切地瞪著月光。「請你們離開吧，」她低語。「不要讓妳的小貓冒險。」**並且讓部族蒙羞**。如果姊妹幫不離開，部族可能就會證實她內心最深的恐懼——他們會為了自身的利益而變得殘酷，不管擋他們路的是哪一隻貓。

月光毫不動搖地回視她。「我已經告訴你們了，我們不會搬家。」

樹扁下耳朵。「妳總是將妳的信念放在自己的小貓之前。」他嘴唇翻起，擠出窩去。

葉星垂下尾巴，跟著樹走出去。松鼠飛看著他們離開。也許請樹來跟他媽媽斡旋，並不是一個好主意。她轉過頭看著月光。那隻貓后冷冷地回視她。「求求妳。」她喵聲道。他們曾經住在同一個營地裡，雖然時間不長。他們曾經幫忙蓋這個窩。當她的族貓們想要把日昇送走時，她曾經挺身維護她。他們之間有著某種連結。按說她現在應該能夠說些什麼來改變月光的心意吧？

月光眼睛眨也不眨地瞪著她。「妳走吧。」

松鼠飛很害怕，渾身顫慄地走出窩去。他們失敗了。姊妹幫會留下來，而部族將會對他們展開攻擊。她腦筋一團混亂。掠奪弱勢者並非戰士守則的一部分。如果雷族攻擊姊妹幫的話，她能夠與自己的族貓們並肩作戰嗎？她想要向雷族證明自己的忠誠，但是她能因此而冒險傷害一隻待產的貓后嗎？

第二十一章

小島四周的湖水在夕陽斜照下已經轉成了火焰。松鼠飛從姊妹幫的營地回來後，棘星和她立即就來了。他們派莓鼻去請兔星，而葉星則給虎星和霧星傳了話。現在，每一部族的族長都在小島的岸上煩躁地走動著。當葉星和松鼠飛跟他們報告月光的回答時，怒火在他們之間引爆。

「他們不搬？」虎星的眼裡燃燒著憤慨。

霧星的毛憤怒地豎起來。「這是侮辱。他們不知道自己面對的是誰嗎？」

「我們用一場戰爭就可將他們摧毀！」兔星曲起利爪吼道。

松鼠飛覺得絕望。她仍然可以拯救姊妹幫。她不在乎棘星是否要她閉嘴。部族們絕不能攻擊他們。「但是他們為什麼必須搬走呢？月光就要生小貓了！」

「他們為什麼必須搬走？」虎星重覆松鼠飛的問題，好像無法相信自己的耳朵。

松鼠飛瞪著他。「我們若不管他們，他們一個月後就會離開了。」

兔星甩動尾巴。「我不認為他們會搬家，」他咆哮道。「他們知道我們想要那塊土地，於是便決心要將那裡占為己有。」

霧星點頭同意。「這是一個榮譽的問題。這些惡棍貓竟敢藐視我們！」

棘星移動著腳步。「我不確定榮譽跟這個有什麼關係，」他平靜地喵聲道。「但似乎，我們早晚必須將那些貓趕走。」

「不妨越早越好。」兔星厲聲吼道。

「我們早該這麼做了。」虎星冷哼。

「只要有機會，他們顯然決意要在那塊土地上逗留。」棘星瞄著松鼠飛道。

她眨眼看著他。「月光只是想要等到生下小貓而已。難道那麼做超乎情理嗎？」

「當部族的和平危在旦夕時，那麼做就超乎了情理。」棘星回答道。

松鼠飛滿腔怒火。「部族間根本不需要互相打架！」

虎星大吼。「並不是每個部族都像雷族般，願意輕易地放棄自己的土地。」他的眼光尖銳地從棘星轉向兔星。「在天族搬家前，我們要保留我們的邊界。」

「我們要拿回我們的荒原！」霧星吼道。

棘星與松鼠飛對視。「妳看到了吧？在邊界問題一勞永逸地解決前，部族間不可能有和平。我們必須讓姊妹幫離開。」

「而在我們將他們趕走前，他們顯然不會主動離開。」兔星吼道。

「甚至不惜傷害未出生的小貓？」松鼠飛的爪子刺入泥土裡。難道她是在場唯一一隻看得見部族有多不公不義的貓嗎？

「貓可以在任何地方生小貓，」霧星指出。「尤其是惡棍貓。」

「姊妹幫不是惡棍貓！」松鼠飛無助地看著葉星。她為何不替姊妹幫說話呢？

葉星的眼睛在逐漸消逝的陽光裡閃爍著。她眼裡閃過的是一絲歉意嗎？「我覺得月光的確超乎了情理。如果她願意的話，她可以馬上搬家。她一定知道她將自己的小貓置於危險中，然而她卻仍堅持留下來。」

松鼠飛瞪著她。葉星一直是她唯一的聯盟，而現在她卻要與其他貓站在同一陣線。她的心揪起來。「妳也認為我們應該把他們趕走？」

「不是把他們趕走，不完全是，」葉星低聲道。「但是如果部族派遣一支夠強大的巡邏隊，去讓月光知道姊妹幫即將面對的是什麼，那麼她也許會改變主意。」

「沒錯！」虎星的眼睛亮起來。「如果我們展現武力，月光便會明白試圖對抗我們是沒有意義的。」

「而我們也就不需要展露利爪了。」兔星贊同道。

棘星看著松鼠飛。「妳一定會贊同這麼做是合理的，」他喵聲道。「誰都不會受傷，而天族也能馬上取得他們的土地。」

松鼠飛的腳掌因憤怒而抽動。「你們不了解月光，」她大聲反駁。「如果你們出現在她的營地，她不會就這麼退縮。她更有可能會作戰。」

「即便她寡不敵眾？」霧星眨眼看著她。

「尤其是如果她寡不敵眾。」松鼠飛強調。

虎星瞇起眼睛。「假如她想作戰，那我們就作戰。但那就是月光的選擇了。」

松鼠飛無助地看著棘星。「你不能讓這件事發生，」她輕聲道。「派遣巡邏隊去嚇走他們，跟攻擊他們沒有兩樣。」

棘星回瞪她，眼神透出決然。「努力去猜想月光會如何反應，不是我的問題。我必須做最符合部族利益的事。」

「那就這麼決定了？」兔星滿懷希望地看著他。

「我會率領一支巡邏隊。」棘星告訴他。

「我們應該在黎明時分出發，」虎星喵聲道。「每個部族都必須帶著最堅強的戰士。」

「我們要在哪裡碰面？」

「你們可以在我們的領地碰面，」葉星主動提議。「就在我們與雷族的邊界處。從那裡穿過去進入山谷領域較容易。」她緊張地瞄著虎星。「但天族不會派出巡邏隊。」

「那是妳方才的提議！」兔星眨眼看著天族族長。

葉星略過他接著道，「我們不會給予未出生的小貓戰爭的威脅。但如果你們想要去趕走姊妹幫，我們也不會阻止。」

松鼠飛的心有如石頭般沉重。明天，部族就會以武力驅逐姊妹幫。至於他們是否計畫率先攻擊根本不重要。姊妹幫或許沒有惡意，但她知道月光可能有多固執。這次的對峙一定會升級為武力衝突，而她卻無力阻止。

棘星對其他族長們低頭致意。「黎明時分再見。」他沒有看松鼠飛一眼便轉身離去。她瞪著他的背影。他是覺得羞愧嗎？或者他在生她的氣？她覺得很詫異。**他到底還在不在乎我是怎麼想他的？**

「妳最好快一點。」霧星尖銳地盯著她。「看來他不會等妳。」

松鼠飛肚裡燃燒著怒火。「我自己找得到回家的路。」她啐道。在她轉身時，兔星嗤了一聲。

「看到棘星終於能掌握他的部族，真好。」那隻風族族長低哼道。

松鼠飛擰頭看向他。「在雷族，我們被允許表達自己的意見。」她大聲道，然後用力甩動尾巴走開了。

她並未試圖趕上棘星，只是越過樹橋沿著湖岸跟在他後面。他也沒有等她，而從他聳起的肩膀和低垂的腦袋，她看得出他想獨自一個。**在雷族，我們被允許表達自己的意見。**這還是真的嗎？自從她在族長會議上提出看法，建議天族搬到一個新領域後，他就一直在生她的氣。為什麼？雷族一向是一個每隻貓的想法都會受到傾聽的部族。是她對再生一窩小貓的渴望讓他惱火嗎？顯然她一直在給他壓力，不自覺地在逼迫他接受他並不想要做的事。她的心抽痛起來。他們以前想要的都是一樣的東西。而現在，他們的想法和感受似乎都不一樣了。

當她走入營地時，棘星已經在安排隔天早上要與他一起前往姊妹幫營地的巡邏隊了。在灑滿月光的空地中央，他環視著那些擠在他面前興奮不已的戰士們。

「刺爪，你跟我去。」棘星跟那隻黑色戰士說。

「我可以去嗎？」花落擠到最前面問。

「還有我。」鼠鬚揮動尾巴道。

嫩枝杈和鰭躍站在後面，在松鼠飛經過時滿懷期許地看著她，似乎是希望她能阻止其他貓不要去驅逐姊妹幫。

松鼠飛轉開視線。對此她已經無能為力。她悄悄地躲進擎天架的陰影裡，遠離其他族貓，將自己蜷縮起來。她不想要聽見他們迫不及待的聲音。她的部族中怎麼能有那麼多貓都贊同這個計畫呢？如果她是族長的話，他們也會如此表現嗎？她將自己抱得更緊些，貼近地上。她永遠都不會當族長，就如同她永遠都不會贊同這樣殘酷的計畫。

夜色降臨時，擎天架下的陰影更深了。松鼠飛抖開身上的毛以抵禦寒氣。

「妳會怎麼做？」

棘星的聲音讓她嚇一跳。

她抬起頭。他低頭看著她，眼光深沉。他背後的空地已經沒有貓影了。「什麼意思？」她坐起來問道。

「明天我能期待妳的支持嗎？」他的喵聲裡帶著敵意。「畢竟，妳是我的副族長。」

「也是你的伴侶。」她的毛不安地豎起來。他以為她該怎麼回答？「但那並不表示我必須支持你所做的每件事。當我不贊同你時，我無法支持你。」

「妳是我的副族長。我期待妳支持我，無論我做什麼，」他反駁道。「妳若總是挑戰我，部族又怎麼會信賴我的決定呢？」

「你是他們的族長，他們會支持你，」她喵聲道。「不管你有多錯誤。」

棘星很惱火。「所以妳連自己的部族都懷疑了？」

「我並沒有那麼說。」

「那是妳的意思。」

「過去一個月你不曾瞭解過我的任何意思！」松鼠飛扁下耳朵。「假如你曾瞭解的話，我們現在就不會爭執，而你也不會準備率領一支戰鬥巡邏隊去對抗一隻待產的貓后了！」

「對妳而言，難道那是唯一重要的事？」棘星眼裡閃過挫折。「一隻惡棍貓和她的小貓？除了小貓外，生命裡還有其他東西！」

「同然，除了戰爭外，生命裡還有其他東西！」

「當然有！」棘星與她對視。「妳以為我不知道這個嗎？」

「你的表現就好像邊界和戰爭是你唯一在乎的事情。」松鼠飛怒道。

「而妳的表現就好像姊妹幫是妳唯一在乎的貓！」他的聲音透著痛楚。

「你認為我不在乎雷族？」松鼠飛的心彷彿被利爪刺穿。「我當然在乎！我在乎他們，也在乎你！比什麼都在乎！但你似乎不再尊重我了——不尊重我是你的伴侶、你的副族長——而我不知道為什麼。」

「我當然尊重妳。」棘星的喵聲柔和下來。「但不管我說什麼、做什麼，妳似乎都不贊同。我要帶領一個部族。但如果我最在乎的那隻貓認為我所做的每件事都是錯的，我要如何帶領部族？」

松鼠飛透過黑暗凝視著他。「你真的相信攻擊姊妹幫是一件對的事？」

「我沒有要攻擊他們！我只是要去確定他們會離開。」

「但是你應該知道，如果你們出現的話，戰爭無法避免。」

棘星的眼睛閃爍著。「我不知道月光可能會做何反應，我也無法負責。我知道妳很擔憂，但我不是要去找姊妹幫作戰的。我不想要他們受到傷害。我會竭盡所能，以確保他們能夠在不流血的狀況下離開。」他忽然看起來很無助。「松鼠飛，我向妳保證，我只是想要做對雙方都最有利的事。我不能讓部族們相互爭鬥。星族已經警告過我們，一定要維持和平。這是我們能夠確保和平的唯一方式。」

松鼠飛內心湧起一股憐憫。她忽然明白他有多左右為難。天族來到湖邊後在部族間所造成的激烈反應，他們至今仍在掙扎著面對。她能理解為何棘星想要保護部族間脆弱的和諧。但是，只要大家都能夠深吸一口氣並等待，她相信與月光及姊妹幫的戰爭一定能夠避免。「你難道不明白我為何不贊同你？」她低聲道。「部族在威脅未出生的小貓，只是因為不願意為了那塊土地等待一個月。這是既貪婪又殘酷的行為。」

「但每個部族都擁有更多的土地就意味著長久的和平。」棘星絕望地瞪著她。「難道妳看不明白？」

「部族間的和平有這麼重要嗎？」在她的成長過程中，部族間就不曾有過和平，而天空也未因此塌下來。

「我必須遵從星族的期許。」他的眼睛閃過疑惑。「我是一個族長。星族這麼信賴我，給了我九條命，我不能背叛祂們。」

松鼠飛覺得心痛。棘星聽起來好可憐。他需要她。她放低聲音道，「即使我不贊同你所做的事，我愛你。」

「真的？」他眼裡閃著希望。

「當然是真的。」

棘星的毛滑順下來，他傾身向前，將鼻子貼緊她的臉頰。「我也愛妳。」

這一個月來，松鼠飛第一次有平靜的感覺。她感受著棘星臉頰的溫暖，吸取著他的氣息。他的毛裡含著露水，聞起來有森林和夜晚的味道。「我但願你不是要帶領巡邏隊到姊妹幫的營地去。我但願這件事可以用另外的方法解決。但是，如果這是你覺得必須做的事，那麼我的忠誠會與你及雷族同在。」

他依偎著她，喉嚨發出顫抖的咕嚕聲。「謝謝妳。」

「走吧。」她率先爬上亂石堆。「讓我們都好好睡一覺。明早我們還有一個很長的旅程要走。」

ϟϟϟ

當晚，松鼠飛做了一個可怕的夢。戰爭在她四周激烈地進行。到處都是貓的尖叫聲。他們的身軀因作戰而翻滾扭動。當她透過刺眼的陽光努力看去時，一隻腳掌用力揮中她的肩膀。她砰一聲摔到地上，絕望地環顧四周，掃視著眼前的戰亂，想在其中找到一張熟悉的臉孔。她的鼻腔湧入恐懼的味道。這些貓是誰？她覺得腳掌有如千斤重，地面則像水般拖住她的皮毛。

當她努力想站起來時，一團影子往她罩下來。爪子在陽光下閃現，一隻公貓對著她的鼻子猛力一擊。她全身竄過一股戰慄，往旁滾開，然後奮力跳起來，同時揮出一掌。她的爪子碰到一團軟和的東西，她立即刺入將之撕裂。在她的重創下，那團東西砰地摔到地上去。她逆著陽光瞇起眼睛，想要看清楚被自己擊中的是什麼。在她前面的地上，她看到了一個小小的身體。他黑橘色的毛上沾滿了鮮血。**那是火花皮死去的小貓！**她全身像被恐懼燒焦了。她感覺到爪子上的血，又暖又溼，滲進自己的皮毛裡，而空氣中飄散著恐怖的鮮甜味。**我殺了他！**

松鼠飛驚醒過來，身上的毛都溼透了。眨眼盯向窩內的黑暗，她掙扎著喘出一口氣。**只是一場夢。**但那股恐懼在她的內心流連。她悄悄從棘星身邊走開，爬出他們的窩。那不只是一場夢。她確定。**那是一個警示。**她揪著心，匆忙鑽出窩去。她必須去看看火花皮。她必須去確定小貓們都安全。

她盡量無聲地滑下亂石堆，在月光中往育兒室奔去。擠進窩後，她眨著眼睛以適應窩內的黑暗。

火花皮睡在她的床鋪上，小焰和小雀緊貼著她的肚子。黛西在他們旁邊的床鋪上輕輕打著呼嚕。松鼠飛全身放鬆下來。他們都很安全。剛剛只是一場夢。

當她爬出育兒室時，一團影子的移動引起她的注意。一個身影在巫醫窩外走動著。她在黑暗中瞄到白色的腳掌，認出是葉池。她起來做什麼？離黎明還早著。她走向她。「葉池？」她低聲呼喚。「妳還好吧？」

葉池的眼睛在黑暗中閃著光。「我睡不著。」

「怎麼了？」松鼠飛全身緊繃。

葉池皺起眉頭。「我不確定，但我有一種可怕的感覺，事情不對勁。」她戰慄道。「妳為何醒了？」

「我做了一個噩夢，」松鼠飛告訴她。「夢見了一隻小貓。」她瞥向育兒室。「我以為火花皮的小貓有了麻煩。」

葉池眼中閃過驚慌。「妳確定妳夢見的是**火花皮的**小貓？」

松鼠飛一愣。「不然還有誰呢？」

「月光的小貓。」她的喵聲低到幾乎聽不見。

驚慌竄過松鼠飛全身。那場夢是一個警示嗎？是月光的小貓陷入了危險？「我們必須去看看。」她往營地出口奔過去。「如果她的小貓陷入了危險，我們必須去救他們。」

第二十二章

松鼠飛在石頭間爬滾著，終於爬上了那片緊靠姊妹幫營地的山坡。她可以聽見葉池在她背後喘息的聲音。天空仍然如烏鴉的羽毛般漆黑，星星在其中閃爍著。他們繼續往前跑，但光線已逐漸在地平線集中了。部族的巡邏隊很快就會在邊界聚集。

「快到了吧？」葉池喘氣問道。「我認得這條路。」

松鼠飛轉頭看去。葉池的毛蓬亂，眼中透著疲憊。「越過這座山丘就到了。」爬上山頂時他們停下來，往山谷下望去。姊妹幫的營地就在谷底，隱藏在茂密的樹叢間。「希望我們來得及。我的夢境真的很可怕。假如與月光的小貓有關，那她一定需要我們。」

葉池停在她旁邊。「我也做了一個夢。」

松鼠飛看著她。「跟小貓有關？」

「是的。」葉池遲疑地看著她。「我夢見到處都是受傷的小貓，多到我無法一一給予治療。在夢中我感覺他們是月光的小貓。」她聳聳肩。「我不知道星族為何讓我做了一個與姊妹幫相關的夢。他們並不是部族貓。但那個夢讓我覺得事情很重要。」就在她說話時，她豎起耳朵。「妳有聽到嗎？」

松鼠飛豎耳傾聽。山谷下傳來一聲哀號。她的心揪起來。那哀號裡帶著痛苦。「是月光！」她急忙往山谷下爬去，在樹叢間曲折穿梭著。當她衝過一道蕨叢形成的牆時，另一聲哀號從營地裡響起。她煞住腳步，背後的石頭四處濺散。她猛地轉過一片荊棘時，聽得見葉池緊跟在她身後的腳步聲。鑽過蕨叢遮掩的入口時，她的心臟怦怦狂跳。

她在覆蓋青草的空地上放慢腳步，葉池緊跟她後面鑽進來。哀號聲再度響起。松鼠飛扭過頭，掃視著月光沐浴下的營地。

白雪正匆忙奔向生產窩。溪水和陣雪睜大眼睛，蹲在空地的邊緣，而荊豆在他們旁邊焦急地走來走去。

白雪停下來，瞪著眼睛。「你們在這裡做什麼？」

松鼠飛沒理會她的問題。「月光在哪裡？她還好嗎？」

「她正在分娩。」

松鼠飛在她眼中看到恐懼。

葉池趕向前。「帶我去她的窩裡。」她俐落地下指令。

「但她正在分娩！」白雪眨眼看著她。

「我是一隻巫醫貓，記得嗎？」葉池對她道。「我治療過日昇。」

「飛鷹和風暴正在照顧她。」白雪聲音有點遲疑。「他們知道該怎麼做。」一聲尖叫從生產窩傳出來。

「聽起來他們需要幫助。」葉池推開白雪，擠進生產窩內。

松鼠飛眨眼看著白雪，盡量不露出恐懼。「她在雷族接生過無數小貓，包括我的。她知道她在做什麼。」

「但願如此。」白雪背脊上的毛豎起來。「月光從日落時分就開始分娩了。她已經生下一隻小貓，但是情況有點不對勁。我們從未見過這種情形。也許是因為她懷孕的時間過長，小貓可能長得太大了。第二隻一直生不下來。我想他卡住了。」

松鼠飛壓下內心的恐慌，跟在葉池後面鑽進窩去。她眨眼適應著室內的黑暗，白雪也跟在她後面擠進來。

在生產窩的一側，一隻新生的小貓正在風暴的腳掌旁喵喵叫著，飛鷹則蹲在月光的身邊。那隻貓后正在對抗一陣抽搐，身體因痛苦而僵直。她濃密的長毛因汗水而黏成一片片的。她狂亂地翻著白眼，再度發出一聲尖叫。松鼠飛看到強壯、固執的月光被折磨成這樣，十分震驚。她的痛苦一定很可怕。

葉池的腳掌在月光的腹部來回撫按著。

「白雪說第二隻小貓卡住了。」松鼠飛告訴她。

「我知道。」葉池的眼睛一瞬也沒離開月光。「胎位不正，我可以摸得出來。我們必須減輕月光的痛苦，給她將小貓推下來的力氣。」她看著飛鷹。「妳知道覆盆子葉嗎？」

飛鷹點頭。

「豚草呢？」葉池問。

白雪熱切地眨眼。「我知道豚草。」

「去採一些來。」葉池的眼光跳向松鼠飛。「妳跟他們一起去，盡量多採一些，但要快。在月光耗盡力氣前，我們必須讓她把這隻小貓生下來。」

松鼠飛點頭，能幫得上忙讓她鬆了一口氣。當她鑽出生產窩時，飛鷹和白雪隨後擠出來並越過她奔出了營地。她跟在後面，追著白雪消失在樹叢間的白色尾巴。樹枝戳著她的毛，鬆軟的泥土在她的腳掌下粉碎。她跟著白雪直奔到山頂，進入一片草地裡。那隻白色母貓停下腳步，瞪向遠處的地平線。她瞇眼迎著吹拂過她全身的風。大地在黎明的微光中逐漸亮起來。飛鷹已經在他們前面，像一隻夜梟往獵物俯衝般掠過草地。

「她在採集覆盆子葉，」白雪告訴松鼠飛。「豚草在這邊。」她躍下山坡，往一條淺溪奔過去。

松鼠飛緊跟在她後面，在白雪到達溪邊時追上了她。溪水潺潺流過鵝卵石，白雪涉進水裡，然後從溪的另一岸躍上去。松鼠飛也跳進水裡。當冰涼的溪水吸住她腹部的毛時，她忍不住大口喘氣。她爬上對岸時，看到白雪停在一片高高的黃花前。花朵在微風裡搖曳著。那隻白色母貓走近它們，開始用爪子扯下那些花朵。松鼠飛跑過去幫忙，將味道嗆鼻的花瓣從花莖上扯下來。

白雪在地上堆了更多的花。「我們需要多少？」

松鼠飛不確定地瞄著那堆花朵。「這應該夠了吧，」她猜想。「如果需要更多的話，我可以再過來採。」她咬起一大把，然後往營地奔回去。當松鼠飛鑽過蕨葉遮掩的入口往生產窩衝過去時，月光的哀號聲幾乎撕裂了空氣。

她擠進窩去，將那些豚草放在葉池腳掌邊。「如果需要更多的話，我可以再去採一些回來。」她氣喘吁吁道。

葉池咬住一大口，咀嚼它，然後把那坨花泥吐到她的腳掌上。她用尾巴在月光顫抖的腹部上來回撫著，並傾身過去，將腳掌舉到那隻貓后的嘴巴前。「把這個吞下去。」她跟她說。月光大聲呻吟，眼中充滿痛苦。在白雪鑽進窩裡將更多豚草放在葉池旁邊時，月光拒絕地把頭轉開。

「她必須把這個吞下去。」葉池懇求地看著白雪。

那隻白色母貓匆忙點了一下頭後，蹲到月光的頭旁邊。「這個能幫妳減輕痛苦，」她向那隻貓后保證道。「把它吞下去吧。」

月光看著她，眼神透出恐懼，然後很快地將葉池腳掌上的花泥舔掉了。

葉池瞄向松鼠飛。「你們也找到覆盆子葉了嗎？」

「飛鷹正在採集。」

她說著話時，窩的入口抖動，接著飛鷹鑽了進來。松鼠飛瞄到了外面微弱的天光。她愣了一下。她可以想像幾支巡邏隊正在部族領域的邊界上聚集。她的腳掌緊張地顫抖著。當棘星醒過來發現她不在時，會怎麼想呢？他是否已經猜到她跑到這裡來了？

飛鷹大口喘氣，胸部猛烈起伏。她把嘴裡咬著的覆盆子葉放到葉池身邊，葉池連忙咬起一大口，嚼成泥後，讓月光吞下。白雪舔著月光的臉頰給她打氣。松鼠飛瞪著飛鷹。「部族快要來了。」她警告道。

「現在？」飛鷹瞇起眼睛。

「他們可能已經在路上了，」松鼠飛跟她說。「他們來叫你們離開。」

飛鷹睜大眼睛。「我們現在怎麼離開？」她驚慌地瞥向月光。

松鼠飛緊張地移動腳步。「我不知道。」如果部族知道月光正在分娩，他們會因此撤退嗎？若是他們不撤退的話，會發生什麼事？她暫時將這些想法拋開，往葉池靠過去。「她情況如何？」

「在草藥開始生效前，我們什麼也做不了。」葉池往後坐在自己的後腿上。看到另一陣抽搐攫住月光的身體時，她的眼神暗下來。那隻貓后虛弱地呻吟著，對痛苦無法抵抗。

松鼠飛往入口處看去。凌晨的微光已開始透進來。月光身上的每一根毛似乎都在顫抖。**求求你們讓月光平安生產。**她希望星族能聽見她的祈禱。在他們等待草藥生效時，所有的貓都沉默不語。頭一隻且唯一生下來的那隻小貓又再度喵喵叫，最後他靠著風暴的肚子找到舒適的位置。黎明的微光轉成了白日的明亮，月光低低地呻吟著。

終於，月光停止了呻吟，葉池將腳掌放在那隻貓后的肚子上。她抬起頭，看著葉池。她的眼神第一次變得銳利。葉池與她對視。「可以了嗎？」

「可以了。」月光翻過來，蹲伏著，尾巴繃直。

「等陣痛來。」葉池低語道。

松鼠飛屏住呼吸。

一陣抽搐竄過肚腹時，月光的腳掌用力壓在地上。她抬起頭，發出一聲尖叫，把自己的後腿往下壓向地面。一陣顫抖後，第二隻小貓從她後面滑到地上去。白雪跑過去，迅速將小貓身上的那層薄膜舔掉。生產窩內靜默無聲，松鼠飛一口氣卡在喉嚨裡。

「他沒有在呼吸。」白雪絕望地看著那團沒有生命的小東西。

葉池推開她走過去。「照顧月光。」白雪蹲到月光的臉頰邊。葉池把小貓攤平，然後用爪子將他的嘴扳開。松鼠飛退縮了一下。她在做什麼？葉池將一隻腳掌放在小貓的胸口上，然後用力小心地按壓。

飛鷹睜大眼睛瞪著她。「小心點！」

葉池沒理會，接著輕輕咬住小貓的頸背，把他提起來輕輕搖晃著。

那隻小貓扭動起來，抬起頭開始哭叫。

活過來了！松鼠飛鬆了一口氣。

葉池連忙把他送到風暴身旁，將他跟第一隻小貓放在一起。「是另一隻小母貓。」

「她是隻鬥士，就像她媽媽。」風暴把小貓往自己的肚子挪近些，低頭開始清洗她。

葉池轉回月光身邊，這時那隻貓后再度扭曲抽搐，第三隻小貓滑到地上。松鼠飛屏氣看著葉池將小貓鼻子上的薄膜舔乾淨。

那隻小貓開始喵喵叫，在葉池的腳掌邊蠕動著。

「是一隻公貓。」葉池的眼睛亮起來。「這是最後一隻了。」她叼起那隻小公貓，將他交給松鼠飛。「把他跟另外兩隻小貓放在一起。」她喵聲道。松鼠飛呼吸著那隻小貓的氣息，心裡充滿喜悅。她走向風暴，輕輕地將那隻小貓放到他的姊姊們中間。松鼠飛眨眼看向葉池，她正在用腳掌撫順月光凌亂的灰毛，而白雪則用鼻子蹭蹭那隻貓后的臉頰。

松鼠飛有點緊張。「她還好嗎？」

「她累壞了，但狀況還好。」葉池答道，往後坐在自己的後腿上。

松鼠飛的毛因喜悅而波動。他們拯救了月光和她的小貓。她開心地眨眼看著白雪，喉嚨滾動著咕嚕聲。然後，她呆住了。白雪也愣住。那隻白色母貓豎起耳朵，瞪著入口處。松鼠飛揪著心，隨著她的目光看過去。營地外，樹叢間窸窣作響。有什麼東西在它們之間穿梭。輕輕的腳步聲擦著地面。

飛鷹的眼睛露出驚慌。「他們到了嗎？」

松鼠飛走向入口處，瞇眼往外仔細看著。溪水、荊豆和陣雪已經往後退到空地的中央，全身的毛高高豎起。他們周圍的空氣裡瀰漫著濃烈的部族氣味。環繞營地周邊的樹叢開始抖動，松鼠飛內心湧起一股恐懼。「葉池，」她沙啞地喵聲道。「作戰巡邏隊已經到了。」

第二十三章

葉池擠過她身邊，往外看。「我們必須阻止他們。」

「別讓他們看到妳。」松鼠飛用鼻子將她推開。「不能讓他們知道妳在這裡。」

外面，日昇已經加入了荊豆、溪水和陣雪，他們這時全都拱起背、低吼著，往生產窩一步步退過來。他們盯著空地另一邊那片抖動的山茱萸。慢慢的，一隻又一隻的貓從樹叢的陰影裡走出來，眼睛在晨曦中閃閃發光。

松鼠飛壓回驚慌。已經沒出路了，她跟姊妹幫都被困在這裡了。

虎星走入空地。他的視線掃向營地四周，最後定在荊豆身上。「月光呢？」

當霧星、兔星和棘星在影族族長旁邊成扇形散開時，荊豆沉默地回瞪他們。部族的戰士們圍站在營地邊緣，全都威脅地張開身上的毛。荊豆曲起爪子。「你們入侵了。」她吼道。

站在她旁邊的陣雪豎起毛。「滾出我們的營地。」

兔星甩動尾巴。「我們想要跟你們的老大談一談。」他的眼裡閃爍著敵意。

松鼠飛全身緊繃。**拜託你們別打架！**姊妹幫會努力捍衛月光嗎？如果部族不撤退的話，他們當然必須有所行動。月光現在無法保衛自己。她從入口躲開，往那隻疲憊不堪的貓后點點頭。「我們必須將她送走。」只要月光安全了，姊妹幫開戰的理由就會少一點。

月光虛弱地抬起頭，目光往窩裡四處看著。「我的小貓呢？」風暴用鼻子將小貓輕輕地推向她。那幾隻小東西跌跌撞撞地撲向自己的母親，迫切地擠靠到她的肚子上。月光蜷起身體護著他們。她皺起鼻子。「那是什麼臭味？有狐狸闖進我們的營地了嗎？」

「部族貓來了。」葉池黑沉沉的眼裡都是恐懼。

松鼠飛走近一步。「他們要你們離開。」

月光試圖站起來，但剛生產完的虛弱，讓她無力地又躺回小貓的旁邊去。「他們不應該來。」她吼道。

「但他們已經來了，」松鼠飛告訴她。「我們必須把妳和小貓送到安全的地方去。」

「我哪裡也不去。」月光甩了一下尾巴。

「妳若留在這裡，不但會把小貓陷入險境，妳的姊妹幫也會為了保護妳和他們而戰死。」外面，姊妹幫的低吼聲已經轉成了警告的厲叫。松鼠飛轉過頭靠近月光。「你們寡不敵眾！再多的驕傲也救不了妳。」在月光回答前，她扭頭轉向白雪。「我們必須將月光和小貓撤離這裡。」

白雪瞪著她。「她才剛生產。他們應該不會傷害她吧？」

「虎星要這塊土地，而且現在就要。」松鼠飛甩動尾巴。「他已經表態，絕不會撤退。等一下我去阻止他們開戰，你們趁機趕快將月光送走。」

「我們不能這麼快就讓月光移動。」飛鷹睜大眼睛道。「那會要了她或小貓的命！」

「你們一定要將她撤離，」松鼠飛厲聲道。沒有時間討論這個了。「如果戰爭爆發的話，她會有危險。」陽光透過生產窩後面的樹枝浸射進來，表示那邊的牆較薄。松鼠飛跑過去，開始撕扯牆上的藤蔓。「在這裡挖開一個洞，然後將月光和小貓從後面送出去。把他們藏到一個安全的地方去。」她的心裡一團混亂。巡邏隊已經來了，現在還有安全的地方嗎？這不重要了。當下她必須說服姊妹幫離開這個窩。「找一個你們可以藏身的地方。」

風暴瞄著白雪。「到那個洞穴去。」她立即喵聲道。

白雪的眼光冷起來。「我們不能任他們將我們趕走卻不挺身作戰！」

松鼠飛倏地轉向她。「先把月光送到安全的地方去，然後再想作戰的事！」她咆哮道。

白雪與她對視片刻，然後看向松鼠飛剛才撕開的那條窄縫。「好吧。」她抓住一條藤蔓，把那條縫扯開些。

「葉池。」松鼠飛眨眼看著自己的妹妹。「我待會兒出去，我會想辦法跟部族貓講話拖時間。妳幫風暴和白雪護送小貓。飛鷹可以幫忙月光。」

葉池瞪著她。「妳不能讓族貓看到妳在這裡！」

「我沒有選擇。」松鼠飛忽略自己內心的恐懼。**棘星看到我在這裡會感到震驚嗎？還是他**

早就猜到了。「這是唯一能讓月光撤離的辦法。」

「他們要是展開攻擊了，怎麼辦？」葉池的眼中閃著恐懼。

松鼠飛將那個念頭推開。「但願不會到那個地步。」

葉池瞇起眼睛。「妳要記住，松鼠飛，」她陰鬱地低聲道。「妳是戰士，不是姊妹幫中的一個。在姊妹幫離開後，妳仍需要與自己的族貓共同生活。」

松鼠飛從那幾隻瘦小的像獵物、因剛出生身體仍潮溼的小貓旁邊走過。「我必須做對的事。」她避開葉池的眼睛，擠出窩去。

當松鼠飛從陣雪和日昇中間跑出來，挺直肩膀面對巡邏隊時，那些怒氣騰騰的戰士們全都驚訝地瞪著她，雙眼圓睜，毛豎了起來。他們像一群飢餓的狐狸般，包圍著空地。她眼睛的餘光看見了棘星，但她避免與他對視。

「妳在這裡做什麼？」虎星瞪著松鼠飛。

鴉羽沒有給她回答的機會。「她來警告姊妹幫！」他走向前一步道，尾巴在身後凶狠地揮動著。

霧星瞇起眼睛。「我們知道妳要扯妳族長的後腿，」她吼道，「但我們沒想到妳竟然會做到背叛他的地步。」

「我沒有背叛任何一隻貓！」松鼠飛厲聲駁斥。「我只是來確定月光是否平安。」

陣雪往她靠近一步。「別告訴他們小貓的事，」她壓低聲音嘶道。「不能讓他們知道月光現在很虛弱。」

莉豆點頭贊同。溪水揮動尾巴。

松鼠飛瞄著他們。「你們必須讓他們知道，」她迫切地低語。「那是讓他們離開的唯一機會。」

鴉羽的眼中閃著怒火。「她在與敵人密謀！」

松鼠飛的鼻子倏地擰向風族副族長。「姊妹幫不是你們的敵人！」

虎星的耳朵憤怒地抽動。「他們重創了爆發石！」

陣雪揮動尾巴。「他差點殺死了日昇！」

憤怒的吼叫聲從戰士們嘴裡爆發出來。

「他們入侵了我們的領域！」

「我們只是在捍衛我們的邊界！」

松鼠飛滿腹驚慌。戰火一觸即發。她瞪向虎星。「你要讓姊妹幫見識一下部族有多強大，」她的吼叫聲蓋過戰士們的喧鬧。「你已經做到了。現在你可以離開了，讓姊妹幫自己去決定要怎麼做。如果他們有一點腦子的話，他們便會離開。但用這種方式霸凌他們，對他們不公平！」

站在她旁邊的日昇怒道，「我們自己能對付霸凌。」

「我們不需要妳替我們說話。」陣雪對松鼠飛吼道。

松鼠飛將聲音壓低到只有姊妹幫能聽得見。「月光已經生產了。她狀況良好。葉池和其他姊妹幫正在將他們送出營地去。」她只能希望，他們一旦知道月光和小貓都安全了，便不會想打架。

陣雪瞇起眼睛。「是妳的部族吩咐妳將月光送走的嗎？」

「不是！」松鼠飛很震驚。「我那麼做是為了保護她和小貓。」

「棘星。」虎星的目光射向雷族族長。「犯了這種錯，你有何感受？」他聽起來很幸災樂禍。

松鼠飛渾身竄過一陣涼意。影族族長在說什麼？她慢慢轉頭看向棘星。

他正瞪著虎星，一臉疑惑。「什麼意思？」

「你選擇了一隻錯誤的貓來當你的副族長。」虎星的聲音有如蜂蜜般滑膩。「松鼠飛似乎喜歡惡棍貓勝過部族貓。」

「你胡說！」松鼠飛的心揪起來。她絕望地瞪著棘星，但他的目光卻緊盯著虎星。

「不管松鼠飛做什麼，那是她自己的決定。」他冷漠地喵聲道。

戰士中響起一陣陣訝異的低語聲。

風皮的毛豎起來。「她不忠誠！」

「你亂講！」松鼠飛怒視他。

「而且這不是第一次，」風皮繼續道。「妳撫養妳妹妹的小貓，卻告訴妳的族貓和棘星，說他們是妳自己生的！妳就是一隻會說謊的貓。」

「說謊的貓！」戰士們同聲一氣的大吼起來。

松鼠飛扁下耳朵。部族們仍然在乎那個嗎？那麼久之前的事了！而且葉池的小貓長大後一直盡力在幫忙解救所有的部族。

棘星憤怒地看著風皮。「我們是來這裡跟姊妹幫談事情的，不是來翻舊帳的。」風皮對他射去一道責難的眼光。「我們沒有預料會在這裡看到你的副族長跟敵方混在一起！松鼠飛對部族不忠。她以前就曾經不忠過，我們不能信賴她！」

松鼠飛對風皮嘶吼。「你沒資格教訓我什麼叫忠誠！在與黑暗森林那場戰爭裡，你是為誰作戰的？」她滿腔怒火。

鴉羽走向前，擠過他兒子身邊時，用尾巴拂了他一下。「我們可以稍後再聽松鼠飛的解釋，」他吼道。松鼠飛內心湧起一股不祥的預感。她努力讓自己的毛維持平順。他對她點頭。「別擋著路。我們是來叫姊妹幫搬走的。」

「你們是來給姊妹幫警告的。」松鼠飛提醒他。

「我們已經聽到你們的警告了，我們是不會搬走的。」日昇走向前，頭抬得高高的。

「求求你們別打架。」松鼠飛顫聲道。她與棘星對上眼光。他必須阻止戰爭發生。

他回瞪她，眼裡看不出任何心思。

溪水甩動尾巴。「這個營地是我們的，」他大吼。「如果你們想要搶它的話，那就得靠武力奪取。」那隻年輕的貓瞪著虎星嘶道。

他甚至還未到當見習生的年紀，松鼠飛絕望地想著。**他不能跟戰士們作戰**。

荊豆揚起她碩大的頭。她的體型幾乎是許多戰士的兩倍。一瞬間，松鼠飛竟然覺得說不定姊妹幫能夠打勝仗。多少隻貓會因此受傷呢？

「拜託你們！」她絕望地瞪著四周的同袍戰士們。「撤退吧，讓姊妹幫按自己的時間離開。」

「戰士從不撤退。」兔星扁下耳朵，然後擺出一個準備作戰的姿勢。

日昇的眼睛瞇成一條細縫。「姊妹幫也一樣。」她一聲大吼，往風族族長撲過去。

空地上爆發了戰爭。松鼠飛全身震顫地往後退。日昇、荊豆、陣雪和溪水消失在一群扭動翻滾的貓影下。空中瀰漫著濃烈的血腥味。

我承諾過棘星我會支持他，松鼠飛記起自己說過的話。但她怎麼能支持他呢？努力拯救月光的小貓後，她跟姊妹幫之間的連結已經變得更加緊密。她知道她是一隻雷族貓，但她不能傷害對部族貓並無惡意的其他貓。

在空地的邊緣，嫩枝杈瞪著那些正彼此廝殺的貓，身體彷彿結冰了。看到她松鼠飛很訝異。她並不贊同這次的行動。是棘星命令她來的嗎？還是她自願前來，以便能幫忙維持和平？那隻灰色母貓雙眼不可置信地圓睜著。「我們不應該開戰的。」

棘星似乎沒有聽到她的話。他衝進了戰場中。

「不！」松鼠飛想要引起他的注意。他不能作戰。他要是知道自己正威脅著躲在不遠處的初生小貓的性命，他絕對不會原諒自己的。

兔星從一大群貓中冒出頭來，日昇也跟著冒出來，腳掌兇猛地揮向那隻風族族長的鼻子。像溺水的貓般，他們一邊互毆，一邊沉入那如海水般翻滾湧動的貓影裡。溪水從貓群中滾出來，身手敏捷地立即轉身撲向苜蓿足。他曲起爪子刺入那隻影族副族長的肩膀，用力一撕把她翻倒在地。他跳到她身上，奮力地將她壓住，然後舉起腳掌往她臉頰刷下去。苜蓿足掙扎著要脫身，但那隻年輕的公貓使盡全身力氣，將她摁得牢牢的。就在他的爪子要揮中她時，鴉羽從自己族貓的旁邊跳過來，一拳擊在溪水的肚子上。溪水飛起來撞上一片荊棘，鴉羽追上去，用腳掌不斷摑打他。風皮、焦毛和金雀尾也奔過去相助。

你們會殺死他！溪水的身影淹沒在一群戰士的圍攻裡，松鼠飛恐懼地瞪著。**求求你們住手！**

嫩枝杈竄過她身邊。「慢著！」松鼠飛用爪子拉住她，把她往後拖離混戰。

嫩枝杈撓動腳掌，奮力從松鼠飛的爪子下脫身出來。她轉向松鼠飛。「妳到底想——」當她看著松鼠飛時，她的喵聲消失了。

「我們不能讓戰爭發生。」松鼠飛懇求地瞪著那隻年輕戰士。「月光剛剛才生產。她現在很虛弱，而小貓也才剛開始他們的呼吸。他們最初的記憶不能是一場戰爭！請幫我一起阻止他們！」

嫩枝杈環視營地。「小貓在哪裡？」

「葉池和其他姊妹幫已經將他們送到安全的地方了。陣雪、荊豆、日昇和溪水現在只能靠自己。」

嫩枝杈點點頭。「我去告訴花落和鼠鬚，」她承諾道。「我會阻止他們。」她轉身擠入正賣力想要引燃更多暴力的燼足和蓍草葉之間。松鼠飛也開始擠入燕麥爪和暮毛之間。她必須趕快找到棘星，向他解釋小貓的事情。他會瞭解為何姊妹幫必須作戰。他們是在捍衛他們的下一代。當她閃過燕麥爪時，日昇從她身邊竄過去。松鼠飛倏地轉身看她，那隻母貓已經掙脫巡邏隊戰士的包圍，越過空地往外逃。

「撤退！」日昇尖聲招喚她的夥伴。「我們贏不了！」

荊豆掙脫閃皮和花瓣毛的圍攻，緊跟其後奔逃，一邊轉頭大吼。「溪水！陣雪！這邊！」當部族巡邏隊發現敵人竄逃後，戰爭似乎嘎然而止。溪水跳起來，像一隻小鳥般掠過草地，跟著他的夥伴急逃。他們一起衝過一片荊棘，消失了。

虎星看著他們逃走，細瞇的眼睛露出堅決。「我們要確定他們離開了！」有如一群野狼般，戰士巡邏隊拔腿追了上去。

戰士們一瞬間跑光。松鼠飛顫抖地瞪著染滿血跡的草地。當她發現陣雪躺在地上時，一口氣卡住了嗓子眼。那隻薑黃與白色紋的母貓渾身是血，鼻嘴部滿是交叉的爪痕。松鼠飛連忙往她奔過去，心臟狂跳不已。她蹲在那隻遍體鱗傷的貓旁邊。她死了嗎？

「妳關心姊妹幫勝過關心妳的族貓。」

棘星的喵聲嚇她一跳。松鼠飛轉過頭。他正瞪視著她。

她迎著他的目光。「我關心任何受傷的貓。」她喵聲道。

「即便是仇敵？」

「仇敵的命也是命。」她站起來，與他對視。

「妳為什麼在這裡？」他眼中滿是疑惑。

「昨晚我夢到一隻小貓陷入危險，」她告訴他。「葉池也做了同樣的夢。我們必須來此。」她往他走近一步。「月光需要幫助。她分娩不順，需要一隻巫醫貓。葉池救了她和她的小貓。巡邏隊抵達前，她才剛生產完。」

棘星眨眼看著她。「她在哪裡？」

「葉池和其他姊妹幫已經將她和小貓送往一個安全的地方了。」

聽到山谷口傳來的嘶吼聲，棘星一愣。「在哪裡？」

松鼠飛聳肩。「一個洞穴。我從來沒去過，但應該不遠。」

棘星眨眼看著她。「妳覺得其他的姊妹幫也逃到哪裡去了？」

松鼠飛全身竄過一陣驚慌。**先把月光送到安全的地方去，然後再想作戰的事！**「他們也許認為自己能夠抵抗部族的攻擊。」

就在這時，氣喘吁吁的鴉羽出現在她旁邊。「妳是說葉池躲在一個洞穴裡？」他藍色的眼珠因驚慌和關切而圓睜著。他當然關切，松鼠飛明白——他們以前曾經是被禁止的一對。雖然分手並繼續了各自的生活，但松鼠飛知道他們之間的感情從未完全消逝。

「他們會被困住，」棘星低吼道，爪子壓進了土裡。「虎星及其他戰士會包圍他們。」

「我們必須去阻止雙方的戰爭！」她看著棘星，但他的目光已經往她後面瞥去。有個身影正越過草地往他們這邊奔過來。松鼠飛轉過頭，眼睛的餘光瞄到一團薑黃與白色紋的影子閃過。陣雪一聲嘶吼，將松鼠飛拍到一邊。就在她顛仆著保持平衡時，松鼠飛看到那隻母貓撞向了棘星。陣雪嘶叫著，咬住了棘星的頸子。他在那隻身型龐大的母貓重壓下摔到地上去。陣雪的利牙深深咬緊，棘星因痛苦而尖聲厲叫。他肚子壓到地上，身體往後滾，後腿縮到陣雪的肚子下，開始用力踹。陣雪鬆開牙齒，一隻腳掌猛力擊打棘星的胸口，另一隻腳掌則刷向他的臉頰。棘星的臉被摑得歪向一邊。他掙扎著想逃開，但陣雪把他釘在地上，一下又一下地揮拳攻擊他。

松鼠飛渾身顫慄。陣雪想要殺了他！她露出爪子，縱身跳過去。

「他們困住小貓了！」嫩枝杈從樹叢竄出來，穿過空地跑向她。

松鼠飛躍起的力道猛地煞住。她努力保持平衡地扭身看向嫩枝杈驚嚇的目光。

「小貓？」陣雪倏地轉向那隻年輕戰士。眨眼間，她丟開棘星，竄過營地，豎起尾巴，往之前其他夥伴們逃走的那個空隙鑽了出去。

松鼠飛奔到棘星旁邊。「你還好嗎？」看到他軟綿綿地趴在地上，她的心跳彷彿漏了一拍。她急切地舔著他血淋淋的臉頰。「棘星！」

他呻吟著，將她推開。勉力站起來後，他看著她，眼裡充滿痛苦。「妳剛剛想讓她殺了我？」

「不！我是——」

未等她說完，棘星一瘸一拐地往陣雪消失的方向過去。「走吧。聽起來小貓已經陷入了困境。」

當他鑽過凌亂的樹叢追蹤巡邏隊的足跡時，松鼠飛趕到他後面。「我是要把她從你身上拉開。」

他沒理她。前面傳來憤怒的喵聲。松鼠飛豎起耳朵傾聽。**是小貓。**她拔腿奔跑起來。從樹叢裡竄出來時，她看到戰士巡邏隊已經在一片崎嶇的空地上站成一排。在他們前面，一座峭壁像一道巨大的傷口般升起，旁邊是一片沒有石頭只剩粗礫的滑坡，在晨光照射下閃著紅光。峭壁的底部有一個巨石形成的洞穴，上面遮蓋著最近才從峭壁上落下來的樹枝和碎石。陣雪和日昇站在洞穴裡，從陰影中往外瞪視著。

「那地方不能藏小貓。」棘星停在她身邊道。

嫩枝杈跟在他旁邊。她順著他的眼光看去。「只是碎石頭堆起的小洞而已。」棘星覷眼越過陣雪和日昇往洞內瞧。「小貓在裡面嗎？」

嫩枝杈點頭。「跟月光及其他姊妹幫在一起。」

「葉池呢？」松鼠飛瞇起眼睛，努力想看清陣雪背後的情況。

「她也在裡面。」

松鼠飛瞄了一眼排成一線的戰士們。他們全都豎著毛，瞪視著陣雪和日昇。虎星往前走。「你們準備好要走了嗎？」他對姊妹幫吼道。

在他們後面的洞穴裡，一道影子移動著。月光腳步遲緩地從陰影裡走出來，站在她的姊妹幫中間。她的眼神因疲憊而顯得空洞。松鼠飛的心跳加速。那隻灰色母貓的狀態根本不能作戰。月光看著那一排戰士，嘴唇捲起。「我們不走。」她聲音沙啞道。

兔星瞇起眼睛。「但你們寡不敵眾。」

「我們會誓死捍衛這個洞穴。」月光嘶道。

「那我們就把你們趕出來。」虎星對苜蓿足和焦毛點頭下令。「爬到洞穴上方，將它挖開。」

「小心！」看到苜蓿足和焦毛跳上去開始越過洞穴頂端的那些碎石礫時，松鼠飛奔向前喊道。

陣雪往上瞄，瞇起眼睛遮擋落下的塵土。日昇對著戰士們吼叫，全身的毛因憤怒而賁張。月光也露出了利牙。

棘星走到虎星旁邊。「我們可以用飢餓戰術。」他緊張地瞄著洞穴上方的戰士，他們已經開始挖了。「沒有必要用這種方式危及小貓的性命。」

虎星猛地扭頭看著雷族族長。「小貓？沒有聽說小貓已經出生了。」

就在他說話時，月光一頭往前衝去。「進攻！」姊妹幫從洞穴中湧出，全身的毛張開，耳朵扁下來。他們把自己砸向那一排戰士。看到月光衝向虎星，將他一掌打飛時，松鼠飛連忙躲到一邊。尖叫聲在她四周爆發。飛鷹跳上暮毛的背。陣雪對蛇牙揮出重重一拳。風暴用爪子勾住蘆葦鬚的皮，把他壓到地上去。在洞口前的碎石地上，刺爪和溪水滾成一團，他們抓著彼此的毛，腳掌輪動互踹。

松鼠飛絕望地瞪著他們。這場戰爭只能以流血告終。隆隆聲從洞穴傳來時，她渾身僵硬。一條樹枝正緩緩移動，在開始裂開前發出可怕的咯吱聲。她看著洞頂變形，就要瓦解了。塵土如雨般傾落到洞口，石頭從邊緣滾下來。洞穴要坍塌了，而葉池和小貓還在裡面！

松鼠飛奔向洞口。「要崩塌了！」她掠過刺爪和溪水，竄進了陰影裡。一根樹枝在她頭頂裂開，碎屑往她身上跌落。「葉池！」她的尖叫聲在黑暗中迴響。她在石頭上顛仆，在黑暗中摸索前進。「洞頂要坍塌了！」

「我在這裡！」葉池的喵聲從洞穴後方傳來。碎石頭不斷落在松鼠飛的背上。她眨著眼，努力適應著洞中的黑暗。她只能看到葉池隱約的身影。「小貓呢？」

葉池抓起一小團東西，往她跑過來，然後把他塞給松鼠飛。「其他的在後面。」泥土像大雨般落下。石頭滾下來，砸在地上，發出碎裂聲。松鼠飛叼起小貓，轉身衝出去。黑暗中她嗅到飛鷹恐懼的氣味，發現那隻母貓就在她前面。飛鷹一定也是看到了洞頂要坍塌了。她把小貓交給她。飛鷹叼住後，松鼠飛立即回身去接下一隻。

她聽到葉池在地上的土堆裡扒著。「我找不到他們！」葉池哀叫道。

松鼠飛奔到葉池旁邊。她豎起耳朵聽著他們上方的洞頂發出的可怕的隆隆聲。一團軟軟的東西在她腳掌邊蠕動。「我找到一隻了。」那隻小貓可憐地喵叫著。松鼠飛低頭叼起他，瞇起眼睛抵擋落下的泥土，把他送到洞口去。

飛鷹已經回來了，石頭不斷落在她背著日光的身影上。她趕向前，從松鼠飛嘴裡接過小貓。

「葉池在找最後一隻。」松鼠飛跟她說，然後迅速地轉身跑回去。她全身的毛驚慌地豎著，眼睛瞇起試圖穿透黑暗，隱隱約約中只看到葉池的影子。「找到了嗎？」

葉池沒有回答，她正瘋狂地挖掘著洞穴後面靠牆堆積起來的泥土。松鼠飛的視線透過持續落下的塵土和石頭，往四下搜尋著。潮溼泥土的嗆味充滿她的鼻腔。難道小貓自己想辦法逃到洞口去了？或者是姊妹幫中的一個已經把他帶出去了？血液在松鼠飛的耳朵裡轟鳴。忽然巨大的斷裂聲從她頭頂傳來，她抬頭看去。一根兜著石塊的粗壯枝幹移動了。當它開始斷裂時，木頭的碎屑從枝幹中開始爆開來。「葉池！」她全身竄過驚慌。「洞頂要坍塌了！」

「找到了！」葉池從泥土中拖出一個小小的身體，把他丟給松鼠飛。

「我們趕快離開這裡！」松鼠飛接過小貓，往洞口衝過去。飛鷹守在那裡。松鼠飛扭頭將小貓甩給她。看到飛鷹接住小貓，奔出洞穴時，松鼠飛終於鬆下了一口氣。她轉身跑回去。「葉池！」一道震耳欲聾的破裂聲在半空中劈開，她看到葉池的眼睛在陰影中一閃而過。那根樹枝猛地斷裂，泥土和碎石轟然落下。泥土如瀑布般往松鼠飛四周沖下來。當落土將她壓到地上時，恐懼淹沒了她。

「葉池！」松鼠飛努力透過暴雨般的泥土看去。「妳在哪裡？」

一塊石頭敲中她的後腦，把她送入了黑暗裡。

第二十四章

松鼠飛感覺自己躺臥在柔軟的草地上。她眼睛半睜，想起了山崩，以為身體會感覺到疼痛。不是有東西擊中她的後腦嗎？燦爛的陽光讓她睜不開眼。她還在姊妹幫的山谷中嗎？她抬起頭，驚訝地發現自己竟然覺得很健康。她翻身爬起來，眨眼看著面前那一片向著綠色山丘起伏而去的長滿野花的草原。在她下面的小窪地中，有一個小池塘在陽光下閃爍著。池塘的周圍，柳樹的枝條垂向水面。她抖開身上的毛，覺得頭腦清晰，身體健壯。她往四周看去。**大家都到哪裡去了？戰爭結束了嗎？**

葉池躺在離她一尾巴遠的地方，在草地裡蜷縮成一小團。

松鼠飛的胸口緊繃。她受傷了嗎？當洞穴崩塌時，葉池就在裡面最深處。她用鼻子蹭蹭她。「妳還好嗎？」

葉池睡眼惺忪地抬起頭，眨眨眼睜開了眼睛。「應該還好吧？」她瞄著四周，眼裡閃過驚訝。「我們怎麼會在**這裡？**」

「妳知道這個地方？」松鼠飛看著她。

葉池移開視線，沒有回答她。

她一定還有點昏沉。松鼠飛環視著草坪。「一定是其他戰士把我們送到這裡來的，」她推測道。「這裡可能離姊妹幫的營地不遠。看起來不像是雷族的領域。」

葉池站起來。「的確不是。」她溫柔地喵聲道。

松鼠飛瞄著自己的妹妹。她的眼神透著恍惚。松鼠飛內心湧起一股不安。葉池怎麼會知道這個地方呢？

葉池背脊上的毛波動著。「松鼠飛，我們是在星族——」

「不！」松鼠飛渾身僵硬。「我們不可能死了。我們還有那麼多的事情要做。我們一定就在姊妹幫的營地附近。」她瘋狂地看向四周。「我們必須找到其他的貓。棘星一定就在附近。他不會丟下我不管的。」

葉池的視線越過她。松鼠飛順著她的目光看去，害怕自己會看到什麼。**是雲雀歌！**那隻黑色公貓正穿過草地向他們走過來。星光在他的毛裡若隱若現。

松鼠飛往後退。她腳掌下的土地似乎在移動。「我們死在山崩裡了嗎？」

「你們還沒死。」雲雀歌靠近時低頭向他們致意。

松鼠飛暗暗鬆一口氣。她低頭看著自己的毛，發現她和葉池並沒有像雲雀歌那樣散發著光芒。**我們不是星族——還不是。**

葉池皺眉，覺得疑惑。「這是夢境嗎？」

「不是。」他清醒地迎著她的目光。「你們兩個在山崩中都受了重傷，」雲雀歌告訴他們說。「你們的身體在雷族的營地裡。赤楊心和松鴉羽正在努力救治你們。而在他們努力之時，你們在這兩個世界並存著：兩隻腳掌在森林裡，兩隻腳掌在星族裡。」

松鼠飛瞪著他。「努力在救治我們？」

雲雀歌迎著她的目光。「我們不知道你們是否會活下來。但在我們確定之前，你們會在此停留。」

「我不能死！」松鼠飛的毛張開來。「棘星認為我背叛了他！火花皮需要我。」她著急地瞪著雲雀歌，不知道星族為何派他來指引他們。**是因為他是最近才死的嗎？所以，他會理解……**「你一定要送我回去。」

「這不是我能決定的。」他告訴她道。

葉池微垂著頭。「我可以看我的身體嗎？」

「可以，如果妳想要的話。」雲雀歌瞄向那個發光的池塘。「妳可以從那裡看到。」

松鼠飛豎起耳朵。「你是說我們可以看到在雷族的自己？」

「是的。」雲雀歌走下坡往池塘去。

松鼠飛緊跟其後。「我能夠看得見棘星嗎？」她需要知道他是否仍然認為她想要讓陣雪殺了他。

「可能，」雲雀歌回答道。「視情況而定。」

「視什麼情況？」葉池跟在他後面，豎起耳朵問。

「我不確定。有時候視野不清楚。」

走到池塘邊後，雲雀歌蹲下來，把一隻腳掌伸進水裡。

松鼠飛往下凝視。當雲雀歌攪動池水時，她透過閃爍的水面看見了一座茂密的森林。然後她開始在樹林中認出一個凹洞。**那是雷族的營地。**她傾身靠近些。眼前的景觀展開，貓影和貓窩變得清晰起來。她可以看見自己的族貓們在空地四周走動。棘星在巫醫窩外來回地踱著步，身上的毛結成一塊塊，沒有梳理，上面仍然沾著作戰時的血跡。她努力想看清他的臉。他在生氣嗎？覺得受到背叛嗎？但片刻後，那個影像暗下來，忽然間轉到了巫醫窩內。「那是我嗎？」當她認出其中一個床鋪上縮成一團的火焰色的毛時，腳掌不禁抽動起來。

「是的。」雲雀歌點頭道。

她的身體綿軟地躺在蕨葉上。赤楊心低頭看著她，眉頭因憂慮而皺著。葉池躺在另一個床鋪上，一動不動，松鴉羽坐在她旁邊。松鼠飛從池邊退開，覺得渾身麻木。這些都是真的嗎？她瞄向葉池。

她的妹妹正好奇地瞪視著池塘。她抬頭看向雲雀歌。「你是從這裡觀看我們的嗎？」

他的眼睛暗下來。「我都是來這裡看火花皮和小貓們。」他看著松鼠飛。「我好想她。如果妳回去的話，請妳告訴她，我永遠都不會真正地離開她。」

如果。那兩個字讓松鼠飛的心裡充滿恐懼。她果斷將那兩字從腦海摒除。「我當然會回去。赤楊心絕不會讓我死了。」

雲雀歌迎著她的目光。「赤楊心可能無法保住妳的性命。」

「但火花皮需要我！」

雲雀歌不為所動。「她也需要我。」他吼道。

雖然陽光普照，松鼠飛卻渾身竄過一陣寒意。

葉池將一隻腳掌伸進水裡。「我可以看見任何我想看的東西嗎？」她碰觸水面，水開始顫動。那個影像碎掉，池塘再度反射著陽光。葉池的眼裡蒙上失望的陰影。

「你們的身體還在那個甦醒的世界裡，」雲雀歌解釋道。「當你們真正在星族時，那個影像就會比較清晰。」

葉池凝望著起伏的山丘。「其他的貓呢？」

松鼠飛忽然意識到草原和山丘上都沒有任何貓影。「我們必須等到死了，才能看得見其他的族貓嗎？」

「不是。」雲雀歌的眼睛亮起來。「我是來歡迎你們的。我們不想你們一下子無法接受。」

就在他說話時，松鼠飛看見山丘頂端在天空的映襯下出現的幾隻貓影。她瞇起眼睛，想要認出是誰。一股熟悉的氣息湧入她的鼻腔——**是煤皮、栗尾和蕨雲。**她的心飛揚起來。然後，她父親溫暖的氣息湧入她的鼻子。聞起來就跟她小時候聞到的一模一樣。「火星！」她看到他火焰般的毛色裡閃爍著星光，迫不及待地奔上山坡去迎接他。

她跑到他身邊時，火星繞著她仔細打量，喉嚨裡發出開心的咕嚕聲。「我很想念妳。」他喵聲道。

她眨眼驕傲地看著他。「棘星讓我當他的副族長！你看到了嗎？」

「我當然看到了。」他的眼睛閃閃發光。「而且妳是一個很傑出的副族長。」

就在他們說話時，煤皮、栗尾和蕨雲熱情地走過來。松鼠飛轉身過去跟他們打招呼。在看到冬青葉時，她高興得都說不出話來了。喜悅淹沒了她。「冬青葉！」

那隻黑色母貓鑽到族貓之間，用鼻子蹭著松鼠飛的臉頰。「嗨，松鼠飛！」冬青葉的毛在陽光下閃爍。

「妳看起來好極了。」松鼠飛揮動尾巴。在那一瞬間，她幾乎忘了山崩和戰爭的事。

「冬青葉！」葉池跑過來，發出開心的咕嚕聲。她眼睛發亮，把自己的鼻子深深埋進冬青葉頸間的毛裡。「真高興看到妳。」

「我也很高興看到妳。」

就在冬青葉蹭著她的媽媽時，煤皮眨眼看著松鼠飛。「我們沒料到會這麼快就看到你們。」

栗尾的眼睛因擔憂而圓睜著。「火星說，你們可能不會在這裡待很久。」

「當然不會。」煤皮猛地推了她的族貓一下。「她需要回到雷族去。沒有她，棘星怎麼辦？」

蕨雲在他們中間繞來繞去。「她既然在此，我知道有兩隻小貓會很想見到她。」她將族貓們推開。在看到正害羞地瞪著她的小蒲公英和小杜松時，松鼠飛一口氣卡住了喉頭。他們小巧的腳掌陷在厚厚的野草裡。看到他們，松鼠飛的心幾乎要碎了。他們是與赤楊心和火花皮同胎的手足——在她還沒機會撫養他們前就死掉了的小貓。她連忙跑過去與他們見面，用鼻子蹭著他們，尾巴在他們的背脊上來回的撫著。

「妳要來跟我們一起住嗎？」小蒲公英眨巴著眼睛迫切地看著她。

「我不知道。」她的眼睛浮上陰雲。既然她在星族裡有自己的小貓，她何必想著要回去幫火花皮照顧她的小貓呢？

「我們可以帶妳去看所有最棒的狩獵場，」小杜松告訴她說。「長尾和鼠毛一直在訓練我們。」

鼠毛？長尾？松鼠飛的心臟漏跳了一拍。在松鼠飛小時候，長尾和鼠毛有好長一段時間是雷族的長老。當她看到他們踱步向她走過來時，她身上的毛開心地都豎起來了。她瞪著他們，小杜松和小蒲公英則一邊咕嚕著一邊在她的腿間繞來繞去。她曾經多少次幫忙清理他們的床鋪，幫他們抓身上的跳蚤？他們現在看起來有如年輕的戰士，富有光澤的皮毛下是一條條賁起的肌肉。一隻小公貓跟在他們身後跑著。當松鼠飛認出那橘黑紋的毛色時，她整個愣住了。那是火花皮死掉的那隻小貓。就在她瞪著那隻小公貓時，雲雀歌奔上山坡來。他叼起小貓，將他放到自己的背上去。小貓緊緊攀住他，興奮得兩眼亮晶晶。

「我把他取名叫做小爍。」雲雀歌驕傲地喵聲道。

松鼠飛的心飛揚起來。「我等不及要告訴火花皮！」要讓火花皮從悲傷中振作起來，所需的或許就是這個。接著，當她眼睛的餘光看到一隻灰色的身影走近時，她全身僵硬起來。她立即認出他來。是**灰毛**。那隻灰色公貓曾經給她和葉池的小貓製造很多麻煩。然而，他竟然在這裡。當松鼠飛看到他時，他低頭致意，然後瞥向冬青葉。葉池的女兒能接受灰毛住在這裡嗎？冬青葉眨著眼睛平靜地看著那隻灰色公貓。她的眼裡沒有憤怒的痕跡。這兩隻貓在星族裡已學會怎麼和平相處了嗎？

松鼠飛對灰毛隨意點了一下頭。她不確定自己是否能像冬青葉那般寬容。畢竟，灰毛曾經威脅要摧毀她和棘星之間相愛的快樂，而且幾乎成功了。她叼起小蒲公英和小杜松，把他們放到自己的背上去，然後從他身旁走過，去跟長尾和鼠毛打招呼。「你們看起來氣色真好。」她告訴那兩隻長老。

「是啊。」鼠毛看起來比她在雷族最後的那幾個月快樂多了。「我們在長老窩裡待太久了。能夠再度外出打獵探險，真是太好了。」

「鼠毛是星族最優秀的獵者。」小蒲公英細細的聲音叫道。

「才不是。」小杜松一邊用刺一般銳利的爪子抓緊松鼠飛肩膀上的毛，一邊反駁道。「長尾才是最棒的！」

松鼠飛眼角的餘光仍看得見灰毛。她往冬青葉靠過去。「我覺得很奇怪，他最後竟然沒有到黑暗森林去。」她低聲道。

冬青葉聳聳肩。「是啊。但他道過歉了，我想他已經改變了。」

長尾瞇起眼睛。「我不會詛咒任何貓死後到黑暗森林去。」

「那裡還剩什麼。」鼠毛嘀咕道。

松鼠飛看著她。「什麼意思？」

「自從大戰役後，黑暗森林就幾乎空了，」鼠毛告訴她道。「住在那裡的貓大多數都被打敗而且死掉了。我猜想那邊的森林現在一定過度生長，而且雜亂不堪。」

松鼠飛的眼睛睜大了。「那做壞事的貓死掉後會到哪裡去？」她想起了暗尾——要是有哪隻貓必須住到黑暗森林去，不用說非他莫屬。

長尾聳聳肩。「誰知道呢？反正他們不會在這裡出現。」

小蒲公英從松鼠飛的背部滑下來。「什麼是黑暗森林？」

「那裡是可怕的貓住的地方。」小杜松也跟著跳下來。

「我們來當可怕的貓吧！」小蒲公英在鼠毛的腿間竄來竄去。小杜松興奮地吼叫，在後面追著她。小爍從雲雀歌的背上跳下來，加入他們。

葉池的眼光依依不捨地從冬青葉身上移開，眨著眼睛開心地看著玩鬧的小貓們。「我在這裡覺得好像回到了家一般。」她咕嚕道。

松鼠飛顫抖了一下。看到這麼多老朋友，她很開心，但她並不準備留下來。雷族的森林才是家，不是這裡。她的視線在她的老族貓們身上轉來轉去。他們正焦慮地瞄著葉池。她的妹妹剛剛說錯了什麼話嗎？

火星的尾巴抽動著。「我很高興妳喜歡這裡，」他喵聲道。「但我不確定你們可以留在這裡。」

松鼠飛豎起耳朵。「意思是說我們還不會死？」她熱切地看著他問道。

火星的眼神暗下來。「我們不知道，」他喵聲道。「即使你們死了，你們有可能不被允許留在星族裡。」他的眼光從松鼠飛轉向葉池。「你們兩個都是。」

松鼠飛滿腹震驚。「什麼意思？」

葉池的眼睛睜大了。「星族覺得我們是壞貓？」

松鼠飛一愣。難道棘星是對的？她因為支持姊妹幫所以背叛了部族？畢竟她是副族長。在協助棘星抵禦陣雪的攻擊前，星族看到她的猶豫了嗎？**我是要去拯救他。**

葉池在她旁邊移動著腳步。「是因為我隱瞞生了小貓的事吧？」她往冬青葉靠過去。「當時我不得不那麼做。我沒有選擇。放棄我身為巫醫貓的職責，同樣是一種背叛。」

「妳要說服的不是我，而是全星族。」火星嚴肅地瞪著她。「他們認為妳破壞了戰士守則。」他的眼光轉向松鼠飛。「你們兩個都是。你們對自己的部族說了謊。」

松鼠飛瞪著他。「每隻貓都會犯錯。」她脫口而出。

「是的。」他不安地移動著腳步。「但在你們被允許進入星族前，你們必須解釋自己的過錯。」

「怎麼解釋？」葉池的聲音低到幾乎聽不見。

「星族需要檢視你們的生命。」他轉向鼠毛。「把小貓們帶走。他們不必目睹這些。」

「但是我們想要跟松鼠飛在一起！」小蒲公英的眼睛驚慌地圓睜著。

小杜松不滿地將蓬鬆的尾巴豎得高高的。「拜託讓我們留下來。」

「待會你們就會再見到他們。」鼠毛跟他們說。她迎著火星的目光。「我希望。」那隻灰棕色母貓不管小貓們的抱怨，用鼻子推著他們離開，同時用尾巴將小爍掃到他們後面。

松鼠飛很驚慌。他們要去哪裡呢？

「跟我來。」火星領著她越過山坡，其他族貓們跟在他們後面，葉池則緊靠她身邊走著。

「會發生什麼事呢？」松鼠飛低聲問。

葉池緊張地瞥她一眼。「我不知道。」

火星沿著草原走進一片延伸到山谷中的森林裡。他領著他們進入林木間一片長滿野草、寬闊的空地上。當他停在空地中央時，松鼠飛環顧四周。「這是什麼地方？」這裡讓她想起四橡木，部族每個月長途跋涉前往湖中島聚會前戰士們集合的地方。

「這裡就是星族開會決定每一隻貓的命運的地方。」火星告訴她說。就在他說話時，星光開始在森林間閃閃爍爍。接著星族的戰士們從四面八方的林木間走出來。他們全身的毛裡都有無數的星星在閃耀。他們聚集到空地的四周後，身上的星光照亮了樹林間的陰影。

葉池往松鼠飛靠近些。「星族若不接納我們的話，我們要去哪裡？」她眼中閃著害怕。

火星的雙眼蒙上陰雲。「我不知道。」他聲音沙啞地喵聲道。

松鼠飛幾乎不敢相信自己的耳朵。要是沒有其他地方的話，他們怎麼辦？這是否意味著她和葉池死後就直接消失了？對於活著的貓而言，他們只會成為一段逐漸消逝的記憶嗎？或者，他們的結局就是在森林裡永遠地流浪？也許樹能夠看見他們。或姊妹幫。「你會怎麼決定？」她輕聲問道。

火星移動著腳步。「我不會決定，」他聲音粗啞地道。「我絕不會拒絕你們進入星族。去留的決定取決於其他貓。」

一隻黑白紋、有著一條細長尾巴的公貓從樹林間走出來。他身上的毛閃爍著星光。松鼠飛立即認出他來。是**高星**。當他停在空地的首位時，一隻身型龐大的藍灰色母貓走到他旁邊的位置站定。火星對他低頭致意，「藍星。」當一隻壯碩、嘴巴扭曲的公貓出現在空地邊緣時，葉池豎起毛往松鼠飛身旁靠緊。「那是曲星。」葉池低語道。在那隻公貓富有光澤的毛裡，有著比其他貓更多的星星在閃爍。

隨後走出來的，是一隻纖瘦、身上有戰疤的母貓；她兩隻橘色的眼睛長得很開。「黃牙。」當她站到高星、曲星、和藍星旁邊時，火星向她問候。接著他又向一隻正越過空地的雪白色母貓低頭招呼。「蛾飛。」然後一隻瘦小的棕色公貓出現，他禮貌地眨眼問候。「小雲。」他們在其他貓旁邊分別站定。火星的視線轉回松鼠飛。「這些貓會決定你們是否值得在星族擁有一席之地。」

松鼠飛想從他們的眼裡讀出一些訊息。他們會同情嗎？

葉池瞪著火星。「他們如何做決定？」

「他們會傾聽你們想說的話，」他回答道，尾巴不安地抽動著。「你們很幸運，大多數的貓沒有機會為自己說話。在他們來到前，他們的命運就被決定了。」

松鼠飛瞪著他，心裡升起一股懼怕。「我們應該感激嗎？」自從她和葉池被賦予了見習生的名字後，他們就一直在為部族服務。按理說他們不需為擁有星族的一席之地做訴求。

火星緊張地盯著她。「請想好再說，松鼠飛。」他低聲提醒道。

她抱歉地垂下頭，並強迫自己的毛順下來。「好。」

蛾飛揚起鼻子。「葉池，我們從妳開始。」

葉池的眼中閃過驚慌。

松鼠飛眨著眼給她打氣。「告訴他們真相就是了，」她輕聲道。「沒有任何一隻貓會因為妳所做的選擇而責怪妳。」她看著葉池走到那隻雪白色母貓的面前時，喉嚨緊繃。

高星、黃牙和藍星移動著腳步，他們的神情看不出什麼。曲星瞇起眼睛。小雲揮動著尾巴，好像很不耐煩。

「葉池。」蛾飛皺起眉頭。「妳雖然是一隻巫醫貓，卻生了小貓。我知道妳的感受。我是部族的第一隻巫醫貓。我曾心碎地放棄了我的小貓。而那也是為何我立下規定，之後的巫醫貓都不可以生小貓的原因。我希望你們不要再受同樣的痛苦。」

「我戀愛了。」葉池直率地喵聲道。

小雲的毛波動起來。「妳覺得那是一個好藉口？」

「每一隻貓至少都會戀愛一次，」高星喵聲道。「你不需要吹毛求疵。」

「妳破壞了我的規定。」蛾飛的目光仍然緊盯著葉池。

「我當時迫不得已。」葉池抬起下巴。「但做為一隻巫醫貓太重要了，我不能放棄。」

「那值得妳說謊嗎？」蛾飛逼問。

「我有別的辦法嗎？」

蛾飛冷酷地盯著她。「妳把自己的感情放在部族之前。」

那不是真的！松鼠飛想要大叫，但她看到火星的毛豎了起來。**想好再說。**

她眨眼看著葉池。**告訴他們，放棄自己的孩子妳有多傷心！告訴他們，那是妳這輩子所曾做過的最困難的決定！**她的妹妹回瞪著星族貓，眼睛圓睜。難道她不想要捍衛自己嗎？

藍星對她點頭。「妳沒有話說嗎？」

葉池眼睛一眨不眨，迎視著那隻年長母貓的目光。「我正等著你們說，我的小貓的父親是來自另一部族的貓。」空地四周，聚集起來的星族貓們開始低聲交談。他們的毛在樹林下的陰影中閃爍著。葉池繼續道，「若捍衛自己只為引來另一個控訴，我何必多此一舉？」

松鼠飛全身緊繃。葉池聽起來很生氣。

「很好。」蛾飛的尾巴威脅地抽動著。「妳跟來自另一部族的貓生了小貓。」

「妳對戰士守則一點尊重都沒有嗎？」小雲的眼睛閃著光。

「我不是戰士，」葉池澄清道。「我是巫醫貓。而做為巫醫貓對我來說，比任何事都更重要。我放棄了鴉羽，我放棄了我的小貓。沒錯，我是破壞了規定，但我把部族的需要放在自己的需要前。」她直視著他們，身上的毛挑戰地豎著。「如果你們要把我排除在星族之外，隨便你們。」

藍星往前一步，身上的毛閃閃發光。「妳會再做同樣的選擇嗎？」

葉池猶豫。「我當然會！我無法想像自己的生命中沒有獅焰、松鴉羽或冬青葉。我絕不會選擇一個沒有他們的生命。」她瞇起眼睛。「如果他們從未出生的話，也許在黑暗森林的那場戰役中我們已經全都戰死了。」

藍星皺眉。「那跟妳破壞規定一事毫無關係。」她駁斥道。

黃牙瞄著雷族族長。「妳不是也跟另一部族的貓生過小貓嗎，藍星？」她溫和地喵聲道。

「藍星並不是一隻巫醫貓。」蛾飛咕噥道。

黃牙把頭轉向另一邊。「蛾飛，在妳決定妳是第一隻也是最後一隻可以那麼做的貓之前，妳自己也生過小貓。這樣公平嗎？」

「這是為了部族好。」蛾飛怒視著她。

「我覺得——」黃牙的耳朵抽動著，「為了替部族做一隻忠誠的巫醫貓，葉池似乎犧牲了自己所愛的一切。我們還能要求更多嗎？」

「我們當然能！」小雲怒視著族貓們。「若是族貓想破壞規定就破壞規定，那麼立下規定的意義何在？」

「葉池不僅生了小貓，」曲星提醒他們。「她是跟來自另一部族的貓生下了小貓，且對所有族貓們撒謊掩飾這件事。」

黃牙暴躁地揮動尾巴。「她為了成為巫醫貓，放棄他們了。就像藍星，為了成為族長，她放棄了自己的小貓。我也做過同樣的事，而現在我仍然是星族的一員。」

藍星與她對視了片刻，然後低下頭。「黃牙說得有理。我們不能譴責葉池破壞我們自己也破壞過的規定。」

曲星開口。「有關她的小貓，葉池說得對。因為他們的幫助，部族免於黑暗森林的殘害。」

「那是因為我們選擇了他們，」蛾飛反駁道。「我們當時也可以選擇其他貓。」

圍在空地四周的星族戰士們全都不安地移動著腳步。松鼠飛的毛豎起來。蛾飛似乎決意要將葉池排除在星族之外。她的話足以否決其他的貓嗎？她焦慮地看向葉池。當葉池冷靜地凝視那幾隻星族的族長時，她的毛很滑順。

「不要再為我的事爭執，」葉池忽然喵聲道。「我並不後悔生下小貓。我只後悔撒謊說我不是他們的媽媽。我但願自己當時有更大的勇氣。但我選擇了繼續當巫醫貓，是以為那樣做對大家最有利。若是你們決定我不能加入星族，我會接受你們的決定。但是請你們不要拒絕松鼠飛。」

松鼠飛的心臟跳進了嗓子眼。**不要為了我犧牲妳在星族的位置！**

葉池繼續。「她所做的一切都是出於對我的忠誠。她是這世界上最好的姊姊。她想要保護我和我的小貓，且願意犧牲一切來確保我們的安全。如果有誰該為我們所做的事受到懲罰，那就懲罰我，而不是她。」

松鼠飛的眼中蒙上陰影。閃爍著星光的貓影在她眼前湧動。她只能專注在葉池身上，等待著星族的判決。松鼠飛靠緊火星。「她值得留在這裡。」

「妳也是。」火星將她輕輕推向前。

松鼠飛的毛豎起來。藍星期待地看著她。她心跳加速，往雷族族長走過去。葉池眨眼給她鼓勵，但松鼠飛可以在她妹妹眼裡看到害怕。

曲星向前一步，怒目瞪視著松鼠飛。「妳對妳的部族說謊，」他直率地控訴她。「妳對妳的伴侶說謊。妳告訴他們，冬青葉、獅焰和松鴉羽是妳生的。這麼愛說謊的貓怎能在星族擁有一席之地？」

松鼠飛看著自己的腳掌。她全身的毛在燃燒。「那是我唯一說過的謊，」她低聲道。「我對我的部族，在其他任何方面都忠心耿耿。」

「真的嗎？」藍星尖銳地喵聲道。「上個月，我們一次又一次看到妳選擇姊妹幫，而非妳的部族。他們是森林裡的外來者，然而妳卻將自己的部族置於險境地去保護他們。」

「總得有貓那麼做！」松鼠飛抬頭道。

「為什麼？」藍星的眼光閃爍。

「月光懷孕了。」

曲星皺眉。「貓可以在任何地方生產。如果妳讓部族早點將他們趕走的話，她便可以在遠離部族領域的地方生下她的小貓。而如此也就沒有任何貓會受到傷害。反之，妳卻將小貓、姊妹幫、還有妳的族貓們陷入了險境。」

「我的族貓們從未處於險境中。」松鼠飛堅持道。

藍星的眼睛睜大了。「妳已經忘了山崩了嗎？那難道不算是險境？」

松鼠飛內心湧起愧疚。「我只是想要保護每一隻貓。」她無助地瞪著星族的族貓們。「那是我當時所想做的一切。當我幫葉池說謊時，我想要保護她。當我對棘星說謊時，我也是想要保護他。若是為了防止任何貓受傷而破壞規定，有何關係呢？」

曲星的眼神暗下來。「沒有戰士守則的話，我們只不過是惡棍貓罷了。」

藍星怒視松鼠飛。「妳的意思是，我們應該將規定廢除？」

「不！」松鼠飛驚慌地喵聲道。「這樣說不公平！我只是想解釋……」她的喵聲低下去。**想好再說**。火星看著她，眼裡閃著擔憂。她眨眼看著藍星。「我很抱歉。我知道戰士不應該說謊，而且一切應以部族為優先。我讓你們失望了。我也讓部族失望了。」

高星的耳朵抽動著。「藍星，」他眨眼看著雷族族長。「為何對她如此苛刻？」

「她破壞了規定。」

「她已經告訴妳她為何那麼做了。」高星勸說道。

黃牙瞇起眼睛，思索著。「保護那些你所在乎的貓是這麼不可饒恕的大罪嗎？」她迎著藍星的目光。「她因何破壞戰士守則，應當比她破壞了守則這件事更重要吧？松鼠飛雖然破壞了規定，但那是出於善意。難道這是一件壞事？」

松鼠飛內心湧起一股感激。「我知道戰士守則很重要，」她脫口說道。「我當時若不是覺得自己是在做對的事情，我是絕對不會破壞它的。我希望我所犯的錯誤，是出於愛而犯的。」

曲星與藍星交換眼光，然後對葉池和松鼠飛點頭。「謝謝你們。」他揮動一下尾巴，然後轉身往森林的陰影裡走去。藍星、高星、蛾飛和小雲跟在後面。

松鼠飛瞪著他們的背影，幾乎無法呼吸。**這就結束了嗎？**「我們被允許進入星族了嗎？」

黃牙瞄她一眼。「等我們討論後，就會告訴你們。」她頷首，然後隨著其他貓走了。

火星越過空地趕過來。他停在松鼠飛和葉池旁邊，背脊上的毛緊張地波動著。「你們兩個都說得很好。」

「希望如此。」葉池焦慮地凝視著松鼠飛。「他們若因為我而不讓妳加入星族，我永遠都不會原諒我自己。」

松鼠飛用鼻子蹭蹭妹妹的臉頰。從他們出生到現在，葉池的氣味從未改變過；她溺愛地吸取著它。「不管他們做何決定，妳是全世界最好的妹妹。」

「而妳是最好的姊姊。」葉池貼緊她，溫暖的氣息拂在松鼠飛的頸子上。

松鼠飛退開一步，看到葉池眼中閃爍著的手足深情。「無論發生什麼事，我們都一起面對。」她咕嚕道。

「松鼠飛。」火星的喵聲猛地拉走她的注意力。他正瞪著空地那邊。藍星、曲星、以及其他族貓，都已經從陰影中回來了。

「我們已經做出了決定。」曲星揮動一下尾巴，召喚松鼠飛和葉池向前。

松鼠飛的胸口緊繃，覺得呼吸加速。她緊靠葉池，姊妹一起走過空地停在他面前。

「我們已經決定了，你們兩個所做的事，利大於弊。如果你們的生命現在真的結束了，那麼你們可以留在星族。」那隻河族族長的眼睛閃閃發光。「但請記住，我們仍然在觀察著。如果你們的生命還未結束，那麼當你們回來時，我們將重新考量你們的行為。你們仍然需要努力，為自己贏得在星族的位置。」

松鼠飛點頭。「當然。瞭解。」

「謝謝你們！」葉池豎起耳朵。她轉向松鼠飛。「如果這就是結局的話……以後我們會永遠在一起了。」

松鼠飛對她眨眼。這就是她想要的。葉池永遠安全了。星族會歡迎她。她等著讓快樂淹沒她，但一股寒意卻湧了上來。「我還不想死，」她低語道，轉向火星。「我必須回雷族去。我不能這樣把事情丟下。」

火星的眼睛同情地圓睜著。「我知道要將活著的那些貓拋下很難。」他用鼻子蹭蹭她的頭。「但是，如果妳死亡的時間到了，妳也無能為力。」

葉池靠近她。「赤楊心和松鴉羽或許能救活我們。」

松鼠飛閉上眼睛。**但願如此。**

「同時……」火星的喵聲忽然輕快起來，尾巴在松鼠飛的背脊上來回撫著。「妳可以探索我們的領域。將來這裡也會是妳的家。先到處看看也無妨。」

第二十五章

松鼠飛從兔子的屍骸上又咬下一塊肉來。那味道真香甜，她豎著毛閉上眼睛品嘗其滋味。一陣陣微風在布滿沙地的溪谷裡盤旋著。是火星帶他們來的。這裡是他們在大遷徙之前在森林裡曾住過的營地。

小蒲公英和小杜松跟著雲雀歌、小爍和薔光在他們附近玩著苔蘚球。葉池和冬青葉在溫暖的陽光下開心地攤開四肢、閉著眼睛，躺臥在松鼠飛旁邊。火星和沙暴則在一道蕨牆附近分食一隻松鼠。溪谷的氣味和聲音如此熟悉，松鼠飛恍惚間覺得，從她出生以來似乎什麼事都不曾改變過。

塵皮坐在她旁邊。他的尾巴滿足地搖動著。他凝望溪谷四周。「你們還記得我們的舊營地嗎？」

「當然記得。」松鼠飛咕嚕道。

葉池抬起頭。「那裡便是我們在被賜予見習生的名字後站立的地方。」葉池對著空地邊緣的某一處點頭道。

松鼠飛記起來。「那時我們等著塵皮和煤皮帶我們第一次進入森林。」

「你們總是那麼缺乏耐心。」塵皮的目光調侃地投向松鼠飛。「但妳學得很快。」

「我非快不可！」松鼠飛的內心湧起一股對自己導師的敬愛。「你有那麼多要教給我。」

煤皮躺在一條尾巴遠的地方，跟長尾和鼠毛一起分享著一隻松鼠。她從她的大餐抬起頭來。「葉池總是很有耐心，」她慈愛地喵聲道。「尤其是對待長老時。她可以連續幾個月傾聽他們的嘮叨。」

鼠毛豎起耳朵。「我希望妳指的不是我。」她銳利地喵聲道。

松鼠飛看見塵皮和葉池交換了心照不宣的一瞥。她故作天真地對鼠毛眨眼。「她指的當然不是妳。妳從不嘮叨。」就在她說話時，松鼠飛注意到空地另一邊的蕨叢裡有一道空隙。「葉池，妳看。」她對那道空隙點頭。「我們以前常常從那裡溜出營地去探險。」

葉池發出咕嚕聲。「我們總是假裝我們在幫巫醫拿老鼠膽汁，然後趁著沒有貓注意時，偷溜出去。」

塵皮的眼睛睜大了。「難怪我總是找不到妳。」

在空地另一邊的灰毛站了起來。他揮動一下尾巴給塵皮訊號。「要不要一起去狩獵？」他叫道。「我跟白風暴約好了在河邊碰面。」

「好啊。」塵皮點頭回應那隻灰色戰士。「我該走了。白風暴一定在等我們了。」塵皮低頭道別。「我回來再來看你們。」

你會嗎？松鼠飛不安地動著。不管與自己的老族貓們相處有多愉快，她仍然想要回到活著的貓的身邊去。她望著塵皮和灰毛在入口處會合。「看到灰毛四處走動，是不是很詭異？」她問冬青葉。

「怎麼會呢，」冬青葉心不在焉地舔著一隻腳掌。「一段時間後，森林裡所發生過的事，似乎都不那麼重要了。」

火星用舌頭舔著嘴巴周圍。「活著的部族現在竟然顯得如此遙遠，實在很奇怪。如今，我在星族認識的貓遠多於雷族的。」

沙暴把松鼠的屍骸拉近自己，然後仔細地啃著它的骨頭。「在星族，沒有貓會打架，」她一邊咬一邊喵聲道。「不過，我們從來不會餓，也不會冷。我猜想在這裡要爭奪的東西比較少。」

「松鼠飛！」小杜松的喵聲讓她轉過頭去。他正往她衝過來，尾巴直直地指向天空。他奔進她懷裡，咕嚕咕嚕叫著。「妳要跟我一起玩苔蘚球嗎？」

小蒲公英緊跟在他後面。「薔光說如果我們大家一起玩的話，比較好玩。」

「我沒說過這樣的話。」薔光跳到空地的邊緣，眨眼看著松鼠飛。她看起來纖細而且氣色好，身上的毛閃爍著星光。很難相信她的腿曾經癱了那麼久。她咬住小杜松，然後把他甩到自己的背上。「想不想要騎獾？」

「要！」小杜松高興地尖叫。

「我也要！」就在小蒲公英爬上薔光的背上時，雲雀歌和小爍越過空地過來了。

「我們來賽跑吧。」雲雀歌叫道。

「可以嗎？」小爍的眼睛亮起來。

「我們可以做任何我們想要做的事。」他的父親盡量彎低頸背讓他爬上去。

當薔光和雲雀歌往前奔去、小貓們抓緊腳掌下的毛開心尖叫時，松鼠飛發出咕嚕聲。她的咕嚕聲忽然消失在喉間。他們會永遠像這樣。「他們會對自己永遠不能成為戰士感到悲傷嗎？」

火星聳聳肩。「他們有學習戰士的技巧，」他告訴她道。「而且，即使他們沒有機會被賜予戰士的名字，他們卻可以到任何喜歡的地方去打獵或探險。這裡很安全。而且也可以跟其他小貓一起玩。」

沙暴順著松鼠飛的目光看去。「他們經常跟小苔一起玩。」她告訴她道。

松鼠飛扭過頭看著她媽媽。「小苔。」這名字聽起來很耳熟。她在小時候的床邊故事裡曾聽過她。「那不是藍星的小貓嗎？失蹤的那一隻？」

「是的。」煤皮換個姿勢趴著。「藍星現在跟她形影不離。」

葉池瞥著營地四周。「他們為什麼沒在這裡？」

「為何要在這裡？星族並沒有邊界，」煤皮提醒她道。「貓可以隨自己心意四處走動。藍星現在與橡心住在一起了。他們活著的時候不能成立家庭，現在可以。」

松鼠飛很好奇，生活中沒有邊界是什麼樣子。她轉過頭來。「為何部族在這裡可以和平共存，在湖邊卻不能呢？」

「我跟妳說過了。」沙暴拂動尾巴。「在這裡需要爭奪的東西比較少。」

煤皮站起來。「我答應黃牙下午跟她去狩獵。」她眨眼看向葉池。「妳想一起來嗎？」

「當然想。」葉池眨眼看著松鼠飛。「要不要加入我們？」

「不，謝了。」松鼠飛想要充分利用她在星族的時光。她可能隨時醒來，發現自己躺在雷族的巫醫窩裡。「我想在這裡陪沙暴和小貓們。」她看著葉池和煤皮興奮的身影往金雀花通道奔過去。煤皮在這裡似乎比較快樂，而葉池也很開心能再度與她共處。

火星閉上眼睛。沙暴開始舔他的耳朵，好像他是一隻小貓般。鼠毛翻身側趴，享受著日光浴。知道那些已經離世的族貓並未真正離去，是多麼欣慰的事！

冬青葉看向松鼠飛：「我可以帶妳四處走走嗎？」

「那沙暴和小貓們怎麼辦？」小蒲公英、小杜松和小爍正在空地的另一邊追逐著彼此的尾巴。

「他們也可以一起來，」冬青葉回答道。「別忘了，在這裡小貓不會被侷限在營地裡。在星族，他們可以去任何他們想去的地方。在這裡他們不會受到任何傷害。」

松鼠飛瞥了自己父親一眼。他正在打瞌睡，發出輕輕的鼾聲。「我們要把他叫醒嗎？」

「他喜歡在下午睡個午覺，」沙暴跟她說。「他會沉睡到日落時。」

松鼠飛站起來。「小蒲公英！小杜松！」他們停下遊戲，熱切地看向她。「要不要跟我們一起去四處走走？」

「要！」小蒲公英往她奔過來，小杜松緊跟其後。

「我們可以一起去嗎？」雲雀歌和小爍跟著跑過來。

「當然！」冬青葉抖開毛。「也許我們可以順便抓幾隻松鼠。」她往荊棘地道走過去。

「樹獵？」松鼠飛緊張地豎起耳朵。「那不是很危險嗎？」

「樹獵最刺激了！」

「在這裡不危險。」冬青葉低頭鑽進地道。

小杜松開心地豎起尾巴。「即便摔下來了，你也不會受傷。」

「就像有翅膀在飛一樣。」小蒲公英擠過她旁邊，然後奔向地道，小杜松尾隨其後。

松鼠飛全身緊繃，連忙跟上他們。即使在星族，她也不喜歡小貓摔下來這種念頭。

「別擔心。」沙暴一定是看到了她豎立的毛。她用尾巴在松鼠飛的背脊上來回安撫著。

「他們絕對安全。」

ϟϟϟ

松鼠飛沿著橡樹的枝幹跑著。一條薑黃色的尾巴在前面忽隱忽現。雖然地面已經看不清了，她並不感到害怕。她跑到枝幹的尾端，然後縱身一躍。空氣流水般穿過她的毛。遠處的一棵樹似乎往她迎過來，她降落在其中一條枝幹上，興奮得喘不過氣來。她放慢步伐，搜尋著樹上的松鼠。看到了，有一隻正在往樹幹爬上去！松鼠飛也往上爬，爪子輕易地刺進柔軟的樹皮裡。就在松鼠要回頭往來路奔逃時，她翻身躍上那根扭曲的枝幹堵住了牠。

冬青葉站在她上方的一根枝幹上看著。當那隻松鼠跑過來時，她溜下來，堵住了牠的另一頭去路。牠又轉回來，看到松鼠飛時，眼睛大睜。松鼠飛往前一躍，利爪將牠攫住，然後一口咬死了牠。牠的鮮血在她的舌尖滋滋作響。松鼠飛往後坐在腿上，心理洋溢著滿足。

冬青葉在她身邊站住。「感覺不錯吧？」

松鼠飛發出咕嚕聲。「很不錯。」她透過樹葉往下凝望，看見小杜松和小蒲公英在下面的一條枝幹上跑著。看到這麼年幼的小貓爬上樹，感覺很奇怪。他們的速度不夠快，抓不到松鼠。但是他們的身手如此敏捷，看起來就像隻小戰士。

「我們把這隻抓下去，然後休息一下吧，」冬青葉喵聲道。太陽下山了，天空逐漸暗下來。「火星快要醒了。」

她叼起松鼠，沿著樹幹爬下去。

松鼠飛跟在她後面。跳到地面時，覺得腳掌下的泥土很柔軟。

她上方的樹葉發出窸窣聲，接著小杜松和小蒲公英掉落在她旁邊。他們興奮地嗅著那隻松鼠。

「我們可以嚐一口嗎？」小蒲公英問道。

「你們年紀太小了，不可以吃新鮮獵物吧？」松鼠飛驚訝地豎起耳朵。

小杜松翻了一下白眼。「這裡是星族，」他告訴她道。「我們可以吃任何想吃的東西。」

「那好吧。」就在他們圍著松鼠轉，想找一個最好下口的地方時，松鼠飛抬頭環視著森林。「沙暴呢？」

「我在這裡。」她的媽媽從林木間走出來，後面跟著雲雀歌。小櫟跟在他們後面，拖著一隻老鼠的尾巴。老鼠的體積幾乎有他一半大。

「那是你自己抓到的嗎？」小杜松佩服地問道，一邊跑過去嗅那隻老鼠。

小爍把那隻老鼠啪一聲丟到地上。「雲雀歌把牠趕出窩，然後我殺了牠。」

站在兒子旁邊的雲雀歌挺起胸膛。「他學得很快。」

松鼠飛內心忽然覺得很空洞。聽到小爍在學習戰士技巧卻沒有母親陪在身旁，火花皮會有多難過呢？她眨眼看著雲雀歌。「我是否該告訴火花皮，你在這裡很快樂？」

雲雀歌的眼光暗下來。「我並沒有那麼快樂，」他喃喃道。「我仍然想念她。」他眼中閃著悲傷。

小爍看著他。「火花皮很快就會來加入我們嗎？」

「還沒。」雲雀歌用鼻子蹭蹭小爍的頭。

松鼠飛忽然覺得愧疚。剛剛狩獵時，她竟忘懷了火花皮和棘星。他們一定擔心死了。她應該跟他們在一起，而不是留在這裡。「我需要看看我的族貓們。帶我去池塘那兒。」她瞪著沙暴道。既然有辦法看到她活著的族貓，那麼也許她可以給他們一個訊息。「我必須回去。」

沙暴皺眉。「我不知道妳是否可以。」

「我得試試看。」松鼠飛從她媽媽身邊走過，往她之前醒來的那片草坪過去。沙暴跟在她後面。雲雀歌、冬青葉和小貓們也緊跟在後。當她從森林鑽出來、越過草坪跑到池塘邊時，那幾隻小貓也跟著。她停在池塘邊，池水在逐漸消逝的光線裡盪漾著。她往水中仔細看，但除了自己的倒影外，她什麼都看不到。松鼠飛滿腹焦慮。「我如何才能看到他們？」

「看到誰？」葉池的喵聲嚇她一跳。她的妹妹正往她的方向趕過來，旁邊跟著煤皮。

「我想要看火花皮。」松鼠飛將一隻腳掌伸進水裡。當漣漪盪開後，她瞄見了雷族的營地。她蹲下來，用力凝視著，想要看得清楚些。巫醫窩在她面前展現。赤楊心未曾動過。他仍然蜷縮在她的床鋪邊。葉池躺在另一個床鋪裡，松鴉羽在旁邊照顧她。模糊的陰影中，她隱約看到棘星的身影。他的眼睛因悲傷而空洞失神。松鼠飛的心揪起來。「我必須跟他們聯繫。我必須告訴他們我要回來了。」

「妳只能看。」沙暴溫柔地蹭蹭她。

「一定有什麼方法可以給他們訊息。」松鼠飛又望向池水。當她發現自己看不到女兒時，她的心抽痛起來。「火花皮呢？」

「她可能在照顧小貓。」沙暴低聲道。

「或許在悲傷，」雲雀歌喵聲道。「當她真的很難過時，我便看不見她。就好像她被陰影吞沒了般。」

不祥的預感有如冰水湧過松鼠飛全身。「她需要我。」她呢喃著坐起來。「他們全都需要我。」

葉池走過來。「我們無能為力。」她溫和地喵道。

「但是妳一直都能接獲星族的訊息，」松鼠飛堅持道。「一定有什麼辦法可以跟他們聯繫。當妳在月池時，妳是如何與星族溝通的？」

葉池聳聳肩。「我只是用鼻子碰觸水面，然後就與祂們聯繫上了。」

松鼠飛把鼻子伸入水裡。水撲上她的鼻子，讓她打了個噴嚏。

葉池用尾巴來回撫著她的背脊。「他們不會有事的。」她安慰道。

「不，他們會有事！」松鼠飛滿腦子驚慌。「我必須跟他們聯繫上。」她迫切地瞪著葉池。「或許妳也一起努力的話就行。我們有兩隻腳掌在這裡，兩隻在湖邊。如果我們盡最大的努力的話，我們一定能找到回去的辦法。」

葉池搖頭。「我還不想回去。我好久沒看到冬青葉、沙暴和火星了。我想多跟他們在一起。」

「但是火花皮需要我們。」松鼠飛對她眨眼道。

「火花皮需要妳，」葉池柔和地喵聲道。「不是我。」

松鼠飛看著葉池平靜的眼睛。**她在這裡很快樂。**她抖開身上的毛。**可是，我不快樂！**「我要找回去的辦法。」她轉向小貓們。

小蒲公英正繞著小杜松追逐著小爍。看到松鼠飛走過來時，她停下來。「妳在池塘裡看到妳所有的族貓了嗎？」

「還沒有。」松鼠飛有點愧疚。「我必須回去了。」

「現在？」小杜松睜大眼睛問。

「但是妳才剛剛來。」小蒲公英喵聲道。

「我一定會回來的。」松鼠飛承諾道。「只是你們要再耐心等一段時間。」她瞥一眼小爍和沙暴。「而且你們在這裡有朋友，還有親屬。我很快就會回來的。」

「妳不想留下來嗎？」小杜松的眼裡閃著難過。

「我還不能留下來，」松鼠飛告訴他。「我拋下了幾隻貓。他們仍然需要我。比你們更需要。」

「那好吧。」小蒲公英勇敢地抬起下巴。「我可以等。」她喵聲道。

小杜松遲疑地瞄著小蒲公英。「我猜，我也可以。」

松鼠飛用鼻子蹭蹭他的頭，再蹭蹭小蒲公英的耳朵。「要乖，」她溫柔地喵聲道。「也要持續練習你們的狩獵技巧。」

小杜松揮動尾巴。「在妳回來前，我們一定能夠抓到整隻的松鼠了。」

「我相信你一定能。」松鼠飛轉身向池塘走回去，胸口緊繃著。

雲雀歌靠向她。「如果妳能聯繫上火花皮，請告訴她我愛她。告訴她不要不快樂。在我們再度相聚前，我會好好照顧小櫟。但她必須快樂起來，必須學習過沒有我的日子。我不要她悲傷。」

松鼠飛鄭重地點頭。「若有機會，我一定會告訴她。」她轉向沙暴。「請代我向火星說再見。」她忽略內心湧起的悲傷。她知道她需要做什麼。那個池塘就是她與雷族之間的紐帶。它一定是她與雷族聯繫的唯一方式。深吸一口氣後，松鼠飛縱身一跳。扎入水中時，她的呼吸卡在喉嚨間，寒冷穿透她的毛。她眨著發澀的眼睛，鑽入水面下，奮力地往朦朧的深處游去。

第二十六章

被黑暗包圍時，松鼠飛的思緒翻騰。池塘下若是個無底洞，怎麼辦？她會溺斃嗎？她回頭瞥向水面，但那裡已經被陰影遮蔽。她繼續奮力向前。她既然能夠在水中看見雷族，那一定有一個與其相通的方式。水的重量壓迫著她的身體。血液在她的耳朵裡轟鳴。當肺部尖叫著需要空氣時，她內心充滿恐慌。**我一定要回去！**她掙扎著，鼻子往四下扭動，想找到脫逃的出口。在陰影中，她瞄到一個空隙。她往它游過去，但纏繞的草根擋住了去路，且彷彿通向更深的陰影。她旋身，水的重量拖拉著她的四肢。她能找到一條出路嗎？

當她看到遠處出現一絲光亮時，內心閃過希望。她用力踢水，往光亮處游去。她閉緊嘴巴，抵抗呼吸的渴望。**火花皮！棘星！**她必須回到他們身邊。她恐懼到幾乎暈眩，但她繼續奮力向前。

慢慢的，她好像從惡夢中醒過來般，寒意

不再包圍她，冷水也逐漸放鬆了吸附的力道。她覺得失去重量。當周圍的水似乎融入空氣中時，她對呼吸的渴望消失了。她加速往前面閃爍的光亮處推進；當光線終於籠罩她時，她能夠感受到它的溫暖。陰影變淡了，她腳掌下踩著的泥土也似乎變得堅實起來。

她環顧四周。**是雷族的營地！**而她正站在空地上。午後的陽光灑滿她全身，族貓們在她周圍走動著。莓鼻從新鮮獵物堆中挑出了一隻鼩鼱。鬃掌和竹掌正從長老窩裡將舊窩墊拖出來。而葉蔭正用腳掌把空地邊緣的落葉堆起來。他們全都安靜地工作著。松鼠飛可以感覺悲傷像空氣中的雨水般，弄亂了他們的毛、黯淡了他們的目光。

她站住不動，期待隨時被看見，但是她的族貓們似乎沒有察覺到她的存在。

「剩下的妳要不要吃？」暴雲將一隻吃了一半的老鼠推向冬青叢。「我不是很餓。」

「我也是。」冬青叢目光呆滯地看著那隻老鼠。

松鼠飛忽然覺得離他們很遙遠。孤寂感在她內心湧動。她將那感覺推開，往育兒室跑過去。

育兒室裡，火花皮躺在自己的床鋪上，黛西在跟小貓們玩耍。栗紋和她的小貓們則在育兒室外面。

「來吧，小焰。」黛西低下身體，鼓勵那隻黑色小公貓爬上她的背，小雀已經坐在那裡了。

小雀挺起胸膛。「我是第一個上來的。」

「那是因為妳把我推開了！」小焰不滿地揮動尾巴，爬到她旁邊去。

小焰擠過她時，小雀捶了他一下。「喂，我要坐在前面。」

「不准打架！」黛西呵斥道。「你們兩個都可以坐前面，地方足夠。」

松鼠飛瞄向火花皮。她不打算糾正小貓們錯誤的行為嗎？火花皮沒有動，她眼神空洞，彷彿沒有意識到黛西或自己孩子的存在。松鼠飛跑過去，蹲在她旁邊。「火花皮！妳的小貓需要妳！」雖然小焰和小雀有整個部族照顧他們，但他們仍然需要母親。火花皮難道不瞭解自己正在失去什麼嗎？「別再沉溺於悲傷了。」松鼠飛想起自己跟自己的小貓在一起時所感受過的親密——那感覺總是讓她欣喜不已。「火花皮！」

火花皮的耳朵抽動一下，但她的眼神沒有改變。**她甚至不知道我在這裡**！松鼠飛退開一步，覺得很挫折。這時黛西翻滾到地上，發出咕嚕聲將小雀和小焰拋到她柔軟的床鋪裡面。

兩隻小貓開心地尖叫，迅速且敏捷地爬出床鋪。

「再玩一次！」小雀爬回黛西的肩膀。小焰隨即跟著爬上去。

火花皮沒有動。

松鼠飛心臟怦怦跳，鑽出窩去。**我必須活著。火花皮需要我。**她急忙跑向巫醫窩，擠過入口的棘叢。巫醫窩裡很陰暗，雖然上方的空隙有陽光透進來。赤楊心傾身向其中一個床鋪。松鼠飛靠近時，看到他將耳朵貼在床鋪裡一隻母貓的肚子上。看到自己的身體一動不動地躺著，松鼠飛覺得很詭異。葉池臥在她旁邊，松鴉羽蹲在一旁，下巴靠在床鋪的邊緣。他的藍色盲眼珠似乎失去了所有希望。但願他知道葉池現在在星族裡，此刻也許正追著煤皮奔過草原，腳掌充滿無盡的力量。

「有沒有什麼草藥是我們還未嘗試過的？」赤楊心懷抱一絲希望地看著松鴉羽問道。

松鴉羽瞪著前方。「所有的草藥都試過了。現在，我們只能祈禱。」

松鼠飛懷疑祈禱是否有任何用處。如同所有活著的貓，星族似乎也沒有能力改變命運。他們看起來好幾天都沒動過了。她曾撫育過他們兩個，看到他們悲傷，她的心都碎了。她走到松鴉羽身邊，星族對她的審判在她腦海裡記憶猶新。**這麼愛說謊的貓怎能在星族擁有一席之地？**松鴉羽發現她不是他的親生媽媽，一定很難過吧？從他出生起，她就一直在騙她。葉池也是。這是他為何對自己的族貓那麼尖銳的原因嗎？痛苦是否已經掏空了他的心？然而，她知道他的心是有一絲溫暖的。他的嚴酷就像禿葉季時的雪，隱藏著綠葉季回來後便會盛開的蓓蕾。**我必須活著！**她還有很多事要與他分享。「我很抱歉我們欺騙了你，」她喃喃低語，希望有什麼方式可以讓他聽到。**畢竟，他是一隻巫醫貓。**「我們錯了。但是，我希望有一天你能放下我們對你所造成的傷害。」她用尾巴拂著他的背脊。在看到他的毛稍微順下來時，她的內心迸出了希望的火花。

瞥見一團陰影在巫醫窩的深處移動，松鼠飛愣住了。棘星竟然一直都在那裡！她可以舔到他的氣味，但是那氣味很微弱，彷彿他在很遙遠的地方。他走到松鼠飛的身體躺臥的床鋪前，然後坐在赤楊心旁邊。「我多希望我有傾聽她的話。」棘星的喵聲因悲傷而沙啞。赤楊心瞄他一眼，身上的毛不自在地波動著。棘星繼續道，「我忘了她的感受有多強烈。我當時不想聽有關姊妹幫的事；那讓事情變得太複雜。我只要考慮部族的利益就好，這樣簡單多了。但松鼠飛能夠看得更遠。她知道，如果榮譽不能凌駕邊界的話，它就毫無意義可言。任何貓都能夠尊重自己的所知和所愛，但能夠尊重自己所不瞭解的，才是一個真正的戰士。」

「你別太苛責自己了，」赤楊心喃喃道。「當時你是在為自己的部族而戰。」

「但松鼠飛是我的副族長，」棘星解釋道。「也是我的伴侶。我應該嚴肅看待她的意見，而不是對它置之不理。」他的肩膀垂下來。「如果她死了，我不知道我是否還能繼續承擔族長的責任。我必須為她的死負責。如果我不能公平地傾聽族貓們的意見，那麼我便不是一個適任的族長。」

「不！」松鼠飛衝到他身邊。「雷族比我更重要。誰能像你這樣睿智地領導部族呢？」她瞪著他，希望他能聽到。她的心因對他的愛而痛楚，但他只是絕望地瞪著自己的腳掌。

「我們是怎麼忽略那些重要的東西呢？」他的聲音低到幾乎聽不見，但在松鼠飛的耳裡卻像小貓的哀叫般大聲。「現在我的感受一如既往的強烈。我是如何忘了我有多愛她的？」

松鼠飛將鼻子貼緊棘星的臉頰。她感覺空蕩蕩的，彷彿貼著空氣。但他的氣味變強烈了。它湧入她的嘴巴，覆蓋著她的舌頭，溢滿她的胸腔。「我們的愛一直都在，」她迫切地低聲道。她內心的悲痛似乎更深地將他的氣味吸入肺裡。「即使我們忽略了它，我們的愛也將永遠都在。」

棘星好像被擊敗般，委頓下去。

赤楊心焦慮地移動腳步。「我相信她知道你一直愛著她。」但是他轉開頭，彷彿不確定自己所說的話。他站起來，往入口走去。「我出去透透氣。」

當那隻年輕的公貓擠過門口的荊棘時，松鼠飛緊跟在他後面。「我要回來了！」她對著他的背影大叫，看著他走過空地。剛剛松鴉羽好像有被她的存在安慰到。或許赤楊心也能夠以某種方式感受到她的撫慰？他穿過營地。「別擔心。」她鑽過地道跟在他後面。「我一定會找到回家的路，我保證。」

營地外，一陣溫暖的微風將樹葉吹落。赤楊心停在斜坡上，落葉在他四周飄散，他抬頭往上看。他好像在穹蒼上尋找著。他希望看到什麼呢？松鼠飛的心快速跳起來。他是在尋找一個來自星族的徵兆嗎？**徵兆**！對了，那正是星族與醒著的巫醫貓溝通的方式——透過預示。她能夠給他一個徵兆嗎？某種告訴他，她很好而且正努力要回家的徵兆？

她瘋狂地環顧四周。她能夠擾動森林裡的什麼東西嗎？她在樹林間猛衝，在蕨叢間奔跑，希望能夠搖動它們。它們沒有動，但一隻烏鶇在她頭頂上方尖啼。牠能察覺到她嗎？松鼠飛發現牠是在一棵橡樹的枝幹上叫著，於是往那棵大樹奔過去。當她靠近時，牠振翅飛走了。她可以驚走獵物！她猛地旋身，心臟怦怦跳。赤楊心仍舊站在營地外，抬眼往上注視著天空。她必須快。她在蕨叢間來回搜尋，希望能趕出一隻老鼠來。樹皮灑落到她背脊上，她抬頭望去。在她頭頂正上方的一條枝幹上有一隻松鼠若隱若現。**松鼠**！太棒了。如果她能把牠趕到赤楊心的面前去，那他便會看到牠並且疑惑一隻松鼠這麼靠近營地做什麼。獵物通常很聰明，會盡量遠離營地。如此他就一定會明白那是一個徵兆了！她往上向那條枝幹躍去，利爪鉤進樹皮裡。不久前她還在星族追著松鼠玩。這次要嚴肅多了。她必須讓雷族知道，她正努力地要回家。

當松鼠飛爬上枝幹時，那隻松鼠回頭看。牠的眼裡露出迷惑，毛驚慌地豎起來。如果牠可以看見她，那麼也可以查覺到她。牠奔到枝幹末端，然後跳到旁邊另一棵樹的枝幹上。松鼠飛追在牠後面，從橡樹上縱身一躍，腳掌往前伸去。當她滑過空中時，心臟幾乎跳到了喉嚨口。她喘著氣，抓住了從一條枝幹上突出來的一條脆弱的細枝，接著再奮力向前一躍，爬上了較粗的枝幹上。那隻松鼠在靠近樹幹的地方。牠抬頭望。她不能讓牠再往更高的地方爬了。她必須把牠往赤楊心那邊趕過去。她後腿用力蹬在樹皮上，身體向前飛去，跳到了樹幹上。那隻松鼠嚇了一跳，身上散發出恐懼的氣味。牠轉身從樹幹跳下去，輕巧地落到地面上。松鼠飛也跟著跳下去，像一片陰影般降落到地上。她衝到松鼠前面，把牠嚇得轉過身，然後追著牠往營地的方向跑去。

她衝過赤楊心身邊時，全身竄過一陣激動。他的目光射向那隻松鼠，眼睛驚訝地瞪大了。她煞住腳步，眨眼看著他。他瞭解這個訊息了嗎？**是我，松鼠飛。我要回家了。**

赤楊心似乎愣了一下。他瞪著松鼠的背影，然後他抖鬆身上的毛，走回營地去了。

松鼠飛滿腹挫折。**拜託瞭解一下！**星族貓也是這樣的嗎——試著與活著的貓聯繫，卻從不確定他們是否瞭解？她忽然納悶，他們每日都錯過了多少來自星族的訊息而不自知。

她坐下來。她已經竭盡所能。她的毛因不安而張開來。要是她永遠回不來了，怎麼辦？她會永遠被困在森林裡，就像姊妹幫所看到的那些已逝的貓嗎？她顫抖著把那個想法推開。姊妹幫最後發生了什麼事？那場戰爭似乎並未傷害到雷族的其他貓。姊妹幫如此輕易地逃脫了嗎？月光的小貓是否安全無恙？

就在她思緒紛亂時，她周圍的森林變模糊了。她眨眨眼，忽然覺得天旋地轉，然後發現自己竟然身在姊妹幫的營地裡。她驚訝地環顧四周。鷹翅正在對天族的巡邏隊大吼著下達指令。

「我們要把戰士窩蓋在那裡。」他的頭點向生產窩及松鼠飛和葉星曾經睡覺的窩中間。「而那片金雀花叢是做為長老窩的最佳地點。」

馬蓋先和梅子柳繞著金雀花叢嗅著。馬蓋先溜到樹枝下面，片刻後又鑽出來。

「我們可以在莖幹四周挖出一個凹洞，」他告訴鷹翅道。「泥土很乾，而且多沙。不會花太多時間。」

沙鼻從蕨叢的入口擠進來。「外面有很多荊棘和藤蔓供我們採集。」他向鷹翅走過去。「在禿葉季來臨前，我們的營地便足以遮風擋雨了。」

「很好。」鷹翅看起來很高興。

松鼠飛舔一下空氣，想找到一絲姊妹幫的氣息。他們在哪裡呢？天族顯然已經將這塊土地占為己有了。她的心跳加速。他們已經把姊妹幫趕走了嗎？

她匆忙地越過空地，循著被撕碎的樹叢跑到最後一戰的地方。當她看到姊妹幫藏身的洞穴時，尾巴抽動起來。那裡現在只剩下一堆砂礫和石頭了，樹枝像骨頭從腐爛的獵物露出來般突出來。她可以看到泥土被挖出來的凹坑。那裡就是她的族貓們將她和葉池的身體拖出來的地方嗎？

「嗨！」一聲喵叫嚇了她一跳。她旋身，露出利爪，本能地擺出一個防禦的戰士姿勢。然後她愣住——有一隻貓看得見她！

她眨眼看著一隻母虎斑貓的鬼影子從崩塌的洞穴旁走出來。她的身體是透明的，她可以看穿她。松鼠飛渾身顫慄，全身的毛都豎了起來。這隻貓已經死了。

那隻貓友善地揚起她的尾巴打招呼。「我沒看過妳。」她靠近松鼠飛時，低頭致意。「妳是最近才死的嗎？」

松鼠飛很生氣。「我才沒有死。」她抬高鼻子道。

「真的嗎？」那隻虎斑貓伸出一隻腳掌，然後掃過松鼠飛的前腿。

松鼠飛跳開。「喂！」精力像乾草擦出火花般竄過她的腳掌。

「妳看起來像是死了。」那隻虎斑貓喵聲道。

「只是暫時而已，」松鼠飛跟她說。「我的身體正在復原。」

「當然。」那隻虎斑貓嗅聞著，顯然不相信。「我叫做布蕾德。」

「我叫松鼠飛。」

「嗨，松鼠飛。」布蕾德禮貌地頷首。「妳是怎麼死的，我的意思是——」她糾正自己，「怎麼受傷的？」

松鼠飛對山崩的方向點了一下頭。「洞穴崩塌時，我在裡面。」

「我希望妳沒有覺得太痛。」那隻虎斑貓拂了一下尾巴。「我被一隻怪獸撞到了。我還來不及有什麼感覺，就已經死了。」

「妳住在附近嗎？」不知道這隻貓是否見過姊妹幫。

「蠻近的。」布蕾德聳聳肩。「我以前跟兩腳獸住在一起，在山坡的另一邊。」她往懸崖壁那邊點了一下頭。

「妳是一隻寵物貓？」松鼠飛眨眼問道。

「妳不是嗎？」

「我是一隻戰士。」松鼠飛回答道。

「真的？」那隻虎斑貓的眼睛瞪大了。「這是妳為何有一個奇怪的名字的原因？」她沒等松鼠飛回答，繼續道，「我以前從未見過戰士貓，更別說是一隻死的戰士貓了。我很好奇你們死掉後會去哪裡？自從我死掉後，我只見過姊妹幫。」

松鼠飛豎起耳朵。「妳認識姊妹幫？」

「挺熟的。」布蕾德坐下來，開始清洗她的耳朵。「他們看得見已逝的貓，」她一邊舔一邊喵聲道。「我以前常常跟他們的其中幾隻聊天。」

「跟誰？」

「其中一個叫月光的，」布蕾德跟她道。「另一個好像是叫風暴？」她看起來不大確定的樣子。

松鼠飛傾向前。「妳知道他們發生了什麼事嗎？」

「其他那些貓，」布蕾德用鼻子點了點姊妹幫的營地。「他們也是戰士貓，對吧？」

「是的。」松鼠飛的毛抖動起來。

「他們在戰爭後前來查看戰場時，把姊妹幫帶走了。他們傷得相當重。」

「他們把月光帶走了嗎？」

「應該是。」

「還有她的小貓？」松鼠飛絕望地瞪著布蕾德。

「是的。」布蕾德扭過頭道。

但沒有任何貓死了，對吧？松鼠飛太焦急了，一下問不出話來。她仔細看著那隻虎斑貓的眼睛。要是有貓戰死了，她一定會提起的，對吧？

「他們去了哪裡？」

布蕾德聳聳肩。「我聽到那隻灰色的大公貓叫他的夥伴們將他們帶回營地去。」

天族的營地？松鼠飛幾乎不相信自己的耳朵。當然——葉星並未讓她的戰士們參加戰爭。姊妹幫如果想向某個部族尋找庇護，那一定是天族。她內心湧起一股希望。姊妹幫最終都安全了嗎？

「謝謝妳，布蕾德。」她轉身往森林走去。她必須親眼看看姊妹幫是否安好。四周的山谷變得朦朧起來，腳掌下的土地似乎在移動。頃刻間她發現自己站在天族的營地裡。她甩動尾巴。這種次元之旅真好用！她希望她活著的時候，也有能力這麼做。

忽然間一陣刺痛像燃燒的冰般鑽過她的腦袋。痛楚加劇時，她蹙起眉頭，腳掌顫抖著。她閉上眼睛，定住不動。片刻後痛楚逐漸減緩，她輕輕呼出一口氣。**剛剛是怎麼回事？**她腦海裡湧起不祥的預感。她把那預感拋開。也許赤楊心正在給她使用一種新的療法。

她強迫自己專注在天族的營地上。躁片擠過她身邊時，她嚇了一跳。躁片不以為意，松鼠飛卻渾身竄過滋滋響的火花。松鼠飛抖開身上的毛，看著躁片鑽進巫醫窩去。她迅速跟進去，眨巴著眼以適應窩內的陰影。

月光正躺在一個寬大的蕨葉窩裡，斑願在她旁邊整理著藥草。那隻灰色母貓的眼睛緊閉著，肚腹上傷痕累累。她的鼻嘴部沾滿乾涸的血塊。

「她有醒來過嗎？」躁片輕聲問道。

斑願搖搖頭。「真希望她能有復原的跡象。」她將一把乾燥的金盞花拆散開來。「我已經給她的傷口塗上新的膏藥了，但感染的狀況依然未減緩。」

「她的小貓情況還不錯，」躁片告訴她道。「他們吃奶吃得很開心。紫羅蘭光說她自己的小貓已經斷奶了，所以她的奶水現在很充足。我也告訴葉星了，紫羅蘭光需要額外的新鮮獵物來維持她哺乳小貓的體力。」

「很好。」斑願把葉子撚碎成一小堆。「其他姊妹幫成員的情況如何？」

「很安靜。」躁片瞥了入口處一眼。「他們不喜歡待在這裡，但他們知道對月光來說這裡是最好的地方。」

「我真希望我們能夠治癒她。」斑願瞄向那隻灰色母貓，眼中閃過擔憂。

躁片一個愣神，忽然對著松鼠飛眨眼。

松鼠飛無法動彈。**他看得見我嗎？**她屏住呼吸。然後她發現，那隻年輕的巫醫貓並不是在瞪視著她；他的眼神穿透了她。

「我聞到雷族的氣味。」躁片皺眉道。

「可能是戰爭後殘留的氣味吧。」斑願跟他說。

就在她說話時，入口處發出窸窣聲。樹的頭伸了進來。「我要去打獵了。月光可以吃新鮮獵物了嗎？」

「還不行。」

斑願站起來時，樹的眼睛睜大了，眸中閃過驚訝。松鼠飛的毛驚慌地豎了起來。**他正直直地看著我！**她內心湧起一股希望。**沒錯！他看得見鬼。**

「你怎麼了，樹？」斑願瞇起眼睛。「你還好嗎？」

他眨眨眼，抖開身上的毛，然後將視線從松鼠飛身上移開。「還、還好。」他喵聲道，然後鑽出窩去。

松鼠飛跟著他鑽出去。「你可以看得見我，是嗎？」她追上他快速走過空地的腳步。

「我不能在這裡跟妳說話，」他壓低聲音嘶道。他領著她走出營地，然後進入森林較深處的地方。掃視林木之間的動靜後，他停下腳步。他瞪著她，圓睜的雙眸中充滿同情。「我很遺憾。」

「遺憾？」松鼠飛皺眉。他在遺憾什麼？

「遺憾妳死掉了，」他喵聲道。「我知道妳受傷了，但我們全都希望妳能活下來。」

「我還沒死。」松鼠飛掃了一下尾巴道。「此刻我有點……介於星族和雷族之間。」

「我以前也不知道。」松鼠飛坐下來。「但顯然有這種可能。」

樹的耳朵抽動著。「我並不知道有這種可能。」他喵聲道。

「月光跟妳在一起嗎？」他往她後面仔細瞧了瞧。「她已經昏迷好多天了。斑願不確定她是否能活下來。」

「我沒有看到她。」松鼠飛回答道。她忽然疑惑，不知月光的靈魂是否就在附近的森林裡遊蕩著。就在她瞄著林木之間時，另一陣劇痛似乎穿透她的眼睛、刺進了她的腦袋裡。它沿著她的背脊一路燃燒下去，如此劇烈以致她差點摔倒並大口喘著氣。

「怎麼了，松鼠飛？」樹驚慌地靠近她。「妳還好嗎？」

「我不知道。」她深吸一口氣，覺得痛楚緩和了些。她渾身顫抖。

「妳開始消失了。」樹的聲音聽起來充滿恐懼。

松鼠飛眨眼看著他，腳掌抽搐著。「我想我不能待在這裡了。」赤楊心已經找到喚醒她的方式了嗎？還是星族正在把她拽回去？**我要死了嗎？**她的心揪起來。「如果我沒醒過來的話，」森林開始在她四周發光，她大口喘息著。「請你幫我給棘星一個口信。」

樹傾身靠過去。「什麼口信？」

「你告訴他，沒有我也要好好的活下去。他必須率領雷族。他們需要他。告訴他，我愛他，我在星族等著他。告訴火花皮，我看到雲雀歌了。他把他們的小貓取名叫做小爍。他們現在跟火星及沙暴在一起。」星光充滿了森林，讓她張不開眼睛。「告訴赤楊心……」劇痛再次襲擊她的頭，在她的話還沒說完前，黑暗吞沒了她。

第二十七章

松鼠飛掙扎著睜開眼睛。微弱的光線包圍著她，她感覺到身體下面有蕨葉硬硬的柄。她的頭在抽痛，一隻後腿也傳來劇烈的痛楚，彷彿有一隻狐狸在撕裂它。她想看自己的後腿一眼。這時有腳掌伸到她的腦袋下面，好像她是一隻小貓般捧住她的頭。

「這是什麼地方？」她回家了嗎？

「巫醫窩。」

她認出了松鴉羽的喵聲。她眨眨眼想看清在她身邊走動的影子。許多氣味湧入她的鼻腔——赤楊心、松鴉羽、棘星、藥草強烈的氣味、以及一絲讓她充滿恐懼的淡淡甜味。那些影子移動著，逐漸清晰起來。她可以看見巫醫窩的屋頂和讓光線透進來灑在地面的那個空隙。

她腦袋後面的腳掌動了一下，然後她看到松鴉羽傾身向她。他將藥汁滴入她嘴巴時，她躲了一下，舌頭上漫開的苦澀味讓她畏縮。

「它會幫助妳復原。」松鴉羽的喵聲聽起來就在她耳邊。當他輕輕放下她的腦袋時，她才知道原來剛剛托住她的是他的腳掌。她掙扎著想要坐起來，但痛楚竄過她的腦袋，像是狐狸似乎更兇猛地在撕裂她的腿。

「別動。」棘星就在旁邊。她感受著他呼在她臉頰上的氣息，深深吸入他的氣味。她覺得心痛，同時鬆了一口氣。

她腦海裡升起一個憂慮的念頭。誰在照顧葉池？赤楊心和松鴉羽兩個都在她的窩邊。她妹妹已經醒過來了嗎？松鼠飛伸長脖子看去。「葉池呢？」

松鴉羽移動腳步，試圖遮住她的視線。

「葉池！」明白那絲淡淡的甜味代表著什麼時，松鼠飛內心湧上一股驚慌。她揮動腳掌，將松鴉羽推開。她不顧後腿傳來的劇痛，掙扎著爬到窩邊。葉池軟綿綿地躺在她的床鋪裡。當她瞭解葉池眼中空洞、模糊的眼神意味著什麼時，她整個身體被恐懼淹沒。葉池死了。

「葉池！」她聽到自己哀嚎的聲音，彷彿聽到森林裡遠遠傳來的貓頭鷹的尖啼。這不可能是真的。悲傷像洪水般從大地上洶湧而起，再次將她拖進了無邊的黑暗裡。

「葉池！」她張開眼睛。她的痛楚消失了。

「松鼠飛？」葉池傾身看著她。陽光在她周圍閃閃發光。「妳回來了。」

松鼠飛大大鬆了一口氣。她翻身爬起來，將臉頰貼著葉池的臉頰。「我以為我失去妳了。」

好在妳還在我身邊。」她腳掌下的綠草在微風中起伏。四周都是一望無際的草原，在白晝明亮的光線下令她炫目。當她明白怎麼回事時，她愣住然後往後退了一步。這是星族的領域。她眨眼看著葉池。「我也死了嗎？」

「還沒。」葉池的眼中閃爍著友愛的光芒。她身上的毛綴滿星星，如同月池般閃爍著。

松鼠飛瞪著她，悲傷撕裂了她的心。「但是妳死了。」她的聲音低到幾乎聽不見。

「我很高興待在這裡。」葉池的眼睛亮起來。「在這裡我有好多朋友。」

「但是妳在雷族也有朋友。」松鼠飛瞪著她。她真的高興自己死掉了？

「他們遲早會加入我。」葉池看向草原另一方。火星和沙暴正往他們走過來，身邊跟著冬青葉。

松鼠飛腦中一片混亂。「我為什麼在這裡？我也要死了嗎？」棘星的氣味還徘徊在她的舌尖。「我想要回去！」

「要有耐心，」葉池低聲道。「妳不能靠意願去改變未來要發生的事。」

火星走到他們面前，沙暴和冬青葉跟在他旁邊。「或許她能夠改變。」他眨眼平靜地看著松鼠飛。

葉池一臉疑惑。「什麼意思？」

「松鴉羽和赤楊心的草藥生效了。」火星迎視著松鼠飛。「如果她努力的話，她就可以活下來。但她的精神必須有意願回去。」

「我當然想要回去！」松鼠飛渴切地豎起耳朵。

沙暴的眼神暗下來。「妳傷得很重，」她勸松鼠飛道。「妳可以選擇活下去，但是妳的生命有可能會跟妳現在所知道的差很多。若是妳受重創的腿沒有恰當地復原的話，怎麼辦？妳會瘸著一條腿。這樣妳還能夠當副族長嗎？棘星會想要妳當他的副族長嗎？當妳協助姊妹幫時，妳已經公然反抗了他的權威。我知道有些話聽了很難過。但是，如果他甚至不想要妳繼續當他的伴侶，怎麼辦？」

「那正是我為何必須回去的原因！」松鼠飛瞪視著自己的媽媽。「我不在乎發生了什麼事。我必須跟我的部族，還有棘星，一起將錯誤都修正過來。而且，我的小貓都還在那裡。」

「這裡也有妳的小貓。」沙暴進一步規勸道。「在這裡妳可以照顧小杜松和小蒲公英。葉池也會在這裡。妳忘了我在你們見習生典禮後跟你們所說的話了嗎？只要你們擁有彼此，你們兩個就都可以站到高處上。」

松鼠飛甩了一下尾巴。「在星族站到高處上有什麼用呢？雷族需要我。獅焰和松鴉羽需要我。如果葉池死了，我更不能讓他們也失去了我。」

沙暴的眼睛閃閃發光。「我不要妳再受更多的苦了。妳瞧蕾光在這裡多開心。妳不想回到跟她從前一樣的那種生活中去，對吧？」沙暴圓睜的眼睛懇求地看著她。「而且妳不是承諾過，妳絕對不會讓任何事將妳和葉池分開嗎？」她瞄了葉池一眼。「何不跟她一起留在這裡？這樣你們就能夠永遠在一起了。在這裡妳會很安全的。」

火星用鼻子蹭沙暴的臉頰。「松鼠飛必須自己做決定，」他輕聲道。「她一向如此。」葉池綴滿星星的毛在她的背脊上波動著。「死亡不能將我們分開。」葉池的目光迎視著她時，松鼠飛的心扭痛起來。「我們曾經承諾過會永遠互相扶持，現在也不會有任何不同。如果妳回去的話，我會守護妳。而終有一天，我們會再度相聚。」

松鼠飛覺得喉嚨痠脹。「我會想念妳的。」她低聲道。

「我們以前也曾經分開過，」葉池跟她說。「而那只讓我們的關係更加緊密。」

松鼠飛閉上眼睛。離開葉池對她來說，真的好難。「如果我能夠回去，也許妳也能，如果妳嘗試的話。」她眨眼滿懷希望地看著妹妹。

葉池搖搖頭。「雷族不需要我了。我知道我會被懷念。但是，松鴉羽和赤楊心可以承擔起巫醫貓的責任。松鴉羽和獅焰也仍然會有妳的陪伴。我在這裡會很快樂的，我覺得我好像已經回到家了。」她的眼睛充滿孺慕地看著火星和沙暴，然後發出咕嚕聲地看著冬青葉。「我離開他們太久了。」

火星扭過頭看著松鼠飛。「妳要回去了嗎？」

「是的。」

「我為妳感到驕傲。」他喵聲道。

她揚起下巴。「我的部族需要我。」

「他們很幸運能夠擁有妳。」他瞇起眼睛。「但是妳必須告訴他們，要歸向星族，不能背棄我們。我們能夠幫忙——」

松鼠飛眨眼看著他。「我們沒有背棄星族。」他的話是什麼意思？「只是，你們最近一直都很沉默。我們一直都在傾聽訊息，卻一無所獲。」

「也許你們不夠認真傾聽！」火星甩動尾巴道。

松鼠飛皺眉。難道部族一直都在錯失星族所呈現給他們的徵兆嗎？現在她知道，要跟活著的貓溝通有多困難。「我們會更努力地傾聽你們的。」她用鼻子蹭蹭火星的臉。「我必須走了。棘星會困惑究竟發生了什麼事。」

她用臉頰貼貼媽媽的臉頰。「告訴小杜松和小蒲公英我會回來的。將來等棘星加入我們時，我們就是一個大家庭了。」

「好好照顧自己。」沙暴退後一步，擔憂地看著松鼠飛。「不管發生什麼事，要勇敢。」

「我會的。」松鼠飛轉向葉池。「我很抱歉必須離開妳。」

「我瞭解妳為何這麼做，」葉池喵聲道。「告訴松鴉羽和獅焰，我一直都是以媽媽的心愛著他們，永遠都是。告訴他們，我對之前的謊言感到抱歉。我只是想要保護他們，不是要傷害他們。我永遠都不會原諒自己對他們所造成的痛苦。我會在這裡守護他們，還有妳。」她的尾巴在松鼠飛的背脊上來回撫著。「即使在你們覺得我離你們很遙遠時。」

松鼠飛凝望著妹妹，將她的樣子牢牢地記在腦海裡——她明亮的眼睛，她閃閃發光的毛，她喉嚨裡發出的咕嚕聲。她想要記住這一切，如果她得回去掩埋她的屍體的話。「好。」她對火星點點頭。「我準備好了。」她瞄向草原的另一方，尋找著那個池塘。

火星似乎猜到她在想什麼。「這次妳不用游回去。星族已經同意讓妳走。閉上眼睛。」

松鼠飛閉上雙眼，她看到了亮光。天空的藍好像旋轉著飛下來，將她包覆在一個刺眼的擁抱裡。她腳掌下的土地消失了。在她落下時，記憶閃過她的腦海。

「小鼠！過來一起玩！」她回到了以前那片森林，在雷族的育兒室裡。小葉站在入口處呼喚她。

「小心！」松鼠飛衝進空地追逐著小葉時，沙暴在後面叫著。

「妳抓不到我！」小葉轉過頭瞄著，身上的毛因興奮而蓬鬆開了。

「我當然抓得到！」松鼠飛心跳加快，追在她後面，迎面的風吹亂了她的毛。

營地似乎變了，忽然間葉掌就站在她旁邊。他們又成為了見習生。

葉掌發出咕嚕聲。「我可以叫妳松鼠臉，如果妳喜歡的話。」

松鼠飛眨眼看著她。「妳好幾個月沒叫我松鼠臉了。」她的心因渴望而痛楚。

「走吧。」葉掌越過空地，往煤皮和塵皮走過去。「我們去叫他們快一點。」

這不是之前發生過的事。「我們是等他們講完了才走過去。」松鼠飛急忙跟上她。難道葉池的記憶跟她的不一樣？

「快一點！」葉掌走到煤皮身邊時，揮動一下尾巴。「我還有好多東西要學。我們必須快一點。我不會永遠停在這裡的。」

當煤皮轉過來時，森林變得模糊，然後閃一下又清晰起來。現在她是在湖邊的營地裡，而棘爪怒目瞪著她。「妳之前難道不能告訴我真相？」

她記得他的話。它們烙進了她的心。他正說著她和葉池為了掩飾松鴉羽、獅焰和冬青葉的出生而編造的謊言。她告訴他，他們是他的孩子。他非常生氣。「這從來不是我能說的祕密，」她輕聲道。「葉池失去了那麼多。」

「反正她已經失去了一切！」棘爪咆哮道。

「不，我沒有。」當她聽到葉池的喵聲時，全身放鬆下來。她的妹妹面對著棘爪，全身的毛都透著驕傲。「我看著我的小貓長成了優秀的戰士，而我也一直全心全意地在為我的部族服務。」

忽然間，他們全都年長了些，正躺在夕陽的溫暖裡。

「妳說妳要成為族長。」葉池的尾巴掃過地面。「我們會統治整個森林，成為有史以來最有權勢的貓。」

松鼠飛發出咕嚕聲，那個回憶讓她覺得溫暖。「我們當時很年輕。」她目光投向空地的另一邊，獅焰和松鴉羽正在那裡與火花皮和赤楊心一起分食著一隻肥兔子。棘星正從亂石堆上溜下來，往他們走過去。

葉池站起來。「好好照顧他們。」她眨眼友愛地看著松鼠飛，然後走開了。

當葉池的身影消失時，松鼠飛閉上眼睛。她覺得身體下的土地變得堅實起來，而蕨葉頂著她的毛皮。她到家了。**再見了，葉池。**她的妹妹一直都是她最好的朋友。沒有她，雷族給她的感受再也不會一樣了。她心中悲痛，沉入了黑暗中。**我會想念妳的。**

第二十八章

「妳能聽見我嗎？」松鼠飛感覺赤楊心的氣息拂在她的臉頰上。如同一隻快要溺斃的小貓把自己拖出水面般，她掙扎著讓自己清醒過來。她的頭在抽痛。後腿燃燒著痛楚，但感覺好多了，彷彿那隻狐狸已經鬆開了利爪。她睜開眼睛。

赤楊心瞪著她，眼裡閃爍著希望。她對上他的目光時，他豎起了耳朵。

「嗨。」她虛弱沙啞地道。

「松鴉羽！」赤楊心大叫，視線並未離開她。「她醒了！」

「我去叫棘星過來。」

松鼠飛聽到入口處荊棘的窸窣聲。光線在巫醫窩頂閃爍。

「他馬上就過來，」赤楊心溫聲道。「妳覺得如何？」

「像是從山崖摔下來般。」松鼠飛試著用兩隻前足將自己撐起來，但她連那絲力氣都沒有，她又趴了下去。想起沙暴跟她說的話，她渾身緊繃。**妳可能永遠都不會完全康復**。她看著赤楊心，搜索他眼中的神情。「我到底傷得有多重？」

他用腳掌快速地撫過她的腹部和每一條腿。「妳有感覺嗎？」

「有。」他抬起她的後腿時，她悶哼了一聲。

「妳能推動我嗎？」

她將腿抵著他的腳掌伸直，卻畏縮了一下。他輕輕將那條腿放下，接著輪流試其他條腿，每一次都叫她往前推。

「會痛嗎？」

「只有後腿會痛，」她跟他說。「還有我的頭。」

赤楊心點頭。「我們也是這麼認為，但在妳醒來前，我們無法確定。」他仔細盯著她的眼睛看，彷彿在尋找什麼。「妳知道這是什麼地方嗎？」

「雷族的巫醫窩。」

「妳知道我是誰嗎？」

「當然，我怎麼會忘了自己的兒子。」

他看起來鬆了一口氣。「妳會好起來的。」他往後坐下。「妳的後腿扭傷了，頭部和身體被石頭擊中的地方也有紅腫。但已經開始消下去了。」

松鼠飛幾乎沒有在聽。她受的傷不重要。她的目光越過自己的床鋪投向另一邊。「葉池還在這裡嗎？」

赤楊心坐直了身體。「她……」他遲疑著，眼中閃過驚慌。「我們把她移出去了。她恐怕——」

「沒關係。」她不想讓他承受透露這件消息的痛苦。他的喵聲含糊下來。松鼠飛壓下內心的悲傷。「我知道她死了。」

「妳怎麼知道的？」他訝異地眨眼問道。

「上次我醒過來時，看到她了。她的眼睛……」她的喵聲低下去。她不想要去回憶。她要不要告訴他，她不久前還跟她的妹妹在星族裡？

窩外響起腳步聲。棘星鑽過入口的荊棘衝了進來。「她醒了？」他眼裡閃著恐懼。「她還好嗎？」

「會好起來的。」赤楊心讓到一邊。松鼠飛的目光迎上棘星的。看到他的神色柔和下來，她的心飛揚起來。忽然間他好像變回了當初她所愛上的那隻年輕戰士的樣子了。當他往她跑過來、用臉頰貼緊她的臉頰時，她伸長鼻子吸取著他身上的溫暖和氣味。他開始舔她的頭，像母貓舔著自己的小貓般，又渴切又溫柔。

她發出咕嚕聲。「我很抱歉，嚇壞你了。」

「別感到抱歉。」他退開一步，深深看進她的眼眸裡。「別為任何事情感到抱歉。我擔心死了。我好愛妳。我們不應該讓事情惡化到那個地步。我絕對不會再讓同樣的事情發生了。」

松鼠飛再次試著撐起身體，這次她有力氣勉強以一個笨拙的姿勢坐起來。她看到獅焰在入口處松鴉羽的旁邊遲疑著。

「嗨，獅焰。」

他移動著腳步，好像不知道自己該說什麼。「我很高興妳沒事了。」他看起來鬆了一口氣的樣子，然後他的視線跳到葉池空蕩蕩的床鋪上。他眼神暗下來。

「我知道葉池的事了。」她把自己撐得更高些。「我知道你會跟我一樣想念她的。」

獅焰迎著她的目光。她在他眼裡看到不知所措，彷彿他不確定該如何感受才對般。不知道哪個媽媽才是自己親生的媽媽，一定是很難過的事吧。一個生了他，一個養育了他。他應該愛哪一個呢？當然，在他內心裡他有一個位置是留給他們兩個的。

他移開視線。「那是一個愚蠢的意外，」他低吼道。「我們應該讓姊妹幫依照他們自己的時間離開。那塊土地不值得任何貓為它拚命。」

棘星的尾巴抽搐著。「已經發生的事，無法改變了。」他喃喃道。

松鼠飛不想去想那件事。它當然很蠢。那不是她一直以來在告訴他們的嗎？但是，現在這麼說有何用？她期待地看向獅焰的後方。「火花皮也來了嗎？」

松鴉羽輕快地走過來。「她正在給小貓餵奶。」他避開了她的凝視。

松鼠飛內心湧起一股擔憂。「她還好嗎？」

「她身體很好。」松鴉羽向窩裡傾身，嗅著松鼠飛受傷的腿。「我們可以幫妳做個夾板，」他告訴她說。「這樣妳就可以四處走動了。」

松鼠飛不在意夾板的事。「小貓們都好嗎？」她繼續問道。

棘星發出咕嚕聲。「他們都很好，」他告訴她說。「他們已經想要到育兒室外去探險了。

可憐的黛西，她累壞了。」

「那火花皮呢？」她是不是已經會陪他們玩了？

「這一個月對她來說很煎熬，」棘星喵聲道。「但她會好起來的，我確定。她只是需要多一點時間而已。看到妳醒過來，她一定會很高興的。」

「我一定要趕快復原。」松鼠飛移動身體直到坐直了。刺痛鑽過她的後腿時，她畏縮了一下。

「我拿一些罌粟籽來。」赤楊心急忙往儲藏藥草的角落跑去。

「謝謝。」松鼠飛環顧著巫醫窩。獅焰靠她更近些，而棘星在幫她將窩內的蕨葉撫平。

松鴉羽跟著赤楊心去窩角找藥。「你要不要順便幫她準備一些紫草，」他喵聲道。「給她的腿上夾板前，我們可以先用紫草將它裹起來。」

松鼠飛發出咕嚕聲。能回來真好。

「我很高興妳在守靈前醒來。」棘星幫著松鼠飛從巫醫窩裡走出來。夜幕逐漸降臨，整個營地籠罩在陰影中。「沒有妳的出席，我們不能埋葬她。」

松鼠飛沉重地靠著他，努力不露出痛苦的神色。那個夾板很好用，但她的後腿仍然不能承受重量，而且裹在她腿上的紫草氣味讓她覺得反胃。

她看見葉池了。她的屍體躺在空地的中央。

松鼠飛走過來時，蜜妮抬起頭看她。族貓們在屍體周圍站成一圈，彼此低聲交談著，等待守靈儀式開始。「我們都會想念她的。」蜜妮柔聲跟松鼠飛說。

「謝謝妳。」松鼠飛低頭道。「她看起來好平靜。」她拂動一下尾巴，讓棘星退開，然後瘸著腿走近葉池僵硬、沒有氣息的屍體。想著已經在星族的葉池現在一定正在永恆溫暖的陽光裡奔跑過草原，她稍感安慰。

族貓們的目光有如飛蛾般在她周圍掠來掠去。她不知道他們是否已經原諒她協助姊妹幫的事了。沒有一隻貓喊她叛徒；但是，當她從月光的窩裡冒出來時，他們當時一定是這麼認為的。她疑惑地看向棘星，想找到一絲確認。棘星一臉愛意地回視她，彷彿他的眼裡從來只有她。灰紋對上她的目光，從空地的邊緣向她頷首。刺爪眨眼友愛地看著她。他們已經原諒她了。她滿懷感激，坐了下來，小心地將扭傷的腿放到一邊。

月亮在柔和的藍色夜空中照著。棘星踱步向前，他揮動一下尾巴，暗示正彼此低語的族貓們全部肅靜。「葉池是一隻忠誠、奉獻的巫醫貓。她在族貓們生病時醫治他們；在他們身體健康時守護他們。她無法親自撫育自己的小貓，於是她撫育我們全部。」他環視整個部族，松鼠飛看到族貓們全都低頭表示贊同。「她若知道有任何貓在受苦，她便會徹夜不眠、不吃不喝地照顧他們。她捍衛自己的信念，並保護那些無法自保的。雷族會想念她。我們很幸運能夠曾經擁有她。」

蜜妮踱步向前，用鼻子碰碰葉池的身體。「葉池在照顧薔光時，做得比任何貓都好。薔光雖然脊椎斷了，但是她不但活了很久，而且活得舒適。她會在薔光疼痛時，徹夜陪伴她，跟她說話，講故事給她聽、鼓舞她。她想出新的運動和遊戲來幫助薔光復健，並且，在薔光臨終時，從未離開過她身邊一步。」那隻老母貓的眼中閃著深情。「我希望他們在星族會一起去狩獵。」

當她往後退開時，赤楊心走到葉池的旁邊。「我很幸運有葉池做為我的導師。她教導我好多與藥草相關的知識和如何照顧族貓們的技巧，不只他們的身體，還有他們的心靈。我會想念她的醫術和智慧，更會想念她的友誼。」他期待地看向松鴉羽。

當整個部族陷入沉默時，松鴉羽豎起耳朵。

「松鴉羽，」赤楊心鼓勵道。「你想要致辭嗎？」

松鴉羽呵了一聲。「你是要我說她是一隻多了不起的巫醫貓嗎？還是她是一個多麼了不起的媽媽？」他的喵聲裡帶著憤怒。

松鼠飛的心好像被利爪攫住般，但她強迫自己保持平靜。「想說什麼就說什麼，松鴉羽。」

松鴉羽甩了一下尾巴。「她是一隻傑出的巫醫貓。她給我很好的訓練，而我為此敬愛她。」他皺眉道。「後來，我發現她是我的親生媽媽，而且從我出生起便隱瞞我這件事。她雖然拋棄我們，但冬青葉仍然為了捍衛她的謊言而死了。」

在空地另一邊的獅焰聽了很生氣。他怒視松鴉羽。「她還能怎麼做？」

「說出真相嗎？」

「然後呢？」那隻金色戰士的眼睛閃爍著。「你要她為了你放棄當巫醫？你自己會為任何貓放棄當一隻巫醫貓嗎？」看松鴉羽沒有回答，獅焰扁下耳朵。「我不認為你會。」

松鴉羽憤怒地瞪著他。「我還沒說完呢。我剛剛正要說，我最終原諒了她。在她做了那些事後，我即使永遠不可能像愛媽媽那般愛她，但我尊重她做為巫醫的奉獻，也敬愛她身為我們族貓的一員。」他瞇起眼睛。「別假裝你愛她比我愛她多。」

獅焰的眼裡閃著悲傷。「我希望我對她曾有更多的愛。」他聲音嘶啞地喵聲道。「她值得擁有更多的愛。她忠誠、良善且仁慈。」

松鼠飛覺得眼睛酸澀。「她擁有愛。」她不顧後腿的痛楚，站起來。「我愛她。她最後的英勇行為是為了拯救一窩小貓。他們是一隻外來貓的孩子——對我們的土地、我們的守則而言，他們都是陌生者。但是，在葉池的眼裡，每一條生命都重要，而她為了拯救那些她所珍愛的東西——小貓而死。」她瞥向松鴉羽和獅焰。「她讓我告訴你們，她一直以媽媽的愛愛著你們，並且永遠都是。她的欺騙，只是為了保護你們。」獅焰低頭看著自己的腳掌。松鴉羽失明的雙眼凝視著越發深沉的黑暗。松鼠飛繼續道，「她說她永遠都不會原諒自己對你們所造成的痛苦，但是我希望她會在星族找到平靜，因為她值得擁有快樂。」夜幕將她的族貓們籠罩在陰影中，但她看得見他們的眼睛在月光中閃爍著。「葉池是全世界最好的妹妹。我一定會很想念她的。但我知道，她會永遠與我為伴，從星族守護著我。」

松鼠飛結束後，一陣微風吹來，將落葉撒進空地裡。它們飄落下來，在月光中跟葉池琥珀色的眼睛一樣黯淡。**她是在給我傳遞一個訊息嗎？**松鼠飛抬頭凝望著星空，內心升起一股希望。葉池雖然已經在星族裡了，但是松鼠飛知道，她並沒有離她很遙遠。

第二十九章

松鼠飛用鼻子推開入口處的荊棘進入育兒室。那是一個漫漫長夜，她坐在葉池的屍體旁邊守靈，身體都僵硬了。棘星陪著她，並緊貼著她以免她覺得冷。能跟葉池在一起、最後一次吸取她的氣味、並與族貓們一起懷念她，讓她感到欣慰。棘星正在幫忙掩埋她的屍體。地點是松鼠飛選的，在一片靜謐的樹叢裡。葉池以前喜歡去那裡採集百里香。

黛西趴在靠近育兒室入口的地上，讓小焰在她身上爬上爬下。小雀則興奮不已，將自己的肚子貼在地上，然後，像一隻追蹤獵物的戰士般，看著黛西的尾巴來回甩動。

「松鼠飛！」小焰開心的喵叫聲，讓她回過神來。那隻黑色小公貓往她衝過來，繞著她的腿一邊蹭一邊發出咕嚕聲。

小雀抬頭看，耳朵豎了起來。「妳好些了嗎？」她問道。

「好些了。」松鼠飛回答道。

小焰嗅著她後腿上的夾板。「妳怎麼會有這個？」

「它可以支撐我的腿，幫助復原。」

「還痛嗎？」小雀也嗅著夾板。

「還痛，但過幾天就會好起來了。」松鼠飛瞥向窩的另一邊。火花皮躺在床鋪裡，下巴無精打采地靠在窩邊上。

暴雲在陪她。他將一隻老鼠推近火花皮的嘴邊。「吃一口吧，」他低聲勸道。「這樣妳會覺得好一些。」

火花皮沒有看他。「我為何要覺得好一些。」

「妳的小貓需要妳。」暴雲把老鼠又往她推了推。

「我有在給他們餵奶，不是嗎？」火花皮將老鼠推開。

「那表示妳需要更多的食物，不是更少。」暴雲的眼睛因擔憂而晦暗。「妳一定餓了。昨天妳幾乎沒吃東西。」

黛西坐起來。「他每天都來，」她對松鼠飛低聲道。「勸她吃東西，並鼓舞她。」她輕聲嘆息。「我有點覺得他是在浪費時間了。」

「她有陪小貓們玩嗎？」松鼠飛悄聲問道。

「她只有去方便的時候才會離開她的窩。」黛西難過地搖搖頭。「如果她不儘快對小貓展現關愛，他們恐怕會以為我是他們的媽媽。」

松鼠飛抬起下巴。她要怎麼跟火花皮說才能幫她放下悲傷呢？她走過去，停在火花皮的床鋪邊。「我以為妳會去參加守靈。」她輕聲喵聲道，想要對上火花皮的目光。

火花皮瞪著地上。「我守靈守夠了。」她忿忿道。

「希望這是短時間內最後一次了。」暴雲陰鬱地喵聲道。

「守靈是戰士生命的一部份，」松鼠飛立即回應。「妳不能希望它們不存在。當它們來臨時，你必須面對。」她嚴格地看著火花皮。「妳不能讓悲傷破壞了妳仍然擁有的。」

火花皮沒有反應。

「妳的小貓是一個祝福，」松鼠飛繼續道。「妳應該儘可能陪伴他們。他們不知不覺就長大了。」

火花皮兩眼空洞地瞪著前面。小焰和小雀在黛西的腿間互相追來追去。

「我看到雲雀歌了。」松鼠飛輕聲喵道。

火花皮猛地抬起頭。「在哪裡？」

「當我重傷昏迷的時候，」松鼠飛跟她說。「我在星族裡看到他了。」

「妳從未去過星族，」火花皮冷哼道。她在床鋪裡轉了一圈，用力將蕨葉踩出一個新凹痕，然後沉重地趴進去。「妳編造這故事不過是想讓我覺得好過點。」

「他跟小爍在一起。」松鼠飛接著道。

「小爍？」

「那是他給你們的小貓取的名字。」松鼠飛搜索著女兒的目光，想找到一絲快樂的光芒。

火花皮揚起下巴，琥珀色的眼眸閃著關注的光芒。「那是我們為他選的名字。除了我和雲雀歌，沒有其他貓知道。」

「雲雀歌要我告訴妳他愛妳，而且他很好。他會照顧小爍直到妳與他們相聚。他要妳快樂。他要妳即使沒有他也要把日子過好。他不要妳悲傷。」

火花皮瞪著自己的媽媽，眼光忽然間飄遠了。

看到女兒的眼睛發著光，松鼠飛很心痛。她希望她可以幫她趕走痛苦，但是她知道火花皮必須自己面對。時間，還有愛，會幫助她。她呼喚小貓們。「來跟你們的媽媽玩。」

小焰看著她，一臉困惑。「但是，黛西喜歡跟我們玩。火花皮只想睡覺。」

火花皮坐起來。「不，我不想睡，」她認真地喵聲道。「再也不睡了。」

松鼠飛豎起耳朵。這是自從雲雀歌死後，她女兒第一次展露了精神。她連忙跑到小焰身邊，咬住他的頸背，將他叼起來。

「嘿！」松鼠飛將他叼到火花皮窩邊，他的腳掌在半空中踢著。「我正在跟小雀玩。」

松鼠飛把他放到火花皮前面。「小雀可以一起來。」她對著那隻小母貓揮揮爪子。

火花皮緊張地看著自己的小貓，好像不知道該怎麼辦。

「玩這個。」暴雲連忙從她的窩邊扯下幾片苔蘚，然後把它們團成一個小球。他把苔蘚球從兩隻小貓的旁邊滾過去。

小焰立即跳起來追著它，全身的毛興奮地蓬鬆開來。小雀雙眼圓睜，眼裡都是決心。她衝向那個小球，用力把它頂到一邊。

松鼠飛對火花皮點點頭。「去吧。」她鼓勵道。

火花皮遲疑了一下，然後伸出一隻腳掌，把那個苔蘚球從小貓身邊拍走。他們轉過頭來看著她，身上的毛不滿地豎起來。

「那是我們的！」小雀哼哼道。

「那你們最好能夠接到！」火花皮用力拍一下苔蘚球，讓它滾到育兒室的另一邊。

小焰和小雀開心地尖叫，追著苔蘚球跑。火花皮的眼睛閃閃發亮。她跑到小貓前面，然後又揮向那個球，這次把它高高地往他們頭頂上方拍去。小焰跳起來，在空中漂亮地扭身接住。

「接得好！」看到小焰在空中抓住那個球，火花皮喵一聲誇他。

「再丟一次！」小雀渴切地看著媽媽。「我也想要接到它！」

火花皮咕嚕一聲，然後把苔蘚球丟得高高的，小雀在球落地前就把它又拍了出去。火花皮驕傲地看著她。「你們以後都會成為偉大的獵者。」她告訴小貓們。

「我們可以去用真的獵物練習嗎？」小雀眨眼看著她問道。

「還不行。」火花皮的眼眸現在亮晶晶的了。「但我們可以到外面去，如果你們想要的話。」

「今天天氣好極了，最適合追落葉玩。」暴雲告訴她。

「到育兒室外面嗎？」小焰的毛興奮地蓬鬆開來。

小雀高高地豎起尾巴，神氣地往入口處走去。「我要走第一個。」

「不，妳別想！」小焰奔在她後面，在小雀快要走到荊棘叢的空隙前，從她身邊竄過去。

小雀把他推到一旁，鑽出窩去。

「要有禮貌！」火花皮一邊咕嚕，一邊急忙跟在他們後面。「不要隨意蓬開毛！外面冷。」

暴雲看著她跑出去的背影。「妳覺得她會好起來嗎？」

「需要一些時間。」松鼠飛內心生出一絲希望。「但有她的小貓和部族的幫助，她一定會找到方法克服雲雀歌死亡帶來的悲傷。」她鑽出窩去。小焰和小雀已經衝過空地，追著在他們面前緩緩飄下的一片落葉。火花皮奔在他們後面，她的尾巴因興奮而蓬鬆開了。又一陣風吹來，枯葉紛紛飄落，兩隻小貓跳起來抓它們，開心地喵喵尖叫。

松鼠飛坐下來，讓受傷的腿休息。她之前為何這麼渴望自己生小貓呢？部族裡永遠會有小貓誕生。不是她親生的，又有什麼關係。部族就像一個大家庭，他們的小貓也是她的小貓。姊妹幫並非唯一相信小貓是屬於每一隻貓的貓。她難道忘了這麼多個月來戰士們一直都在互相照顧著彼此的小貓嗎？她對自己咕嚕一聲。那是永遠都不會改變的。

ϟϟϟ

一陣輕風拂過營地上方的樹枝。松鼠飛抖鬆身上的毛，往營地出口走去。自從她搬出巫醫窩後，她第一次覺得自己的後腿已經健壯到足以讓她來一趟天族營地之旅了。她想要看看月光的狀況如何。姊妹幫已經離開了嗎？她希望還沒。她加快腳步。她想要在他們離開前，最後一次跟他們話別。

她在邊界等著，直到看見鷹翅、雀皮、和花心在離她一棵樹之遙的草叢下移動的身影。

「鷹翅。」她的喵聲在林木間迴盪。

鷹翅寬大的臉轉向她。他豎起耳朵。「嗨，松鼠飛。」他急忙跑過來。雀皮和花心則在一棵赤楊木的根處繼續嗅聞著。「很高興看到妳。」他往她身後看了看。「妳都好嗎？」

「我很好，謝謝你。」

「我很遺憾妳失去了妹妹。」

他的問候讓她的內心重新竄過一陣悲傷的震顫。「她現在在星族了。」這句話對他和她而言，都是提醒。**她現在很快樂。**「我是來看姊妹幫的。」

「他們搬到我們領域邊緣的一個臨時營地去了。」他對樹林間的一個方向點點頭。

松鼠飛順著他的目光看去。「你覺得他們會介意我的到訪嗎？我想要看看月光的情況如何了。」

「月光死了。」

松鼠飛一口氣卡在喉嚨。「但是斑願和躁片不是在治療她嗎？」

「他們已經盡了力。」鷹翅的眼神暗下來。「但是她在戰爭中傷得太重了。」他的尾巴憤怒地甩動著。「四個部族圍攻一小群獨行貓。我只是慶幸天族並未參與。」

松鼠飛覺得很羞愧。她想要為自己部族在那次攻擊中所做出的行為道歉，但是她知道棘星當時只是做了他所認為正確的事。「下一次，我希望雷族也不會參與。」

「希望不會有下一次吧。」鷹翅望向自己的營地。「等月光的小貓斷奶後，姊妹幫就會離開了。紫羅蘭光在給他們哺乳，因為姊妹幫中沒有誰有奶水。我們可能會在他們離開後，搬遷到新的營地去。」

「如此說來，那一場戰爭毫無意義。」松鼠飛眨眼對他道。「我們本來就可以等他們離開，這樣月光就還會活著。」憤怒在她內心翻湧。

「妳想見他們嗎？風暴和白雪現在在我們的營地裡。」

「在他們搬走前，我想跟他們說說話，」松鼠飛回答道。「我想告訴他們，我對他們的喪失很抱歉。我們會懷念月光的。」

鷹翅點頭讓她越過邊界。「妳可以在營地裡跟他們說話，同時與月光的小貓見面。他們長得好快。」

松鼠飛眨眼感激地看著他。「謝謝你。」

他呼喚花心和雀皮。「你們繼續狩獵，」他告訴他們。「我先送松鼠飛去營地，稍後我會跟上你們。」

花心揮揮尾巴，沒有抬頭。她正在棘叢中追蹤著某隻動物。

鷹翅領著松鼠飛往營地去。

「你覺得你會喜歡你們的新營地嗎？」松鼠飛問道。

「會的。」鷹翅低頭避過一隻低垂的枝幹。「那塊土地很好，而且獵物豐富。我很期待離開森林。我一直不習慣住在黑暗中。」他咕嚕一聲揶揄道。「你們雷族跟影族活得像貓頭鷹。」

「在禿葉季時，我們那樣會很暖和。」她告訴他。

「我們也會。」鷹翅抖鬆全身的毛。「那個山谷有相當好的遮蔽。我理解姊妹幫為何會選擇那裡落腳。」

他們快接近營地了。天族的氣味湧入松鼠飛的鼻腔裡。她也嗅到了姊妹幫。白雪的氣味飄盪在入口處的空氣中。松鼠飛跟在鷹翅後面鑽進去，走進了天族的營地。

在營地較遠的另一邊，葉星正與哈利溪和沙鼻分食著一隻兔子。她抬頭看到松鼠飛越過營地而來。「歡迎。」她站起來。

「嗨。」葉星走到她面前時，松鼠飛禮貌地低頭致意。「鷹翅告訴我月光的事了。」

「我很遺憾她去世了。」葉星的目光瞄向育兒室。紫羅蘭光正在把一片舊的床鋪從窩裡拖出來，小根和小針追著拖在地上的蕨葉玩耍。白雪在育兒室外面，她的腳圍著兩隻毛茸茸的灰色小貓護著他們，風暴則清洗著第三隻不停抱怨的小灰貓。

「我一點都不髒！」那隻小貓不滿地喵喵叫。

「你的耳朵後面有殘留的苔蘚。」風暴一邊舔一邊說。

「我可以跟白雪和風暴說話嗎？」松鼠飛的心跳加速。

「當然可以。」葉星頷首，然後轉回頭繼續吃東西。「你們慢慢聊。」

松鼠飛走近時，白雪抬起頭，眼睛亮起來。兩隻灰色小貓攀過她的肚子，然後跑走了。他們把自己甩到紫羅蘭光正在拖著的床鋪上。

「你們別調皮搗蛋！」白雪在他們後面叫著。

「沒關係！」小根開始幫紫羅蘭光把蕨葉拖到空地邊上去，小針則在旁邊跳來跳去，對著兩隻小貓做鬼臉。

「我也要玩！」第三隻小貓從風暴身邊閃開，追著其他兩隻跑。

風暴看著他跑開，眼睛閃閃發光。「他是個小麻煩。」她慈愛地喵聲道。

「他是公貓，」白雪站起來時開玩笑道。她對松鼠飛點頭致意。「很高興看到妳氣色這麼好。」

「妳也是。」松鼠飛覺得好喜歡那隻白色母貓。「月光的小貓在這裡似乎很開心。」

「是的，」白雪回答道。「紫羅蘭光真好，願意哺乳他們。」

「但我們想儘早離開，以確保他們不會變成戰士。」風暴喵聲道。

松鼠飛理解。戰士殺害了他們的領袖。「我很難過月光去世了。」

白雪的眼眸閃著悲傷的光。「她為了捍衛自己的小貓而死，」她喵聲道。「她死得光榮。而且，我們仍然能夠看到她。」

對啊。松鼠飛的毛豎起來。姊妹幫能夠看見亡者。「你們有跟她說話嗎？」

「有。」白雪開顏道。「她要我謝謝妳在山崩時救出了她的小貓。還有妳在妳的部族攻擊我們時，努力挽救我們。妳那麼做很勇敢。」

「我很抱歉最後變成了戰爭。」松鼠飛眨眼誠摯地看著她。「我真希望當時我能說服部族們等一等。」

「妳已經盡力了。」風暴聳肩道。「他們現在已經占有了我們的土地，那就是他們想要的。我只是希望，它會帶給他們所想尋找的和平。」她一臉懷疑地道。

白雪搖頭。「公貓從未想要和平，」她哼道。「沒有他們，我們才能過得更好。」

「有些公貓喜歡打架，」松鼠飛很快喵聲道。「但是棘星從來不想要事情走到那個地步。可惜他無法說服其他部族。」

「至少妳曾為我們挺身而出。」風暴喵聲道。

「雖然妳也無法說服他們。」白雪的喵聲裡帶著尖苛。「我們知道妳為此付出了什麼代價。」她的眼光暗淡下來。「樹已經告訴我們有關葉池的事了。我們很遺憾她死了。多虧她我們的小貓才能活下來，還有日昇。」她瞥向那幾隻小貓，他們正追著小根和小針穿過空地。「月光會永遠感激你們的。」

「你們將前往何處？」松鼠飛問道。

「月光說我們應該到湖的對岸去，」白雪跟她說。「沼澤的另一邊。我們還未去過那裡。」

「她會跟你們同行嗎？」松鼠飛不知道已逝的貓是否能隨心所欲地到他們想要去的地方。

「剛開始會，」她低聲道。「直到小貓們長大了。之後，她就會走自己的路了。」

「她會去哪裡？」姊妹幫也有自己的星族嗎？

白雪聳聳肩。「誰知道？」她的目光看向松鼠飛後面。

樹正往他們走過來。「嗨，松鼠飛。」他開心地豎起耳朵打招呼。「真高興看到妳一切安好。」

「你可以護送我到邊界去嗎？」松鼠飛對出口方向點頭。時候不早了，她該回家了。火花皮要給小雀和小焰第一次嘗嘗老鼠的滋味，而她想要陪在旁邊，看看他們是否喜歡。

「當然可以。」樹甩一下尾巴道。

「祝你們一路平安。」松鼠飛對白雪和風暴低頭道別。

「謝謝妳為我們所做的一切。」白雪眨眼道。

風暴移動腳步。「妳沒問我們給小貓取了什麼名字。」

松鼠飛豎起耳朵。「什麼名字？」

白雪咕嚕一聲。「葉子、松鼠和月亮。」

松鼠飛的毛不好意思地豎起來。「我覺得很榮幸。」她不知道葉池是否在看著。她知道姊妹幫以她的名字為一隻小貓命名嗎？「謝謝你們。」她轉身離開了，樹陪在她旁邊。

當他們鑽出營地後，樹熱切地看著她。「我真高興我不用幫妳傳遞訊息。」他的毛豎起來，好像回憶起之前的事讓他緊張。「我沒想到妳活了過來。我以前從未跟一個還沒死的鬼魂說過話。」

「你現在會看見月光嗎？」

樹的毛蓬鬆開來。「我不想看見她，」他哼道。「活著的時候她拋棄我，憑什麼死了後我得容忍她？」

松鼠飛在他的喵聲裡聽出一絲怨忿。「但你很難過她死了，對吧？」

「當然。」樹沿著圍繞著一片蕨叢的小徑往前走。「她的小貓應該有媽媽，即便只是一小段時間。」

「他們有姊妹幫照顧。」

「那倒是。」樹沿路瞪著那條小徑。「但是，只要小根和小針需要，他們永遠都會有爸爸和媽媽。而且，他們若是有了麻煩，他們永遠都有一個可以向其求助的部族。」

松鼠飛發出咕嚕聲。她很高興樹似乎終於學會了欣賞部族生活。「你開始聽起來像一隻戰士了。」

第三十章

松鼠飛透過大橡樹顫動的葉子凝望著高空的月亮。在她前面，隨著族長們跳上最低垂的枝幹站到各自的位置後，族貓們開始互相低語著。她記得上一次的大集會裡，鬧聲不斷，部族為了對姊妹幫宣戰，彼此像狐狸般齜牙咆哮。如今月光死了，葉池也死了，天族有了新領域，而邊界也已經再度重劃。那些邊界值得兩條性命嗎？**當然不。**她抖開身上的毛。

「月光的小貓都好嗎？」她低聲問坐在她旁邊的鷹翅。其他部族的副族長們也都跟他們一起坐在大橡樹的根部。

「他們長得很好。」鷹翅的眼睛閃著溺愛的光。「再過半個月，他們就能旅行了。」

「我猜紫羅蘭光會很想念他們。」

「她會的。」鷹翅移動腳步。「但是她也很高興姊妹幫要離開了。一個新手媽媽會從自己的部族獲得無數忠告；她不需要外來者提供的額外幫助。」

松鼠飛壓下一聲咕嚕。她可以想像那情形，姊妹幫對於撫養小貓有極強烈的看法，而他們是絕對不會不好意思說出來的。「他們有協助你們在他們的舊營地安頓嗎？」

「他們有告訴我們哪裡可以找到最佳的狩獵場，還有最乾淨的河流。」鷹翅回答道。「在發生那麼大的災難後，他們能不計前嫌，真的很善良。」

「天族並未攻擊他們的營地。」鷹翅的目光帶著斥責地掃向面前在月光中走動的影族和風族的戰士們。「我猜想姊妹幫為此而尊重我們。」

松鼠飛順著他的目光看去，想在那些戰士們的眼裡找到一絲愧疚。他們殺害了一隻在護衛著自己剛生下的小貓的貓后。她全身的毛再度因憤怒而豎起來。他們的行為不像戰士，更像惡棍貓。「你覺得部族有可能承認他們所做的事情是錯誤的嗎？」

「我認為這件事最好被忘記。」鷹翅甩了一下尾巴。「已經發生的事情，無法改變。」

葉星往前走了一步，灰塵從她上方的枝幹撒落。她對部族發表談話。「天族已經搬到新的領域了。我們的營地已經差不多完成。那裡的獵物很多。我們也未曾在邊境內看到狐狸或蛇的出沒，但是部族在適應新環境的同時，也保持著高度警戒。」

「姊妹幫呢？」站在影族族貓中的焦毛大聲問道。「他們已經離開了嗎？」

葉星怒目瞪著那隻影族戰士。「在你們殺死了他們剛誕生的小貓的媽媽後，他們如何能離開？總要有貓來哺乳他們吧！在謀殺了他們的媽媽後，這是我們起碼該做的事。」

「那不是謀殺！」爆發石怒道。「那是戰爭。」

「一場原可等待一個月就能獲得土地的戰爭。」葉星的毛豎起來。

虎星的耳朵抽動著。「在小貓斷奶前，姊妹幫可以留在部族的領域裡，」他喵聲道，眼中的神情難以捉摸。「他們對部族而言，已不再是威脅。」

松鼠飛縮起爪子。「他們從來不是威脅！」

虎星的目光倏地射向她。「他們曾想讓妳背叛自己的部族。」

「你胡說！」松鼠飛覺得震驚。

「那妳為何去警告他們我們派出巡邏隊的事？」他駁斥道。「我們在他們的營地裡發現了妳！」

「我是因為擔心月光的小貓，」松鼠飛吼回去。「並非無緣無故！」

「松鼠飛絕對不會背叛她的部族！」棘星的怒吼聲嚇了松鼠飛一跳。雷族族長瞪視著下面聚集的貓，眼裡閃著憤慨的光芒。然後他低下頭。「但現在不是爭論的時候。每一個部族都已經有了足夠的領域讓自己度過禿葉季。我們完成了我們所計畫的事。也許我們對如何完成此事永遠沒有一致的看法，但都已經過去了。我們無法改變已經發生的事實。」

一陣陣低語聲在眾貓之間迴響，所有部族皆不安地移動著腳步。棘星的毛順下來，繼續道。「我們為月光的死感到遺憾，但是天族已竭盡其所能，在她的小貓強壯到足以遠行前，給他們提供了庇護。我們雷族的一隻族貓也為了拯救他們而喪命。我們應該向她致敬。她為了拯救別族的貓而死，她以此彰顯自己生命的光輝。」

所有部族安靜下來，松鼠飛的喉嚨覺得脹痛。水塘光的眼裡閃著悲傷的光。她看到風族中有戰士垂下了頭。

「只要戰士存在一天，他們就會紀念她。」柳光的喵聲響徹寒冷的夜空。贊同的低語聲在部族間迴盪。

隼翔揚起鼻子。「她會在星族找到平安。」

「葉池。」松鴉羽對著星辰高聲呼喚她的名字。

「葉池。」隼翔附和他的喵聲。

「葉池！葉池！葉池！葉池！」當族貓們開始大聲唱和時，葉池的名字在部族間傳頌開來。他們的貓聲如微風般在夜空中盤旋而上。

松鼠飛渾身顫抖。她從不知葉池在其他部族間受到如此的敬重。站在她旁邊的鴉羽凝視著前方；他一聲不吭，彷彿在壓抑著情感。她看到他波動的毛皮，對他感到憐憫。他一直都還愛著葉池嗎？

就算他是，那又如何？葉池的生死都與他無關。當她努力推開那想法時，棘星在上方的枝幹上移動了腳步。他對松鼠飛頷首。「我的副族長從星族帶回了訊息。」

「你的副族長？」虎星豎起耳朵問道。「她怎麼可能從星族帶回消息？她又不是一隻巫醫貓。各族的巫醫貓都說，星族仍然緘默著。」

「你若願意聽的話，」棘星冷哼道。「她會告訴你。」

松鼠飛站起來，目光環視著眼前聚集的貓。「當我因山崩受重傷時，我在星族待了一段時間。」她的族貓們全都豎起了耳朵和毛。松鼠飛繼續道，試圖解釋那個情形。「我當時幾近死亡，近到足以讓星族容許我進入祂們的獵場。」她盡量不去想她當時為了在死後能進入星族而做的辯解。「在那裡我與親族和族貓們重聚，我也有跟葉池說話。她在那裡很快樂。雖然她會想念森林裡的生活，但是她已準備好繼續往前走。」年長的戰士們間響起驚訝的低語聲，他們互相交換著目光。松鼠飛繼續道。「火星讓我給部族傳達一個訊息。他說，我們必須朝向星族，而非背離。」

「但是，當我們朝向祂們時，祂們卻不一定給我們回答。」燼足抱怨道。他身邊其他的風族戰士們點頭附和。

「他說得沒錯。」錦葵鼻也附和道。

棘星甩了一下尾巴。「星族知道自己在做什麼，」他嚴肅地喵聲道。「如果祂們要我們朝向祂們，那我們就這麼做。」

「但是祂們若不回答我們，怎麼辦？」閃皮抖鬆了她亮澤的毛。

松鼠飛環視部族貓。「或許我們一直都未好好傾聽祂們的回答。」她想起來當自己瀕臨死亡時，她想要跟活著的貓溝通有多困難。「我們應該更用心傾聽。」

水塘光點點頭。「我們會更用心傾聽的。」他承諾道。

「星族將引導我們。」柳光補充道。

⚡⚡⚡

當大集會解散、部族貓的身影紛紛在長草間消失時，松鼠飛留在後面還不想離開。這是她第一次在沒有妹妹陪伴下出席的大集會。當松鴉羽、刺爪和獅焰跟著族貓們走向樹橋時，棘星在已經空盪盪的空地邊緣停下來。「妳不走嗎？」他呼喚她道。

「我想要懷念一下葉池。」她跟他說。

棘星走過去陪她。他靠近她，用身上的毛蹭蹭她。夜風帶著涼意，她貼近他，吸取他身上的溫暖。

「我很高興我們不再爭吵了。」她低聲道。

「我也是。」他用鼻子貼貼她的耳朵。「妳如果死了，我不知道該怎麼辦。沒有妳，我沒辦法活下去的。」

「你當然要活下去。」她用鼻子蹭他的臉頰。「你的部族需要你。我知道你絕對不會讓他們失望的。」

「我是因為妳才能那麼強壯。」他發出咕嚕聲。「答應我，我們再也不會像之前那樣吵架了。我們一定要對彼此坦白，把一切說清楚，不讓事情走到不可挽回的地步。」

她深深看進他的眼裡。「你必須信賴我，」她低聲道。「你一定要明白，你和部族對我來說，永遠都是最重要的。我絕對不會讓你失望。」

「我知道，」他低語。「我很抱歉我曾經懷疑妳。從妳成為見習生的那天起，妳就一直挑戰著我，而那讓我變得更堅強。妳一直都在幫我用不同的方式看待事情。」他的眼睛閃閃發亮。她顫抖著，感受到他的愛像一股和煦的微風般環抱著她。

「妳看。」他抬頭。「那是一顆新的星星嗎？」

她順著他的目光看向布滿星辰的夜空。有一顆星星，在所有星星中特別閃亮耀眼。她的心跳加速。「你覺得那是她嗎？」

「葉池？」

「是的。」

「我不知道，但是我知道她在守護著妳。」棘星貼緊她道。

「她在守護著整個部族。」松鼠飛的喉頭一哽。「永遠地守護著。」

國家圖書館出版品預編目資料

貓戰士外傳 . XVI：松鼠飛的希望 / 艾琳．杭特（Erin Hunter）著；吳湘湄譯 . -- 初版 . -- 台中市；晨星 2021. 12
面；公分 . --（貓戰士外傳；16）（貓戰士；65）
譯自：Warriors : squirrelflight's hope
ISBN 978-626-320-016-6（平裝）

873.59　　110017601

貓戰士外傳16 Warriors Super Edition

松鼠飛的希望 squirrelflight's hope

作者	艾琳．杭特（Erin Hunter）
譯者	吳湘湄
特約編輯	陳品蓉
文字校對	陳品蓉
封面繪圖	萬伯
封面設計	陳柔含
內文編排	張蘊方
發行所	陳銘民 晨星出版有限公司 407台中市西屯區工業30路1號1樓 TEL：（04）23595820　FAX：（04）23550581 行政院新聞局局版台業字第2500號
法律顧問	陳思成律師
初版	西元2021年12月15日
讀者訂購專線	TEL：（02）23672044 /（04）23595819#230
讀者傳真專線	FAX：（02）23635741 /（04）23595493
讀者專用信箱	service@morningstar.com.tw
網路書店	http://www.morningstar.com.tw
郵政劃撥	15060393（知己圖書股份有限公司）
印刷	上好印刷股份有限公司

定價 399 元

（缺頁或破損的書，請寄回更換）

ISBN 978-626-320-016-6

☐ 我已經是會員，卡號 ____________________

☐ 我不是會員，我要加入貓戰士會員

姓　名：________________ 性　別：________ 生　日：______________

e-mail：____

地　址：☐☐☐______縣／市______鄉／鎮／市／區 _______路／街

______段______巷______弄______號______樓／室

電　話：____

☐ 我要收到貓戰士最新消息

貓戰士鐵製鉛筆盒抽獎活動

將兩個貓爪和一顆蘋果一起貼在本回函並寄回，就可以獲得晨星出版獨家設計「貓戰士鐵製鉛筆盒」乙個！

貓爪在貓戰士書籍的書腰上，本書也有喔！蘋果則是在晨星出版蘋果文庫的書籍書腰上！

哪些書有蘋果？科學怪人、簡愛、法布爾昆蟲記、成語四格漫畫...更多請洽少年晨星官方Line ID：@api6044d

點數黏貼處

請填妥後對折裝訂，再貼妥郵票寄出

請黏貼
8 元郵票

407

台中市工業區30路1號

晨星出版有限公司

TEL：（04）23595820　FAX：（04）23550581

e-mail：service@morningstar.com.tw

http://www.morningstar.com.tw

請沿虛線摺下裝訂，謝謝！

加入貓戰士俱樂部

【貓戰士會員優惠】

憑卡號在晨星出版社購書可享優惠、擁有限定商品、還能獲得最新消息等會員福利。

【三方法擇一，加入貓戰士會員】

1. 填妥本張回函，並寄回此回函。
2. 拍照本回函資料，加入官方Line@，再以Line傳送。
3. 掃描後方「線上填寫」QR Code，立即填寫會員資料。

Line ID：
api6044d

「線上填寫」
QR Code

★寄回回函後，因郵寄與處理時間，需2～3週。